BOBBY MARS FOREVER

ALAN PARKS

BOBBY MARS FOREVER

Traduit de l'anglais (Écosse)
par Olivier Deparis

Collection fondée par François Guérif

RIVAGES/NOIR

Retrouvez l'ensemble des parutions
des Éditions Payot & Rivages sur

payot-rivages.fr

Collection dirigée par Jeanne Guyon
et Valentin Baillehache

Photo de couverture :
© Raymond Depardon / Magnum Photos

Titre original : *Bobby Mars Will Live Forever*

Pour Pamela Hunter
et pour Dale Barcley

« Domine tes passions, avant qu'elles ne te dominent. »

ÉPICTÈTE

« So you want to be a rock 'n' roll star. »

LES BYRDS

C'est Billy, le sergent de l'accueil, qui décroche. À l'autre bout de la ligne, une femme essoufflée, terrifiée, elle pleure à moitié. Elle dit : « Je voudrais signaler la disparition d'une petite fille. »

Et d'un coup, tout change.

Quand un appel comme celui-là arrive, tout le monde se redresse sur sa chaise, cesse de remplir sa grille de loto, pose son sandwich entamé. Ceux qui ont des enfants ouvrent leur portefeuille sous leur bureau, regardent la photo de Colin, d'Anne ou de la petite Jane et remercient le ciel que ce ne soit pas le ou la leur qui ait disparu. Les plus jeunes, l'air grave, essaient de ne pas s'imaginer sortant une gamine sanglotante d'une cave ou de dessous un lit, félicités par le chef, remerciés par une mère en larmes.

Les croyants se signent et prient en silence pour la sécurité de la fillette. Quant à ceux qui ont déjà vécu ce genre d'affaire, ils sentent revenir une peur familière à l'intérieur de leur estomac, conscients des horreurs illimitées dont sont capables les hommes sur les enfants, ils savent qu'il vaudrait presque mieux que la petite soit déjà morte.

Et comme lorsqu'on jette un caillou dans l'eau, les ondes se propagent à travers la ville. Malgré les ordres, la nouvelle d'une disparition d'enfant finit toujours par s'ébruiter.

En rentrant chez eux, les hommes disent à leur femme ou à leur petite amie de ne pas le répéter, mais elle le répète. Un shilling tombe dans une cabine téléphonique en face du commissariat, un journaliste du Daily Record *répond et un patrouilleur gagne un billet de dix pour sa peine. Il ne faut pas attendre longtemps avant que les petits vendeurs de journaux devant Central Station se mettent à crier : « Dernière édition ! Disparition d'une petite fille ! »*

Sans qu'on ait rien vu venir, toute la ville ne parle plus que de ça : les flics lorsqu'ils se rassemblent dans les salles paroissiales pour recevoir des instructions sur les recherches, les journalistes, qui se demandent comment joindre les parents, parient sur le temps qu'on mettra à la retrouver. Les gamins dans les cours des immeubles, qui échangent à voix basse des histoires sur des enlèvements en voiture.

Et alors que la nuit tombe et que la rumeur se calme, il reste une personne qui ignore encore de quoi parle Glasgow : Alice Kelly. Elle seule ignore encore que tout Glasgow ne parle plus que d'elle. Tout ce qu'elle sait, c'est qu'elle a un sac en tissu sur la tête, les mains attachées, et qu'elle a fait pipi dans sa culotte. Et aussi qu'elle peut appeler sa mère de toutes ses forces, celle-ci ne l'entend pas. Personne ne l'entend.

16 février 1964

Glasgow

Ça caillait dans le train, mais il s'en foutait. Le 6 h 15 pour King's Cross. C'était le grand départ. Tom avait apporté un sac de canettes, il les leur avait distribuées tandis qu'ils quittaient Central Station. Ils les buvaient, à présent. Scott, Barry, Jamie et lui. Les pieds sur les banquettes, gavés de frites, ils fumaient. Se racontaient des blagues. Cachaient leur nervosité.

Bobby se pencha en avant et vérifia à nouveau sa poche. Il était là, comme à chacune de ses vérifications précédentes. Le contrat qu'il avait eu tant de mal à faire signer par son père. Il ne pouvait pas le signer lui-même, il était trop jeune, il n'avait que dix-sept ans. Son père voulait qu'il entre comme apprenti, qu'il s'assure un revenu régulier, mais c'était hors de question pour lui. Pendant deux semaines il avait boudé, supplié, et son père avait fini par céder.

Il n'en avait pas cru ses yeux quand il l'avait vu. « Parlophone » en en-tête, comme les Beatles. Les droits exclusifs de la musique des Beatkickers. Lui, le petit Bobby Mars d'Arden, qui partait enregistrer pour le même label que les Beatles, à

Londres. Tom lui disait de ne pas s'inquiéter, que ça allait bien se passer, que c'était le seul bon musicien du groupe.

Il regarda autour de lui dans le compartiment. Tom n'avait pas tort. Jamie pouvait faire illusion à la batterie en y mettant du sien, Scott ne valait rien comme bassiste quoi qu'il arrive et Barry savait tout juste chanter. Mais dans le cas de Barry, ce n'était pas très grave, disait Tom. Le plus important, c'était qu'il était beau, très beau. Et il le savait. Inséparable de son peigne métallique, il n'arrêtait pas de se recoiffer, un petit coup en arrière pour donner du volume à ses cheveux blonds avant de soigner sa frange. Toujours tiré à quatre épingles, les dents les plus blanches que Bobby ait jamais vues.

La porte du compartiment s'ouvrit et Tom apparut. Col roulé, jean. Un grand type, Tom, plus d'un mètre quatre-vingts, costaud. Un ancien déménageur. Aujourd'hui, c'était le manager des Beatkickers, il leur avait acheté des costards et tout. Ils allaient faire un malheur. Il tapa dans ses mains.

– Tout va bien, les gars ? demanda-t-il.

Ils acquiescèrent et levèrent leur canette à sa santé.

Ramenant le menton contre la poitrine, Scott lâcha un rot sonore. Tous se mirent à rire.

– Sale porc, dit Tom, qui feignit de lui donner une claque sur l'oreille.

Scott faillit tomber de sa banquette pour l'esquiver.

– Ça t'apprendra, dit Tom.

Puis, désignant Barry du doigt :

– Viens avec moi, toi.

Bobby but une gorgée de sa bière tiède et se demanda pourquoi c'était toujours à Barry que Tom avait besoin de parler. Peut-être avait-il des tuyaux à lui donner pour le lendemain, sur les micros, ce genre de truc. Barry se leva et rejoignit Tom hors du compartiment. Scott rota à nouveau. À nouveau des rires.

13 juillet 1973

1

McCoy consulta sa montre. Il était huit heures et quart. La disparition avait été signalée un peu avant six heures la veille au soir, une quinzaine d'heures plus tôt, donc. La possibilité que la gamine se soit perdue ou se trouve chez une copine avait été écartée depuis longtemps. Une fillette de treize ans ne disparaît pas pendant quinze heures, toute une nuit, sans avoir eu un gros, gros problème.

Il s'engagea dans Napiershall Street et jura. S'il espérait pouvoir mener discrètement sa petite enquête, c'était raté. Le cirque était déjà en ville. Les mères, l'air inquiet, avec leurs mômes dans les bras, qui se parlaient en chuchotant, les gamins attirés par les véhicules de police, quelques journalistes de la presse quotidienne qu'il avait déjà croisés et qui fumaient, assis sur le muret, en attente d'une info. Un photographe de l'*Evening Times* qui essuyait l'objectif de son appareil avec sa cravate. Quatre ou cinq voitures de patrouille garées devant le pub et un fourgon de secours installé en face. Il y avait même un cinglé qui déambulait, un panneau d'homme-sandwich sur le dos, en distribuant des tracts. McCoy jura entre ses dents, traversa la rue et se dirigea vers l'entrée.

Les portes du Woodside Inn avaient été bloquées avec des cales pour rester ouvertes et laisser passer l'air. Il entra et constata que ce n'était pas très efficace, il faisait encore plus chaud à l'intérieur. Quelques rais de lumière filtrés par les volets fermés perçaient le brouillard de poussière et de fumée de cigarette – on se serait cru dans une église plutôt que dans un pub de Maryhill. Il lui fallut quelques secondes pour s'habituer à la pénombre et voir combien le Woodside avait changé.

Ce n'était plus vraiment un pub, c'était devenu un QG temporaire de police. Assis sur les banquettes du fond, une vingtaine d'hommes en uniforme, tête nue, manches retroussées, recevaient de Thomson leurs instructions pour le porte-à-porte. Une grande carte du périmètre – Maryhill, North Woodside, Firhill – était étalée sur l'une des tables, les coins maintenus par des carafes Johnny Walker. Elle était découpée en zones, certaines déjà biffées. Une jeune policière circulait avec un plateau de pintes d'eau, qu'elle distribuait à tous. Deux types en bleu de travail tentaient de connecter trois téléphones bleu marine posés sur le comptoir, devant le patron qui, assis sur un tabouret, une cigarette dans une main, une pinte dans l'autre, n'avait pas l'air de comprendre ce qui lui arrivait.

La porte des toilettes hommes s'ouvrit et la personne que McCoy ne voulait pas voir sortit en s'essuyant les mains avec une serviette en papier. Bernie Raeburn dans toute sa splendeur corpulente. Raeburn faisait partie de ces hommes qui portent un peu trop d'attention à leur apparence. Cheveux gominés, moustache bien taillée, pince à cravate argentée, chaussures cirées. Il pensait sans doute qu'il avait belle allure. Pour McCoy, il n'avait l'allure que de ce qu'il était : un magouilleur. Raeburn laissa tomber la serviette en papier dans une poubelle près d'une table et regarda McCoy. Il n'avait pas l'air content de le voir. Pas content du tout.

– Qu'est-ce que tu fous ici ? demanda-t-il.

– J'étais en mission dans le coin, dit McCoy. Je suis venu voir si je pouvais faire quelque chose.

– Tiens donc, fit Raeburn, l'air amusé. On devrait s'en sortir. On a déjà pas mal de gars.

– OK.

McCoy réprima l'envie de lui dire où il pouvait se les fourrer, ses gars.

– Du nouveau ?

– On avance, dit Raeburn. On avance…

Il leva l'index pour lui faire signe d'attendre. Il retira sa veste de costume, lissa sa chemise bleu pâle. Se décida à parler :

– En fait, McCoy, il y a bien un truc que tu peux faire. Retourne au commissariat et demande à Billy de l'accueil de passer des coups de fil. Que tous ceux qui ne sont pas encore partis en vacances reviennent, dès que possible. On a besoin de main-d'œuvre pour le porte-à-porte.

McCoy hocha la tête, garda son calme. Il s'efforça de ne pas regarder la rangée de nouveaux téléphones sur le comptoir.

– Le plus tôt sera le mieux, hein ? ajouta Raeburn en désignant la porte d'un signe de tête.

McCoy resta planté là quelques secondes, hésitant. Il n'y avait tout à coup plus un bruit dans le pub, au point qu'on entendait le bourdonnement des grosses mouches noires contre les vitres. Il savait que tout le monde les regardait, attendait de voir ce qui allait se passer. Round vingt et quelques dans le match à rallonge entre Raeburn et McCoy. On avait même ouvert les paris au commissariat : combien de temps avant que l'un n'en colle une à l'autre ? La moyenne actuelle tournait autour d'une semaine.

McCoy inspira, sourit. Que Raeburn lui parle ainsi était à la limite du supportable, mais il savait que s'il ne faisait pas exactement ce qu'il lui demandait, il se retrouverait avec un rapport aux fesses dès que les gros doigts de Raeburn auraient eu le temps de remplir le formulaire. Le plan de Raeburn était simple : pousser, pousser jusqu'à ce que McCoy craque, afin d'obtenir un prétexte pour se débarrasser de lui. McCoy n'allait pas lui faire ce plaisir, à cet enfoiré-là. Pas ce jour-là, en tout cas.

– Entendu, dit-il avec entrain.

Il ne rouvrit les poings qu'une fois sorti du pub. Il tira ses cigarettes de sa poche et en allumait une en réfléchissant aux nombreuses manières dont il aimerait s'en prendre à Raeburn, lorsqu'il leva les yeux et trouva Wattie devant lui.

– J'ai entendu dire que vous étiez là, chef, dit-il.

– J'étais dans le coin. J'ai proposé mon aide, mais apparemment Raeburn n'en a pas besoin. Il veut que je retourne au commissariat.

Les cheveux blonds de Wattie étaient collés sur son crâne par la sueur. Des auréoles sombres s'étalaient sous les manches de sa chemisette. Il s'essuya le front à l'aide d'un mouchoir et s'aperçut que McCoy le regardait.

– Je fais du porte-à-porte, je n'arrête pas de monter et de descendre les escaliers de ces foutus immeubles, expliqua-t-il. Je transpire comme le cul d'un souffleur de verre.

McCoy s'esclaffa.

– Bon Dieu, Wattie, d'où tu la sors, celle-là ?

Wattie sourit.

– C'était une expression de mon père.

Il ouvrit son bouton du haut et desserra sa cravate.

– Je comprends aujourd'hui ce qu'il voulait dire.

– Alors c'est ça, la grande idée de l'intrépide Raeburn ? Interroger plein de gens qui ont vu et entendu que dalle pour pouvoir cocher la case sur sa liste ? Il est encore plus con que je croyais.

– Harry, je n'y suis pour rien, moi, si Raeburn…

– Je sais, je sais. Je plaisante.

C'était vrai. Wattie n'y était pour rien. Le malheureux se retrouvait entre le marteau et l'enclume, McCoy le savait. Cette enflure de Raeburn avait bien joué. Quel meilleur moyen pour énerver McCoy que de l'écarter de ce qui promettait d'être la plus grosse affaire de l'année et de s'adjoindre Wattie comme bras droit ? Inutile de remuer le couteau dans la plaie.

Wattie montra une liste d'adresses.

– Il me reste quelques portes où aller sonner. Vous voulez venir ?

McCoy acquiesça, et ils se mirent à remonter Maryhill Road en restant sur le trottoir ombragé.

– Du nouveau ?

Wattie secoua la tête.

– Rien de plus qu'hier soir. Alice Kelly est toujours portée disparue, et la moitié des flics de Glasgow s'agitent comme des mouches à merde pour la retrouver.

– Que dit la mère ? s'enquit McCoy, tandis qu'ils contournaient des gens qui faisaient la queue à l'arrêt de bus devant le McGovern's.

– Pas grand-chose. La pauvre femme, quand elle ne pleure pas, elle est presque catatonique. Sa sœur est venue de Linlithgow, elle est avec elle, maintenant. La voisine a pris le bébé chez elle.

Wattie sortit son mouchoir et s'essuya à nouveau le front.

– Vous verriez l'appart, c'est de la folie. On se croirait dans un sanctuaire. Le Celtic, le pape et John F. Kennedy sont partout, putain.

McCoy sourit.

– Un bon foyer catholique, quoi. La plupart des apparts de Glasgow sont comme ça.

– Peut-être, mais là, c'est spectaculaire. On m'a même servi du thé dans une tasse avec les Lions de Lisbonne dessus.

– Ça n'a pas dû être facile de l'avaler en grinçant des dents. Elle a fait une déposition ?

Wattie hocha la tête.

– Apparemment, la gamine l'a harcelée toute la matinée, elle voulait de l'argent pour se payer une glace. L'entendre se plaindre en plus du bébé qui faisait des siennes, la mère en a eu marre et elle lui a dit qu'elle pouvait prendre cinq pence.

McCoy se retourna vers le bas de la rue.

– Elle est allée chez Cocozza ?

Wattie secoua la tête.

– Elle a croisé la voisine qui s'occupe du bébé en sortant de l'allée, elle lui a dit qu'elle allait chez Jaconelli.

Devant eux, au loin, on apercevait l'auvent familier de chez Jaconelli.

– Les glaces ne coûtent que quatre pence là-bas, elles sont à cinq chez Cocozza. En allant chez Jaconelli, ça lui laissait un penny pour s'acheter un chewing-gum, un Bazooka Joe. La mère pensait qu'elle allait chez Cocozza, en face. Autrement, elle ne l'aurait pas laissée y aller.

– Et ? fit McCoy en ressortant ses cigarettes. Laisse-moi deviner. On l'a vue chez Jaconelli ?

Wattie secoua la tête.

– Eh non. La dernière personne qui l'ait vue, c'est la voisine. Elle l'a vue monter Maryhill Road avant de rentrer dans l'allée. La gamine s'est volatilisée entre son appart et chez Jaconelli.

– Et qu'est-ce qu'il en dit, Raeburn ? demanda McCoy en s'arrêtant pour allumer sa cigarette.

Wattie vérifia sa liste d'adresses, regarda vers le haut de la rue, et ils se remirent en route.

– Il dit que quelqu'un l'a forcément vue. Il fait faire du porte-à-porte à tous les couillons qu'il peut choper, dont moi. Le 46, c'est par là, ça n'a pas répondu hier soir ni ce matin.

– Il est de Govan, Raeburn, dit McCoy en secouant la tête.

Né et élevé à Glasgow. Il devrait savoir que ces porte-à-porte sont une perte de temps.

Wattie se tourna vers lui.

– Pourquoi ?

– Pas étonnant que personne ne réponde. Aujourd'hui, c'est le vendredi de la foire. La plupart des gens qui étaient dans le coin hier ont dû partir en vacances aujourd'hui. Tu vas te casser le nez à pas mal de portes. Si quelqu'un l'a vue, il ne reviendra pas avant une quinzaine de jours.

Wattie grimaça.

– Merde. Je n'avais pas pensé à ça.

– Ben ouais, tu es de Greenock, ça se comprend. Raeburn aurait dû y penser, lui. Toute la ville va être en vacances pendant les prochaines semaines.

Wattie vérifia son papier et s'arrêta devant une allée.

– On y est. Il n'y avait personne hier. On va réessayer.

– Super. S'il te plaît, me dis pas que c'est au dernier.

– Vous avez de la chance, dit Wattie en entrant dans l'allée. C'est au premier.

Ils gravirent l'escalier d'un pas lourd. À l'intérieur de l'immeuble, il faisait frais et sombre. Tout ce qu'on entendait était une chanson s'échappant d'une radio dans l'un des appartements. Ça ressemblait à du Lulu.

– Où est le père ? demanda McCoy, tandis que Wattie frappait à la porte.

– À Belfast, apparemment. Il travaille. Il est parti depuis environ une semaine.

Aucune réponse. Il réessaya.

– La mère a un copain ?

– On ne sait pas.

– Ça vaut le coup de chercher. Tu le sais comme moi, neuf fois sur dix c'est le père ou le beau-père.

Wattie frappa à nouveau. Ils attendirent.

– Je te l'avais dit, dit McCoy. Ils sont tous en vacances.

Wattie hocha la tête et consulta son papier.

– Il t'en reste combien ? demanda McCoy.

Wattie fit une addition rapide.

– Douze.

Ils redescendirent, on entendait mieux la radio à présent. C'était bien du Lulu. « I'm A Tiger ». Ils sortirent de l'allée et retrouvèrent la chaleur et la lumière aveuglante du soleil.

– Bon, c'est pas que je veuille pas t'accompagner dans tes pérégrinations, Wattie, mais j'ai mes ordres. Je dois retourner au commissariat.

Wattie prit un air contrit.

– Harry, vous savez que ce n'est pas moi qui ai choisi de travailler avec Raeburn. Je ne voulais même pas…

McCoy l'arrêta de la main.

– Je sais, je sais. T'en fais pas, c'est entre Raeburn et moi. Et je m'en fous un peu. Ça me repose. Mais reste sur le coup. C'est une grosse affaire, essaie de choper des infos.

Wattie sourit.

– Pour que je vous les rapporte ?

– J'ai dit ça ? Allez, dégage avant que Raeburn organise une battue pour te retrouver.

Wattie acquiesça, commença à marcher, puis il s'arrêta et se retourna.

– J'ai oublié de vous dire. Je crois que Raeburn va vous mettre sur les braquages.

– Quoi ? fit McCoy, consterné. Tu déconnes, là ?

Wattie sourit.

– Je savais que ça vous ferait plaisir. C'est mieux que vous tourner les pouces, non ?

– Je trouve pas, moi. J'aime bien me tourner les pouces.

McCoy comprit.

– On parle bien des braquages sur lesquels Raeburn et toi séchez depuis deux mois ? Super. Dis-lui que c'est gentil, mais que c'est pas la peine.

– Ça m'étonnerait que vous ayez le choix. Qu'est-ce que vous allez lui dire ?

McCoy soupira. Il savait que Wattie avait raison. Il pensait que ça ne pouvait pas être pire, mais il s'était trompé.

– Dis à l'inspecteur Raeburn que je serai ravi de contribuer à cette enquête.

Wattie sourit.

– Je ne le dirai peut-être pas exactement comme ça. Les dossiers sont sur mon bureau. Jetez-y un coup d'œil.

Il salua McCoy de la main et repartit dans la côte, la tête baissée vers son papier. McCoy le regarda s'éloigner. Il n'en revenait pas qu'il fasse déjà si chaud. Il n'était pas sûr d'avoir le courage d'aller jusqu'au commissariat à pied, il valait peut-être mieux qu'il prenne un taxi. De toute façon, il y avait peu de chances de mettre la main sur quelqu'un. Tous ceux qui avaient des vacances devaient être partis, et même dans le cas contraire, ils n'étaient pas assez idiots pour répondre au téléphone et prendre le risque d'être rappelés. Il rouvrit son paquet de cigarettes et s'aperçut qu'il ne lui en restait qu'une. Il traversa la rue pour aller au bureau de tabac. Un panneau était appuyé contre le mur, à l'extérieur. Des ficelles croisées y maintenaient la une d'un journal :

FILLETTE DISPARUE : LES RECHERCHES CONTINUENT

Du pain bénit pour Raeburn. C'était le genre d'affaire qui faisait vendre des journaux et alimentait les conversations, les gens voulaient connaître tous les détails, même les plus horribles. Le genre d'affaire qui attirait des foules lyncheuses devant les palais de justice. D'un autre côté, Raeburn allait avoir Pitt Street sur le dos. Plus on tardait à retrouver la fillette, plus la police passait pour incompétente, et, en haut lieu, on n'aimait pas ça. On voulait des résultats. Et si Raeburn la retrouvait morte, il avait intérêt à choper le meurtrier. Et vite.

2

McCoy reconnut la chemise. Une chemise dans une matière noire transparente, cousue de petites étoiles argentées. Il la reconnut parce que le type portait la même le soir précédent, sauf que ce soir-là il était sur scène à l'Electric Garden et non allongé sur un lit défait, une seringue plantée dans le bras. Le reste de la tenue était identique, lui aussi. Jean, bottes de cow-boy pointues, fines chaînes en argent au cou et bandes de tissu nouées aux poignets. Ses cheveux étaient remarquablement intacts. On aurait reconnu cette tignasse blonde ébouriffée à cent mètres. Avec le nez aquilin et le grand sourire, c'était ce qui caractérisait Bobby Mars. Rock star.

McCoy n'était de retour au commissariat que depuis cinq minutes, Billy de l'accueil venait de lui donner la liste des numéros et il s'apprêtait à appeler Sammy Howe pour lui dire que son séjour à Aviemore était annulé, quand son téléphone avait sonné. C'était le directeur du Royal Stuart Hotel. Mort suspecte. Et, étant le seul couillon présent au commissariat, ç'avait été à lui de s'y coller. Il s'attendait à trouver un homme d'affaires foudroyé par une crise cardiaque, le portefeuille nettoyé par une fille ramassée sur le Green. Il ne s'attendait vraiment pas à ça.

Il tentait de respirer par la bouche, même si ça ne servait pas à grand-chose. Il fallait s'y faire : la chambre d'hôtel puait. Bâtons d'encens, sueur, ce que Bobby Mars avait mangé la veille. Il alla ouvrir la fenêtre : aussitôt, le bruit des trains sur le pont se fit entendre, et la lumière du soleil sur la Clyde l'éblouit. Il resta là quelques instants à regarder dehors, en attendant que la chambre se remplisse d'un air moins fétide. Ça lui fit un peu de bien.

Il se retourna.

– Ils sont au courant ? demanda-t-il au directeur de l'hôtel.

– Qui ?

– Les fans, en bas.

McCoy s'était frayé un chemin entre eux en arrivant. Quatre ou cinq adolescentes et un garçon, le visage couvert de paillettes. Tous avaient les bracelets en tissu et une approximation de la coupe de cheveux de leur idole. Quelques-uns portaient un tee-shirt à son effigie. Celui du garçon semblait artisanal. Dieu savait comment ils allaient réagir en apprenant la nouvelle.

– Je ne crois pas, répondit le directeur.

McCoy l'observa. Veste de tweed, petite moustache en brosse, raide comme un piquet. Il ne devait pas être habitué aux rock stars et aux overdoses. Il était plutôt du genre à gueuler dans une caserne sur de jeunes recrues terrorisées.

– Où est le reste du groupe ?

– Dans des chambres de luxe, en bas. Ils dorment tous encore, apparemment.

Son visage exprima tout le mépris qu'il avait pour ce genre de comportement.

– Et la femme de chambre l'a découvert quand ?

– Vers dix heures et demie, ce matin. Elle a frappé plusieurs fois, elle a appelé, mais il n'y a pas eu de réponse. Elle a pensé que le client était parti. C'est généralement le cas à cette heure. Comme ça ne répondait pas, elle a utilisé son passe.

– Et il était… ?

Le directeur montra le lit.

– Exactement comme ça.

McCoy se tourna à nouveau vers Bobby Mars. Il repensa à sa prestation sur scène, la veille. Franchement, il n'était pas dedans. Il oubliait les paroles, jouait à moitié les chansons. McCoy était sur le point de partir, ça suffisait comme ça, quand Mars s'était retourné vers le groupe et avait hoché la tête.

Les premières notes de « Sunday Morning Symphony » avaient retenti, et tout à coup Bobby Mars avait passé la vitesse supérieure et était redevenu ce qu'il avait été, le meilleur guitariste de sa génération. Il avait empoigné le micro, souri, et, dès le premier vers, la foule, dont McCoy, était devenue dingue. Voilà ce qu'ils étaient tous venus écouter. Il avait survolé les douze minutes de la chanson en jouant comme un Dieu et conclu avec une précision millimétrée. On se rappelait pourquoi les Rolling Stones avaient voulu le recruter.

La salle était debout, applaudissait, criait. Sur la scène, Bobby Mars transpirait, l'air épuisé, vidé du peu de forces qu'il avait réussi à trouver.

« Et maintenant, une chanson de notre dernier album, *Starshine* ! » avait-il annoncé. C'était à ce moment-là que McCoy était parti, ayant eu le malheur d'écouter l'album en question.

L'histoire des Rolling Stones avait poursuivi Bobby Mars tout au long de sa carrière. Ils lui avaient demandé de venir passer une audition après avoir viré Brian Jones. Il s'était rendu à Barnes, avait fait quelques répétitions chez Olympic. Keith Richards avait confié à un journaliste qui attendait dehors que c'était « la meilleure version des Stones qui ait jamais existé », et ils lui avaient proposé de les rejoindre.

La réponse de Bobby avait surpris tout le monde, y compris Keith Richards. Il avait dit : « Non, merci. » Il préférait faire une carrière solo. À en juger par l'état de la chambre d'hôtel, les cartons de plats à emporter à moitié vides, sans parler du fait qu'il logeait au Royal Stuart et non à l'Albany, et jouait à l'Electric Garden et non à l'Apollo, ce n'était peut-être pas la meilleure décision que Bobby Mars ait prise.

– Vingt-sept ans, dit McCoy. Un de plus.

Le directeur eut l'air interdit.

– Jimi Hendrix, Janis Joplin, Jim Morrison. Ils avaient tous vingt-sept ans quand ils sont morts.

Le directeur hocha la tête, ne comprenant toujours rien à ce qu'il racontait.

McCoy s'assit dans l'un des fauteuils du petit salon. Il y avait une guitare acoustique appuyée contre la table basse, un blouson de cuir sur l'autre fauteuil, un *Melody Maker* et un cendrier plein à côté du lit. On était loin des jets privés et des téléviseurs jetés par les fenêtres. Juste une chambre dans le genre d'hôtel qui vivait des mariages et des dîners maçonniques.

S'il fallait qu'il meure, Bobby Mars l'avait sans doute fait au bon moment. Sa célébrité avait tout à y gagner. Il avait sorti deux grands albums, *Sunday Morning Symphony* en 1970 et *Postcard From Muscle Shoals* en 71. Mais bon, mieux valait deux grands albums qu'une ribambelle d'albums pourris. McCoy se pencha en avant. Quelques cigarettes avaient du rouge à lèvres sur le filtre.

– Pas de copine ? demanda-t-il au directeur.

Le directeur secoua la tête.

– Uniquement M. Mars.

McCoy s'approcha du lit et jeta un nouveau coup d'œil. Il ne savait trop ce qu'il cherchait. Du rouge à lèvres sur l'oreiller ? Une boucle d'oreille oubliée ? En tout cas, il n'y avait rien. Bizarre pour une rock star de dormir seule. Toutes ces histoires de sexe, drogue et rock 'n' roll n'étaient peut-être qu'une légende. McCoy gagna la salle de bains. Là non plus, il ne savait pas ce qu'il cherchait. Un message écrit sur le miroir au rouge à lèvres ? Il ne trouva sur le bord du lavabo qu'un kit de rasage, un flacon de comprimés contre le rhume des foins et un médiator. Il fourra ce dernier dans sa poche. Souvenir. Il repassa dans la chambre.

La puanteur ambiante le frappa à nouveau. Impossible de l'éviter par cette chaleur. Il ne servait pas à grand-chose ici, et la vue de ce corps sans vie sur le lit le minait. Il dit au directeur qu'il allait attendre le médecin légiste en bas et le laissa planté face au cadavre. Dans le long couloir, ça ne sentait guère meilleur. Un seau de nettoyant pour sols et un hamburger entamé étaient posés sur un chariot devant l'une des chambres.

Il aurait dû dire au directeur de ne laisser entrer ni journalistes ni photographes, mais il avait oublié. À vrai dire, il ne pensait pas vraiment à Bobby Mars et à son décès prématuré, il était plutôt concentré sur sa tâche d'officier en présence d'une mort suspecte. Il avait beaucoup aimé les chansons de Bobby Mars, mais l'idée de remplir des formulaires sur les circonstances de sa mort et d'appeler ses proches ne le réjouissait pas.

L'ascenseur émit un ding, et il y entra, appuya sur RDC et se regarda dans le miroir du fond. Il avait besoin d'aller chez le coiffeur. Besoin de vacances. Besoin d'être partout plutôt que dans la fournaise de cet ascenseur, imprégné de l'odeur du dernier curry de Bobby Mars, avec sa veste de costume sur le bras, sa chemise tachée d'auréoles et son visage recouvert d'une pellicule de sueur.

Il fallait que les choses changent. Et vite.

3

La porte de l'ascenseur s'ouvrit et révéla le restaurant de l'hôtel dans toute sa splendeur. McCoy se souvenait d'un article dans le journal à l'ouverture de l'établissement. Le propriétaire était allé en vacances aux Fidji ou dans un coin comme ça, et il avait décidé de l'appeler le Tiki Bar et d'en faire un cocon des mers du Sud. Ça, c'était l'idée. La réalité se rapprochait plutôt d'une adaptation théâtrale amateur de *South Pacific*. Les boxes étaient recouverts de petits toits de bambou, au mur était peinte une plage de sable blanc, et il y avait des fleurs en plastique et des noix de coco partout.

McCoy grimaça et s'assit. La serveuse sortit de derrière le comptoir, sous lequel elle colla son chewing-gum au passage. Elle portait une sorte de jupe à franges en raphia et un haut de bikini, avec une guirlande de fleurs autour du cou. L'effet aurait pu être pas mal si elle avait été polynésienne, ou même bronzée ; c'était moins convaincant quand on était une Écossaise pâlotte avec des taches de rousseur et un reste de permanente.

– Aloha, bienvenue dans les mers du Sud, vous désirez un cocktail, monsieur ? récita-t-elle d'une voix lasse et avec l'accent de Glasgow.

– Une pinte, dit McCoy.

Même lui, il manquait de courage pour s'enfiler un cocktail si tôt le matin.

Elle hocha la tête et s'éloigna. Une grande culotte bleu marine apparaissait de temps en temps à travers le raphia. Il jeta un coup d'œil à la carte en attendant sa pinte. La spécialité de la maison semblait être un suprême de poulet accompagné d'une sauce banane-sherry. Pas étonnant qu'il n'y ait personne.

Sa pinte arriva, et il en but une grande lampée.

– Monsieur McCoy, je ne m'attendais pas à vous trouver ici.

Il leva les yeux : c'était Phyllis Gilroy. En raison de la chaleur, l'habituel tailleur de tweed du médecin légiste avait été remplacé par un pantalon bleu clair et un chemisier à fleurs. La sacoche en cuir marron usé était, elle, toujours là. Gilroy parcourait le restaurant d'un regard d'étonnement mêlé d'horreur.

– J'ignorais que les mers du Sud étaient réputées pour leur cuisine, dit-elle.

– J'ai regardé la carte. Croyez-moi, elles n'ont pas de raison de l'être.

– Ce n'est pas votre genre d'affaire, ça. Une overdose ?

Puis elle comprit :

– Ne me dites pas. Raeburn ?

McCoy confirma de la tête, et elle s'assit en face de lui. La serveuse apparut, et Gilroy commanda un Coca. Elle attendit que la serveuse soit partie avant de commencer.

– Vous en avez parlé à Murray ?

McCoy acquiesça.

– Il n'y peut rien. Il est au Central pour six mois, ou jusqu'à ce qu'on trouve quelqu'un d'autre.

– Oui, il a fini par devoir céder. On l'a harcelé. Mais bon, six mois, ce n'est pas la fin du monde.

– Vous êtes sûre ? À Perth ? J'y ai passé une journée, une fois. Ça m'a suffi.

– Vous n'avez pas tort.

Elle hésita, puis :

– Je sais que ce n'est pas à moi d'en juger, mais les échanges – heureusement peu nombreux – que j'ai pu avoir avec Bernard Raeburn ne m'amènent pas à penser qu'il est un remplaçant idéal. Surtout avec cette petite fille qui a disparu. Comment diable en sommes-nous arrivés là ?

McCoy haussa les épaules.

– Moi, je n'ai pas assez d'expérience, Thomson est trop léger, et Reid est à trois mois de la retraite. Il fallait un remplaçant, et Raeburn attend une promotion depuis des années. On dirait que tout son serrage de paluches et son léchage de culs dans les dîners ont fini par payer.

La serveuse réapparut et posa le Coca en grommelant un « Aloha ». McCoy chercha des pièces dans sa poche.

– Je vous invite.

Gilroy but une grande gorgée et regarda la jupe de raphia repartir en direction du bar.

– À Glasgow, dites donc. Extraordinaire.

McCoy but à nouveau et regarda la serveuse récupérer son chewing-gum sous le comptoir et le remettre dans sa bouche.

– Oui, on peut dire ça comme ça.

– Cela dit, pour une fois, c'est une tenue de circonstance. Il faisait déjà vingt degrés ce matin à neuf heures. Incroyable.

– Toujours pas habituée ? dit McCoy en souriant.

Gilroy sourit à son tour.

– Pensez-vous. Nous avons quitté l'Inde quand j'avais trois ans. Mes seuls souvenirs, c'est le soleil à travers le vert du feuillage et les figues sur le chemin dans le jardin.

Elle pointa le doigt vers le haut.

– Une célébrité, je suppose ?

McCoy confirma de la tête.

– Bobby Mars. Un guitariste. Disons que ses jours de gloire étaient derrière lui. Mais il a été bon. Très bon. Il se camait depuis des années, d'après la rumeur. Apparemment, la chance a tourné.

Gilroy acquiesça.

– Comme souvent dans ces cas-là. Du nouveau ?

Elle n'avait pas besoin d'en dire plus. Toute la ville semblait attendre des nouvelles d'Alice Kelly, bonnes ou mauvaises.

McCoy secoua la tête.

– Non. Remarquez, vu la situation, je serais le dernier à le savoir.

Elle remua sur son siège, l'air contrarié.

– C'est vraiment ridicule. Avec une telle affaire, que vous soyez assis là et que ce soit Raeburn qui dirige l'enquête…

McCoy haussa les épaules et tenta de cacher sa frustration.

– Je ne peux rien y faire. Il a été très clair, pour lui je ne suis qu'une merde sous sa semelle. Apparemment, je suis plus utile à rédiger des rapports sur les camés morts. Ça pourrait être pire. Il aurait pu me mettre aux relations publiques.

– Pourquoi cette inimitié ? Je n'ai jamais bien compris.

McCoy soupira et raconta l'histoire.

– J'ai fait trois mois au commissariat Est à mes débuts, je me suis retrouvé dans son équipe. Ils étaient tous pareils, là-bas. Dessous-de-table, coups montés – ils allaient toujours à la facilité. Ce n'était pas mon idée du métier de policier. Raeburn l'a pris personnellement quand j'ai demandé mon transfert. Et maintenant, ça me revient en boomerang dans la figure.

Gilroy acquiesça.

– Je vois. Malheureusement, ce portrait de M. Raeburn ne me surprend pas le moins du monde.

Il y avait aussi le petit problème des sommes de plus en plus importantes réclamées par Raeburn à Stevie Cooper pour « fermer les yeux » sur son sauna de Tollcross, mais ça,

McCoy n'avait pas l'intention d'en informer Gilroy. Raeburn avait harcelé Cooper, des descentes toutes les semaines, jusqu'à ce que Cooper finisse par en avoir marre et tire le rideau pour aller s'installer ailleurs. Au moins, quand le sauna fonctionnait, Raeburn touchait ses vingt livres hebdomadaires. À présent, il touchait que dalle, et à cause de qui ? À cause de Cooper, le grand copain de McCoy. Pas étonnant qu'il ne l'ait pas à la bonne.

Gilroy sourit, elle venait de penser à quelque chose.

– Que faites-vous, ce soir ?

McCoy leva les yeux.

– Ce soir ? Rien. Le seul avantage de tout ça, c'est que je fais des horaires réguliers.

– Excellent. J'organise un dîner et j'aimerais que vous veniez. Qui sait ? Une sortie vous fera peut-être du bien. Dix-neuf heures trente, pour dîner à vingt heures ?

McCoy hocha la tête, la mort dans l'âme. Il s'était fait avoir comme un bleu. Plus question de trouver une excuse, à présent. Oui, une sortie lui ferait peut-être du bien, mais un dîner chez Phyllis Gilroy n'était pas le genre de sortie qu'il avait en tête. Loin de là.

Gilroy se leva et ramassa sa sacoche.

– À nous deux, monsieur Mars. À plus tard.

McCoy lui dit au revoir et la regarda gagner l'ascenseur et appuyer sur le bouton. Comment s'était-il fourré là-dedans ?

Les dîners de Gilroy étaient célèbres. Elle en organisait un chaque semaine et y recevait toute la haute société de Glasgow. Tous parleraient sans doute de choses dont il n'avait jamais entendu parler et le regarderaient en se demandant ce qu'il foutait là. Et il allait devoir porter un costume et une cravate par cette chaleur, bon Dieu. Il vida sa pinte et se leva. Cinq minutes plus tôt, il pensait que son sort ne pouvait pas être pire. Comme quoi, on pouvait se tromper.

Le groupe de quatre ou cinq fans qui attendaient dehors

s'étaient assis sur le trottoir et chantaient « Sunday Morning Symphony » en se tenant la main. Ils ne semblaient pas avoir appris la nouvelle, mais ça n'allait pas tarder. Ce genre d'infos fuitaient vite : les femmes de chambre, les barmen, les portiers. Mieux valait se tirer avant le début des pleurs et l'arrivée des journalistes.

Le garçon au visage pailleté leva la tête.

– Il est toujours là, m'sieur ?

McCoy acquiesça et s'engagea dans Jamaica Street. Que quelqu'un d'autre leur apprenne la nouvelle.

4

S'étant envoyé un whisky, baigné et rasé, McCoy errait en caleçon dans l'appartement en buvant un grand verre d'eau du robinet. Les fenêtres étaient ouvertes, mais il s'en foutait. Si ça intéressait des gens de le mater en sous-vêtements, c'était leur problème. Il faisait encore plus de vingt degrés, il n'y avait pas un pet de vent, il retardait donc au maximum le moment de s'habiller. Une question lui vint soudain : ne fallait-il pas qu'il apporte quelque chose ? Ça devait se faire, dans les dîners chics du West End. Mais apporter quoi ? Des chocolats ? Des fleurs ? Une bouteille du genre de vin dégueulasse qu'il avait les moyens de se payer ?

Il songea à demander à Susan, il décrocha même le téléphone, mais il raccrocha. Il y avait de l'eau dans le gaz depuis qu'elle avait obtenu son poste à l'université de Manchester. Elle l'appelait de plus en plus rarement, le week-end qu'il avait passé là-bas avait été plus tendu qu'autre chose. Les nouvelles copines universitaires de Susan ne savaient pas trop quoi penser d'un flic de Glasgow. Elle et lui avaient essayé de combler les silences, ils avaient fait comme si tout allait bien, comme avant. Ils savaient tous les deux que c'était à peu près fini, à part les engueulades. Manifestement, il n'avait été qu'une petite aventure de vacances, il s'était trouvé au bon endroit au bon moment, ni plus, ni moins. Restait à l'encaisser et à tourner la page.

Il enfila sa chemise, la boutonna et enfila son pantalon. Il avait cherché mais n'avait rien trouvé dans l'appartement qu'il puisse apporter. La demi-bouteille de Grant's posée sur le rebord de la cheminée ne semblait guère appropriée, et, à cette heure, les magasins étaient sûrement fermés. Il n'avait d'autre choix que d'arriver les mains vides. Il se regarda dans la glace en nouant sa cravate. Son visage était rougi par le soleil, des taches de rousseur apparaissaient sur son nez. Il mit ses chaussures et sa veste, prit ses clefs sur la bibliothèque et ferma la porte d'entrée derrière lui.

Phyllis Gilroy n'habitait pas très loin de chez lui, il n'avait qu'à remonter sa rue et à redescendre de l'autre côté. Il remarqua le changement sitôt le sommet franchi. Tout à coup, les gamins dans les rues ne portaient plus les vêtements de leur grand frère ou de leur grande sœur. Leurs vélos avaient l'air neuf, ils brillaient. Même leur accent était différent, plus doux, plus chic. La file d'attente devant le camion du marchand de glaces était un crocodile bien net avançant doucement, et non la foire d'empoigne que c'était dans les cités. Pas de doute, il était bien à Hyndland.

Le 6, Beaumont Gate était une haute maison de grès rouge. Le genre d'endroit qui pue le vieil argent et les privilèges. Quatre niveaux plus un sous-sol, un jardin, devant, rempli de buissons épineux, une porte ornée d'un vitrail représentant un paysage des Highlands. Il sonna et attendit. En partant avant neuf heures et demie, il pouvait arriver au Victoria à temps pour l'habituelle soirée d'après-fermeture du vendredi. Il entendit des pas, et la porte s'ouvrit.

– Harry ! s'exclama Phyllis avec un sourire radieux. Excellent. Je suis ravie que vous ayez pu venir.

Le pantalon et le chemisier avaient été remplacés par une sorte de robe blanche imprimée de grosses fleurs rouges. Il crut un instant qu'elle s'était blessée à la tête, puis il comprit qu'il s'agissait d'un turban du même tissu.

– Désolé, je n'ai rien apporté…

– Ne soyez pas ridicule, nous avons assez de vin pour couler un destroyer !

Elle ouvrit la porte en grand.

– Entrez !

Suivant Phyllis, McCoy traversa le couloir et descendit l'escalier. Des voix s'élevaient d'en bas, des bavardages, des rires. Il se retrouva dans une cuisine deux fois plus vaste que son appartement. Au centre se trouvait une grande table de bois, recouverte d'une nappe en patchwork. Des bougies y étaient éparpillées, et des casseroles de cuivre la surplombaient, suspendues à un support métallique. Recouvrant presque intégralement le mur du fond, une peinture montrait deux jeunes enfants, cheveux roux et taches de rousseur, constellés de mots et de coupures de journaux. À côté, des sonnettes s'alignaient sur un panneau en saillie, au-dessous d'étiquettes indiquant le nom des pièces. De quoi appeler les domestiques sans bouger son cul.

Un disque jouait en fond sonore. *Sunday Morning Symphony*, comme par hasard. Six personnes étaient assises à table devant un verre de vin. Toutes levèrent la tête en le voyant apparaître.

Phyllis posa les mains sur ses épaules.

– Tout le monde ? Je vous présente un collègue, et également, je l'espère, un ami : Harry McCoy. Il avait un peu de temps libre ce soir, et il a eu la gentillesse de se joindre à nous.

Elle pointa la main vers la table.

– Harry, je vous présente Jack et Eden Coia…

Un couple de petits vieux rabougris lui sourit.

– À gauche, Edwin et John…

Un homme d'âge mûr avec des lunettes et un autre plus jeune.

– À la place d'honneur, le professeur Hobbs…

Gros, chauve, le visage congestionné.

– Et à côté de vous, c'est Mila de Ligt.

Une jeune blonde, vêtue d'un jean et d'une chemise d'homme sans col. Elle le salua de la main.

– Bon, dit Phyllis en l'installant, comme vous pouvez le voir, nous sommes dans la cuisine ce soir, il y fait plus frais et c'est plus détendu, alors amusez-vous. Rouge ou blanc ?

Il n'était assis que depuis quelques minutes et n'avait réussi à avaler qu'un demi-verre de rouge, quand l'inévitable question tomba.

– Alors, Harry, il paraît que vous êtes policier ?

Hobbs prononça « policier » comme si c'était une chose dont il n'avait jamais entendu parler.

Harry acquiesça.

Hobbs désigna le tourne-disque de sa cigarette.

– Phyllis nous a dit que vous étiez là-bas, aujourd'hui.

– Nous y étions tous les deux, dit Phyllis. J'ai voulu essayer ses chansons, c'est la moindre des choses. J'ai acheté le disque en rentrant.

Posant un grand plateau de pain, de fromages et d'olives sur la table, elle ajouta :

– J'aime assez, figurez-vous. C'était le dernier exemplaire qui restait chez Woolworths.

– Rock star morte un jour, cambrioleur de banque le lendemain. Vous devez avoir une vie fascinante, je présume, dit Hobbs en embrochant un morceau de brie de la pointe de son couteau.

McCoy portait un morceau de cheddar à sa bouche lorsqu'il s'aperçut que toute la tablée était tournée vers lui. Il le reposa.

– Parfois, dit-il. Mais c'est comme tous les boulots. Il y a des choses intéressantes et d'autres ennuyeuses comme la pluie.

– La petite fille ? ajouta Hobbs.

McCoy hocha la tête, inutile de lui demander de quoi il parlait.

– Je n'ose imaginer ce que la pauvre mère doit vivre, dit Eden en secouant la tête. Toute cette affaire est une tragédie.

Hobbs fixait McCoy d'un regard inquisiteur.

– Vous devez savoir quelque chose.

– Pas plus que vous, dit McCoy d'un ton neutre.

– J'ai du mal à le croire, dit Hobbs en cherchant du soutien autour de lui. Sur quelle théorie travaillez-vous ?

– Je ne travaille sur aucune théorie.

McCoy commençait à s'agacer. Même s'il avait su quelque chose sur Alice Kelly, il ne l'aurait pas dit à ce gros con, ne lui en déplaise.

Hobbs pouffa.

– Eh bien, voilà qui n'est guère rassurant ! Puis-je vous demander pourquoi ?

Phyllis vint au secours de McCoy.

– Le travail de la police est confidentiel, Phillip, et vous le savez bien. Cessez donc de harceler notre invité. C'est un dîner, pas un interrogatoire. Bon, quelqu'un est tenté par un gaspacho ? Je n'ai pas eu le courage de faire une soupe chaude avec cette chaleur.

McCoy mangea – but ? – son gaspacho en silence, en s'efforçant de ne pas s'énerver davantage. Il savait qu'il ne fallait pas venir. Il reposait sa cuiller quand Edwin, poète de son état, se pencha vers lui au-dessus de la table et lui glissa à voix basse :

– Ne vous en faites pas. Phillip Hobbs est un abruti. Il l'a toujours été, et il le restera.

Il conclut par un grand sourire.

À partir de là, la soirée commença à s'améliorer. Edwin le poète s'avéra être un joyeux luron. Un petit homme malicieux, doté d'un humour scabreux. Son ami roulait constamment des yeux en l'entendant décrire les problèmes qu'ils avaient rencontrés lors d'un voyage en Grèce.

Mila parlait peu. Comprendre l'accent écossais ne devait pas être facile pour une Hollandaise, mais elle souriait, essayait de participer. Il écoutait à moitié une discussion entre Mme Coia et Edwin sur la valeur de l'espace public en urbanisme, quoi que puisse être ce truc-là, quand Mila se pencha vers lui et chuchota :

– Bon Dieu, quel ennui !

Il rit, surpris. Il se tourna vers elle ; elle lui souriait.

– J'adore Phyllis, dit-elle, mais elle a des amis vraiment rasoir.

– Dont moi ? demanda McCoy.

Elle fronça le nez.

– Je ne sais pas encore. Elle m'a dit que vous pourriez peut-être m'aider.

– De quelle manière ?

Elle alluma une cigarette, souffla la fumée et montra un appareil photo qui avait l'air de coûter cher.

– Je suis photographe. Une organisation caritative du nom de Shelter m'a demandé d'illustrer la vie des pauvres à Glasgow. Les gens qui habitent des logements insalubres, qui vivent sur la route…

– Dans la rue, corrigea McCoy. On dit « dans la rue ».

Elle sourit.

– Pardon, dans la rue. Phyllis pensait que vous pourriez peut-être me présenter certaines de ces personnes.

McCoy soupira. Il commençait à en avoir un peu marre d'être le représentant officiel des opprimés de Glasgow. Mila était très jolie, mais il n'avait pas le courage de parcourir la ville avec elle à la recherche de Charlie la Poussette par cette chaleur.

– Là, je ne peux pas, dit-il. Il faut que je travaille, on est à court de personnel en ce moment, mais je connais quelqu'un qui peut. Un ami, Liam. C'est l'homme qu'il vous faut. Je vais vous le présenter.

– C'est un travailleur social ? Un bénévole ?

– Pas exactement, répondit McCoy, préférant ne pas lui avouer que la dernière fois qu'il l'avait vu, il dormait ivre mort sur une grille de sortie d'air chaud derrière le St Enoch Hotel. C'est plutôt quelqu'un qui connaît Glasgow, il connaît tout le monde. C'est votre homme, croyez-moi.

– Merci. Ce serait très utile.

Il allait lui demander pourquoi on avait fait appel à une Hollandaise pour prendre des photos à Glasgow lorsqu'il entendit des pas lourds dans l'escalier. Il leva la tête et vit apparaître la dernière personne qu'il s'attendait à voir. L'inspecteur en chef Murray. Il portait un costume neuf, s'était fait couper les cheveux et souriait, un fourre-tout en bandoulière. Il avait l'air comme chez lui.

– Il fait toujours une chaleur à crever, dehors, dit-il en retirant sa veste pour la poser sur le dossier de la dernière chaise libre. Il reste quelque chose à manger ?

Il s'assit, et Phyllis alla lui chercher une assiette, qu'elle posa devant lui.

– Vous connaissez tout le monde, n'est-ce pas, Hector ? Ah, je vous présente Mila – une amie photographe, elle vient de Rotterdam. Je lui ai acheté quelques photos l'année dernière, en vacances.

Tous deux se saluèrent de la tête, et Murray commença à remplir son assiette tandis que Phyllis lui servait un grand verre de vin rouge.

McCoy regardait la scène, éberlué. Murray n'aimait pas le vin. Il ne portait un costume que s'il y était obligé. Et, aux dernières nouvelles, assister à un dîner était une torture pour lui. Pourtant, il était là, qui mangeait de bon cœur, demandait à Edwin comment s'étaient passées ses vacances en Grèce. Riait avec Mme Coia. McCoy ne voyait qu'une seule explication possible : Phyllis et lui devaient sortir ensemble. Il savait qu'ils étaient amis, mais il croyait que ça s'arrêtait là. C'est dire s'il était perspicace. Son amusement dut se lire sur son visage.

– Qu'est-ce qui vous fait sourire comme ça ? demanda Murray en le désignant de sa fourchette.

– Rien, dit McCoy. Rien du tout.

Murray ne se leva qu'après le café.

– Phyllis, vous nous excusez une minute ? Le boulot.

Il fit signe à McCoy, qui se leva à son tour et le suivit en haut. Ils arrivèrent dans le grand salon – un piano à queue, beaucoup de boiseries sombres, une odeur de cire d'abeille. Un énorme portrait d'un quinquagénaire, l'air sérieux, moustache édouardienne, les regardait du dessus de la cheminée. Il y avait une petite plaque sur le cadre : SIR PHILLIP GILROY.

Murray délogea un chat roux qui dormait sur un coussin, sur un fauteuil en cuir, s'installa à sa place et montra le fauteuil d'en face.

– Ça dure depuis combien de temps ? demanda McCoy en s'asseyant et en s'efforçant de ne pas sourire.

– Si ça vous regardait, je vous le dirais, répondit Murray.

McCoy percuta soudain.

– Janet est au courant ?

Murray acquiesça. Son visage ne laissa rien paraître.

– Et ?

– Et ça ne la dérange pas. Elle habite Peebles, maintenant. Avec son ami.

McCoy faillit demander qui était cet ami, puis se ravisa.

– Voilà, dit Murray.

Il chercha sa pipe. Ce volet de la conversation était apparemment clos.

– Comment ça se passe avec ce con de Raeburn ?

McCoy haussa les épaules.

– Il continue de vous brimer ?

– Ouais. Je n'ai rien le droit de faire.

– Dommage pour lui, parce qu'il a intérêt à retrouver cette gamine, et vite. Cet abruti ne devrait cracher sur aucun coup de main.

Murray sortit sa pipe de sa poche et frappa le fourneau contre le talon de sa chaussure. Une pluie de cendre tomba dans la cheminée.

– Je n'y peux pas grand-chose, dit McCoy. Et vous, à Perth ?

– Je survis. J'ai hâte que ça se termine.

Murray s'appuya contre le dossier de son fauteuil et regarda McCoy.

– Je ne suis pas là par hasard. Je voulais vous parler.

– Ah. De quoi ? s'enquit McCoy, méfiant.

– Vous vous souvenez de John ?

Murray tapotait les poches de son pantalon. La chasse aux allumettes avait commencé.

– John, votre frère ?

Murray confirma de la tête, abandonna les recherches et prit un briquet en bronze sur la table basse. Il alluma sa pipe.

– Oui, fit McCoy. Eh bien ? Qu'est-ce qu'il a fait ?

Le visage de Murray réapparut au milieu d'un nuage de fumée bleutée.

– John ? Rien. Il est innocent comme l'agneau qui vient de naître. C'est sa fille Laura. Elle a encore fugué.

McCoy écouta Murray lui raconter la sempiternelle histoire. La gamine avait quinze ans, ne s'entendait pas avec ses parents, était rentrée bourrée une ou deux fois, sortait avec des garçons, manquait l'école.

– Rien de très original pour une gamine de quinze ans, dit McCoy.

– Maintenant, ça l'est. Elle n'est pas rentrée ces deux dernières deux nuits, et John et Sheila deviennent dingues.

Murray se pencha en avant, sortit son portefeuille de la poche arrière de son pantalon, l'ouvrit et donna une photo à McCoy. Elle avait dû être prise lors d'une fête de famille, dans un restaurant ou un hôtel. Laura était une jolie fille, de grands yeux noirs, de longs cheveux châtains. Elle se tenait un peu à l'écart du reste de la famille, suffisamment loin pour qu'on comprenne qu'elle aurait préféré être partout ailleurs plutôt qu'avec ses parents et son petit frère. D'après la photo, McCoy lui aurait donné dix-huit ou dix-neuf ans.

– Y a un truc qui m'échappe, dit-il. Pourquoi tous ces secrets ? Pourquoi ne pas passer par le commissariat ? Elle n'a que quinze ans, on va la rechercher, surtout si c'est la nièce du patron. Votre frère n'a pas signalé sa disparition ?

Murray haussa les épaules, l'air un peu penaud.

– Pas officiellement.

– Pourquoi ? Quel est le problème ?

Murray soupira.

– John est le directeur adjoint du conseil de Glasgow. Voir sa fille en fugue à la une de l'*Evening Times*, ce serait dramatique pour lui. Et entre nous, il va se présenter comme député l'année prochaine. Il va être candidat pour la circonscription Ouest. Tout est organisé. Il ne veut pas que les frasques de Laura sapent ses chances.

– Très élégant de sa part.

Murray eut l'air résigné.

– C'est un con, il l'a toujours été. Si ce n'était pas mon frère, il pourrait brûler vif que je ne traverserais pas la rue pour lui pisser dessus.

Il cracha un nouveau nuage de fumée, puis, agitant la main pour le dissiper :

– J'ai failli lui dire de se démerder tout seul, mais j'aime beaucoup Laura. Je ne voudrais pas qu'il lui arrive quelque chose.

– Elle s'est peut-être installée chez une copine pour faire chier ses parents ?

Murray secoua la tête.

– J'aimerais bien, mais la jeune Laura semble avoir développé un intérêt pour les bas-fonds de notre belle ville. On l'a vue au Strathmore hier soir.

McCoy ne s'attendait pas à ça. Le Strathmore n'était qu'à cinq cents mètres de l'endroit où ils se trouvaient actuellement, mais ces cinq cents mètres-là le mettaient en plein Maryhill. Et même comparé aux autres bars de Maryhill, qui n'avaient rien de glorieux, c'était un bouge.

– Apparemment, elle était avec un certain Donny MacRae, ajouta Murray. Elle était bourrée, elle faisait n'importe quoi.

– Donny MacRae ? *Le* Donny MacRae ?

La situation empirait de minute en minute.

Murray acquiesça et frottant la barbe rousse naissante sur son menton, il fit un bruit de papier de verre.

– Soyez gentil, Harry, retrouvez-la et ramenez-la dans son lit douillet de Bearsden. Que mon frère me lâche la grappe.

McCoy ne pouvait guère refuser. S'il y avait quelqu'un au monde envers qui il était redevable, c'était bien Murray.

– Donnez-moi quelques jours. Je vais la retrouver. Grâce à Raeburn, je n'ai rien d'autre à foutre.

– Et, Harry ? Ça reste entre vous et moi, d'accord ? Rien d'officiel.

McCoy opina. Il leva les yeux lorsque l'horloge sur le rebord de la cheminée sonna neuf heures.

– Et moi qui me croyais de repos, ce soir, dit-il. Je pensais terminer la soirée au Victoria.

Il se leva pour partir.

– Ne vous inquiétez pas pour Janet, dit Murray. Ça lui est égal. Elle a sa vie, maintenant.

McCoy hocha la tête. Il n'était pas sûr de pouvoir le croire.

Ils retournèrent au sous-sol, et McCoy dit au revoir à

Phyllis et aux autres invités. Il décida de tenter le coup, il n'avait rien à perdre :

– En fait, dit-il à Mila, il faut que j'aille faire un tour dans un pub un peu plus haut. Vous voulez venir ? Ça peut être un bon endroit pour prendre des photos, si ça vous tente.

Elle eut un sourire reconnaissant.

– Oui, bien sûr. Attendez-moi, je vais chercher des pellicules.

Elle disparut en haut.

Il laissa Murray là, assis à côté de Phyllis, un verre de vin rouge à la main, cravate défaite. Quel âge avait Murray ? Cinquante-cinq, soixante ans ? Sans doute avait-il encore une vie à vivre. Ça restait tout de même un choc. McCoy attendit dans le couloir que Mila redescende. Il sortit la photo de sa poche et y jeta un nouveau coup d'œil. Laura Murray le regardait. Avec ses quinze ans, mais elle en paraissait dix-huit. Un nid à embrouilles. Il entendit Mila dans l'escalier et rangea la photo dans son portefeuille.

Ils sortirent dans la chaleur de la nuit. Les lampadaires venaient de s'allumer, les insectes papillonnaient autour des lumières jaunes. Mila enroula son bras autour du sien et ils commencèrent à remonter Byres Road en direction du Strathmore. Il y avait du monde dans les rues, le temps et les vacances poussaient les gens à sortir. McCoy s'arrêta pendant que Mila photographiait trois femmes soûles à la station de taxis. Elles chancelaient en se tenant la main et chantaient « Delilah » à tue-tête.

McCoy n'y connaissait rien en photo, mais Mila semblait savoir ce qu'elle faisait. Elle les laissait poser et sourire pour quelques clichés, puis elle baissait son appareil au niveau de la taille et continuait de les mitrailler tout en leur parlant. Lorsqu'elles eurent terminé leur chanson, elle embrassa chacune d'elles et se pressa de rejoindre McCoy.

– Sournoise, dit-il.

Elle sourit.

– Un vieux truc de photographe, mais peu de gens le remarquent. Vous devez être très observateur, Harry McCoy.

– Déformation professionnelle, dit-il. Le Strathmore, c'est par là.

5

De l'extérieur, le Strathmore semblait toujours identique à lui-même, mais à l'intérieur tout avait changé. On se serait cru à présent dans le local d'une association étudiante. Toute la salle était plongée dans la pénombre, seulement éclairée par les projecteurs verts et rouges illuminant les posters des groupes punaisés aux murs et les pochettes de disques qui y étaient agrafées. Le juke-box le plus bruyant que McCoy ait jamais entendu jouait « All Right Now » à plein volume. Même l'odeur était différente, une odeur de patchouli et de sueur plutôt que de bière renversée et de tabac froid. On étouffait, la chaleur vous saisissait dès l'entrée.

La clientèle avait changé, elle aussi. Le Strathmore d'antan était un pub de buveurs, on y trouvait des hommes consommant leurs pintes en s'adressant à peine la parole, l'œil sur l'horloge pour ne pas rater l'heure des dernières commandes. Le seul jeune fréquentant les lieux était alors l'employé du bookmaker, qui venait ramasser les paris des habitués. McCoy pensait que la misère ambiante collerait bien dans le projet de Mila. C'était raté.

Aujourd'hui, il n'y avait plus un client au-dessus de vingt-cinq ans. Les garçons : chevelus et barbus, le visage luisant de sueur, jean à pattes d'eph' et tee-shirt ou marcel. Les filles : cheveux longs et raides, salopette ou short, chaussures à semelles compensées. Certaines avaient même de petites étoiles collées sur les joues. Et tous, garçons ou filles, semblaient fumer une cigarette roulée.

McCoy choisit une table le plus loin possible du juke-box, et Mila s'assit, retira immédiatement sa veste et commanda une vodka-tonic. McCoy retira lui aussi sa veste, retroussa ses manches, ôta sa cravate, la fourra dans sa poche et défit les boutons du haut de sa chemise. Il avait un peu moins l'impression d'être un flic.

– Je peux vous laisser ? demanda-t-il. J'en ai pour une minute.

– T'inquiète pas, dit une fille assise à la table voisine. On va s'occuper d'elle. Viens t'asseoir avec nous. Viens, ma belle !

Mila tenta de refuser, mais la fille ne voulut rien savoir. Elle tapota la place qu'elle venait de lui faire à côté d'elle sur sa banquette.

– Là. T'as une place. Viens !

Mila céda. Elle se leva et alla s'asseoir à côté de la fille. Elle tenta de poser son sac sur la table au milieu des verres vides et des cendriers mais sans succès. Les filles assises autour semblaient avoir attaqué depuis un moment, toutes avaient l'air agréablement stone ou éméchées. Elles crièrent bonjour à Mila et engagèrent la conversation. L'une d'elles lui demanda où elle avait trouvé son haut. Une autre lui proposa une gorgée de sa pinte.

McCoy les laissa entre elles et s'approcha du comptoir en fouillant la salle du regard. Pas de Laura ni de Donny MacRae en vue. Il s'écarta pour laisser passer deux filles fonçant vers les toilettes en en soutenant une troisième. Celle-ci avait manifestement pris un truc qui ne lui avait pas réussi : elle avait les yeux grands ouverts et parlait entre ses dents des « yeux du papier peint », entre le rire et les larmes, ses pieds traînant sur le sol.

Le juke-box ronronna à nouveau, un disque y tomba avec un claquement et « Drive-In Saturday » retentit. McCoy se fraya un chemin à travers les corps transpirants agglutinés près du comptoir, dont il atteignit une extrémité. Il y avait tout de même certaines choses au Strathmore qui n'avaient pas changé. Tam Dixon était toujours derrière le comptoir, avec ses cicatrices, son air mauvais et sa boule à zéro.

Ils se serrèrent la main.

– Harry McCoy, dit Tam. Ça fait un bail, qu'est-ce qui t'amène ici ?

– C'est quoi, tout ça, Tam ? demanda McCoy en regardant la foule de jeunes autour de lui.

Il y en avait même qui dansaient là où se trouvaient autrefois les tables de dominos.

– C'est arrivé quand ?

Tam se pencha en avant pour se faire entendre malgré le juke-box.

– Y a à peu près un an. C'est grâce à P'tit Tam. C'est lui qui a fait mettre le juke-box, ç'a attiré les jeunes. T'as de la chance, y a pas de concert ce soir, ce serait encore plus bondé, sinon.

« You-hou ! » cria une fille près du comptoir en agitant un billet d'une livre à son attention. Tam la foudroya du regard, et le billet et le sourire de la fille disparurent.

– Franchement, Harry, c'est infernal – le bruit, les gonzesses qui gerbent partout –, mais la vache, qu'est-ce qu'ils descendent, ces jeunes ! Je me suis jamais fait autant de fric de ma vie.

Un garçon se faufila à côté de McCoy, tee-shirt Mickey Mouse, velours à pattes d'eph', tennis. Il devait venir de danser, la sueur collait ses longs cheveux à son crâne. Tam le servit et lui donna deux pintes.

– Tu ne fais plus attention à l'âge, Tam ? s'enquit McCoy en regardant le garçon aller retrouver les danseurs et donner l'une des pintes à une fille qui ressemblait à la petite sœur de Marianne Faithfull. Il ne doit pas avoir plus de seize ans, c'est un vrai centre de loisirs, ici.

– C'est pour ça que t'es là, Harry ? dit Tam, sur la défensive. Pour vérifier l'âge de mes clients ?

McCoy secoua la tête.

– Non. L'habitude. Je peux pas m'en empêcher.

Il sortit de sa poche la photo de Laura Murray et la donna à Tam.

– Tu l'as vue ici dernièrement ?

Tam tira des lunettes à monture noire de la poche de son pantalon, les ajusta sur son nez et regarda attentivement la photo, la rapprochant pour mieux la voir. Il secoua la tête.

– Non, je l'ai jamais vue.

– Tu prends des cours de théâtre, Tam ? C'est pour ça, les lunettes ? Pour être plus convaincant ? Elle était là hier soir, Donny MacRae avait ses mains partout sur son cul. Elle a quinze ans. Je suis un flic important, maintenant. Je suis inspecteur. Je peux faire fermer ce bar en vingt minutes, alors arrête de te foutre de ma gueule.

Tam soupira. Il fit signe à un jeune barman avec des cheveux roux crépus et un tee-shirt Led Zeppelin de le remplacer, souleva l'abattant du comptoir et invita McCoy à le rejoindre de son côté. Il le fit passer devant le téléphone mural, les caisses de bouteilles vides, les grands fûts métalliques, et entrer dans le salon.

Lorsqu'il referma la porte derrière lui, les cris et David Bowie se turent net. McCoy regarda autour de lui. Moquette bleue à motif tourbillonnant, téléviseur noir et blanc en sourdine – une interview de Robin Day –, tableau d'un vallon des Highlands au-dessus de la cheminée. Un beau petit nid douillet.

Tam lui servit un whisky de la bouteille sur le buffet, du bon, pas celui qu'il servait au comptoir, et laissa tomber sa grosse carcasse dans le canapé.

– C'est vrai. Elle était bien là hier soir, et complètement bourrée, elle faisait n'importe quoi. Elle est repartie avec lui. Donny MacRae.

Il se lécha nerveusement les lèvres.

– Tu le connais ?

McCoy acquiesça.

– Un des gars d'Alec Page, c'est ça ?

Tam siffla entre ses dents.

– Oh, non, plus maintenant. Alec Page est à l'hosto. Et il n'est pas près d'en ressortir.

– Quoi ? Qu'est-ce qui s'est passé ?

Tam retira la bande dorée d'un paquet neuf de Kensitas et en alluma une.

– C'est arrivé il y a deux semaines, on l'a retrouvé dans un appart de Barlornock. Deux grandes entailles sur le visage, son nez ne tenait plus que par un fil. On lui avait coupé aussi le haut des oreilles.

– La vache…

– Et c'est même pas le pire. J'ai entendu dire qu'on lui avait cassé tous les doigts, les os en mille morceaux.

– On a chopé le coupable ?

Tam pouffa.

– Qu'est-ce que tu me demandes, là ? T'es flic, putain !

– Ouais, mais Barlornock, c'est pas mon secteur. C'est le commissariat Nord qui a dû s'en occuper. Ils ont arrêté quelqu'un ? Remarque, pour ces charlots, ce serait une première.

Tam secoua la tête et but une gorgée de son whisky.

– Non, et ça m'étonnerait que ça arrive. Personne ne parle, mais disons que c'est Donny MacRae le chef des gars de Page, maintenant. Déduis-en ce que tu veux.

– La fille est avec lui ?

Tam haussa les épaules.

– J'en sais rien. Elle l'était hier soir. J'espère que c'est pas permanent, pour elle comme pour toi. On n'arrive pas en haut de l'échelle comme MacRae en étant un tendre.

McCoy avala le reste de son whisky et posa son verre sur la table basse carrelée.

– Faut que je la retrouve, Tam.

Tam parut hésiter, il tripota les mégots dans le cendrier sur l'accoudoir du canapé. Il finit par se décider à parler. Il avait l'air grave, effrayé, même.

– Je ne t'ai rien dit, Harry, je suis sérieux. Je ne veux pas avoir d'emmerdes avec MacRae. Je ne veux même pas qu'il connaisse mon nom. Promis ?

McCoy acquiesça.

– C'est une vraie saloperie, ce mec, les histoires qu'on raconte…

McCoy leva les mains.

– OK, c'est bon ! Je vois le topo. Tu te chies dessus. Je ne dirai rien à personne. D'accord ?

Le hochement de tête de Tam se transforma en quinte de toux. Une vraie toux grasse de fumeur. Il cracha des mucosités dans un mouchoir en tissu, qu'il regarda avant de le replier et de le ranger.

– MacRae a un appart du côté de Dennistoun. Dans Whitehill Street. La dernière allée avant l'usine. S'il n'est pas ici ou au Lamplight, il doit être là-bas.

McCoy laissa Tam assis dans son petit salon et repassa de l'autre côté du comptoir. Il prit une vodka-tonic pour Mila et une pinte pour lui, puis regagna la table. Il s'apprêtait à s'excuser d'avoir mis si longtemps quand il s'aperçut que la table était vide. Mila et les filles étaient parties.

– C'est toi, le flic ?

Il se retourna. Un jeune barbu aux longs cheveux bruns se tenait devant lui, une pinte à la main.

McCoy opina.

– Mila m'a demandé de te dire qu'elle était allée à une fête, qu'il ne fallait pas t'inquiéter pour elle.

Puis, lui tendant sa veste :

– Elle a dit qu'elle te verrait une autre fois.

McCoy resta planté là comme un con – un *vieux* con, qui plus est –, son verre dans une main, sa veste de costume dans l'autre. Le vin rouge au dîner avait dû lui monter à la tête. Il s'était pris pour un tombeur, il avait cru impressionner Mila. Il redescendait sur terre, à présent. Pourquoi une fille comme Mila, âgée de dix ans de moins que lui, belle, intelligente, talentueuse, se serait-elle intéressée à lui ? Un flic de trente ans en costard John Collier, avec ses cheveux qui commençaient à grisonner et ses taches de sueur sur sa chemise.

Il vida la vodka-tonic et laissa la pinte sur la table. S'il se dépêchait, il pouvait encore arriver au Victoria avant la fermeture et y refaire le monde avec tous les autres pauvres couillons solitaires en quête d'un verre de plus un vendredi soir.

Le juke-box se remit à jouer. T. Rex. C'était vraiment le moment de partir. Il chercha une dernière fois Laura Murray des yeux, en vain. Il y avait en revanche beaucoup de filles comme elle. Trop jeunes pour être là, trop maquillées, trop bourrées pour faire attention à elles. La seule différence, c'était qu'elles ne venaient pas de Bearsden et n'avaient pas de père au conseil de Glasgow ni d'oncle à la direction de la police. Elles n'avaient pas de gens comme lui pour les rechercher.

McCoy passa près d'un couple en train de s'embrasser, poussa la porte et sortit dans Maryhill Road. Il remplit ses poumons d'air frais, puis alluma une cigarette, jeta son allumette dans le caniveau et se mit à marcher.

Il ne pouvait pas sauver toutes les filles de Glasgow.

8 août 1965

Richmond

Pour les Beatkickers, tout s'était arrêté avant d'avoir commencé. Leur single n'avait pas été diffusé par les radios, ils n'étaient pas entrés dans les charts, et Parlophone n'avait plus voulu entendre parler d'eux. Et voilà. Chacun était rentré chez soi, sauf lui. Pas question de rentrer à Arden et d'entendre son père lui dire qu'il aurait mieux fait de l'écouter et d'apprendre la menuiserie.

Il était resté à Londres, avait mis son costume au clou et pris une chambre dans une maison de Kensal Rise. Une cohabitation avec des terrassiers irlandais. Voyant sa guitare, ils lui avaient dit qu'il pouvait gagner de l'argent en jouant dans les pubs de Kilburn, et c'est ce qu'il avait fait. Il avait atterri avec un groupe qui avait une résidence au Galtymore. Ils reprenaient les titres des charts de la semaine, des ballades irlandaises pour les plus vieux, « Joyeux Anniversaire ». Lui, il s'en foutait, il gagnait de l'argent, et il avait commencé à acheter de la dope aux Caribéens de Bonchurch. Il s'éclatait, mais il savait qu'il faisait du sur-place.

Il s'était mis à lire Melody Maker *et avait appris où se produisaient les bons groupes. Eel Pie Island, le Marquee. Il avait commencé à se libérer une soirée par semaine pour aller rencontrer des gens, essayer de se faire des amis et de se rapprocher de son but : intégrer un vrai groupe.*

Un soir, au Marquee, alors qu'il regardait les Who, il avait bavardé avec un type qui s'était présenté comme étant leur manager, un drôle de type BCBG avec des cheveux ondulés, un certain Kit. Bobby lui avait expliqué qu'il était guitariste, et le type l'avait informé que Long John Baldry montait un nouveau groupe et cherchait quelqu'un. S'il se débrouillait bien, lui avait-il dit, il pouvait lui obtenir une audition. Et il la lui avait obtenue.

Le soleil était levé, il commençait à faire chaud. Bobby termina son reste de joint, l'expédia dans le fleuve et repartit vers l'Athletic Grounds. Il dut se faufiler à travers la foule assise sur l'herbe. Les gens étaient tous stone ou faisaient semblant de l'être et se passaient des bouteilles de vin rouge bon marché. Il finit par arriver là où on avait installé la scène et passa derrière. Il vit John. Difficile de le rater, avec ses deux mètres. Il commença à marcher vers lui, puis s'aperçut qu'il était entouré d'Eric Burdon, de Julie Driscoll, du jeune Stevie Winwood. Il fit demi-tour et repartit dans l'autre sens.

Juste ce qu'il lui fallait pour son premier concert. Savoir que toutes ces célébrités seraient là le rendait déjà assez nerveux. John lui avait dit qu'il y aurait peut-être quelques invités, il avait l'air de connaître tout le monde, mais Bobby ne s'attendait pas à ça. Il s'assit près d'un couple avec un chiot, et la fille se pencha vers lui et lui proposa leur bouteille de vin. Il but une grande gorgée, les remercia. Il savait jouer, il ne doutait jamais de ça. Ce qui l'inquiétait, c'était trouver des choses à dire à ces gens-là.

– Hé ! Branleur !

Une voix à l'accent cockney, au loin.

Il leva les yeux et aperçut Rod qui venait vers lui. Il sourit. Rod the Mod. Les cheveux en pétard avec quelques mèches sur le front, jean blanc, col roulé noir, blazer rayé. Le seul de la bande qui faisait attention à lui, à qui il pouvait parler. Ça lui plaisait qu'il soit de Glasgow.

– Qu'est-ce que tu fous, assis là ? lui demanda-t-il en regardant la fille au chiot.

Bobby secoua la tête.

– Je réfléchissais.

– Ouais, ben, arrête. On est sur scène dans vingt minutes. Juste le temps de se bourrer la gueule.

Bobby acquiesça et se leva.

– Tu veux bien me rappeler pourquoi t'es écossais, déjà ? demanda-t-il, tandis qu'ils se dirigeaient vers les coulisses.

– Parce que je le dis, connard ! rétorqua Rod.

Sur quoi il lui donna une tape derrière la tête et se mit à courir. Se retournant, il lui lança :

– Grouille ! Plus que dix-neuf minutes !

14 juillet 1973

6

Si McCoy avait oublié l'importance de la foire de Glasgow, elle lui fut rappelée dès que le taxi s'engagea dans Killermont Street. Une trentaine de cars spéciaux étaient alignés devant la gare routière, leurs destinations indiquées sur des cartons scotchés aux pare-brise. Dunoon, Fairlie, Troon. Devant ceux-ci, la casquette à l'arrière de la tête, les manches retroussées, les chauffeurs fumaient une dernière cigarette et se passaient une bouteille d'Irn-Bru.

Le taxi s'arrêta au feu, et McCoy regarda la longue file de familles attendant de monter à bord. Des parents, quelques grand-mères, tous chargés de sacs et de valises. Ils tentaient en vain de calmer les enfants surexcités, endimanchés pour le voyage. Ils devaient être plus de deux cents. Tous pressés de passer une quinzaine de jours dans une pension de famille avec condiments non compris et draps en nylon. McCoy ne les enviait pas.

Se penchant en avant, il retira sa veste et retroussa ses manches. Il n'était que huit heures et demie, et il faisait déjà plus de quinze degrés. La vague de chaleur ne semblait pas décidée à se terminer. McCoy aimait le beau temps comme tout le monde, mais là, ça commençait à faire trop. Glasgow n'était pas habituée à ces météos-là, et elles ne la flattaient pas. La lumière crue du soleil révélait la réalité de la ville – pas de nuages ou de bruine pour atténuer le tableau. Elle soulignait sa déliquescence, les détritus dans les rues, les visages ravagés du groupe d'hommes tremblotants devant le marchand de vins, qui attendaient son ouverture.

La ville était devenue poussiéreuse, sèche. Même son odeur était différente ; elle sentait le bitume chaud, les égouts, la nourriture avariée dans les poubelles. C'était le genre de météo qui mettait les gens à cran et leur faisait faire des bêtises, boire trop, se battre. De ce côté-là, Glasgow était déjà bien servie.

Il se mit à bâiller tandis que le taxi roulait vers le centre-ville, il n'arrivait plus à s'arrêter. Il n'avait pas l'habitude d'être debout si tôt un samedi matin, mais c'était nécessaire. Le fait qu'il soit resté au Victoria jusqu'après minuit n'arrangeait sans doute rien. Il se revoyait planté au Strathmore, une pinte dans une main, une vodka dans l'autre. Un souvenir encore cuisant. Il avait appelé le commissariat dès son réveil. Toujours rien de neuf, selon Billy. Tout le monde bossait à fond sur l'affaire mais on restait dans le noir complet.

S'il était debout de si bonne heure, c'était parce que les gars comme Donny MacRae ne l'étaient généralement pas, et il voulait le prendre par surprise, encore à moitié endormi. Et si Laura Murray avait passé la nuit avec lui, tant mieux. Il la ramènerait chez elle avant midi. Il avait peut-être même une chance de passer l'après-midi au parc avec un journal, des sandwichs et quelques canettes.

Dix minutes plus tard, le taxi s'arrêta devant l'usine Wills, la fabrique de cigarettes, dans Alexandra Parade. Il avait toujours aimé cette usine, il ne savait trop pourquoi. On aurait dit un palace des années 1930, avec deux grandes inscriptions : CAPSTAN sur une aile, GOLDEN VIRGINIA sur l'autre. C'était la première fois qu'il la voyait fermée, des chaînes aux barrières, portes closes. La foire de Glasgow : deux semaines durant lesquelles les usines fermaient et vous preniez vos vacances, que ça vous plaise ou non.

Il paya le chauffeur, traversa la rue et s'engagea dans Whitehill Street. D'un côté, la ligne d'immeubles noirs de suie, de l'autre les usines chimiques. Une Austin Morris solitaire, garée à moitié sur le trottoir. Il trouva l'allée dont lui avait parlé Tam, le numéro 286. Peint en blanc sur le mur, slogan des Spurs. Une vitre cassée près de l'entrée, les fissures recouvertes de scotch marron.

Il laissa tomber sa cigarette par terre, l'écrasa du pied et entra dans l'obscurité de l'allée. Au fond de lui, il trouvait que Murray et les parents de la gamine s'y prenaient mal. À ses yeux, le moyen le plus simple pour ramener une fille comme Laura chez elle était de la laisser partir. Le charme d'habiter un studio dans un immeuble de merde comme celui-là avec un petit copain, si beau soit-il, incapable d'aligner trois mots, s'émousserait très vite. Pas d'argent, pas de famille, rien d'autre que Donny MacRae lui demandant pourquoi elle n'avait pas lavé son linge et la giflant pour que ça ne se reproduise pas. Mais bon, ce n'était pas à lui de décider, il se contentait de faire ce qu'on lui avait demandé. Au boulot.

Il monta jusqu'au dernier étage et se fraya un chemin au milieu des bouteilles de bière vides et des journaux encombrant le palier, s'arrêta devant la porte de MacRae et écouta.

Rien.

Il frappa.

Rien.

Il frappa à nouveau, plus fort, il donna même un coup de pied. Toujours rien. Il jura, puis tenta d'actionner la poignée. Il fut surpris de la voir tourner. La chance était avec lui, pour une fois. Il poussa la porte, entra et le regretta aussitôt.

Pas difficile de comprendre pourquoi MacRae n'avait pas ouvert. Il était étendu sur le lit escamotable, très pâle et très mort, seulement vêtu d'un slip bleu et d'une chaussette de foot rouge. Ses yeux grands ouverts fixaient le plafond, et sa poitrine était lardée de coups de couteau. Le drap blanc crasseux sur lequel il se trouvait était trempé de sang – un sang qui, McCoy le remarqua, commençait tout juste à sécher.

Pris de vertiges, il s'empressa de détourner la tête, compta de dix à un, tenta de respirer doucement. Il entendait les mouches bourdonner contre les vitres, un camion passer dans Alexandra Parade, le tintement des bouteilles dans la camionnette d'un laitier. Il y avait un poster des Rangers au mur. Il le regarda, tenta de se rappeler les noms des joueurs : Sandy Jardine, John Greig, Alfie Conn ? Les vertiges commencèrent à s'estomper ; il se sentit revenir à la normalité. Il tenta de regarder MacRae, réussit sans que la tête lui tourne. Il espéra qu'il allait tenir le coup.

L'appartement de MacRae était un studio typique dans un coin d'un immeuble. Lit, cuisine, tout tenait dans une pièce d'une trentaine de mètres carrés, dont le papier peint se décollait et qui était imprégnée d'une sourde odeur d'humidité. On entendait comme un tic-tac régulier. McCoy crut au début qu'il s'agissait d'une horloge, il lui fallut quelques instants pour comprendre qu'il se trompait. C'était le sang s'écoulant de la main de MacRae et tombant dans la flaque brillante qui se formait sur le lino.

Il s'approcha du lit et regarda ce qui restait du petit ami de Laura. Le sang raidissait ses cheveux roux coiffés en pétard, et celui qui avait coulé des entailles sous ses yeux bleu pâle était en train de coaguler près de son nez et de sa bouche. Il était, ou avait été, beau garçon. Malgré l'état de son visage, on le voyait encore. Un corps de boxeur, fin mais musclé. Un tatouage de Guillaume III sur le biceps. Le bad boy dont rêvaient toutes les petites bourgeoises rebelles comme Laura Murray. Pas étonnant qu'elle soit tombée amoureuse de lui. Elle était suffisamment accrochée pour préférer un trou comme celui-ci à une grande maison confortable à Bearsden.

Une mouche se posa sur le visage de MacRae, se promena, entra dans le sang au bord de son œil. McCoy regarda ailleurs. Il y avait des limites. Il était temps de faire le ménage.

Il n'y avait pas grand-chose à enlever. Un livre de poche sur le lit, une broche de terrier écossais posée sur la table. Un cendrier rempli de mégots tachés de rouge à lèvres au pied du lit. Il mit la broche et les mégots dans sa poche et prit le livre. Il y avait peu de chances pour que ce soit Donny MacRae qui ait lu la moitié de *Gatsby le Magnifique*, il le glissa donc dans sa poche également.

Passant son bras sous les oreillers, il redressa MacRae telle une infirmière veillant au confort d'un patient et tâtonna. Il préleva une nuisette roulée en boule et une boucle d'oreille, puis remit MacRae en place. Il n'était pas encore complètement froid, il ne devait pas être mort depuis longtemps. Difficile à dire avec cette chaleur. McCoy enfila sa veste et fourra la nuisette dans sa poche avec le reste.

Il était clair que Laura Murray avait quitté les lieux précipitamment – elle avait même laissé la porte ouverte. La vraie question était : était-elle partie avant ou après que Donny MacRae s'était fait trucider ? Mais ça, ce n'était pas le problème de McCoy. C'était celui de Murray. S'il avait bien fait son travail et n'avait rien oublié, Laura n'avait jamais mis les pieds là.

Il vérifia qu'il n'avait pas de sang sous les chaussures pour ne pas laisser d'empreintes, referma la porte de MacRae derrière lui, descendit l'escalier et sortit dans la rue. Whitehill Street était toujours calme, le quartier était encore endormi. Avec un peu de chance, personne ne l'avait vu, et même dans le cas contraire, on avait dû le prendre pour un client, rien d'anormal.

Une caravane était garée devant l'usine – CHEZ JEANE – SANDWICHS était peint sur le côté, l'auvent ouvert, des bols de sucre et un bocal de petites cuillers sur le comptoir pliant.

Il se demanda pourquoi c'était ouvert alors qu'il n'y avait pas d'ouvriers pour acheter quoi que ce soit, mais ça tombait bien : McCoy n'avait pas pris de petit déjeuner, et il crevait de faim. Il ne tarda pas à avoir une explication, bien que n'ayant demandé qu'une tasse de thé et un sandwich à la saucisse.

– Je n'ai rien d'autre à faire, mon gars. Je suis ici tous les jours à six heures pour les ouvriers de l'usine, et je reste jusqu'à la fermeture des pubs.

Elle rit.

– Je fais partie du décor.

La femme derrière le comptoir montra du doigt la photo encadrée d'un jeune homme, l'air timide, avec des lunettes et en uniforme de marin, accrochée près de la plaque de cuisson.

– J'ai perdu mon fils à la guerre. Un Boche a bombardé son bateau. Tout l'équipage perdu. Deux mois seulement avant que ces salauds se rendent, en plus. Le malheureux.

Elle se signa.

– On a voulu me remettre une médaille à titre posthume. Je leur ai dit où ils pouvaient se la mettre. On m'a pris mon garçon. Je veux qu'on me le rende, pas qu'ils me donnent une petite pièce de monnaie sur un bout de ruban. Voilà, c'est ça mon histoire. Je suis ici, qu'il pleuve ou qu'il vente. Qu'est-ce que je vais faire chez moi ? Rester assise dans une maison vide à me tourner les pouces ? Pas question. Je deviendrais chèvre. Je préfère être ici à regarder passer le monde. Si ça me plaît, à moi ?

– Vous avez bien raison, dit McCoy, un peu surpris par le désir de cette femme de lui raconter toute sa vie. Vos sandwichs sont délicieux, en plus. Je vais en reprendre un.

Tandis qu'elle s'activait, il décida de tenter le coup.

– Je peux vous poser une question ?

Il désigna du doigt le côté de la caravane.

– Jeane, c'est bien ça ?

Elle acquiesça.

Il lui tendit la photo de Laura Murray. Elle la prit et la regarda.

– Vous l'avez vue par ici ? demanda-t-il.

Jeane leva les yeux vers lui.

– Pourquoi vous voulez le savoir ?

– Ses parents la cherchent, elle n'a que quinze ans. Je voudrais la ramener chez elle.

Jeane donna son sandwich à McCoy, retira la barre d'appui de l'auvent et abaissa celui-ci, pour révéler une grande peinture de sandwich au bacon. Enfin, un cercle marron rayé de deux bandes rouges, mais ça devait être l'idée. Elle réapparut de derrière la caravane avec deux paquets de cigarettes à la main.

– Vous en voulez un ? J'en ai des centaines – les filles de l'usine me les échangent contre des sandwichs.

McCoy accepta, et ils traversèrent la rue pour aller s'appuyer contre le parapet du canal des Monklands. Ce canal n'en était plus vraiment un, à présent c'était une longue tranchée envahie par les mauvaises herbes. On l'avait vidé quelques années plus tôt, encore une autoroute qu'on projetait de construire.

Jeane sortit une boîte de Swan Vestas et alluma sa cigarette. McCoy estima qu'elle avait besoin d'un petit coup de pouce supplémentaire. D'un petit mensonge.

– Avec la disparition de la petite Kelly, les parents craquent. Ils se demandent si ce n'est pas ce qui est arrivé à leur fille. La mère est dans tous ses états, elle n'arrête plus de pleurer, le père passe ses journées et ses nuits dehors à sa recherche. Vous l'avez reconnue, non ? Vous voyez tout ce qui se passe, ici. Aidez-nous, Jeane. S'il vous plaît.

Il en resta là et prit l'air le plus triste possible. Ça sembla marcher. Jeane se mit à parler.

– Elle était là ce matin, dit-elle. Elle pleurait comme une Madeleine.

– Pourquoi ? demanda McCoy, l'air innocent.

– Allez savoir. Impossible de lui faire dire quelque chose de clair, je lui ai donné une tasse de thé, j'ai essayé de la calmer. Elle est montée dans un taxi, et voilà.

– Elle a dit où elle allait ?

Jeane secoua la tête.

– Non. Mais j'ai entendu ce qu'elle a dit au chauffeur.

– Oui, quoi ?

– Elle lui a demandé de la laisser dans Queen Margaret Drive. Près du square.

McCoy la remercia et remonta la rue. Jeane ne lui avait pas dit grand-chose, mais ce serait peut-être suffisant pour retrouver Laura Murray. Il s'arrêta à une cabine téléphonique devant le Royal. Il décrocha le combiné alors qu'une ambulance arrivait, gyrophare allumé, sirène hurlante.

– Vous vous foutez de ma gueule ! s'écria Murray lorsqu'il lui eut expliqué la situation. Mort ? Vous êtes sûr ?

– Oh, oui. Tout ce qu'il y a de plus mort.

McCoy tenait la porte de la cabine ouverte ; la chaleur rendait l'odeur de pisse insupportable.

– Le corps est dans un état pas possible, il a dû recevoir au moins une vingtaine de coups de couteau.

McCoy entendit farfouiller à l'autre bout de la ligne. Avec la nouvelle qu'il venait de lui annoncer, Murray devait chercher sa pipe. Il reprit le combiné.

– Bon Dieu… Quel merdier…

– Comme vous dites. Mais si tout va bien, elle n'y sera pas associée. J'ai effacé toute trace de Laura Murray sur les lieux. Je vais prévenir le commissariat Nord anonymement. Quand ils verront qui c'est et comment il est mort, ces charlots vont tout de suite penser à un règlement de comptes.

– Et c'en est un ?

– Qui sait ? Ça a pas mal joué des coudes entre caïds, ces derniers temps. C'est possible.

Un temps, puis Murray posa l'inévitable question. Celle que McCoy ne voulait même pas envisager.

– Vous ne croyez pas que Laura soit mêlée à ça ?

Un vieux était apparu devant la cabine avec une facture de gaz à la main et le regardait d'un air mauvais. McCoy se tourna de l'autre côté. Il tenta de garder une voix posée.

– À vous de me le dire, Murray. C'est votre nièce. Moi, je ne la connais même pas.

– Je ne suis pas sûr de la connaître encore. Si elle a quelque chose à voir là-dedans, il va falloir qu'on l'interroge. Bon Dieu…

– Écoutez, dit McCoy en faisant aller et venir la porte à la manière d'un éventail (combien de gens avaient pissé dans cette cabine ?). Ce n'est sûrement pas elle. Elle a quinze ans, c'est une gentille fille, elle va dans une école privée et elle joue sûrement au netball. Vous la croyez vraiment capable de prendre le dessus sur quelqu'un comme Donny MacRae ? Et de le tuer à coups de couteau sans qu'il puisse réagir ? MacRae savait se défendre. Il ne se serait pas laissé planter par une adolescente.

À moins qu'elle ne l'ait attaqué pendant son sommeil, songea-t-il, mais il ne voulait pas suggérer cette idée à Murray. Inutile de lui donner une crise cardiaque avant d'avoir parlé à Laura et de savoir ce qu'il en était.

– Vous êtes toujours là ? demanda McCoy.

Le vieux était passé de l'autre côté de la cabine et le regardait à nouveau.

– Oui, dit Murray. Je réfléchissais. Vous avez raison. C'est sûrement un de ses collègues de gang. Vous pensez pouvoir la retrouver bientôt ?

– J'y travaille. Je vous tiens au courant.

McCoy raccrocha. Il fut tenté de passer un autre coup de fil pour emmerder le vieux con, mais il s'abstint et lui tint la porte.

– Je te la laisse, mon gars. Profite bien de la pisse.

L'homme reprit la porte, grommela « Petit saligaud » entre ses dents et s'enferma dans la cabine.

7

McCoy vit à la tête de Billy, le sergent de l'accueil, qu'il ne passait pas une bonne journée. Il tenait un combiné coincé entre la joue et l'épaule pendant que l'autre téléphone sur le comptoir sonnait furieusement. Il faisait face à une invasion. Il raccrocha le combiné sous sa joue et, décrochant l'autre, le posa sur le bureau et siffla « Ta gueule ! » en le regardant.

– Tout va bien, je vois, dit McCoy.

– Ouais, toi aussi, ta gueule, gros malin, rétorqua Billy.

– Du nouveau ?

Billy secoua la tête.

– Silence radio au Woodside.

Il prit un sandwich rassis dans un sac sur le comptoir et commença à mâcher. Le téléphone se remit à sonner. Il décrocha.

– Stewart Street.

Il écouta. Grimaça.

– Oui, en effet, je mange. Un sandwich de la veille, pour tout vous dire. C'est tout ce que j'ai parce que j'ai passé toute la nuit derrière ce foutu comptoir. Ça ne vous dérange pas, j'espère ?

McCoy entendait la voix en colère de la femme à l'autre bout de la ligne. Il laissa Billy à ses affaires et entra dans la salle principale.

Pour une fois, ce n'était qu'une salle pleine de bureaux vides. Le brouhaha, les téléphones qui sonnaient – il n'y avait rien de tout ça. Même l'habituel brouillard de fumée de cigarette n'était pas là. McCoy n'avait jamais vu cet endroit aussi vide. Entre les vacances et Alice Kelly, il était le seul présent. Du moins, c'est ce qu'il croyait.

– Du nouveau au Woodside ?

L'agent Walker sortit de dessous un bureau, un crayon à la main.

– Je l'avais fait tomber, expliqua-t-elle en souriant.

– Pas selon Billy, répondit McCoy.

Puis, étonné :

– Tu n'es pas là-bas ?

– J'y étais. M. Raeburn m'a renvoyée ici. J'imagine qu'ils avaient assez de monde pour distribuer les verres d'eau.

– Ça fait combien de temps que tu es chez nous, Tracey ? demanda McCoy en retirant sa veste.

Elle réfléchit un instant.

– À peu près quatre mois.

– Ça te plaît ?

Elle eut l'air méfiant.

– Officieusement, ajouta-t-il.

Elle parut soulagée.

– Pas vraiment, pour être honnête. J'espérais faire plus que préparer le thé et essayer de rire aux plaisanteries insultantes, mais jusqu'ici ça s'arrête là. Ah oui, je m'occupe des poivrotes, en cellule, qui n'ont pas de protection hygiénique. L'ambition de ma vie, bien sûr. Je me prépare un thé. Vous en voulez un ?

McCoy acquiesça et la regarda se diriger vers la petite cuisine. Quel âge avait-elle ? Vingt-cinq ans ? Mignonne, l'air intelligent. Comment une fille comme ça pouvait-elle vouloir devenir policière ? Pour elle, c'était perdu d'avance. C'était déjà assez difficile pour une femme d'être prise au sérieux dans ce genre de métier, alors jeune et belle…

Il s'assit à son bureau. Ça faisait un peu bizarre, dans cette ambiance. Il se pencha sur le côté et alluma la radio de Thomson pour combler le silence. Le riff de guitare saccadé de « Brown Sugar » s'estompa pour laisser la place à « Yellow River ». Il se pencha à nouveau et coupa la radio. Il y avait des limites à ce qu'un homme pouvait supporter.

Il se renversa en arrière sur sa chaise et écouta Tracey chantonner dans la cuisine en se demandant ce qui se passait au Woodside Inn. Alice Kelly avait disparu depuis presque quarante heures. Si on avait dû la retrouver vivante, ce serait sans doute déjà fait. Qu'on le veuille ou non, on cherchait un cadavre à présent. Le téléphone sonna et le fit sursauter. Il décrocha.

– McCoy, dit-il.

– Faut que je parle à un inspecteur.

Une voix d'homme âgé, une voix rauque.

– Je suis inspecteur, vous désirez ? dit McCoy, tirant le crayon de derrière son oreille et cherchant du papier.

– Je l'ai tuée, et je l'ai baisée une première fois, et je l'ai baisée encore.

McCoy soupira et posa son crayon.

– Et vous vous appelez, monsieur ?

La ligne fut coupée net. Il raccrocha.

– Billy ! cria-t-il en direction de l'accueil. Tu devais pas filtrer les cinglés ?

– Fais pas chier ! lui répondit Billy, exaspéré. Je suis tout seul, ici, et ça sonne toutes les cinq minutes ! Je peux pas tous les intercepter !

Il n'avait pas tort. Ce genre d'affaire les attirait comme le miel attire les guêpes.

C'est moi qui l'ai enlevée.

Je sais qui l'a enlevée. C'est mon patron.

Mon voisin a l'air louche. J'ai trouvé des pornos dans sa poubelle.

J'ai vu une soucoupe volante au-dessus de Maryhill Road.

Mon beau-frère aime les petites filles, il traîne toujours devant les cours d'école.

Etc., etc. Tous les dingues de Glasgow sortaient de leur trou.

L'agent Walker apparut avec deux tasses de thé et en posa une sur le bureau de McCoy.

– Merci.

Il goûta. Infect. Le téléphone se remit à sonner.

– Billy ! protesta-t-il.

– C'est sérieux, cette fois, rétorqua Billy.

– Y a intérêt, grommela McCoy en décrochant.

Il écouta. C'était sérieux, en effet.

8

L'adresse était située à Thornliebank, à la limite de Glasgow. Tellement à la limite que McCoy n'était pas sûr que ce soit encore Glasgow. Paisley, peut-être ? East Renfrewshire ? Ce qu'il savait, en tout cas, c'est que c'était vachement loin.

Il réussit à convaincre un agent en uniforme, qui devait se rendre au commissariat de Paisley pour un foot à dix, de le déposer, il lui fit croire que c'était sur sa route. Il s'appelait Jamie, un balèze des Highlands aux cheveux blond-roux et aux mains larges comme des poêles à frire. Ils se faisaient rares, ces grands Highlanders. Il y en avait à la pelle aux débuts de McCoy : des costauds bourrus du Nord, des types qu'il ne fallait pas emmerder. La moitié des flics de Glasgow, à l'époque, c'étaient des types comme ça. On adorait les recruter. On pensait que n'ayant aucun lien avec la population locale, ils avaient moins de chances de se laisser corrompre ou de fermer les yeux sur les activités d'un cousin cambrioleur. On les croyait également « de bonne moralité ». La moitié d'entre eux étaient des fidèles de l'Église libre d'Écosse. Des hommes qui craignaient Dieu. Il en restait un qui était inspecteur au commissariat Ouest, McCormack, un nom comme ça. Il habitait dans la même rue que McCoy, d'ailleurs. Il venait de Ballachulish. Discret, réservé. Il avait bonne réputation.

Jamie conduisait lentement et parlait peu. Ça convenait très bien à McCoy. Il baissa sa vitre, et l'air s'engouffra dans l'habitacle. Une odeur d'herbe coupée, de gaz d'échappement, de terre desséchée. Une odeur d'été.

– Tu crèves pas de chaud avec cet uniforme ? demanda-t-il.

Jamie hocha la tête.

– Je suis en eau.

Et ce fut tout. Il ne décrocha plus un mot jusqu'à l'arrivée. Il se rendit sans doute compte du détour que lui avait fait faire McCoy.

Comme la plupart des rues de Thornliebank, Arden Avenue était longue et bordée de petites résidences à un étage, aux façades crépies, avec des jardinets bien entretenus devant et des enfants qui filaient tout autour sur leurs vélos et leurs patins à roulettes. Il passa devant un homme arrosant son jardin au jet et s'arrêta devant le numéro 23. Il ne savait pas trop ce qu'il allait dire à Wullie Mars. Peut-être celui-ci avait-il envie de parler à quelqu'un qui savait ce qui était arrivé à son fils. C'était une visite de courtoisie, au fond. Le genre de chose qu'il faisait quand il était simple agent. Il soupira, sonna et attendit.

– Vous cherchez Wullie ?

McCoy regarda autour de lui, la voix venait du jardin d'à côté. Un quinquagénaire vêtu d'un maillot de corps, d'un short et de chaussettes noires était assis dans un fauteuil recouvert de velours au milieu d'une pelouse desséchée. À côté de lui se trouvait une petite table où étaient posés une canette de bière et un livre de poche ouvert, *Papillon*.

Il vit que McCoy regardait le fauteuil.

– Je l'ai sorti ce matin, impossible de trouver la clef du cabanon.

McCoy hocha la tête, guère avancé.

– Les transats sont dans le cabanon, expliqua-t-il.

– Ah, fit McCoy. Wullie Mars, oui. Vous l'avez vu ? Il a dit qu'il serait là cet après-midi.

L'homme sourit.

– Ah bon ? L'abruti. Il n'est jamais chez lui. Il doit être là où il est tout le temps.

Il pointa le doigt vers un long bâtiment dans la rue parallèle.

McCoy gagna Nithsdale Road et contempla un moment le TRADE WINDS HOTEL, comme le proclamait fièrement son enseigne sur un gros bateau en fer forgé. La façade était blanche, ses lignes nettes – l'idée était sans doute de lui donner l'allure d'un yacht-club, effet quelque peu gâché par le graffiti sur le côté : GARE AU GANG DE HOLE-IN-THE-WALL ! Quelqu'un qui regardait trop de westerns.

Il y avait beaucoup d'établissements comme le Trade Winds à Glasgow. Des hôtels, pas des pubs. Personne n'y passait jamais la nuit, mais avoir une ou deux chambres en haut leur permettait d'obtenir un permis d'exploitation et de vendre de l'alcool le dimanche. Et c'était ce jour-là qu'ils réalisaient tout leur chiffre d'affaires, les gens y affluaient de partout. Il poussa la porte et entra.

La salle était immense. Vastes boxes, rangées de sièges, rangées de bandits manchots. Au fond, une scène. La fumée et la poussière tourbillonnaient dans la lumière qui entrait par les grandes fenêtres sur le côté. Ça ressemblait davantage aux bars qu'on trouvait dans les stations balnéaires Butlin's ou Pontins qu'à un pub, à cette différence près que les bars des stations balnéaires étaient des lieux animés et heureux, remplis de personnes qui passaient un bon moment. Le Trade Winds, c'était tout sauf ça. L'immensité de la salle soulignait l'air triste des cinq ou six petits groupes qui y étaient éparpillés. Tous des hommes âgés, tous sirotant une pinte, tous fumant pour l'Écosse.

McCoy s'approcha du comptoir et commanda un Coca et une pinte. Il but le Coca d'un trait et rendit le verre au barman.

– Vous aviez soif.

– Oui, confirma McCoy. Il fait toujours une chaleur à crever, dehors.

Il but une gorgée de sa pinte, puis demanda :

– Vous connaissez Wullie Mars ?

Le barman acquiesça et pointa le doigt vers un vieil homme assis tout seul près de la fenêtre. Malgré la chaleur, il portait une casquette et un gilet. Et malgré la distance, McCoy vit sa main trembler lorsqu'il porta sa pinte à sa bouche.

– Donnez-moi un double whisky, dit McCoy au barman. Qu'est-ce qu'il prend, d'habitude ?

Le barman pouffa.

– Il n'est pas difficile, croyez-moi. Un peu plus, et il boirait de la térébenthine.

Il appuya deux fois un verre sur le doseur Bell's et le posa devant McCoy.

– Donnez-lui ça. Il va croire qu'il a gagné au loto.

McCoy le prit et rejoignit Wullie Mars. Il avait devant lui une grande fenêtre panoramique avec vue sur un bureau de tabac, une Viva en stationnement et des gens faisant la queue à un arrêt de bus. Ce n'était pas la marina de Cowes.

– Monsieur Mars ? Vous avez appelé le commissariat, c'est moi que vous avez eu au téléphone. Inspecteur McCoy.

Les petits yeux chassieux du vieux se posèrent sur McCoy, puis sur le verre dans sa main.

McCoy le lui tendit.

– Pour vous, dit-il. Je peux m'asseoir ?

Mars acquiesça. Il prit le verre d'une main tremblante et le vida. Un air de soulagement apparut aussitôt sur son visage.

– Mes condoléances pour votre fils, dit McCoy. Il était jeune. Ç'a dû être un choc.

Mars hocha la tête. La distraction du whisky à présent éliminée, il regardait McCoy normalement. McCoy l'observa. Mars devait avoir une cinquantaine d'années, mais l'alcool avait fait son ouvrage : vaisseaux sanguins éclatés sur les joues et le nez, yeux cernés de rouge et larmoyants. Mains tremblantes. Il portait un pantalon de costume satiné, et la chemise de nylon blanc sous son gilet avait le col jauni.

– Oui. C'est vous le policier qui vous êtes occupé de lui ? demanda-t-il.

– Oui, dit McCoy.

– Où est son sac ? C'est vous qui l'avez ?

Étonnement de McCoy.

– Quel sac ?

Le visage de Mars se froissa, il eut l'air sincèrement peiné.

– Excusez-moi, dit McCoy, il avait une valeur sentimentale, ce sac ? Il contenait des objets personnels ? Des photos ?

La peine se mua instantanément en colère.

– Je le savais, cracha Mars. Un enfoiré l'a volé. Je le savais, putain.

Il dévisagea McCoy. Sa colère devenait de la rage. Il pointa vers lui un doigt taché de nicotine.

– C'est vous ? Vous l'avez pris, hein ?

– Moi ? Non ! Je suis de la police.

– Vous croyez que ça change quelque chose ? J'ai connu plus de flics véreux que j'ai fait de repas chauds.

– Je comprends. Je ne vous contredirai pas là-dessus, mais ce n'est pas mon cas, et il n'y avait pas de sac dans sa chambre. Je l'aurais vu.

Mars avait les poings serrés, il était tout rouge.

– Ouais, ben, quelqu'un l'a pris, et je le veux. Il me revient, non ?

McCoy acquiesça. Il commençait à se demander à quel point l'alcool avait attaqué Wullie Mars.

– Il était comment, ce sac ? demanda-t-il, essayant de le ramener sur le sujet.

Mars secoua la tête d'un air dégoûté.

– Un truc de hippie. En toile, avec une longue bandoulière, il le portait sur l'épaule. Il l'avait ramené de Grèce. Marron clair. Il l'avait depuis des années, il ne s'en séparait jamais.

– Et il y avait quoi, dedans ?

Le visage de Mars s'illumina.

– De l'argent, sûrement, ben oui, quoi. Ça marchait bien pour lui, il était riche.

Il esquissa un sourire affreux.

– Et son argent, c'est le mien, maintenant. Il me revient. Je suis son plus proche parent.

McCoy hocha la tête. Il revit Bobby Mars gisant sur son lit. Son père n'avait pas posé une seule question sur lui. Tout ce qui l'intéressait, c'était ce foutu sac et l'espoir d'un peu d'argent facile pour s'acheter à boire. Il était plus probable que ce sac contienne la drogue et les cigarettes de son fils plutôt que les liasses de billets qu'il imaginait.

– Il avait encore des copains ici ? s'enquit McCoy. Des copines ? Des gens qu'il fréquentait ?

Mars secoua la tête. Il regarda son verre vide. McCoy n'avait pas l'intention de mordre à l'hameçon. Pas encore.

– Non. Il ne venait même pas me voir moi. Il détestait Glasgow. Gamin, déjà, il n'avait qu'une idée, c'était de se tirer. Il est parti pour Londres quand il avait dix-sept ans. Il faisait partie d'un groupe. J'ai dû signer son contrat avec sa maison de disques parce qu'il était trop jeune. Il n'a jamais remis les pieds ici à moins d'y être obligé. Il détestait cette ville.

Son esprit parut s'égarer. Il regarda fixement la file de gens à l'arrêt de bus, sur le trottoir d'en face, puis il sortit soudain de sa rêverie et revint à McCoy.

– Vous allez retrouver l'enfoiré qui a piqué son sac, hein ? C'est du vol. C'est mon argent. Je ne travaille plus depuis des années. J'en ai besoin. J'y ai droit.

McCoy leva les mains.

– Je vais voir ce que je peux faire, d'accord ?

Mars acquiesça. Ses mains tremblantes prirent une cigarette déjà roulée dans sa boîte à tabac.

– Pourquoi il détestait tant Glasgow ? s'enquit McCoy.

Mars secoua la tête.

– Aucune idée. C'était chez lui.

Il regarda McCoy comme s'il venait d'avoir une idée.

– Vous connaissez des journalistes ? Ils seraient prêts à payer pour m'interviewer, non ? Je pourrais leur parler de Bobby, je leur dirais tout ce qu'ils veulent savoir. J'ai des photos de lui quand il était petit. Un disque d'or, aussi. Ça vaudrait combien, d'après vous ?

McCoy secoua la tête.

– Je suis policier. Le journalisme et les disques d'or, c'est pas mon rayon.

Mars contempla à nouveau son verre vide. On aurait dit qu'il allait pleurer.

– Mon pauvre gamin, mon pauvre petit garçon.

Il sortit un mouchoir sale de la poche de son gilet et s'y moucha.

McCoy savait qu'il en rajoutait, c'était gros comme une maison, mais il céda. Après tout, il avait perdu son fils. Il lui offrit donc un autre whisky et le laissa avec. Il lui promit de le tenir au courant s'il découvrait quelque chose.

9

McCoy s'assit sur les marches du tribunal du shérif et alluma une cigarette. En face, Glasgow Green était envahi de gens qui prenaient le soleil, éparpillés sur la pelouse. On entendait tinter au loin le carillon de la camionnette d'un vendeur de glaces. La morgue, bâtiment bas aux allures de bunker, jouxtait le tribunal, mais McCoy n'avait pas l'intention d'y entrer. Dans la mesure du possible, il préférait s'en dispenser. Gilroy le connaissait suffisamment bien pour savoir qu'elle pouvait le trouver là, loin du sang, de l'odeur et de l'eau qui entraînait ce qu'elle avait à entraîner dans les canalisations. Il était décidé à rester assis sur ces marches et à profiter du soleil en attendant qu'elle sorte.

Il retira sa veste, remarqua que l'un de ses lacets était défait et se baissa pour le refaire. Lorsqu'il releva la tête, il le trouva en face de lui : le garçon de devant l'hôtel. Les paillettes sur son visage étaient sillonnées de deux lignes nettes au niveau des joues, là où les larmes avaient coulé. Sa lèvre inférieure tremblait.

– Ça va, mon gars ? lui demanda McCoy.

– Il est mort, hein ?

McCoy acquiesça.

Les larmes remplirent les yeux du garçon et coulèrent à nouveau. Il s'assit à côté de McCoy et se mit à sangloter, la voix étranglée de hoquets morveux. Surpris, McCoy ne sut comment réagir. Ce n'était pas tous les jours qu'un gamin de seize ans craquait à côté de lui. Il lui tapota le dos. Fin coton mouillé de sueur, une étiquette qui dépassait. Un maillot de corps Woolworths qu'il avait décoré lui-même.

– Allons, mon gars, faut se reprendre. C'est triste, mais ce qui est fait est fait, hein ?

Le garçon renifla deux ou trois fois, se frotta les yeux et se redressa. Il regarda le BOBBY MARS écrit au feutre sur son maillot de corps, délavé par la sueur et les larmes.

– Mon père a jeté le vrai à la poubelle. J'ai fait celui-ci moi-même. C'est de la merde. Je sais que c'est de la merde.

McCoy renonça à le contredire, se sentant incapable d'être un tant soit peu convaincant.

– Pourquoi il l'a jeté ? demanda-t-il.

– Parce qu'il croit que je suis pédé. Il dit qu'un tee-shirt comme ça, c'est pour les filles.

Il s'essuya le nez pour en ôter la morve, qu'il déposa ensuite sur les marches de pierre.

– Il m'a cassé mes disques, aussi. Et maintenant, il est mort.

La lèvre inférieure trembla, il semblait sur le point de se remettre à pleurer. Réactif, McCoy plongea la main dans sa poche et en sortit le médiator. D'un côté, un petit logo Bobby Mars ; de l'autre, un logo Les Paul. Il le tendit au garçon.

– Tiens, dit-il. Prends ça. Ne le dis à personne, mais c'était l'un des siens.

Le garçon le regarda, les yeux écarquillés.

– Prends, dit McCoy.

Le garçon tendit sa main et s'exécuta. Il examina le médiator tel un prêtre examinant une relique et le rangea soigneusement dans sa poche.

– C'est bon, ça va aller ?

Le garçon acquiesça et sourit à McCoy.

– C'est le plus beau cadeau qu'on m'ait jamais fait. Merci, m'sieur.

– Faut pas traîner près des morgues. Ça n'arrange rien.

– J'ai juste envie d'être près de lui, dit le garçon, poignant d'honnêteté.

McCoy n'avait pas grand-chose à redire à ça, ce gamin ne faisait rien de répréhensible.

– Tu étais au concert, hier soir ?

Le garçon secoua la tête.

– Trop jeune. On m'a pas laissé entrer.

McCoy l'observa. Il détailla les paillettes tachées par les larmes sur son visage, le tee-shirt décoré au feutre, le pantalon d'écolier trop petit.

– Qu'est-ce qu'il va dire, ton père, quand tu vas rentrer ?

– Il va rien dire du tout. Il va juste me filer une rouste, comme d'habitude.

Quelque chose chez ce garçon fit que McCoy se revit au même âge, il ne sut trop quoi. Peut-être le sentiment que la vie était merdique et le resterait sans doute toujours pour quelqu'un comme lui. Il fouilla dans sa poche, chercha de la monnaie, trouva un billet de cinq. Et merde.

– Tiens, dit-il en le lui tendant. Va chez Listen dans Renfield Street et achète-toi un vrai tee-shirt. Ensuite, va aux toilettes et enlève ces paillettes. Avec ce qui restera, tu devrais pouvoir t'acheter un autre *Sunday Morning Symphony*. Planque-le sous ton lit. Si tu peux éviter de te prendre des coups de ceinture, ce soir…

Le garçon prit le billet, éberlué.

– Merci. Merci beaucoup.

– Entre fans, faut s'aider, non ?

Le garçon hocha la tête, puis prit McCoy dans ses bras et se remit à pleurer. McCoy réussit à se dégager et lui dit de filer chez Listen avant qu'ils aient tout vendu. Le garçon partit en courant vers Argyle Street.

McCoy le regarda s'éloigner, il avait fait sa B.A. de la journée. Il consulta sa montre. Trois heures. Il se demanda si l'inévitable était arrivé. L'appel affolé d'une femme qui aurait promené son chien dans Ruchill Park ou au bord du canal et aurait vu une petite jambe dépasser des buissons. Que se passerait-il alors ? La presse se déchaînerait, révélerait les détails les plus sordides, montrerait des photos des parents éplorés. La pression de la part de Pitt Street s'en trouverait décuplée.

– À quoi pensez-vous ? demanda Gilroy en s'asseyant sur les marches à côté de lui. Vous avez l'air bien songeur.

– Pardon, dit McCoy. Je réfléchissais.

Elle fixa son regard sur lui.

– Ce sont des paillettes que vous avez sur la joue ?

McCoy se frotta la joue.

– Je me demande bien d'où ça vient. C'est parti ?

Gilroy hocha la tête, et ils contemplèrent le parc en silence. Ils regardèrent les enfants qui couraient çà et là, attendraient devant le marchand de glaces, jouaient avec leurs parents. Qui faisaient toutes ces choses qu'Alice Kelly ne ferait plus.

– Pardonnez ma question, mais y a-t-il du nouveau ? s'enquit Gilroy.

McCoy secoua la tête.

– Pas que je sache. J'étais dans le grand Ouest, j'interrogeais le père.

– Continuons d'espérer.

Montrant une chemise chamois, Gilroy ajouta :

– Notre affaire. Le dénommé Robert Thomson Mars. Né le 12 avril 1946. Mort le 13 juillet 1973. Je suppose que vous ne voulez pas voir les photos ?

– Ça, c'est sûr. Alors, c'est quoi, l'histoire ? Il y en a une ?

– C'est bien possible… C'est bien possible…

– Vraiment ? s'étonna McCoy.

– La cause de la mort est une overdose d'opiacés. Il avait

également de petites traces de cocaïne et de Mandrax dans le sang.

– Il n'a pas fait les choses à moitié, on dirait.

– Dans les deux cas, les doses étaient trop faibles pour avoir eu un réel effet sur sa mort, mais…

– Mais ? Vous aimez me faire languir, hein ?

Gilroy sourit.

– La vie d'un médecin légiste est parfois triste et solitaire. Il faut bien la pimenter un peu. Deux détails intéressants. La dose d'héroïne qu'il avait dans le sang était extrêmement élevée. Bien plus que la marge d'erreur habituelle – en tenant compte de la force et de la quantité habituelles. Elle était trois fois supérieure au niveau normal chez un toxicomane confirmé.

– Une overdose ? Délibérée, vous voulez dire ? Remarquez, je me serais peut-être suicidé si j'avais fait son dernier album.

– C'est une option, mais il en existe une autre. On appelle ça un « hotshot », d'après mon technicien de laboratoire. Une overdose délibérée, préparée par un tiers.

– Il n'y avait personne d'autre sur les lieux, je crois. Mars était seul.

– Ce qui m'amène à mon deuxième détail intéressant, qui va peut-être vous amener à reconsidérer cette idée, dit Gilroy en souriant. M. Mars était droitier, j'ai vérifié sur la pochette de son album.

Elle l'imita jouant de la guitare.

– Il serait donc logique qu'il se pique au creux du coude gauche.

McCoy comprit.

– Merde, vous avez raison. La seringue était plantée dans son bras droit.

– Exactement. D'un point de vue anatomique, il paraît difficile de se piquer soi-même le bras droit de la main droite. Il est probable qu'un tiers l'ait fait pour lui.

– Ce serait un meurtre ? demanda McCoy.

Gilroy secoua la tête.

– Pas nécessairement. C'est peut-être un ami qui l'a piqué et qui s'est trompé dans la dose. Et qui a filé en comprenant ce qui s'était passé.

– Vous avez relevé des…

Gilroy sourit.

– Des empreintes sur la seringue ?

– Vous avez des kilomètres d'avance sur moi, dit McCoy. Comme toujours.

– Des empreintes partielles, mais de deux personnes différentes. Mars et quelqu'un d'autre. Inconnu du fichier, hélas. J'ai demandé à Hester de faire une vérification rapide. Mais il est probable que ce soit des empreintes de femme. Le NTC est de 116.

– Le NTC ?

– Pardon. Le nombre total de crêtes. La moyenne pour les hommes est de 145.

– Ce qui signifie pour nous ?

Gilroy se leva et épousseta son pantalon.

– Pour moi, ça signifie que j'ai le reste de l'après-midi à moi, ce dossier ayant été bouclé très vite. Pour vous, je ne sais pas trop.

Elle esquissa un pas, puis se retourna.

– Ah, j'oubliais. Vous avez parlé à Mila d'un homme qui pourrait l'aider pour son projet photographique. Un certain Liam, je crois. Elle voudrait savoir comment le joindre.

McCoy se sentit rougir. Il se revit au pub, les verres à la main. Il avait oublié que Mila logeait chez Gilroy.

– Je dois le voir ce week-end, dit-il. Je vais organiser ça.

Il s'empressa de changer de sujet.

– Au fait, vous n'auriez pas vu un sac quand vous étiez dans la chambre de Mars ? Un sac en toile, genre hippie ?

Gilroy secoua la tête.

– Ça ne me dit rien. Pourquoi ?

– Son père voudrait le récupérer. D'après lui, il aurait dû l'avoir avec lui.

Gilroy le salua de la main et regagna l'ombre de la morgue. McCoy pensa à ce qu'elle venait de lui dire en la regardant s'éloigner. L'overdose de Bobby Mars commençait à se compliquer. Il avait bien besoin de ça.

Il se leva. Il pensa à l'autre affaire dont il devait s'occuper à contrecœur.

Retrouver cette pisseuse de Laura Murray.

10

D'après Jeane, Laura Murray avait demandé au chauffeur de la déposer « près du square », et c'était là que McCoy se trouvait à présent, à l'angle de Queen Margaret Drive et de Hotspur Street. Il y avait encore des enfants qui y jouaient dans le soleil du soir, tentant de faire passer les balançoires par-dessus la barre du haut, s'accrochant au tourniquet de toutes leurs forces. Assis sur les bancs, les parents les surveillaient. On les comprenait. Celui qui avait enlevé Alice Kelly était toujours dans la nature.

Il avança dans Hotspur Street, le bruit des enfants diminuant à mesure qu'il s'éloignait. Il ne lui restait plus à présent qu'à se souvenir de l'allée et le tour était joué. Misant sur le 45, il commença à gravir l'escalier. La chaleur avait corrompu le contenu des sacs-poubelle posés devant les portes d'entrée : toute la cage d'escalier sentait le pourri. Il monta jusqu'au dernier et frappa à la porte. Sur celle-ci, quelqu'un, un client mécontent, sans doute, avait gravé : IRIS SALOPE.

La porte s'ouvrit, et Iris McLean apparut. Elle n'avait pas l'air ravie de le voir.

– Tiens, tiens, fit-elle en le regardant de haut en bas. Harry McCoy. Qu'est-ce qui t'amène ici, toi ?

Pour une fois, Iris n'était pas en Joan Crawford de Glasgow. Elle devait être de repos. L'habituel tailleur avait été remplacé par une robe informe, avec un tablier à fleurs par-dessus. Les cheveux rassemblés sous un filet, des chaussons à la place des talons hauts.

– Cooper n'est pas là, dit-elle en commençant à refermer la porte.

McCoy glissa son pied dans l'entrebâillement pour l'en empêcher.

– C'est pas Cooper que je viens voir, Iris, c'est toi.

Elle se renfrogna encore et rouvrit la porte.

– Ben, entre, alors.

Il était encore trop tôt pour que le bordel fonctionne pleinement. Les pubs étaient toujours ouverts, on n'était pas encore obligé d'acheter l'alcool hors de prix d'Iris. Le salon était vide, le tourne-disque au coin de la pièce pour une fois silencieux. Ça faisait bizarre de voir cet endroit de jour et la tête claire. Habituellement, pour que McCoy vienne là, il fallait qu'il fasse nuit et qu'il soit soûl. On aurait dit un salon ordinaire : ensemble canapé-fauteuils avec des têtières, quelques chaises le long du mur. Une peinture de dame verte au-dessus de la cheminée, une vue du Loch Lomond au-dessus du canapé. Les seuls détails qui trahissaient la véritable fonction de la pièce étaient la dizaine de cendriers et la vingtaine de verres à bière alignés sur la table.

– Viens, je suis en train de faire l'inventaire, dit Iris en passant dans la cuisine.

La cuisine était le domaine d'iris. Personne n'entrait là sans qu'elle l'y ait autorisé, surtout pas les michetons. En général, un des gorilles de Cooper était assis sur une chaise à l'entrée pour éviter les débordements, mais pour lui aussi, il était trop tôt. Il arrivait habituellement vers neuf heures. La dernière fois que McCoy était venu, c'était Jumbo qui occupait exceptionnellement cette place, le gorille habituel ayant eu un différend avec un type de Carntyne armé d'un cutter.

Partout étaient empilées des caisses de bouteilles de bière et de whisky. On pouvait à peine bouger. Des draps et des serviettes séchaient sur un étendoir suspendu au plafond par une poulie – un indice quant à l'autre service offert par l'établissement. Derrière un mur instable de caisses de bières se cachait un lit escamotable. À côté, posée sur une table de chevet, la photo encadrée d'une petite fille ; au mur, un Sacré-Cœur, ensanglanté et triste. Et il avait des raisons de l'être, si ce pauvre Jésus devait assister à ce qui se passait entre ces murs.

Iris s'assit sur le lit, McCoy sur une pile de caisses de Red Hackle – du tord-boyaux bon marché pour les clients d'Iris.

Iris alluma une cigarette et commença à se maquiller à l'aide d'un petit miroir à main.

– Comment vont les affaires ? demanda McCoy, aimable.

Iris haussa les épaules.

– Ça va. On a vu mieux, on a vu pire.

Elle recouvrait d'un rouge vif le contour de sa bouche tout en parlant.

– Les hommes trouvent toujours de quoi s'acheter à boire, quitte à ne pas payer leur loyer ou à ne pas nourrir leurs mômes.

Elle regarda McCoy derrière le miroir. Elle avait l'air amusée.

– C'est pour ça que t'es là, McCoy ? Pour discuter de mon plan de carrière ?

McCoy sortit la photo de Laura Murray de son portefeuille et la lui donna. Iris y jeta un bref coup d'œil avant de la lui rendre.

– Laura Murray, dit McCoy. Elle crèche dans le quartier et elle ne devrait pas. Ses parents veulent qu'elle rentre chez elle, elle n'a que quinze ans.

Iris ne parut pas impressionnée.

– La belle affaire ! Je n'avais que treize ans quand je me suis tirée de chez moi.

McCoy balaya du regard la petite cuisine encombrée, les traces d'humidité au plafond, le papier peint fatigué, les vitres sales.

– Pas sûr que ce soit la meilleure décision que tu aies prise de ta vie, qu'en penses-tu ?

Il regretta aussitôt sa remarque. Ce qui se voulait drôle s'avéra n'être que cruel.

Le visage d'Iris se durcit.

– Je t'emmerde, McCoy. Essaie de rester dans une baraque où ton père vient frapper à la porte de ta chambre tous les soirs quand ta mère s'endort, on verra si ça te plaît.

McCoy montra la photo.

– La fille, dit-il. Il faut que je sache, Iris.

– Pourquoi je saurais quelque chose sur elle, moi, d'abord ?

– Il ne se passe rien dans le quartier sans que tu sois au courant, c'est bien connu. Et c'était une copine de Donny MacRae. Je suis sûr que cette ordure est montée ici quelques fois.

– Cette ordure morte, tu veux dire. Dommage, c'était un sacré bon client.

– Tu vois ? Tu es au courant de tout, alors une gamine BCBG qui traîne dans Hotspur Street, ça n'a pas pu t'échapper. Je n'ai pas le temps de jouer, Iris. Je sais que tu n'as pas le plus grand respect pour moi, mais je reste un flic. Alors réponds-moi.

Iris réussit à le toiser tout en le regardant de haut, ce qui n'était pas une mince affaire.

– Un flic ? À d'autres. Pour moi, tu n'es qu'un ivrogne comme les autres, qui vient frapper chez moi pour boire le samedi à une heure du matin.

Elle dessina une raie bleue sur sa paupière et ravala son venin.

– Vous avez retrouvé la petite ?

Elle n'attendit pas la réponse.

– Non, évidemment. Vous êtes tous une bande d'incapables. Elle est peut-être morte dans un coin, et toi, tu es là qui me poses des questions sur une fugueuse de merde. Tu devrais avoir honte, tu devrais être dehors…

– Iris, si tu m'aides, je pourrai…

Elle se remit à son maquillage.

– Donny MacRae l'amenait ici, il exhibait sa poulette de la haute. Elle, croyait qu'elle buvait avec Al Capone. Ils étaient comiques, tous les deux.

– Elle loge où ?

Elle haussa les épaules.

– Aucune idée, mais si c'est dans le quartier, je peux me renseigner.

Elle haussa les sourcils comme si elle attendait quelque chose.

McCoy sortit un billet de cinq de son portefeuille et secoua la tête.

– Rien n'est jamais gratuit, avec toi. Transmets-lui un message. Dis-lui de me retrouver au Golden Egg à quatre heures demain. Si elle n'y est pas, je vais mal le prendre et deux costauds en uniforme vont venir cogner à ta porte à neuf heures et demie pour te demander de leur montrer ta licence de vente de boissons alcoolisées. C'est compris ?

Elle hocha la tête, le regarda d'un air mauvais et fourra le billet de cinq sous son matelas.

– T'as toujours eu mauvais fond, McCoy. Méfie-toi, ça pourrait te jouer des tours, un jour.

– Merci pour le conseil, Iris. Je vais le garder à l'esprit.

Il se leva.

– Tu as vu Cooper ?

Elle s'esclaffa.

– Tu plaisantes, là ? Ça fait des semaines qu'il a disparu de la circulation. Je ne traite qu'avec Billy, maintenant.

– Billy ? s’étonna McCoy. Comment ça se fait ? Cooper est en voyage ?

Iris posa son pinceau et eut un sourire moqueur, elle jubilait.

– Tiens tiens, tu ne sais donc pas tout, petit malin ? Tu parles d’un meilleur ami. Passe le voir, tu comprendras.

Elle se leva.

– Allez, dégage. J’ai un inventaire à terminer.

11

Le taxi s'arrêta près des marches au bas de Hillhead Street. McCoy descendit, paya le chauffeur, traversa la rue et s'engagea dans Hamilton Park Avenue. Il avança en comptant les numéros. Il s'arrêta devant le 21 et regarda la maison. Il siffla doucement. Cooper devait gagner encore plus qu'il ne le pensait. La maison était très grande et très moche. Elle avait son propre jardin, des arbres de chaque côté, de grands bow-windows au rez-de-chaussée, deux niveaux de plus au-dessus, et la Kelvin coulait dans le parc voisin.

Il n'en croyait pas ses yeux. Jamais il n'aurait imaginé Cooper acheter ce genre de baraque. Les types comme lui avaient beau s'enrichir, ils restaient habituellement là où ils se sentaient en sécurité, dans leur quartier d'origine. Même avec des milliers et des milliers de livres sur leur compte en banque, ils se contentaient d'un petit logement social à Springburn. Puis ça lui revint. La petite amie américaine était toujours dans le coin. Peut-être l'avait-elle convaincu de devenir un West-Ender. Il n'y avait qu'un moyen de le savoir. Il parcourut l'allée et sonna.

Il attendit quelques instants – on entendait la rivière couler –, puis la porte s'ouvrit et Billy Weir apparut, chemise en jean, jean et chaussettes grises.

– Harry ! Comment vas-tu ?

Il serra la main de McCoy avec un grand sourire, il avait l'air ravi de le voir.

– Entre, dit-il. Laisse tes chaussures près de la porte.

– Quoi ? fit McCoy. Tu me fais marcher, là ?

– Cherche pas, dit Billy en roulant des yeux. C'est Ellie. Elle y tient.

McCoy secoua la tête, se déchaussa, soulagé de constater que ses chaussettes n'étaient pas dépareillées, et suivit Billy à l'intérieur. Il regarda autour de lui et peina à se rappeler que c'était Stevie Cooper qu'il venait voir. Le sol du couloir était recouvert d'une moquette si épaisse que ses pieds y disparaissaient. Deux grands vases contenant des lis blancs étaient posés sur une table, devant un gigantesque miroir dans un cadre en argent. Sur les murs, des boiseries sombres côtoyaient un papier peint écossais. Sur celui du fond était accrochée l'affiche encadrée d'un vieux film de Jimmy Cagney, *Les Anges aux figures sales*.

McCoy désigna celle-ci de la tête.

– C'est censé être drôle ?

– Elle la lui a offerte pour son anniversaire, dit Billy. Elle a coûté une fortune, apparemment. La cuisine est par ici.

Il descendit un escalier.

La cuisine talonnait celle de Phyllis Gilroy. Elle était immense. Elle possédait même des portes-fenêtres ouvrant sur un jardin clos. Il y avait une table ronde et blanche au milieu, munie d'un unique pied central, des éléments de cuisine orange d'un côté et une sorte de grosse cuisinière en fonte rouge de l'autre. De vieilles dalles recouvraient le sol, agréablement fraîches sous ses pieds en chaussettes.

Billy montra la table.

– Assieds-toi. Tu veux une bière ?

McCoy acquiesça, n'en revenant toujours pas de ce qu'il voyait.

– Désolé pour cette histoire de godasses, elle nous rend dingues avec ça, dit Billy en ouvrant le réfrigérateur pour en sortir deux canettes de Tennent's. Jumbo a oublié un jour et elle en a fait tout un fromage.

Il s'assit, posa une canette devant McCoy et désigna le jardin du menton.

– À propos, regarde un peu.

McCoy se leva et s'approcha des portes-fenêtres. Au fond du jardin, une silhouette massive désherbait une plate-bande à la bêche, jetant les mauvaises herbes dans un panier d'osier.

– Sans déconner…, dit McCoy, éberlué. C'est Jumbo ?

– Ouais, c'est bien lui, confirma Billy. Il s'est pris de passion pour le jardinage, on ne l'arrête plus.

McCoy se rassit, ouvrit sa canette, but une gorgée et regarda Billy.

– Tu veux bien me dire ce qui se passe, ici ? J'ai l'impression de rêver.

Billy sourit.

– Sacrée baraque, hein ? Les travaux se sont terminés la semaine dernière. Ellie était dessus avec un décorateur depuis des mois. Une perte de temps, peut-être. Cooper et elle ont eu une grosse engueulade et elle est rentrée à New York hier.

– Je ne parlais pas vraiment de la baraque. Iris me dit qu'elle ne traite plus qu'avec toi, qu'elle ne voit plus Cooper. C'est vrai ?

Billy acquiesça et remua, l'air gêné, sur son siège.

– Qu'est-ce qu'il devient, Cooper ? C'est vrai que ça fait un bail que je ne l'ai pas vu.

– Tu sais… Il s'occupe de ses affaires.

– Non, je ne sais pas. Quelles affaires ?

Billy resta silencieux. Il se contenta de le regarder.

McCoy commençait à s'agacer.

– Billy, merde, qu'est-ce qui se passe ? Il est où ?

– Il est en haut.

McCoy se leva. Billy le saisit par le bras.

– Harry…

McCoy se dégagea.

– Qu'est-ce qui te prend, Billy ?

Billy secoua la tête et regarda la table.

McCoy le laissa là et repartit vers l'escalier à l'avant de la maison. Il commença à monter.

– Stevie ? lança-t-il. T'es là-haut ?

Pas de réponse. Il arriva sur le palier et réessaya.

– Stevie ! C'est McCoy.

Toujours rien. Il y avait quatre ou cinq portes sur le palier. Il en ouvrit une. Une pièce vide avec des escabeaux, des murs nus et des rouleaux de papier peint au sol. Il tenta la suivante.

– Stevie !

C'était la salle de bains, baignoire et lavabo caca d'oie, robinet avec de grosses têtes transparentes. Un malaise le gagna. Il y avait vraiment quelque chose qui clochait. Il poussa la porte suivante.

– Ste…

Il s'arrêta sur le seuil, le regard fixé sur Stevie Cooper. Il était étendu sur le lit, nu, sans connaissance. À côté de lui, posée sur les couvertures, une boîte à cigares en bois contenant une cuiller noircie, un morceau de tuyau en caoutchouc et une seringue.

Il n'arrivait pas à croire ce qu'il voyait. Il ne le voulait pas. Des pas résonnèrent derrière lui, et Billy apparut à côté de lui.

– Ça dure depuis combien de temps ? demanda McCoy.

– Environ un mois.

McCoy se tourna vers Billy.

– Merde, Billy, tu aurais dû me prévenir.

– Je sais, je sais. Je voulais, mais il m'a dit qu'il me tuerait si je le faisais.

– Il va bien ?

Billy hocha la tête.

– Ouais, ça va. Il est dans le coltar, c'est tout.

McCoy s'avança et regarda Cooper. Il avait changé, il avait beaucoup changé. Il avait maigri et avait perdu du muscle. Son bras gauche était criblé de petites traces de piqûres, et il avait une grosse ecchymose dans le pli du coude. Ses yeux étaient fermés, sa tête renversée en arrière, les cicatrices de ses combats passés estompées par le blanc cadavérique de sa peau. Une barbe naissante blondissait même son menton.

McCoy détourna les yeux, il avait presque envie de pleurer. C'était la première fois qu'il voyait Cooper avoir l'air vulnérable. Depuis leur enfance, Cooper avait toujours été le costaud, le dur, capable d'affronter n'importe qui, n'importe quoi. Plus maintenant. Il s'approcha de lui et lui secoua le bras.

– Stevie, c'est Harry. Tu m'entends ?

Il lui secoua à nouveau le bras, plus fort. Rien.

– Le matin, dit Billy. Il est mieux le matin. Reviens le voir à ce moment-là.

McCoy hocha la tête. Ça ne pouvait pas être pire.

– Ça ne peut pas continuer comme ça, dit-il.

– Je sais, je sais.

La gravité de la situation frappa McCoy. La colère le gagna.

– Enfin, quoi, Billy !

Billy avait l'air mi-triste, mi-penaud.

– Je sais, je sais. Ça a commencé par une ou deux fois par semaine, Ellie et lui, puis c'était presque tous les soirs, puis elle a essayé de le faire décrocher, mais tu connais Stevie. On ne peut rien lui dire. Il disait que son dos lui faisait souffrir le martyre, que l'héro était la seule chose qui calmait la douleur.

Tout devenait plus clair. Son dos. Celui dont il disait toujours qu'il allait bien. McCoy savait qu'il était loin d'être guéri, mais il n'avait pas mesuré à quel point il était touché. La blessure datait d'environ six mois, il avait reçu un coup de sabre. Une petite lésion musculaire, c'était tout ce que lui avait dit Cooper. La réalité était manifestement différente.

McCoy s'assit dans l'un des petits fauteuils près du lit et tenta de réfléchir. Billy tournait autour de lui, tel un enfant surpris en train de faire une bêtise.

– Va me chercher un whisky, tu veux ? dit McCoy, pour se débarrasser de lui.

Billy acquiesça et s'empressa de disparaître, heureux d'avoir quelque chose à faire.

McCoy se renversa en arrière dans son fauteuil. Il n'arrivait pas à quitter Cooper des yeux, il était hypnotisé par son changement. Cooper gémit et se retourna, et la cicatrice sur son dos apparut clairement. Elle faisait une soixantaine de centimètres de long, huit, dix centimètres de large. Celle qui ne lui faisait soi-disant pas mal. Celle qu'il avait récoltée en défendant McCoy contre un fou armé d'un sabre.

Toute sa vie, Cooper avait servi de bouclier à McCoy : il avait été là pour le protéger enfant, pour effrayer tous ceux qui voulaient s'en prendre à lui. Pour faire face aux menaces. Et à présent, il semblait incapable de se défendre contre un chaton.

Le temps était venu d'inverser les rôles. McCoy alluma une cigarette et réfléchit en regardant les rideaux s'agiter dans le vent qui entrait par la fenêtre ouverte. Cooper s'était donné du mal pour prendre le contrôle du Northside. Il avait échafaudé des plans, s'était battu. Il avait fini par obtenir ce qu'il voulait. Un territoire, le respect et, à en juger par cette maison, de l'argent – beaucoup d'argent. Et s'il n'y prenait garde, il risquait de perdre le tout. S'il était souvent dans cet état, ça allait se savoir. C'était inévitable. Et là, il serait foutu. Si Ronnie Naismith ou un de ces gars-là reniflaient une odeur de faiblesse, ils bondiraient.

Adieu le Northside. Et adieu Cooper, aussi.

Billy réapparut et lui donna un verre à eau à moitié rempli de whisky. Il le prit et en but la moitié.

– Bon, dit-il, voilà ce qu'on va faire.

Il montra le lit du doigt.

– Pour commencer, vire-moi cette boîte du lit et balance-la. Je rigole pas.

Billy eut l'air circonspect.

– Il va péter les plombs.

– Ouais, eh ben ça, on s'en inquiétera demain matin. La copine est partie pour de bon ?

Billy acquiesça.

– Je crois. Ç'avait l'air sérieux, cette fois. Elle l'a traité de loque et elle a appelé un taxi pour aller à l'aéroport.

– Très bien. Dans ce cas, dis à Iris de venir demain. Dis-lui qu'elle va s'installer ici pour une quinzaine de jours.

– Tu plaisantes, là ? dit Billy, horrifié. Iris, ici ?

McCoy était décidé.

– Non, je plaisante pas, Billy. C'est pas de la rigolade, ça. Tu comprends ?

Billy secoua la tête, l'air résigné.

– Demain, à la première heure, il faut que tu fasses quelque chose, dit McCoy.

– Quoi ? demanda Billy, perplexe. Que je fasse quoi ?

– Quelque chose qui se remarquera. Et il faut dire à tout le monde que ça vient de Cooper. Qu'on pense qu'il continue de planifier, d'agir. Fais un achat, passe quelqu'un à tabac… un truc qui montre qu'il est toujours aux commandes.

Billy acquiesça.

– S'il a le réveil mauvais, demain, appelle le Dr Purdie. Qu'il lui file un truc pour l'assommer, d'accord ?

– D'accord.

– Vu son état, je le vois mal faire beaucoup de dégâts, mais c'est Cooper. On ne sait jamais. Éventuellement, fais monter Jumbo quand Purdie arrivera. Si tu arrives à l'arracher à ses fleurs, bien sûr.

Billy acquiesça à nouveau et sourit. Il avait l'air soulagé que les choses changent.

McCoy s'approcha tout près de lui, il colla son visage au sien. Le sourire de Billy s'évanouit.

– Et, Billy, quand tout sera réglé, on va avoir une petite conversation, tous les deux. T'aurais jamais dû le laisser se mettre dans cet état. Et ça me plaît pas. Compris ?

– Tout s'est passé très vite, Harry, la situation a dérapé. Et tu sais comment il est quand il a une idée dans la tête. Il n'écoute rien.

– Je m'en fous, Billy. Tu es son numéro deux, son bras droit. C'est à toi de veiller sur lui. Tu ferais bien de t'y mettre si tu veux garder ta place. Compris ? Je t'ai à l'œil.

McCoy l'écarta de son chemin et se dirigea vers l'escalier.

Dix minutes plus tard, il était au Pewter Pot, assis à une table du fond, devant une pinte et un whisky, et il réfléchissait à ce qu'il venait de voir. Cooper n'était plus Cooper. Plus le Cooper qu'il connaissait. Ce Cooper-là n'aurait pas habité dans une baraque de luxe avec une fille branchée et une addiction à l'héroïne.

Il sirota sa pinte. Il fallait qu'il gagne du temps pour que Cooper se retape avant qu'on apprenne ce qui se passait. Il avait l'horrible sentiment qu'il était déjà trop tard. La situation était connue de lui, comme de Billy et de Jumbo, et elle semblait également assez nette aux yeux d'Iris. Le lendemain, le Dr Purdie serait au courant, et Dieu savait qui d'autre était passé dans cette maison. Une fille ramenée pour la nuit par Billy ? Une copine d'Ellie, qui déciderait de raconter cette histoire croustillante à ses potes dans un bar bondé ? C'était petit, Glasgow, et Cooper était célèbre. Si la nouvelle avait commencé à se répandre, ils avaient encore moins de temps qu'il ne le pensait.

La porte du pub s'ouvrit et un garçon entra avec le *Sunday Mail* du lendemain sous le bras. McCoy lui fit signe et en acheta un. Il le déplia et regarda la une : QUELQU'UN DOIT SAVOIR QUELQUE CHOSE !

Ils avaient réussi à mettre la main sur une nouvelle photo d'Alice Kelly. Coiffée d'une couronne en papier trouvée dans un cracker de Noël, elle souriait, une tranche de gâteau de Noël à la main. Elle avait l'air encore plus jeune sur celle-ci. Encore plus innocente. Une lecture rapide de l'article révéla à McCoy qu'ils n'avaient rien de nouveau. Juste de quoi entretenir l'intérêt en attendant qu'on la retrouve.

McCoy posa le journal et se demanda comment s'en sortait Wattie. À vrai dire, ce n'était pas le premier de ses soucis. L'état de Cooper lui avait mis une claque. Il se sentait triste, pour lui-même autant que pour Cooper. Il espérait que Billy partirait à l'assaut le lendemain, que ça leur ferait gagner du temps. Pour l'heure, il n'avait rien d'autre à faire que de rester assis là et se bourrer la gueule. Ça n'arrangerait rien à long terme, mais il se sentirait mieux pendant quelques heures. Parfois, c'était suffisant.

Ça l'aurait peut-être été cette fois, si Raeburn et Thomson n'étaient pas entrés dans la salle dix minutes plus tard. Chamboulé par toute cette histoire, il avait oublié que le Pewter Pot était le repaire de Raeburn. Il avait été pris d'une brusque envie de boire, et c'était le pub le plus proche.

Raeburn le salua à peine de la tête et se dirigea vers le comptoir. Thomson le rejoignit.

– Salut, Harry. Qu'est-ce que tu fais ici ?

McCoy haussa les épaules.

– Je passais. Vous en êtes où ?

– On est allés interroger un pointeur qui habite un de ces grands immeubles dans Byres Road.

– Ça a donné quelque chose ?

Thomson secoua la tête.

– Il ne savait rien, il dit qu'il n'a entendu parler de rien. Et crois-moi, cet enfoiré est au courant de tout. Il circule dans des milieux bien louches.

– Tu le crois ?

– Moi, oui. Raeburn, c'est moins sûr. Il a essayé de l'intimider, il lui a balancé quelques beignes. Ça n'a servi à rien. On s'est juste retrouvés avec un prof de musique de cinquante balais avec le pif en sang, en train de pleurer comme une Madeleine.

McCoy but une gorgée de bière.

– C'est tout Raeburn, ça. Il a toujours aimé jouer les gros bras.

L'intéressé apparut à point nommé, une pinte dans chaque main. Une pour lui, une pour Thomson. Tout en finesse.

McCoy termina la sienne et se leva. Il salua Raeburn de la tête.

– Ça va ? demanda-t-il.

Raeburn le dévisagea.

– Ouais. Ça avance. Tu pars ?

McCoy acquiesça.

– Je suis passé en boire une en vitesse.

Raeburn s'assit et alluma une cigarette.

– En fait, tu peux faire quelque chose pour moi, McCoy. Sur l'affaire Kelly.

– Oui, quoi ?

– Tu connais Dirty Ally, non ?

McCoy hocha la tête.

– Va le voir sur son stand demain, demande-lui si quelqu'un ne lui a pas donné des pellicules louches à développer récemment. Des petites filles. Tu me suis ?

– Je m'en occupe, dit McCoy avant de se diriger vers la porte.

Il entendit Raeburn dire à Thomson un truc du genre : « Ça, il devrait y arriver », juste assez fort pour qu'il l'entende. Il continua de marcher, pas question de lui faire ce plaisir. Il sortit dans la rue et inspira et expira plusieurs fois. Le jour de Raeburn viendrait, c'était certain. McCoy ne parviendrait pas à se maîtriser éternellement.

Il héla un taxi et lui demanda de l'emmener au Victoria. Il avait vraiment besoin de boire à présent.

11 février 1967

Cromwell Road

Bobby ne savait trop depuis combien de temps il était allongé sur le sol. Il ne savait trop depuis combien de temps il se trouvait dans l'appartement. Il n'était plus très sûr de rien, à vrai dire. Il gloussa. Ce qu'il savait, c'est qu'Iggy lui avait dit qu'elle reviendrait bientôt. Elle était allée voir Victor. Un nouveau truc. Liquide, cette fois, pas des buvards. Il fallait peut-être qu'il se lève. Il avait l'impression d'avoir faim, mais il n'en était pas certain, il ne se rappelait pas la dernière fois qu'il avait mangé quelque chose. Il se revoyait aller dans un café avec Duggie, mais c'était quand, ça ? Hier ? La semaine dernière ? Il gloussa à nouveau.

Il voyait presque net à présent, seuls les bords de son champ de vision étaient voilés d'un halo. Il distinguait le chat sur le rebord de la fenêtre, prenant un bain de soleil. Il entendait une radio dehors. Donovan. Il avait joué sur celle-là. Il avait joué sur tellement de chansons, il s'y perdait. P.J. Proby, Lulu, les Walker Brothers, il avait même joué sur un titre des Stones. Il ne savait plus lequel. Le téléphone de son manager sonnait sans arrêt, tout le monde voulait avoir le meilleur guitariste de studio de Londres.

Il agita la main devant son visage, observa le halo. Il était donc là, allongé sur le sol, qui attendait Iggy. Il n'avait pas envie d'être ailleurs. Il n'avait pas vu Syd depuis un moment, il avait peut-être accompagné Iggy. Peut-être était-il à côté. Il était à peu près sûr qu'il entendrait sa guitare s'il était là. Il ne la posait jamais. Le chat s'étira, bâilla, sauta du rebord de la fenêtre et se dirigea vers la cuisine. À Donovan succéda « Heartbreak Hotel ». Il resta là à écouter, la musique emplissant sa tête.

La chanson terminée, il entendit la porte s'ouvrir, puis Iggy et Syd apparurent, tout sourires. Iggy montra un flacon marron.

– Je l'ai, annonça-t-elle.

Elle s'agenouilla à côté de lui, dévissa le bouchon et tint le compte-gouttes au-dessus de son œil gauche.

– Prêt ?

Il acquiesça.

– Bouge pas, dit-elle.

Elle pressa la petite poire en caoutchouc, et une goutte se forma au bout du tube de verre, tomba et atterrit dans son œil.

Il battit des paupières une ou deux fois, son œil le brûlait un peu. Pendant quelques secondes, il vit Syd et Iggy le regardant. Il ne semblait pas se passer grand-chose. Puis…

– Oh, putain, dit-il, hilare. Oh, la vache…

15 juillet 1973

12

Même le fait de se coucher à moitié bourré n'aida pas McCoy à dormir. L'image de Cooper défoncé le minait. Il avait l'impression que le sol s'était dérobé sous ses pieds. Cooper n'était pas censé se comporter ainsi. Cooper était censé être le même tout le temps. Fort, confiant, effrayant – pas K.-O. dans un pieu, avec une seringue à côté de lui.

Vers cinq heures et demie, las de se tourner et de se retourner dans son lit, il alluma la radio. Il attendit le bulletin d'information. Alice Kelly était toujours portée disparue, et la police était envahie de volontaires demandant à participer aux recherches. Ils voulaient bien faire, il le savait, mais c'était la dernière chose dont aient besoin des recherches organisées, des gens qui couraient dans tous les sens, piétinaient les indices et rentraient chez eux au bout de vingt minutes parce qu'ils en avaient marre de ne rien trouver.

Il s'habilla, se prépara une tasse de thé et regarda le soleil se lever derrière les grues en bas de la colline. Il allait encore faire chaud, à en juger par le bleu vif du ciel. Il vida le reste de sa tasse dans l'évier, prit ses clefs et ses cigarettes et sortit. Au boulot.

Le dimanche, Ally tenait un stand au Barras et non au Paddy's. Le dimanche, c'était le jour où il était réglo. Pas de séances photo clandestines, pas de développement de pellicules qu'on ne pouvait pas donner à Boots, pas de pornos d'occasion. Le dimanche, il vendait du matériel photographique. Il n'était qu'un sympathique marchand comme les autres.

McCoy se rendait au Barras avec son père, enfant. Tous ces cris, cette foule et l'occasion de se faire payer un cornet de frites – il ne connaissait alors pas meilleure façon de commencer un dimanche. Aujourd'hui, rien ne le rebutait autant que d'affronter cette cohue, mais c'était nécessaire s'il voulait que Raeburn n'ait rien à lui reprocher.

D'aussi loin qu'il se souvienne, le Barras avait toujours été là. Le samedi et le dimanche matin, qu'il vente ou qu'il neige. Situé dans l'East End, c'était un grand marché qui vendait de tout : rideaux, tapis, plats à viande, vieux vêtements militaires… Semi-couvert, avec des rangées de stands dans de grands entrepôts, et semi-découvert, les stands installés dans la rue. Le week-end, presque tous les habitants de Glasgow semblaient y flâner, en quête d'une bonne affaire.

McCoy descendit du taxi près du Squirrel, par les fenêtres duquel gueulaient les habituels chants protestataires, et avança dans Stevenson Street. Par bonheur, la chaleur et les vacances avaient un peu réduit la foule. Ce jour-là, l'ambiance du marché était léthargique ; il faisait vraiment trop chaud. Assis à côté de leurs produits, les marchands s'éventaient à l'aide de journaux ou tentaient de bronzer, le visage au soleil.

McCoy passa devant un bonimenteur en train de faire son numéro, debout sur une caisse derrière un stand chargé de rideaux, de draps, de services à thé. Il s'arrêta un instant pour l'écouter. Difficile de résister : ces types l'avaient toujours fasciné. Torse nu, celui-là avait un gros ventre bronzé, des cheveux argentés ramenés en arrière et cinq ou six chaînes en or autour du cou. Il devait avoir une soixantaine d'années. L'âge n'était pas un frein pour lui. Un service à thé était étalé au creux de son bras gauche ; dans sa main droite, un manche à balai. Il parcourait la foule du regard, accrochait celui des gens.

Il démarra doucement.

– Pas vingt livres… Pas quinze livres…

Il commença à élever la voix. Une excitation gagna la foule.

– Même pas dix livres ! Vous me croiriez si je vous disais sept livres ? Non ? Eh bien vous auriez raison, parce que ce serait un mensonge ! Parce que, accrochez-vous à vos chapeaux, mesdames…

Il scruta à nouveau la foule. Il arborait un grand sourire, ses chaînes brillaient au soleil.

– Prêtes ?

Il abattit son manche à balai sur son comptoir. Un grand crac fit sursauter tout le monde.

– Cinq livres pour ce service à thé en véritable porcelaine ! Je n'en ai que quelques-uns, alors dépêchez-vous !

Ses complices dans la foule agitèrent un billet de cinq en criant qu'ils en voulaient un, et bien sûr, d'autres se laissèrent embarquer et échangèrent leurs cinq livres contre un carton contenant un rebut d'usine, un service à thé mal moulé et orné de fleurs mal dessinées. Il y avait des choses qui ne changeaient jamais.

McCoy les laissa à leurs transactions et entra dans la fraîcheur de l'entrepôt obscur, où flottait l'habituelle odeur de la barbe à papa humide et des frites. Il longea les rangées de stands en direction de celui d'Ally, qui se trouvait au fond. Une place de choix entre un vendeur de biscuits en morceaux et un autre de pièces détachées et de sacs pour aspirateurs. Ally leva les yeux de l'appareil photo qu'il tripotait. Le voyant arriver, il sourit, révélant ses petites dents jaunies par le tabac.

– Monsieur McCoy, comment va ? Vous cherchez un appareil pour vos vacances ? J'ai une affaire pour vous, un

Leica. Ça vous tente ? Du super matos, Leica. Je vous le fais à trente livres ? Qu'est-ce que vous en dites ?

– J'en dis que non, répondit McCoy. J'ai à te parler.

Ally soupira, dit au vendeur de morceaux de biscuits qu'il revenait dans dix minutes et sortit au soleil derrière McCoy. McCoy acheta deux cônes au marchand de glaces, et ils s'assirent sur le muret en face du stand de fournitures pour les animaux domestiques.

Ally lécha son cône.

– Ça fait des années que j'ai pas mangé un cône. Bonne idée.

McCoy hocha la tête et tenta de manger le sien avant qu'il ne lui fonde dans les mains.

– Tu sais, la petite qui a disparu ? dit-il.

Ally acquiesça, méfiant.

– Ouais. À Maryhill ?

McCoy confirma de la tête.

– Quelqu'un t'a donné des photos à développer, dernièrement ? Des filles plus jeunes qu'elles ne devraient ?

Ally le regarda d'un air scandalisé.

– Pardon ? Tu me prends pour qui, au juste ?

– Me fais pas ton numéro, Ally, dit Cooper en léchant la glace sur ses doigts. N'oublie pas que j'ai lu ton casier, et je sais donc exactement qui tu es. Tu ferais n'importe quoi pour le fric, et pour développer des photos de cette gamine, j'imagine que tu pourrais demander un bon paquet.

Ally renifla.

– Je n'en ai aucune idée.

– C'est ça, et moi, je joue pour le Celtic l'année prochaine. Allez, Ally, on parle à titre officieux, là. Je me fous de ce que tu trafiques dans ta petite chambre noire. Je veux simplement savoir si quelqu'un a un intérêt particulier pour les jeunes filles. Il s'agit de ramener Alice Kelly chez elle, pas de tes combines pour mettre du beurre dans les épinards.

Ally termina son cône et s'essuya les mains sur son pantalon. Il décida de jouer franc-jeu.

– Pas depuis un moment. Contrairement à ce que tu crois, ce genre de truc ne se présente pas si souvent.

McCoy hocha la tête. Il n'avait pas vraiment de raison de ne pas le croire. Il se leva et mangea son reste de cône.

– Le cas échéant, préviens-moi, dit-il.

Une affirmation plus qu'une question.

Ally acquiesça. McCoy se retourna et commença à repartir en direction du centre-ville.

– Y a bien un truc qui est arrivé hier, dit Ally.

McCoy s'arrêta, fit demi-tour. Ally souriait. McCoy revint s'asseoir sur le muret.

– Quoi ? demanda-t-il.

– T'as envie de savoir, hein ? Ça va pas être gratuit.

McCoy le regarda. Il ne dit rien. Ally commença à avoir l'air nerveux.

– Y a des gens qui aiment ce temps, dit McCoy. Ça les rend joyeux. Pas moi. J'ai trop chaud, je transpire, ça me met de mauvaise humeur. Alors si tu ne me dis pas de quoi tu parles, Ally, je vais te péter la gueule. Là, ici, devant le stand de fournitures pour animaux domestiques.

– Tss, fit Ally. Ça valait le coup d'essayer, inutile d'être méchant.

– Ally..., grogna McCoy.

– Des photos de ton pote. J'ai des photos intéressantes de ton pote.

– De qui tu parles ?

– T'en as qu'un, de pote. Viens, je vais te montrer.

Il y en avait six. Les trois premières semblaient avoir été prises à son insu. La porte de la chambre encadrait Cooper, assis torse nu sur le lit. Sur la première, il avait un tube en caoutchouc autour du bras. Sur la seconde, il tenait un Zippo sous une cuiller. Sur la troisième, il se piquait. Les trois suivantes étaient toutes à peu près identiques. Cooper avait dû tomber dans les pommes. Celui ou celle qui avait pris celles-là était entré dans la chambre. Sur les trois, il était étendu sur le lit, sur le dos, sans connaissance, la seringue vide à la main.

McCoy s'assit sur le petit tabouret derrière le stand d'Ally. Il avait envie de vomir, il avait l'impression de ne plus pouvoir respirer. Ce qu'il voulait empêcher s'était déjà produit. Quelqu'un essayait de profiter de l'état de Cooper.

– Pas mal, hein ? fit Ally.

– Qui t'a apporté ça ?

– Un gamin. Douze, treize ans. Il m'a donné la pellicule et vingt livres, et il m'a demandé de la développer. Il doit revenir dans quelques jours. Un type lui aurait donné une livre pour la course.

– Quel type ?

Ally haussa les épaules.

– C'est tout ce qu'il a dit – un type.

Il voulut reprendre les photos. McCoy s'y accrocha.

– Il me les faut, dit-il. Les photos plus les négatifs.

Ally fit siffler de l'air entre ses dents.

– Ça va être difficile, ça, m'sieur McCoy. Qu'est-ce que je dis au gamin quand il revient ?

McCoy sortit son portefeuille. Il avait quarante livres et des pièces. Il tendit les deux billets de vingt.

– Tu lui dis que la lumière est entrée dans l'appareil, que la pellicule était vierge. D'accord ? Donne-lui une vieille pellicule exposée.

Ally prit les billets, les fourra dans sa poche.

– D'accord ? répéta McCoy.

– Ouais, d'accord, promis, dit Ally.

Il farfouilla dans l'un des plateaux derrière le comptoir. Il tendit à McCoy des négatifs dans une enveloppe de papier cristal.

– T'es content, maintenant ?

McCoy les prit et s'approcha d'Ally.

– Je te jure, Ally, si une de ces photos sort, ou que j'apprends que tu en parles, je te détruis. Je te collerai sur le dos tous les chefs d'inculpation qui me passeront par la tête, et je ferai courir le bruit que c'est toi qui as pris les photos. Barlinnie, ce sera l'enfer, pour toi. Pigé ?

Ally hocha la tête.

– La vache, faut se calmer, m'sieur McCoy. On a conclu une affaire. Quarante livres. C'est réglé.

McCoy ressortit de l'obscurité de l'entrepôt et regagna la chaleur et le soleil, photos et négatifs dans la poche. Le problème, c'était qu'il n'avait aucune confiance en Ally. Il y avait au mieux une chance sur deux pour qu'il se taise. Il rattrapa Trongate en se demandant qui avait pris ces photos et pourquoi. Billy ? Ellie ? Ça ne pouvait pas être Jumbo, il n'avait pas la malice nécessaire. Il s'arrêta. Il n'en croyait pas ses yeux. Il traversa. De grandes lettres rouges s'étalaient sur le mur de Goldbergs, le grand magasin : BOBBY MARS FOREVER !!

Il se planta devant le graffiti et le contempla. Il devinait qui en était l'auteur. L'argent donné par McCoy pour un tee-shirt avait manifestement servi à acheter une bombe de peinture.

13

McCoy s'assit à son bureau et laissa tomber les dossiers de Wattie devant lui. Sa première réaction avait été de vouloir aller montrer les photos à Cooper mais il ne le pensait pas encore très lucide. De plus, il préférait ne pas être présent quand Cooper découvrirait que sa boîte d'héro avait été jetée à la poubelle sur l'ordre de McCoy. Il décida de laisser Billy et le Dr Purdie se débrouiller. Qu'ils méritent leur argent, pour une fois. Il savait en outre que s'il allait là-bas tout de suite, il n'allait pas pouvoir s'empêcher de parler des photos, et il avait besoin de bien réfléchir, de définir d'abord une stratégie. Il avait besoin de se concentrer sur un nouveau problème et de reléguer celui des photos au second plan de ses préoccupations. D'où les dossiers de Wattie.

Il alluma une cigarette et ouvrit le premier dossier. C'était le plus récent, les faits s'étaient déroulés la semaine précédente. Un braquage au Southern General Hospital, allez savoir pourquoi. Deux hommes cagoulés et armés de fusils avaient fait irruption dans le bâtiment administratif, avaient menacé les gestionnaires de paie – deux femmes d'une cinquantaine d'années, d'après les photos – et avaient dit au comptable qu'ils allaient « lui faire exploser la tronche » s'il n'ouvrait pas le coffre. Il avait intelligemment obéi, et ils s'étaient tirés avec l'argent des salaires, soit trente-six mille livres. On les avait vus prendre la fuite à bord d'une Cortina bleue, le chauffeur étant lui aussi cagoulé. La Cortina, volée, avait été abandonnée près d'un entrepôt de Hillington.

– Comme on se retrouve !

McCoy leva les yeux : c'était l'agent Walker.

– Ça vous arrive de quitter ce commissariat ? demanda-t-il.

– Jamais, dit-elle. Je dors dans un petit nid de papier sous mon bureau.

– Je vous crois. Vous êtes occupée, là ?

– Vous plaisantez ? dit-elle en parcourant la salle vide du regard. J'en suis réduite à laver les tasses.

– Parfait. Filez au Woodside Inn et dites à Raeburn que Dirty Ally était une impasse.

– Je pourrais le lui dire au téléphone. Ce serait plus rapide.

– C'est vrai, mais ça vous fera sortir de ce trou et passer une heure au soleil.

Elle sourit et récita :

– « L'inspecteur McCoy vous fait dire que Dirty Ally était une impasse. »

– Voilà. Il comprendra.

Adossé au dossier de sa chaise, McCoy la regarda mettre sa casquette et partir. S'il l'avait envoyée dehors, c'était aussi pour son bien à lui. Il appréciait son enthousiasme, mais il ne tenait pas à passer la prochaine heure en la sentant derrière lui, le regard braqué sur son dos, attendant désespérément qu'il lui confie une tâche. Il épousseta la cendre qui venait de tomber sur la page et referma le dossier, découragé. Raeburn l'avait gâté. Ce qu'il connaissait en matière d'attaque à main armée tenait au dos d'un timbre-poste.

Trois quarts d'heure, trois cigarettes et une tasse de thé plus tard, il avait pris connaissance de quatre autres dossiers. Cinq braquages en tout. Toujours le même scénario. Deux hommes armés, un chauffeur, ils entraient et ressortaient le plus vite possible. Et ils avaient frappé dans tout Glasgow. Une Royal

Bank de Townhead, une Savings Bank de Carntyne, la comptabilité d'une usine de Barmulloch.

Il avait terminé par le meilleur. Une poste de Westray Circus. Il connaissait bien Westray Circus. Une rangée de magasins à Milton, où les bus faisaient demi-tour avant de repartir vers le centre-ville. D'après ses souvenirs, une amie de sa mère travaillait dans la poste qui se trouvait là-bas. Il consulta le dossier. Apparemment, cette femme y travaillait toujours. Margery Royce avait été interrogée par Wattie. Il parcourut brièvement sa déposition, rien de particulier, une description sommaire des faits. Un fourgon était arrivé à neuf heures et avait déposé des fonds. Sitôt le fourgon reparti, deux types avaient fait irruption. McCoy sourit. D'après Margery, l'un était « un vrai nabot ». Ils avaient tenu en respect les deux femmes avec un fusil à canon scié et un pistolet, leur avaient donné deux sacs de sport à remplir et n'étaient restés sur place que deux ou trois minutes. McCoy feuilleta le dossier. Comme on pouvait s'y attendre, une Corsair volée avait été retrouvée plus tard, cette fois abandonnée près d'une voie ferrée de Whitehill.

Le fait que les braqueurs se soient pointés quelques minutes seulement après le dépôt de fonds signifiait qu'ils surveillaient la poste depuis un certain temps, pour s'assurer que le fourgon passait chaque semaine à la même heure. Il fit défiler les pages en arrière. Wattie avait demandé aux femmes si elles n'avaient pas remarqué des personnes louches en train de traîner. Ce n'était pas le cas. Rien de surprenant. Il y avait toujours du monde à la poste, les retraités qui venaient toucher leur pension aimaient tous bavarder. Qui sait ? Ces quelques mots étaient sans doute les seuls qu'ils échangeaient de toute la semaine. McCoy consulta sa montre. Peut-être irait-il voir si Margery ne se souvenait pas d'autre chose. Ce n'était certes pas la meilleure idée qu'il ait eue de sa vie, mais à vrai dire il ne voyait rien d'autre. De plus, le Woodside Inn se trouvait sur le chemin du retour. Plus ou moins.

McCoy se fit amener une voiture de patrouille. Eddie, l'un des mécaniciens, la gara devant le commissariat, en descendit et lui donna les clefs.

– Désolé, Harry. C'est un tas de boue, mais elles sont toutes sorties, elles sont toutes au Woodside.

McCoy regarda la voiture. Une Viva en fin de vie. Super.

– Ça devrait aller, poursuivit Eddie. Tire sur le starter si tu cales trop souvent. J'ai baissé les vitres, mais il fait encore chaud comme dans un four là-dedans.

McCoy monta. Eddie ne mentait pas. On étouffait dans cette voiture, et ça sentait le vomi, aussi. Sans doute un clodo qui y avait dégueulé lors de sa dernière sortie. Il était sur le point de démarrer lorsqu'il vit Billy de l'accueil et un quinquagénaire sortir du commissariat. Billy le désigna du doigt et l'homme hocha la tête. On devinait facilement de qui il s'agissait. C'était le portrait craché de Murray, avec une dizaine d'années et pas mal de kilos en moins. McCoy soupira, coupa le moteur et sortit de la voiture.

John Murray avança vers lui, l'air pas très content. Il ne serra pas la main que lui présentait McCoy.

– C'est vous, celui qui est censé rechercher ma fille ? demanda-t-il.

McCoy acquiesça, déjà agacé.

– Alors, où en êtes-vous ?

– Ça avance, dit McCoy. J'espère pouvoir discuter avec elle ce soir.

Le visage de Murray se voila.

– Discuter ? Pourquoi voulez-vous discuter ? Contentez-vous de la ramener chez elle. J'ai besoin qu'elle rentre au plus vite, mon frère ne vous l'a pas dit ?

McCoy chercha ses cigarettes dans sa poche, il prit son temps pour en allumer une. De son point de vue, il rendait service à John Murray. Être traité comme un larbin ne lui plaisait guère.

– Votre frère m'a dit beaucoup de choses, dit-il. Vous êtes une espèce de conseiller municipal, c'est ça ?

C'était une insulte, et Murray la prit comme telle. Il se fit encore moins amical.

– Si vous voulez dire par là que je suis le directeur adjoint du conseil de Glasgow, alors oui, je suis bien une espèce de conseiller municipal.

– Et vous êtes bon dans votre partie ? dit McCoy en soufflant un nuage de fumée dans sa direction.

Murray toisa McCoy.

– Je ne vois pas vraiment en quoi ça vous regarde, mais oui, je suis excellent dans ma partie.

– Parfait. Parce que vous savez quoi ? Ma partie à moi, c'est flic, et je suis super bon là-dedans. Sauf qu'au lieu de faire mon boulot, je bosse en sous-marin pour vous aider, vous et votre frère. Autant de temps que je passe pour éviter que de petites surprises dans le journal ne viennent compromettre vos chances d'être élu député.

McCoy s'interrompit, laissa tomber sa cigarette au sol et l'écrasa.

– Donc, si vous voulez bien retourner délivrer des permis aux propriétaires de clébards, ou je ne sais quelle autre connerie où vous vous croyez si fort, et me foutre la paix, je vous ramènerai peut-être votre fille plus tôt que vous ne croyez.

Il ouvrit la portière de la voiture, monta et démarra. Il regarda dans le rétroviseur. Murray était planté sur le trottoir, on aurait dit qu'on lui avait jeté un seau d'eau froide sur la tête. Bien fait pour sa gueule, à ce connard.

Les rues étaient calmes – si calmes qu'à part un lointain tintement de cloches d'église, il s'éloigna de Stewart Street dans un silence absolu. Aucune circulation, aucun passant. Ceux qui n'étaient pas partis devaient se trouver dans l'un des parcs ou dans leur jardin, étendus sur une serviette, en train de lire les journaux du dimanche.

Il passa devant le Royal et roula vers le nord, en direction de Milton. Quoique, si Margery l'avait entendu nommer Milton le quartier où elle vivait, il aurait passé un sale quart d'heure. Selon elle, elle habitait Parkhouse et tenait à ce que tout le monde le sache. Parkhouse se voulait la partie chic de Milton, dans la mesure où on se trouvait de l'autre côté d'Ashgill Road. Ce détail excepté, McCoy ne voyait pas très bien la différence. Mêmes immeubles et maisons, mêmes rues vides, même quartier populaire…

Il s'arrêta au feu d'Atlas Road et regarda à sa droite. La passagère dans la voiture d'à côté avait la tête plongée dans le *Citizen*. En gros titre, on lisait : ALICE : LA PLUS GRANDE CHASSE À L'HOMME DE L'HISTOIRE DE GLASGOW.

Concernant cette affaire, McCoy avait le sentiment que les carottes étaient cuites. Alice était sans doute morte quelques heures après avoir disparu, assassinée par une connaissance. Il faudrait qu'il demande à Wattie s'il avait interrogé la mère à propos d'un amant éventuel. L'idée terrifiait la population et permettait aux journaux de vendre du papier, mais en réalité il était très rare que des inconnus enlèvent des enfants. En général, le ravisseur était un parent, un voisin, un commerçant chez qui l'enfant venait acheter des bonbons tous les jours. Quelqu'un en qui il avait confiance. Quelqu'un qu'il connaissait.

Le feu passa au vert et il redémarra. Il était aussi impuissant que le reste de Glasgow. Il ne pouvait qu'attendre l'inévitable.

Milton profitait du soleil. Les enfants étaient dehors dans les rues, les filles sautaient à la corde, les garçons jouaient au ballon, les adultes se prélassaient dans leur jardin. Les carillons des marchands de glaces tintaient en permanence – il régnait une atmosphère générale de vacances. Margery habitait Crownhill Street. McCoy s'y engagea et se rangea devant chez elle. Dans le jardin de la maison voisine se trouvait une pataugeoire. Une petite fille en maillot de bain, avec une grosse couche dessous, y barbotait sous le regard de ses parents, assis sur des chaises de cuisine, tous deux mangeant des bâtonnets glacés. McCoy parcourut l'allée et alla frapper à la porte de Margery. Elle s'ouvrit quelques secondes plus tard, et Margery apparut, vêtue d'une robe à fleurs et coiffée d'un chapeau. Elle tenait un sac à main brillant, gros comme une petite valise.

– Harry ! s'exclama-t-elle. Qu'est-ce que tu fais ici ? J'allais à l'église. On se relaie pour prier pour cette petite qui a disparu.

– Pas de problème, dit McCoy. Je t'accompagne.

Margery sourit, referma la porte derrière elle, et ils se mirent en route. Margery salua le couple d'à côté.

– Au moins, ils ne sont pas en train de s'engueuler, pour une fois, dit-elle à McCoy entre ses dents.

Ils n'avaient parcouru que quelques centaines de mètres en direction de St Augustine's quand Harry se souvint de ce qui le rendait dingue chez Margery. Elle était incapable de la boucler. Elle parlait sans cesse, tout juste si elle s'arrêtait pour respirer. Il ponctua sa logorrhée de hochements de tête et songea aux photos. Pourquoi les avait-on prises ? Pour montrer à quelqu'un comme Naismith que Cooper était une cible facile ? McCoy avait toujours eu confiance en Billy, mais peut-être qu'en voyant Cooper s'accrocher à l'héroïne il avait vu sa chance et laissé faire. Il était vrai qu'il n'était pas venu le prévenir. Mais il n'y croyait pas. Billy était un bras droit-né. Il aimait l'argent et le pouvoir, mais il ne voulait pas du danger inhérent aux positions en première ligne.

McCoy se reconnecta à Margery. Elle ne s'essoufflait pas.

– Et donc, quand elle est morte, paix à son âme, le père Martin me dit : « Margery, que diriez-vous de vous occuper des fleurs, maintenant que Teresa n'est plus là ? » J'ai répondu : « Avec joie, mon père », et j'ai vu Mary McConnel du coin de l'œil tout en le disant. La tête qu'elle faisait ! De la rage pure. On aurait dit qu'elle mâchait une guêpe. Je n'ai pas pu m'en empêcher, j'en ai rajouté. « C'est un honneur d'être choisie, mon père, j'ai dit, un vrai privilège », et Mary McConnel a tourné les talons et elle s'est éloignée, ses escarpins bon marché qu'elle a toujours aux pieds ont claqué sur le carrelage. Connasse. C'est donc moi qui m'en occupe, maintenant. J'arrive là-bas deux heures plus tôt et je mets toutes les fleurs en place. J'adore faire ça, tu sais, Harry. Je n'étais pas sûre que ça me plairait, pour être très franche. Je voulais juste emmerder Mary McConnel. Mais maintenant, j'adore, j'envisage même d'exercer cette activité professionnellement, tu sais, pour les mariages, et cetera. Comment va ta mère ?

Sans lui laisser le temps de répondre, elle embraya :

– Je suis allée la voir l'autre jour, elle avait l'air un peu plus gaie. Elle était assise dans le jardin, ça lui redonnait des couleurs. Il n'y a que ça de bien, là-bas, ce jardin. Je ne sais pas qui s'en occupe, mais il est magnifique. On dirait un…

McCoy s'était arrêté de marcher. Margery s'immobilisa à son tour et le regarda. Il s'empressa de parler avant qu'elle ne remette ça :

– Je suis là en tant que policier, Margery. Je dois te parler du braquage.

Elle se dégonfla comme un ballon. Elle avait soudain l'air d'une petite vieille fragile et effrayée.

Il montra un banc d'un signe de tête.

– Viens t'asseoir.

Elle s'exécuta, sortit un paquet de Rothmans de son sac et se pencha en avant tandis que McCoy allumait son briquet pour elle.

– Ç'a été affreux, mon garçon, dit-elle. Vraiment affreux. J'étais terrifiée.

– Ça ne m'étonne pas, dit McCoy. Ces deux types : tu te souviens de quelque chose sur eux ?

Elle secoua la tête.

– Pas vraiment. J'ai déjà tout dit à l'autre policier, un grand blond.

– Wattie.

– Watson, c'est ça. Un garçon très gentil. Il avait un beau costume, aussi, il a dû y mettre le prix. Je lui ai demandé : « Où est-ce qu'on trouve un costume comme… »

– Margery…

– Pardon. L'un était grand et l'autre était petit. Mais vraiment petit pour un homme. Un mètre cinquante, peut-être ? L'autre devait faire ta taille. Ils avaient des cagoules, des jeans, des chemises bleues, rien de particulier. Des baskets – ils étaient habillés pareil.

– Ils ont parlé ?

Elle secoua la tête.

– Pas beaucoup, et seulement le petit. Il a dit que c'était un hold-up, il m'a donné un sac et il m'a demandé de le remplir. Le grand n'a rien dit mais le petit n'arrêtait pas de le regarder, comme si c'était lui le chef.

– Il avait un accent, le petit ?

– Non, juste l'accent de Glasgow, comme toi et moi.

McCoy remarqua que ses mains tremblaient. Il en prit une dans les siennes. Elle sourit.

– À la poste, ils ont voulu nous donner des vacances, à Doris et à moi. Pour qu'on se remette, tu vois ? J'ai dit non, je préfère être là, il faut que je m'occupe des fleurs, et je me sens en sécurité ici, même si c'est ici que c'est arrivé. Je suis entourée de gens que je connais. Je peux aller frapper à n'importe quelle porte, me faire offrir le thé. Tu comprends ?

McCoy acquiesça.

– Tu sais qui c'est ? demanda-t-elle.

– Non. C'est ce que j'essaie de découvrir.

Margery sourit.

– Va donc faire un tour du côté de Liddesdale Road et demande à M. Norton. Il a bien braqué des banques, non ?

McCoy hocha la tête.

– C'était il y a longtemps. Ç'a été un grand braqueur. Il a été condamné, il a fait quelques années de prison. Je pense qu'il est un peu vieux pour ça, aujourd'hui. Ça fait un bail que je n'entends plus parler de lui.

– En tout cas, il n'a pas de problème d'argent, moi, je te le dis. Il est toujours sapé comme un milord, on vient le chercher dans de grosses voitures, il donne des billets aux gamins dans la rue. Il se prend pour le milliardaire dans *Annie, la petite orpheline*.

McCoy se leva.

– Je vais y réfléchir. Prends soin de toi, Margery. Si autre chose te revient, fais-moi signe.

Elle acquiesça.

– Promis. À bientôt, mon garçon. Je dirai à ta mère que tu as demandé de ses nouvelles.

McCoy la laissa terminer sa cigarette sur le banc. Il n'était pas sûr d'avoir appris grand-chose d'utile. Une chose, peut-être. Il avait complètement oublié William Norton. Si quelqu'un s'y connaissait en braquages, c'était bien lui. De plus, il n'avait pas très envie de retourner au bureau par un temps comme ça. Il pouvait aller voir si M. Norton était chez lui, ça lui ferait une balade.

14

Liddesdale Road était au fin fond de Milton, on ne s'y faisait pas d'illusions comme à Parkhouse. McCoy se gara derrière une Coccinelle posée sur des briques et descendit. Il jeta un regard circulaire. Comme toutes les rues du quartier, celle-là était large et vide, aucune voiture ne circulait. Rien d'autre que quelques chiens et enfants qui fourmillaient, et un couple âgé bien habillé qui rentrait de la messe. Les immeubles étaient hauts de quatre étages et dotés de balcons aux balustrades de fer forgé rouillé. Certains de leurs occupants avaient manifestement décidé qu'il était plus rapide de jeter les objets par-dessus ces derniers que de les porter jusqu'en bas. Devant, les jardins étaient parsemés de vieux matelas. Dans l'un d'eux, il y avait même une cuisinière.

– J'surveille vot' voiture, m'sieur ?

Il se retourna. Un garçon de neuf ou dix ans, tee-shirt rayé et genoux écorchés, le regardait, la main tendue.

– Dix pence, j'demande pas plus. Si j'vous la surveille, elle sera pas vandalisée. Dans le coin, on sait qu'il faut pas chercher Georgie Buchan, si vous voyez c'que j'veux dire.

Il lui fit un clin d'œil.

– Le problème, dit McCoy, c'est qu'elle ne vaut plus un clou. Alors je m'en fous qu'elle soit vandalisée.

Le visage d'Al Capone junior se décomposa. McCoy plongea

la main dans sa poche et y trouva une pièce de dix pence. Il la tendit au garçon.

– Monsieur Norton, c'est quelle allée ?

Georgie pointa le doigt vers l'autre côté de la rue.

– Celle-là.

Il tendit à nouveau la main, et McCoy y déposa la pièce.

– Et ça inclut surveiller la voiture, ajouta-t-il.

Georgie hocha la tête et exécuta un salut militaire. Puis il grimpa sur le capot de la voiture, s'y assit et balaya la rue du regard tel un guetteur sur un char d'assaut.

McCoy traversa, et il allait entrer dans l'allée de Norton quand deux choses se produisirent : une Jaguar bleu foncé se rangea derrière lui et William Norton apparut à la porte. La cinquantaine bien tassée, les cheveux plaqués en arrière, Norton portait un blazer croisé bleu marine à boutons dorés, un pantalon gris et une chemise blanche ouverte. On l'aurait dit en route pour aller jouer un dix-huit trous dans son club de golf. Il s'arrêta et dévisagea McCoy, il lui fallut quelques secondes pour le reconnaître.

– Tiens, tiens. McCoy, qu'est-ce qui t'amène ?

Pendant ce temps, le chauffeur de la Jaguar était descendu et s'était placé derrière McCoy. McCoy se retourna et vit qui c'était. Duncan Stewart. Costume à carreaux et cheveux roux jusqu'aux épaules, deux pâles cicatrices sur la joue, un sourire froid aux lèvres. McCoy l'avait croisé plusieurs fois. Une vraie saloperie. Un vicelard de première.

– Tu veux bien reculer un peu, Stewart ? dit McCoy. Ton haleine me donne envie de gerber.

Le sourire de Duncan se fit plus froid encore, et il recula de deux pas.

McCoy se retourna vers Norton.

– Je suis venu causer un peu. C'est possible ?

– Tiens donc, dit Norton.

Il leva les yeux vers le ciel, le visage éclairé par le soleil.

– Belle journée, dit-il.

Puis, se tournant à nouveau vers McCoy :

– Tu comptes me la gâcher ?

McCoy secoua la tête.

– Rien d'officiel. J'ai juste besoin d'un conseil.

Norton montra la voiture.

– Dans ce cas, monte.

McCoy avait gagné les bonnes grâces de Norton par l'intermédiaire du gendre de celui-ci, Danny, membre des Blue Angels. Le chauffeur d'une Cortina n'avait pas vu la moto de Danny et s'était engagé dans Garscube Road depuis une rue adjacente. Danny avait percuté de plein fouet le côté de la voiture et était passé par-dessus. McCoy, qui sortait du bureau de tabac à ce moment-là, avait tout vu. Le fait qu'il ait témoigné au tribunal pour dire que l'automobiliste était en tort avait convaincu Danny et donc Norton qu'il était « correct pour un flic ». Ajouté à un peu de flatterie, c'était ce qui lui valait à présent d'être accueilli dans cette voiture.

Il monta à l'arrière de la Jag. Norton se glissa à côté de lui, fit signe à Stewart, et ils démarrèrent. À l'intérieur, c'était un cocon frais de cuir sombre, et ça sentait la voiture neuve. Norton baissa sa vitre et alluma une Rothmans.

– J'ai des questions à te poser sur une série de braquages, dit McCoy.

Norton s'esclaffa.

– Je croyais que tu ne comptais pas me gâcher ma journée.

– T'inquiète pas, je sais que tu as raccroché. Il ne s'agit pas de toi. J'ai juste besoin d'un coup de main.

Norton eut l'air agacé.

– Laisse-moi deviner… Westray Circus ? Gonflés, les mecs. Ils ont fait ça dans mon quartier.

McCoy acquiesça.

– Ça et le Southern General. Plus quelques autres. Une idée ?

Norton le regarda. Ses yeux sombres se rétrécirent.

– Même si je savais quelque chose sur eux, et c'est pas le cas, pourquoi je te le dirais ? Ramasser Danny après son accident te donne droit à une certaine amabilité de ma part et à un tour dans ma grosse bagnole. Pas à avoir une balance dans la fouille.

– Je te demande pas de jouer les balances, dit McCoy, tentant de le ramener à de meilleures dispositions. Je suis pas con à ce point. On me demande d'enquêter sur ces braquages, et je sais que dalle, ni sur ceux-là ni sur aucun autre, d'ailleurs. Alors, des tuyaux ?

Norton rit à nouveau.

– Faut reconnaître, McCoy, t'as pas froid aux yeux.

La voiture s'arrêta au feu en bas de Bilsland Drive.

Norton tapa sur l'épaule du chauffeur.

– Duncan ? Va me chercher des clopes, tu veux ?

Stewart hocha la tête dans le rétroviseur, s'engagea dans Maryhill Road, s'arrêta devant Millie's Motors et descendit.

Norton attendit qu'il soit entré dans le bureau de tabac pour se tourner vers McCoy.

– Deux conseils pour toi, mon gars. Il fait beau, le soleil brille et je suis de bonne humeur, alors écoute bien parce que c'est le meilleur conseil qu'on puisse te donner. On n'arrête pas les braqueurs, ils se font arrêter tout seuls. Y en a toujours un qui se sent lésé et qui pense qu'il peut baiser les autres. Ils se tirent dans les pattes, ils font du bruit, ils achètent des conneries, ils se font remarquer.

McCoy acquiesça. Ça tenait debout.

– Et le deuxième ?

Norton sourit.

– Le deuxième, il est tout simple. Si tu n'es pas sorti de cette bagnole quand Stewart reviendra avec mes clopes, je vais faire quelque chose que je regretterai avec le rasoir qui se trouve dans la poche de ma veste.

Il se pencha tout près de McCoy, qui sentit une odeur d'after-shave et de tabac.

– Je n'ai rien contre la plaisanterie, mon gars, mais si un jour tu me traites à nouveau comme une balance, ce sera la dernière chose que tu feras. Maintenant, sors de ma bagnole.

McCoy regarda la Jaguar s'éloigner. Il n'était pas sûr d'en avoir appris beaucoup sur les braquages. Il savait une chose, en revanche. Norton avait peut-être raccroché, mais il restait quelqu'un qu'il ne fallait pas chercher.

15

McCoy regagna sa voiture à pied, un bonheur par cette chaleur. Il fallait rendre à César ce qui lui appartenait, Al Capone junior était toujours en faction, assis sur le capot, fouillant du regard les rues de Milton. Il lui donna à nouveau dix pence pour son zèle et reprit la direction du centre-ville. Il rattrapa Maryhill Road et passa devant le Munns Vaults et l'entreprise de pompes funèbres, devant chez Jaconelli. Il savait où il allait atterrir, c'était plus fort que lui.

Il devait le reconnaître, il l'aimait bien, Norton. C'était un dinosaure, il était d'une autre génération, mais il avait du style. Au moins, on savait à quoi s'en tenir avec lui. McCoy sourit intérieurement – pour l'heure, sa cote auprès de Norton en avait pris un coup.

Thomson se tenait devant le Woodside Inn lorsqu'il y arriva, il était en train de donner des ordres à deux agents en uniforme qui tentaient de délimiter un périmètre de sécurité autour du pub à l'aide de rubans de couleur. Il s'agissait d'empêcher « n'importe quel couillon » d'entrer, selon ses termes. La foule à l'extérieur du pub avait encore grossi : encore plus de gamins, encore plus de journalistes. Des gens qui n'avaient rien de mieux à faire que de manger des glaces ou de fumer des cigarettes, assis sur les murets ou debout, en espérant que quelque chose allait se passer et qu'ils seraient là pour le voir.

Secouant la tête, Thomson avait les yeux rivés sur les deux agents et leur criait des conseils, leur reprochait de s'y prendre comme des manches. Lorsque les rubans furent enfin installés comme il l'entendait, il se tourna vers McCoy et lui dit qu'il avait de la chance : Raeburn était à Pitt Street, il faisait son rapport sur l'avancée de l'enquête.

Alors que McCoy se dirigeait vers la porte du pub, Thomson lui lança :

– Au fait, ton copain n'est pas là.

McCoy s'arrêta et se retourna.

– Il est où ?

– À Ruchill Park, il dirige la recherche d'indices. Et non, avant que tu poses la question, rien de neuf, rien que moi qui suis coincé ici à essayer d'éloigner cette bande d'abrutis de ce foutu pub.

McCoy jura en comprenant qu'il allait devoir remonter en haut de la colline à pied. Il laissa Thomson à sa tâche et, retirant sa veste, se mit en route. Une femme qu'il reconnut vaguement pour l'avoir vue au journal télévisé interviewait quelques mères portant des enfants dans leurs bras. Elle devait être désespérée. En passant devant elle, il l'entendit demander : « Et à votre avis, qu'est-il arrivé à Alice ? » Il n'attendit pas d'entendre la réponse. De toute façon, si la femme répondait honnêtement et disait qu'elle était probablement morte quelque part, on ne diffuserait pas son témoignage.

McCoy ne se souvenait pas d'être jamais allé à Ruchill Park. Il savait simplement que c'était grand et qu'il y avait une butte au milieu avec un drapeau en haut. Il traversa au feu pour rester du côté ombragé de la rue et se demanda ce que Raeburn devait bien pouvoir raconter à Pitt Street. Le bla-bla habituel, supposa-t-il. On attend une avancée bientôt, on se rapproche. Que ce soit vrai ou non, c'était ce qu'ils voulaient entendre – la seule chose qu'ils voulaient entendre.

McCoy s'arrêta un instant ; même à l'ombre, on crevait

de chaud. Il desserra sa cravate et déboutonna sa chemise. Il passa devant un groupe de vieux faisant circuler une bouteille devant l'église de Queen's Cross, remonta Murano Street et franchit les grilles du parc.

La première chose qu'il vit fut les policiers en uniforme qui, déployés en ligne au bas de la butte, avançaient doucement, tête baissée, en quête d'une trace d'Alice Kelly dans l'herbe desséchée. Il distinguait Wattie derrière eux, entouré d'une trentaine d'autres hommes à qui il indiquait la direction à suivre. Ils s'éloignèrent, formèrent une ligne du côté des arbres et se mirent eux aussi à chercher, tête baissée. McCoy siffla avec ses doigts. Wattie leva la tête, lui fit un signe et le rejoignit.

Ils trouvèrent un banc sur le chemin, près d'un massif de pensées fanées, et s'y assirent. La chemise de Wattie, trempée de sueur, collait à son dos. Il regarda autour de lui et, jugeant que personne ne le verrait, la sortit de son pantalon, la déboutonna et en agita les pans pour faire entrer un peu d'air entre le tissu mouillé et lui.

– J'ai jeté un coup d'œil à tes dossiers sur les braquages, dit McCoy. T'es sûr d'avoir terminé l'école ?

Wattie soupira.

– Et dire que travailler avec vous me manquait presque.

– Du nouveau ?

Wattie secoua la tête.

– Vous croyez que je me ferais chier à transpirer ici si c'était le cas ?

– Pas faux, dit McCoy en allumant une cigarette. Comment va l'audacieux Raeburn ?

Wattie eut l'air un peu penaud. Il savait qu'il n'avait pas à parler de l'enquête à McCoy. Il baissa la voix comme si Raeburn risquait de l'entendre.

– Que je sache, on pédale dans la semoule, dit-il. Et Raeburn est de plus en plus remonté, il gueule comme un putois, il se conduit comme un vrai con. Il est allé faire son rapport à Pitt Street. Le problème, c'est qu'il n'a rien à dire, en tout cas rien qui fera fermer leur gueule aux journaux, et en haut lieu, il n'y a que ça qui compte.

– Et moi qui pensais que c'était ton nouveau meilleur pote.

Wattie continua d'agiter sa chemise dans le vent, l'air exaspéré.

– C'est pas moi qui ai choisi cette situation, McCoy, vous le savez très bien. Je ne suis pas idiot. Je sais que s'il a fait appel à moi, c'est uniquement pour vous emmerder.

– Oui, oui. Je sais. Pardon.

McCoy se sentit un peu coupable. C'était trop facile de chambrer Wattie sur son nouveau rôle en tant que bras droit de Raeburn. Et ça faisait partie du plan de Raeburn, supposait-il. Un truc vieux comme le monde. Diviser pour mieux régner.

– Ces braquages que tu m'as refilés…

Il haussa les sourcils.

– Des complicités internes ?

– Vous n'avez pas lu le dossier ?

– Je te l'ai dit, j'ai essayé, mais il y a des limites aux fautes de grammaire et d'orthographe qu'un homme peut supporter.

Wattie secoua la tête.

– Je ne crois pas. J'ai interrogé tout le personnel, j'ai vérifié leurs antécédents, apparemment tout le monde est clean. Et puis il y avait trop d'endroits différents, des postes, des magasins, des banques. On ne peut pas avoir des complices partout. Ça me semble assez improbable.

– J'aurais dû y penser, dit McCoy, maussade.

– Rien qu'au Southern General, ils ont piqué trente-deux mille livres, Harry, dit Wattie, un œil sur la ligne d'hommes en train d'avancer. Ça fait beaucoup.

– Qu'est-ce qu'ils en disent, à Pitt Street ?

– Ils ne sont pas contents, pas contents du tout. Le bruit court qu'ils étaient sur le point de convoquer Raeburn pour lui passer un savon à ce sujet quand l'affaire Alice Kelly est arrivée.

– Ils vont peut-être lui tomber dessus quand on aura retrouvé la gamine.

Wattie cessa de s'éventer et le regarda.

– Vous ne comprenez pas, hein, Harry ? Il vous refile cette enquête délibérément. L'affaire Kelly lui a donné une excuse. Ce n'est pas sur lui que Pitt Street tombera. C'est sur vous.

McCoy s'adossa au dossier du banc. Il prit conscience de la situation.

– C'est dur à croire, mais Raeburn est un type encore plus infect que je ne le pensais, dit-il, étonné.

Wattie acquiesça.

– Infect et fourbe. Il se débarrasse des braquages, qui sont un bourbier inextricable, et pendant ce temps il résout l'affaire Kelly, la plus médiatique de l'année. Il a l'air d'un héros.

– Et moi, je finis tricard, soupira McCoy.

– J'ai pas dit ça…

– J'ai intérêt à regarder ces dossiers de près, du coup.

Wattie sourit.

– C'est peut-être pas une si mauvaise idée.

– Que dit Mary d'Alice Kelly ? Elle ne te pompe pas trop pour avoir des détails ? Enfin, façon de parler.

Wattie secoua la tête.

– Je la vois à peine, je bosse tellement que je ne suis quasiment jamais à la maison. Et puis elle sait que je ne peux rien lui dire.

– Ah ouais ? fit McCoy en tentant de cacher son étonnement.

Journaliste chevronnée au *Record*, Mary n'était pas du genre à accepter qu'on lui refuse quelque chose, même si on était son petit ami. *Surtout* si on était son petit ami. Difficile d'imaginer Wattie s'en tenir à la loi, mais allez savoir avec les couples…

Ils restèrent silencieux quelques instants et observèrent la lente progression des agents vers le haut de la butte. Tous deux espéraient entendre un cri et en voir un lever la main et dire qu'il avait trouvé quelque chose. McCoy montra du menton le parc qui s'étendait devant eux.

– Ce foutu parc est gigantesque. Et à côté, derrière le terrain de foot, c'est plein de broussailles.

Il pointa le doigt vers la gauche.

– Le bassin du canal est juste là. Elle ne pouvait disparaître dans pire endroit.

– M'en parlez pas, dit Wattie, l'air abattu. Les plongeurs vont commencer les recherches dans quelques heures. Il a attendu le plus longtemps possible, mais…

McCoy savait de quoi il parlait. Dès que les plongeurs entreraient en action, la presse serait dessus et les parents le sauraient. Autant les appeler et leur dire : *On pense que votre fille flotte sur le ventre dans le canal de Forth et Clyde, un peu de patience, on va la trouver.*

– Un chien policier doit arriver de Stirling. On a demandé à la mère des chaussettes de la gamine, on va voir si le chien sent une piste.

Wattie agita à nouveau sa chemise.

– Alors, qu'en pensez-vous ?

McCoy décida d'être élégant et de dire la vérité.

– Ça m'écorche la bouche de le reconnaître, mais je ne crois pas que Raeburn fasse un mauvais boulot.

Wattie parut surpris.

– Je ne m'y attendais pas.

McCoy haussa les épaules.

– Il est flic depuis vingt ans. C'est un con, mais il n'est pas complètement nul. Il connaît la musique.

Il sourit.

Wattie secoua la tête.

– On ne sait jamais à quoi s'en tenir avec vous, McCoy. C'est de l'ironie ?

– Pas du tout ! C'est toujours un plaisir de féliciter un collègue pour l'excellence de son travail.

– D'accord, c'est de l'ironie.

– Au fait, quoi de neuf du côté familial ?

– Ah, on y est. Je savais que vous poseriez la question.

Wattie regarda autour de lui : personne ne pouvait l'entendre.

– J'allais vous le dire. Entre vous et moi, j'ai l'impression qu'il y a quelque chose de pas net de ce côté-là.

– Comme quoi ?

Wattie alluma une cigarette et jeta l'allumette éteinte en direction de la poubelle. Il manqua sa cible.

– Eh bien, si vous parlez à la mère, la gamine était un ange. Elle s'occupait de son petit frère, elle jouait avec les mômes de l'immeuble, elle était obéissante. Le porte-à-porte a donné la même version.

– Mais…

– Mais j'ai parlé moi-même avec les voisins, j'ai insisté un peu…

Il se redressa sur le banc et baissa la voix :

– Elle a treize ans, mais les voisins disent qu'elle est toujours dehors, qu'elle traîne avec des gamins plus âgés. Elle n'a pas froid aux yeux, c'est plus une ado qu'une petite fille.

– Donc, elle a pu avoir envie d'aller faire un tour toute seule ? Ou avec un petit ami ?

Wattie haussa les épaules.

– Je ne sais pas, mais il est possible qu'elle connaisse son ravisseur, que ce ne soit pas un inconnu qui l'ait forcée subitement à monter dans une voiture. Elle a peut-être accompagné quelqu'un volontairement. Elle s'est crue maligne, elle a voulu jouer les adultes, et elle s'est retrouvée dans le pétrin.

– Et là, c'est plus la même limonade.

Wattie acquiesça.

– C'est sûrement de simples ragots de voisinage, mais on dit aussi que la mère n'est pas une très bonne mère. En plus de laisser Alice livrée à elle-même, elle a reçu plusieurs visites des services sociaux pour le bébé. Pour négligence. Elle le laisserait seul dans l'appartement pour aller picoler au pub. Une voisine l'a entendu pleurer pendant des heures. Et apparemment, elle n'hésite pas à ramener des petits copains quand le mari n'est pas là.

McCoy secoua la tête. La propension des gens à enfoncer leurs semblables ne cessait jamais de l'étonner. Peu importe ce que la mère d'Alice Kelly ait fait ou non, sa gamine avait disparu, elle était probablement morte, et tout allait être de sa faute parce qu'elle ne lavait pas suffisamment souvent ses rideaux.

– Et le père ? Comment il s'appelle ?

– Finn, dit Wattie en chassant de la main une mouche insistante devant son visage.

– Finn ? Finn ? Le dernier Finn que j'aie connu, c'était l'un des Frères chrétiens de Nazareth House, et c'était un vrai psychopathe. Finn Kelly ? Avec un nom pareil, il devrait jouer du violon au Shamrock Inn.

Wattie acquiesça.

– Je vous l'ai dit, l'appart était un vrai sanctuaire. ALLEZ L'IRA, et cetera.

– Qu'est-ce que ce Finn fait en Irlande, d'ailleurs ?

Wattie haussa les épaules.

– Personne ne le sait vraiment. La mère dit qu'il travaille pour son cousin. Un chantier à Belfast.

– Il a un casier ?

Wattie secoua la tête.

– Rien. Il fait surtout des boulots de manut'. Il a conduit un camion pour Tennent's pendant quelque temps. Il doit prendre l'avion à Aldergrove. Il devrait être là cet après-midi.

– Veille à être présent quand Raeburn l'interrogera, hein ?

Wattie hocha la tête. Il consulta sa montre.

– Le clebs, Fido, je ne sais pas comment il s'appelle, il doit être arrivé. Je ferais mieux d'y aller.

– Norton m'a envoyé sur les roses, dit McCoy. Mostin est à Peterhead. Big Rab approche des soixante-dix balais. Je ne vois pas.

Il réfléchit encore.

– Roddy Curry ?

– Quoi ? fit Wattie, perplexe.

– Les braqueurs !

– Je croyais qu'on parlait de Finn Kelly ?

– Oui. Mais maintenant, grâce à toi et à ma fin de carrière imminente, je pense aux braqueurs.

– Il est à Barlinnie, dit Wattie. Roddy Curry.

Il tenta de regarder sa montre sans que McCoy le voie.

– File avant que Raeburn revienne et te surprenne avec l'ennemi, dit McCoy.

Wattie hocha la tête et se leva.

– Lisez correctement mes dossiers, ensuite on regardera ça ensemble. Vous verrez peut-être quelque chose que personne n'a vu.

– Monsieur Watson !

Ils se retournèrent. Une femme en uniforme courait vers eux. McCoy mit sa main en visière : c'était l'agent Walker. McCoy fit un signe de tête à Wattie.

– Reboutonne donc ta chemise. La pauvre poulette, tu vas nous la rendre folle de désir.

– Merde, fit Wattie en commençant à se reboutonner en hâte.

– Ça va, Tracey ? dit McCoy. Tu es toujours ici ?

Elle acquiesça, essoufflée. Elle s'efforça de ne pas regarder le caleçon à motif cachemire de Wattie tandis que celui-ci défaisait son pantalon pour y rentrer sa chemise.

– Je me suis fait réquisitionner pour distribuer les verres

d'eau, dit-elle. J'ai l'impression d'être serveuse. Sauf que moi, personne ne me donne de pourboire.

Elle mit la main à sa bouche en s'apercevant qu'elle était trop familière. Elle tenta de se rattraper :

– M. Raeburn m'envoie vous chercher, monsieur Watson. Il veut que vous reveniez au Woodside.

– Veinard, dit McCoy. Il a sûrement besoin qu'on le torche.

Wattie secoua la tête.

– Vous ne pouvez pas vous en empêcher, hein ? dit-il avant de suivre l'agent Walker vers le bas de la côte.

McCoy le regarda s'éloigner. Ça le gênait de le reconnaître, mais Wattie lui manquait. Son enthousiasme, le fait d'avoir quelqu'un avec qui travailler... Par une journée comme celle-là, la perspective de rentrer au bureau pour se taper une pile de dossiers sur des braquages n'avait rien d'alléchant, mais il n'avait pas le choix, il le savait, et au fond de lui il espérait bien trouver dans ces dossiers un détail qui aurait échappé à tout le monde. Un détail qui lui permettrait de mettre la main sur les braqueurs et de faire la nique à Raeburn.

Il se leva et sentit le soleil sur son dos. Les dossiers pouvaient attendre. Il faisait trop beau pour rester enfermé dans un bureau vide et s'arracher les cheveux en tentant de comprendre ce qu'avait voulu dire Wattie. Le fait d'avoir parlé de Mary lui avait donné une idée.

16

Le nouveau bâtiment du *Record*, deux affreux blocs rougeâtres posés l'un sur l'autre, avait été construit au milieu du terrain vague qui avait remplacé Anderston. Il se dressait là, entouré de boue et d'immeubles à moitié démolis. Déposé devant par le taxi, McCoy gravit les marches, franchit les portes vitrées et gagna la réception. Il présenta sa carte de police.

– Inspecteur McCoy, je viens voir Mary Webster.

La réceptionniste hocha la tête et décrocha son téléphone. Quelques instants plus tard, la porte de l'ascenseur s'ouvrit, et la femme en question apparut dans toute sa splendeur.

– Qu'est-ce que tu fais ici, McCoy ? demanda-t-elle.

Mary, comme toujours, avait soigné son allure. Difficile cependant de qualifier celle-ci. Un short de velours rouge était retenu par des bretelles passant sur un chemisier de satin blanc parsemé de dessins de Donald Duck. Des bottines de daim à semelles compensées complétaient le tout.

McCoy montra d'un signe de tête la rangée de sièges près de la fenêtre, des sièges anguleux, qui avaient l'air inconfortable.

– Je viens de voir ta moitié, dit-il en s'asseyant.

– Sans blague ? dit Mary en allumant une cigarette. Tu le vois plus souvent que moi, alors. Tout ce à quoi j'ai droit, c'est un petit coup vite fait le vendredi soir et un salut le matin quand il s'en va.

– Raeburn le tient par les…

– Arrête ! Ne prononce même pas ce nom. Il est interdit chez nous.

McCoy sourit.

– Tu regrettes le temps où il bossait pour moi, je parie.

– Je n'irais pas jusque-là, renifla Mary. Il n'est pas désespéré à ce point.

Elle plissa les yeux.

– Bon alors, qu'est-ce que tu fais ici ? Aux dernières nouvelles, tu mettais des PV aux automobilistes mal garés et tu apprenais aux gamins à traverser la rue.

– Tu noircis un peu le tableau. Mais pour être honnête, tu n'es pas très loin, d'où ma visite. Vous avez un dossier photo sur Bobby Mars ?

Elle hocha la tête, l'air soupçonneuse.

– C'est possible. Pourquoi ?

– J'aimerais savoir si tu peux trouver une photo où on le voit avec une sorte de sac en toile. Son père dit qu'il a été volé.

Mary s'assit.

– Et pourquoi je voudrais passer du temps avec notre estimé directeur photo – le vicelard du siècle, comme je l'appelle – pour te rendre service, McCoy ?

– C'est simple. Parce qu'en plus d'être le charme incarné, je suis beaucoup moins éthique que ton mec pour ce qui est de discuter d'Alice Kelly et de l'avancée de l'enquête la concernant.

L'attention de Mary s'éveilla d'un coup.

– T'as pas intérêt à me mener en bateau, McCoy.

– J'ai déjà fait ça, moi ?

– Bien trop souvent.

Elle se leva.

– Je reviens dans cinq minutes. Et attention, ça a intérêt à valoir le coup.

McCoy resta assis à la réception et regarda les gens aller et venir en attendant son retour. Son esprit revint à Billy Weir. Était-il vraiment capable de tenter de doubler Cooper ? Et si oui, Cooper était-il en mesure d'y faire quelque chose ? Ça ne ressemblait pas à Billy, mais on ne savait jamais. *Toi aussi, Brutus*, etc.

– Voilà.

Il leva la tête. Mary lui tendait une photo cartonnée. Il voulut la prendre, mais elle l'éloigna d'un coup hors de sa portée.

– Alice Kelly, dit-elle. Du consistant, ou ça retourne directement en haut.

McCoy soupira. Il savait qu'il devait jouer franc-jeu. Il savait aussi qu'il n'avait rien de sérieux à échanger. Il décida de tenter le coup quand même.

– Deux cent cinquante hommes sont en train de passer Ruchill Park au peigne fin en ce moment même. Hommes de terrain, gratte-papier, tous ceux qu'on a pu rameuter. Le père doit rentrer d'Irlande aujourd'hui. Des plongeurs inspecteront le canal plus tard. Ça te suffit ?

Mary lui donna la photo et s'assit à côté de lui. Elle avait pâli et paraissait distraite. Pas si intéressée que ça par ses informations.

– Ça va ?

Elle secoua la tête.

– J'ai un peu la nausée, tout à coup.

McCoy étudia la photo : une table à la terrasse d'un café, dans un endroit chaud, le soleil blanchissait la lumière. Il regarda l'enseigne au-dessus de la porte : L'AUBERGE, écrit en français. On était donc en France. On voyait Bobby Mars en train de rire, la tête renversée en arrière. Keith Richards n'avait jamais donné l'impression à McCoy d'être un grand rigolo, mais allez savoir. Il était penché en avant et parlait. Il avait dû raconter une blague.

Sur la table, il y avait des bouteilles de vin vides, des verres, des paquets de Marlboro et, posé à côté des pieds bottés de peau de serpent de Mars, le sac. Il était tel que son père l'avait décrit. Beige, en toile, une longue bandoulière, orné de quelques pin's indéchiffrables.

– Je peux la garder ? s'enquit McCoy.

– Mon cul ! dit Mary. Elle doit retourner aux Archives, sinon je vais me faire tuer.

Elle la lui prit des mains, au cas où.

– Qu'est-ce qui t'arrive ?

– Quoi ? dit-elle, un peu sur la défensive.

– En général, tu en sais plus que moi sur ce genre d'affaire. Où est passée Mary Webster, l'intrépide petite reporter ? Alice Kelly, c'est pile ton créneau. Une gamine qui disparaît, il y a un intérêt humain, une course contre la montre. Tu devrais être en train de courir dans tous les sens.

Elle se pencha en avant et se tint la tête dans les mains.

– Je crois que je suis enceinte, dit-elle à voix basse.

McCoy s'attendait à tout sauf à ça.

– Quoi ?

Elle se redressa et regarda droit devant elle.

– Tu m'as entendue.

– Ben, c'est super, non ? fit McCoy, ne sachant trop quoi dire.

– Vraiment ? rétorqua-t-elle en se tournant vers lui.

– Tu l'as dit à Wattie ?

Elle secoua la tête.

– Non. Et je me demande bien pourquoi je te le dis à toi.

L'ancienne Mary était de retour.

– Je te jure, McCoy, si tu en parles à qui ce soit, surtout à Douglas Watson, je te tue, et avant je t'aurai coupé la bite avec un canif rouillé. Pigé ?

McCoy acquiesça.

– Quelle a été ta réaction quand Angela t'a dit pour le petit Bobby ? s'enquit-elle.

Puis, se reprenant :

– Excuse-moi, je n'aurais pas dû te demander ça. Je n'ai pas réfléchi.

– Non, ça va, j'aime bien parler de lui.

Il se tut un instant, perdu dans ses pensées.

– Je ne me souviens plus vraiment. J'étais bourré. Je rentrais du Victoria. J'ai dû lui demander si elle était sûre.

Mary roula des yeux.

– C'est toujours mieux que de lui avoir demandé s'il était de toi, je suppose.

Elle se leva.

– Tu devrais lui dire, dit McCoy. Il va être aux anges.

– Je sais bien. C'est pour ça que je ne lui ai rien dit.

– Tu veux attendre d'être sûre ?

Elle secoua la tête.

– Quoi ? Tu as peur qu'il n'en veuille pas ?

– Non. Tu le connais. Pour lui, ce sera un rêve qui se réalise. Non, c'est moi. C'est moi qui ne suis pas sûre de vouloir le garder.

Elle se retourna et regagna l'ascenseur. La porte s'ouvrit et elle entra.

– À bientôt, McCoy. Et merci pour la conversation.

17

Le café était sur le point de fermer quand McCoy arriva. Il était venu du *Daily Record* à pied, ça lui avait pris plus de temps qu'il ne le pensait. La serveuse nettoyait les tables, ramassait les grosses tomates en plastique de chaque table sur un plateau. Il consulta sa montre. Quatre heures vingt. Il était en retard. Il ne restait pas grand monde au Golden Egg, quelques traînards. Un jeune couple était assis à l'avant de la salle ; un homme avec un enfant endormi dans les bras, la petite main potelée de celui-ci serrant encore un moulin à vent en papier. Une jeune fille assise au fond. Elle dessinait quelque chose dans un carnet : sans doute un portrait d'Alfredo derrière le comptoir, elle n'arrêtait pas de lever les yeux vers lui. Elle termina son dessin, ferma le carnet et se tourna vers McCoy.

– Je me demandais si vous alliez venir, dit-elle.

Il n'aurait jamais reconnu Laura Murray. Elle ne ressemblait en rien à la gamine sur la photo qu'il avait dans son portefeuille. Ses longs cheveux châtains avaient disparu, elle était à présent teinte en blonde et avait les cheveux courts. Elle portait un jean et un tee-shirt blanc d'homme. Un sac marin était posé sur la chaise à côté d'elle.

Elle but une gorgée de café.

– Iris m'a dit que vous vouliez me voir.

McCoy acquiesça, un peu décontenancé de la voir prendre les commandes de la conversation. Il avait l'impression d'être sur le point de passer un entretien.

– Elle vous a trouvée, donc.

– Ça n'a pas été très difficile. Je l'ai connue dans son établissement. Donny aimait y aller, il aimait y boire avec ses amis. Je m'asseyais avec elle dans la cuisine, je l'aidais à compter le stock et l'argent.

– Vous jouiez à la marchande avec Iris ? dit McCoy en s'asseyant. Vous êtes devenues copines, c'est ça ?

– Et pourquoi pas ?

La voix à l'accent du West End de Laura résonna dans le café.

– Elle a eu une sacrée vie, Iris. Plus intéressante que la plupart des gens. Vous saviez qu'elle avait dansé à Paris ?

McCoy pouffa, il se retint d'éclater de rire.

– Alors comme ça, c'est ce qu'elle raconte ? Elle dansait sur le dos, oui.

Laura le foudroya du regard.

– Pardon, j'oubliais que vous étiez policier. Je n'ai pas voulu heurter votre sensibilité bourgeoise.

Il n'avait jamais entendu quelqu'un prononcer le mot « policier » avec tant de mépris. Ni « bourgeoise », d'ailleurs, quoi qu'on entende par là.

La serveuse apporta un café, elle posa une tasse et une soustasse en Pyrex devant McCoy. Elle se tourna vers Laura :

– Tu veux autre chose, ma belle ? On ferme bientôt.

Laura secoua la tête.

– Ça va, merci.

La serveuse regagna le comptoir et entreprit de remplir les tomates en plastique de sauce tomate à l'aide d'une grande bouteille de service.

– Vous voulez bien me dire ce qui s'est passé à Whitehill

Street ? demanda McCoy en mélangeant deux cuillers de sucre dans son café.

– Whitehill Street ? répéta Laura. Je ne vois pas de quoi vous parlez. Je pensais que vous étiez ici pour me convaincre de rentrer.

Elle fouilla dans son sac, sortit ses cigarettes, en alluma une et le regarda fixement.

McCoy soupira. Il n'avait pas l'énergie pour ça. Il avait besoin d'accélérer les choses.

– Je vais vous rafraîchir la mémoire. Whitehill Street. Une rue affreuse près de l'usine Wills. C'est là que votre petit copain Donny habitait. Dernier étage, un studio. Un poster des Rangers au mur. C'est là qu'il a été poignardé, où il est mort, où il s'est vidé de son sang dans son lit. Vous vous en souvenez, maintenant ? Ça vous revient ?

Elle continua de le regarder sans rien dire.

– Je vous en prie, Laura. Je suis dans le métier depuis trop longtemps, et vous êtes trop intelligente, on ne va pas jouer à ça. Dites-moi ce qui s'est passé.

– Je ne suis jamais allée à Whitehill Street. Je ne sais même pas où…

Sa voix s'étrangla lorsqu'elle vit McCoy plonger la main dans sa poche et en sortir l'exemplaire de *Gatsby le Magnifique*. Il le posa sur la table. Le coin du livre était taché du sang de Donny MacRae.

Laura regarda le livre, puis McCoy, les yeux remplis de peur. Une peur qui ne tarda pas à se transformer en larmes.

– Allez, Laura, parlez. C'est fini, maintenant, c'est fait.

Elle hocha la tête, l'air résigné. Elle prit des serviettes en papier dans le distributeur argenté et s'essuya les yeux.

– Nous nous étions disputés, copieusement. Donny se comportait comme un idiot, il était puéril. Je suis partie de l'appartement et je l'ai laissé tout seul, j'ai dormi chez Iris cette nuit-là. Elle m'a proposé le lit de la cuisine pour que je n'entende pas trop les clients. Mais même là, il y avait trop de bruit, je n'ai pas vraiment pu dormir. Je suis donc repartie de bonne heure et je suis retournée à l'appartement. J'avais l'intention de me montrer la plus adulte des deux et de m'excuser.

Elle écrasa sa cigarette dans le cendrier en aluminium et s'essuya à nouveau les yeux. Elle reprit :

– Quand je suis arrivée, la porte était ouverte, et il était allongé sur le lit. Il y avait du sang partout. Je n'ai pas su quoi faire. Alors je suis partie en courant. Je l'ai laissé là. Je n'aurais pas dû, je sais, mais je…

Ce fut à ce moment-là qu'elle se mit vraiment à pleurer. Les hoquets, le nez qui coulait, la totale. McCoy alla au comptoir lui chercher un autre café et le posa devant elle. Dans la poche de sa veste, il trouva un mouchoir propre en tissu et le lui tendit.

Elle sourit en le prenant et se calma un peu. Puis elle commença à lui parler de sa jeune idylle. Après quelques instants, McCoy ne sut ce qui était le pire, les pleurs ou les conneries qu'elle lui racontait à présent.

– Donny était parfois un peu vif, mais c'était quelqu'un de bien sous ses airs de frimeur et de dur. Il a eu une enfance horrible, vous savez. Il a beaucoup souffert, mais il était capable d'être très gentil quand il le voulait.

– Vraiment ? Il n'a pas été si gentil que ça avec Alec Page. Vous êtes au courant, n'est-ce pas, Laura ? Vous savez ce qu'il lui a fait ?

– Ce n'est pas Donny, s'empressa-t-elle de dire.

Elle parut aussitôt le regretter.

– Ah bon ? Et c'était qui, alors ?

Elle sortit maladroitement une cigarette de son paquet et l'alluma avec difficulté.

– Il y avait quelqu'un d'autre là-bas, dit-elle, c'est lui qui l'a fait. Pas Donny.

– Tiens donc…

McCoy ne se donna même pas la peine d'avoir l'air convaincu.

– Il n'a jamais dit qui c'était, il n'a jamais prononcé son nom. Il m'a simplement dit que quelqu'un était devenu dingue, que ce n'était pas censé se passer comme ça. Le type en question a sorti un cutter de sa veste et s'est déchaîné avant qu'il puisse intervenir.

– Et il n'a pas dit qui était cet homme mystère ? C'est étonnant, ça.

– Moulin !

L'enfant qui dormait dans les bras de son père venait d'apparaître à leur table et leur montrait son moulin à vent en papier. Sa mère arriva par-derrière et le prit dans ses bras.

– Cette petite terreur court partout, dit-elle. Pas moyen de l'arrêter.

Elle le traita de petit coquin et le ramena à son père, en train de payer au comptoir.

Laura poursuivit :

– Tout ce qu'il a dit, c'est qu'il ne s'y attendait pas, pas de quelqu'un comme lui.

– Et ça signifie quoi, ça ?

Elle haussa les épaules.

– Je n'en sais rien, moi. C'est tout ce qu'il a dit.

En l'occurrence, il était disposé à la croire. Quand les gens mentaient, ils avaient tendance à exagérer, à rajouter des détails, ils pensaient que ça rendait leur histoire plus vraisemblable.

– Vous avez vu quelqu'un à Whitehill Street ? demanda-t-il. Près de l'appartement ?

Elle but une gorgée de café. Il était trop chaud, elle souffla dessus.

– Non. J'ai pris mes jambes à mon cou. Je suis allée à la caravane de Jean, la vendeuse de sandwichs.

– Vous êtes donc sûre qu'il était mort à votre arrivée ?

– Oui. J'ai essayé de lui tâter le pouls, mais…

Elle s'interrompit. Elle venait de comprendre quelque chose.

– Vous ne croyez tout de même pas que c'est moi ?

Elle avait perdu de ses grands airs. Elle avait l'air affolée.

– Ce n'est pas moi. Je vous assure.

McCoy leva les mains.

– Je n'ai jamais pensé ça. Ne vous inquiétez pas, j'ai vidé l'appartement de toutes les affaires que vous aviez laissées. Personne ne saura jamais que vous étiez là-bas, à part moi et votre oncle Hector.

La nouvelle ne sembla pas la réjouir tant que ça.

– Ce bon vieux oncle Hec, dit-elle. Toujours là pour vous aider, dans toutes les situations. Qu'on le veuille ou non.

– J'ai vu votre père aujourd'hui, aussi. Il est venu me voir pour me dire de vous ramener à la maison fissa.

Elle le regarda dans les yeux et se pencha vers lui, le ton de sa voix changea.

– Vous pouvez dire à mon père et à mon oncle Hec que je vais bien, mais qu'ils n'espèrent pas me voir revenir à la maison. J'aurai seize ans dans un mois, et ils ne pourront plus m'y obliger. À moi de les éviter pendant encore quelque temps, et ils seront bien obligés de se faire une raison. Vous aussi, d'ailleurs.

McCoy se renfonça sur sa chaise. Il retrouvait son père en elle, le même ton assuré, la même supériorité. Le problème, c'est qu'elle n'avait pas tort. Il ne comptait cependant pas le lui dire.

– Bon, fit-il. Expliquez-moi pourquoi vous êtes partie, pourquoi vous ne voulez pas rentrer. Donnez-moi une bonne raison, et j'aviserai.

Elle réfléchit, puis secoua la tête.

– Je n'en pouvais plus, dit-elle. J'étouffais.

Elle sourit, et son visage s'éclaira.

– C’est une vie trop bourgeoise.

McCoy ne put s’empêcher de sourire lui-même. Laura Murray n’était certes pas comme les autres gamines de quinze ans qu’il avait connues. Il lui restait à présent à déterminer si c’était une bonne ou une mauvaise chose.

– Vous logez où ? lui demanda-t-il.

– Chez Iris, dans la pièce du stock.

– Pardon ?

Elle rit.

– J’étais à la coopé quand vous êtes venu, je faisais les courses.

McCoy secoua la tête.

– Elle me doit cinq livres.

– Deux cinquante, en fait. Elle m’en a donné la moitié.

La serveuse réapparut, l’addition à la main.

– Ça y est, on ferme. Ça vous fera une livre dix.

McCoy fouilla dans sa poche et la paya. Ils se levèrent.

– Je veux que vous partiez de là, dit McCoy. Ce n’est pas un endroit sûr. Pas pour une jeune fille comme vous.

– Je suis capable de me déf…

– Ne vous fatiguez pas, l’interrompit McCoy. Je ne veux pas en entendre parler. Les week-ends peuvent être chauds, là-bas. Croyez-moi, je sais de quoi je parle.

– En tout cas, je ne rentrerai pas chez moi. Je vous l’ai dit. C’est hors de question. Et vous ne pouvez pas me forcer.

Il eut envie de lui dire qu’elle se trompait, mais il s’abstint. Quelque chose en elle le dérangeait. Elle était intelligente, mignonne, débrouillarde. Pourquoi une fille comme ça était-elle si déterminée à tourner le dos à ses parents ? Il avait besoin de temps pour le découvrir.

– Calmez-vous, j’ai un autre endroit en tête. Je pense que ça vous plaira.

D’un signe de tête, il désigna son sac marin.

– Toutes vos affaires sont là ?

– Non, j'en ai d'autres chez Iris, des vêtements, des choses comme ça. D'autres carnets à croquis.

– Bon, allez les récupérer. Iris ne sera pas là maintenant, il y aura un costaud qui s'appelle Jumbo. C'est un brave gars, dites-lui que vous venez de ma part. Je vous retrouve au Strathmore à dix heures moins le quart. On partira de là-bas.

McCoy fourra à nouveau la main dans sa poche et lui tendit quelques livres.

– Prenez un taxi, dit-il en se tournant vers ceux qui stationnaient à l'arrêt de bus.

Elle acquiesça et prit son argent. McCoy la regarda partir. Qu'était-il en train de faire, là ? Pourquoi ne s'était-il pas contenté de la ramener à Bearsden comme on le lui avait demandé ? Une partie de lui connaissait la réponse. Cette fille n'était pas, comme il l'avait cru, une simple adolescente rebelle désireuse d'emmerder ses parents. Il avait vu une vraie peur dans ses yeux quand il avait abordé la question de son retour. Quelque chose lui disait que Murray et son frère ne lui avaient pas raconté toute l'histoire, loin s'en faut. Et tant qu'ils ne le feraient pas, il ne la leur livrerait pas. Si insistants soient-ils.

18

Il sut qu'il se passait quelque chose dès qu'il se fut engagé dans Stewart Street. Quatre ou cinq voitures de police étaient arrêtées devant le commissariat, portières ouvertes, le gyrophare tournant paresseusement. Il y avait Larry Kerr de l'*Evening Times*, Jamie Forsyth du *Citizen*, et quelques autres journalistes qu'il ne reconnut pas. Tous avaient retiré leur veste et remonté leurs manches, et, la cigarette à la bouche, arboraient une mine sombre. Billy de l'accueil était dehors, lui aussi. Il leur parlait, la casquette à la main, son crâne chauve déjà rougi par le soleil.

Le cœur de McCoy se serra. Il n'y avait qu'une façon d'expliquer leur présence à tous. Billy et les journalistes le saluèrent de la tête à son approche. Billy lui tendit son paquet de Regal, et McCoy en prit une.

– On l'a retrouvée où ? demanda-t-il.

– On ne l'a pas retrouvée, répondit Billy. Enfin, pas encore. Mais on a arrêté un type il y a quelques heures.

Il fit un signe de tête en direction du commissariat derrière lui.

– Il est là en ce moment. Ç'a tout l'air d'être le ravisseur. Raeburn est avec lui en salle d'interrogatoire.

– On le connaît ?

Billy secoua la tête.

– Un jeune, il doit avoir seize, dix-sept ans. Il habite le même immeuble, apparemment.

– Enfoiré de pointeur, dit Forsyth. Qu'il se magne de dire où est le corps, c'est la moindre des choses.

– Comment on l'a chopé ? demanda McCoy, ignorant Forsyth comme toujours.

– Apparemment, une des voisines était chez sa sœur pour le week-end, dit Billy. Elle est revenue et elle a lu le journal.

– Le *Citizen* ? proposa Forsyth, plein d'espoir.

Billy fit comme s'il ne l'avait pas entendu.

– Elle a alors filé au Woodside et a dit à Raeburn qu'elle avait vu ce jeune avec Alice Kelly. Et que ce n'était pas la première fois.

Il jeta sa cigarette dans le caniveau.

– Il aurait un casier, ce petit enfoiré. Attentat à la pudeur. Comme par hasard.

McCoy se dirigea vers le commissariat, et Forsyth lui lança :

– Au fait, Harry, du nouveau sur Bobby Mars ? J'ai mon rédac chef sur le dos. J'ai besoin d'un angle.

McCoy fit non de la tête. Quoi qu'il pense de ce qui était arrivé à Bobby Mars, cette raclure de Jamie Forsyth était la dernière personne à qui il comptait le dire. Pour lui, c'était un cloporte.

– Y a des groupies sexy quelque part ? ajouta Forsyth. Quelqu'un que je pourrais interroger ?

– Non. Je crois que son père est toujours dans le coin. Vois avec lui.

Forsyth acquiesça, et McCoy entra dans le commissariat. Il espérait que Forsyth irait se balader du côté du Trade Winds et découvrirait les joies de Wullie Mars. Il tira les doubles portes de la salle principale. À l'intérieur, l'atmosphère était telle qu'elle l'était toujours quand une enquête importante rebondissait. Ils étaient tous debout, appuyés sur les bureaux, et glandaient, ils jetaient des coups d'œil en direction du couloir menant aux salles d'interrogatoire, dans l'attente d'un résultat. McCoy accrocha sa veste au dossier de sa chaise et alla voir Thomson.

– On a chopé quelqu'un, il paraît, dit-il.

– Oui, confirma Thomson. Raeburn est en train de l'interroger. Avec Wattie. Ils y sont depuis quelques heures.

– Wattie ? s'étonna McCoy.

– Ils sont copains comme cochons, maintenant.

McCoy hocha la tête. Il se sentit encore plus à l'écart que d'habitude. Il aurait dû être dans cette salle d'interrogatoire et non là, à attendre, sans rien savoir. Il s'assit à son bureau et fit semblant de réorganiser ses dossiers, mais il était comme les autres. Il jetait des coups d'œil vers le couloir toutes les cinq secondes. Il attendait.

Une heure passa. Rien de nouveau, il faisait seulement de plus en plus chaud. McCoy consulta sa montre pour la vingtième fois. Il n'en pouvait plus de rester inactif, mais il fit comme tout le monde, il prit son mal en patience.

Il se leva et bâilla.

– Ça fait combien de temps, maintenant ? dit-il.

Thomson leva les yeux vers l'horloge murale.

– Ça va faire quatre heures.

– La vache. J'espère que ça vaut le coup.

Il déboutonna le haut de sa chemise et desserra sa cravate.

– Ici, déjà, c'est l'enfer. Il doit faire quarante, dans cette salle d'interrogatoire.

Thomson acquiesça.

– Un vrai sauna.

Une tasse de thé plus tard, McCoy en eut assez. Il crevait de chaud et avait besoin d'air. Il se leva et dit à Thomson qu'il revenait dans une heure. Thomson hocha la tête, peu attentif. Il savait que ce que faisait McCoy à présent n'avait guère d'importance.

McCoy sortit du commissariat et se demanda ce qu'était ce bruit. Il comprit vite. Les journalistes avaient été rejoints par une trentaine de cinglés divers. Certains brandissaient des panneaux – RENDEZ-NOUS LA PENDAISON –, d'autres avaient simplement une expression de haine aveugle dans le regard. Ils étaient massés derrière un cordon de sécurité. L'une d'entre eux, une femme grosse comme une maison, avait même épinglé sur sa robe une photo d'Alice découpée dans le journal. Elle tenait une toile encadrée du Sacré-Cœur et récitait le chapelet.

Un homme en short et en maillot de corps vint à l'avant de la foule et interpella McCoy à son passage :

– Vous en avez mis, du temps !

McCoy l'ignora.

– Vous êtes l'un des incapables qui l'ont laissée mourir ? ajouta-t-il.

La foule s'agita derrière le cordon. McCoy les avait énervés.

Il laissa Billy essayer de les calmer et s'éloigna. On aurait dit une foule lyncheuse dans un western. Dieu sait ce qui se serait passé s'ils avaient mis la main sur le garçon en train d'être interrogé.

Une demi-heure et une pinte à L'Eskimo plus tard, McCoy retourna à son bureau. Devant le commissariat, la foule avait encore grossi – encore plus de cinglés, encore plus de journalistes. Il dut se frayer un chemin parmi eux pour entrer. Thomson secoua la tête lorsqu'il l'interrogea du regard. Aucune nouvelle. Incroyable. L'interrogatoire était toujours en cours.

– Ça fait combien de temps, maintenant ? demanda McCoy.

Thomson consulta l'horloge électrique au mur.

– Cinq heures et cinq minutes.

– Putain…

McCoy sortit les dossiers de Wattie sur les braquages et fit semblant de les lire tout en réfléchissant. Toute cette histoire concernant Laura Murray avait quelque chose qui commençait à le tracasser. Il n'y avait pas fait attention sur le moment, mais ni Murray ni son frère n'avaient semblé très inquiets, ni très étonnés, de la disparition de Laura. Bizarrement, on aurait dit qu'ils s'y attendaient.

Il sortit ses cigarettes et s'aperçut qu'il ne lui en restait que deux. Il en alluma une, et juste à ce moment-là la porte du couloir s'ouvrit brusquement et laissa apparaître Raeburn. Tout le monde se tut, suspendu à ses lèvres. Les manches retroussées, les cheveux et la chemise trempés de sueur, il avait l'air épuisé. Il laissa s'écouler quelques secondes, le temps de parcourir du regard les visages impatients, puis il sourit et leva les bras en l'air.

– Il a craché, dit-il. Des aveux complets, putain !

Le changement fut immédiat. Toute la tension s'évanouit, et tout à coup retentirent des cris et des sifflets. Thomson se mit à applaudir, des hommes en uniforme et en civil se rassemblèrent autour de Raeburn pour lui donner des tapes dans le dos et le féliciter. Jacobs sortit une bouteille de whisky du tiroir de son bureau et remplit des gobelets en carton.

McCoy en prit un et le but, il en avait besoin s'il voulait faire ce que commandait la situation. Il s'approcha de Raeburn et lui présenta sa main.

– Félicitations, dit-il. Bravo.

Raeburn lui serra la main. Hocha la tête. Une trêve temporaire.

– On a fini par y arriver.

Puis, tout sourire :

– Heureusement que cette femme est rentrée de chez sa sœur !

– C'est du bon boulot, Raeburn. Une enquête bouclée en trois jours. Rondement menée.

Raeburn sourit.

– La ténacité, McCoy, ça finit toujours par payer.

McCoy ne put en supporter davantage. Il réitéra ses félicitations, puis il retourna à sa place avant de dire quelque chose qu'il allait regretter. C'était difficile à croire, mais la fausse modestie de Raeburn lui était encore plus pénible que son habituel numéro de gros dur. Il s'assit à son bureau et prit un autre gobelet de whisky quand Jacobs repassa avec son plateau, il s'efforça d'avoir l'air content.

Le problème, c'est que Raeburn avait réellement bien bossé, c'était indéniable. Si bien qu'on risquait de lui confier définitivement les rênes du commissariat et de promouvoir Murray à Pitt Street à son retour. McCoy pouvait peut-être supporter que Raeburn lui chie sur la tête pendant encore quelques mois, mais guère plus. Il termina son whisky, froissa le gobelet, le jeta à la poubelle et partit à la recherche de Wattie.

Billy lui dit qu'il l'avait vu sortir par-derrière. N'ayant pas la force d'afficher un sourire pour traverser à nouveau les réjouissances autour de Raeburn, il fit un détour et sortit par les garages. Il vit Wattie assis sur l'une des chaises de cuisine qu'on avait installées au soleil.

– Les félicitations sont de rigueur, je suppose, dit-il. L'audacieux Raeburn et toi avez fait des merveilles.

Il tendit sa main à Wattie, qui ne la lui serra pas et le regarda sans rien dire.

– Qu'est-ce qu'y a ? demanda McCoy. Pourquoi cette gueule de six pieds de long ? Tu ne devrais pas faire la fête ? C'est pas si souvent que…

– Pas ici, dit Wattie en se levant. Venez.

18 juillet 1967

Fairmont Hotel, San Francisco

– Il arrive de Berkeley, il a dû être ralenti par les embouteillages.

Bobby hocha la tête. C'était sans doute vrai, mais ça n'arrangeait rien à sa parano.

– T'es sûre qu'il va venir ? demanda-t-il.

Cathy acquiesça.

– Un peu de patience.

Elle lui tendit un joint allumé.

Bobby tira une taffe, il espéra que ça le calmerait un peu. Combien de temps avait-il passé ces deux derniers mois à attendre des dealers ? Il s'approcha de la fenêtre. Il voyait la limo stationnée dehors, moteur tournant. Il voyait Rusty, le tour manager, qui faisait les cent pas dans la rue, caché de temps en temps par la marquise de l'hôtel.

Déjà deux heures qu'ils auraient dû être partis. Pour Monterey. D'un instant à l'autre, Rusty allait monter par l'ascenseur et frapper à la porte de la chambre pour lui dire qu'il fallait y aller.

– T'as le matos ? demanda-t-il à Cathy.

Elle acquiesça distraitement, s'assit sur le lit et feuilleta un magazine. Derrière elle, le téléviseur était allumé. L'écran montrait des hélicoptères et une jungle en feu.

– Owsley sera là. D'après Sheri, il doit apporter un acide liquide de premier choix pour les musiciens.

Bobby hocha la tête. Son époque acide lui semblait lointaine.

– Bobby, il va venir. Promis.

Il regarda à nouveau par la fenêtre. Jura. Pas de Rusty en vue. Il tira une nouvelle fois sur le joint, en pinça le bout et le rangea dans la poche de sa veste. Il n'eut pas à attendre longtemps. Deux minutes maximum après, on frappait.

Cathy leva les yeux vers lui.

– Je t'avais dit qu'il viendrait, dit-elle.

Elle courut ouvrir.

C'était Rusty. Il regarda brièvement Cathy en sous-vêtements, la valise ouverte de Bobby par terre, puis secoua la tête.

– Merde, quoi, on devrait déjà être en route !

– Excuse, marmonna Bobby, qui se mit à fourrer des chemises dans sa valise.

Alors que Rusty entrait dans la chambre, il apparut, juste derrière lui. Jackson. Il se tint sur le seuil de la porte, un grand sourire sur le visage.

– La circulation, c'était l'enfer !

Bobby repoussa Rusty hors de la chambre, posa sa valise dans le couloir et ferma la porte à clef.

– J'en ai pour cinq minutes, Rusty ! cria-t-il. Descends ma valise !

Il se tourna vers Jackson et sourit. Passant sa main sous le lavabo, il prit son autre trousse de toilette, l'ouvrit et en sortit une cuiller et un morceau de tube en caoutchouc.

– Ben dis donc, fit Jackson, t'as faim, toi.

Il fouilla dans sa poche, en tira un petit sachet de papier cristal et le tint en l'air.

Bobby le saisit.

19

Malgré les tentatives de McCoy, Wattie refusait de s'arrêter pour s'asseoir. Il marchait à grands pas, il voulait s'éloigner du commissariat le plus possible. Ils se trouvaient à présent dans Rose Street et grimpaient la côte. McCoy peinait à suivre Wattie.

– Tu veux bien m'expliquer ce qu'on fout, là ? dit-il, deux pas derrière Wattie. Magne-toi avant que je tourne de l'œil. Cette côte va me tuer.

Wattie ne sourit pas, ne s'arrêta pas, il se mit simplement à parler :

– Il s'appelle Ronnie Elder, on l'a arrêté cet après-midi. C'est pour ça que la fille en uniforme est venue me chercher au parc. Raeburn voulait que je me dépêche de rappliquer au commissariat. Quand je suis arrivé, il jubilait. Il était tout excité. « On l'a eu, il m'a dit. Il fallait que tu en sois. » Il était si content, on aurait dit qu'il avait gagné au loto. La voisine qui est rentrée a vu Alice Kelly avec lui cet après-midi-là. C'est la dernière fois qu'on l'a vue vivante. On avait même interrogé Elder. C'est Thomson qui s'en était chargé. D'après sa déposition, il avait joué au foot tout l'après-midi au Blazes avec ses copains. On n'avait aucune raison de ne pas le croire. Depuis, on a découvert qu'il n'avait pas de copains et que les terrains étaient en cours de réfection.

Ils avaient à présent atteint le sommet de la côte. McCoy s'arrêta, les mains sur les genoux, haletant.

– Il va falloir que tu m'accordes une minute, dit-il. Je ne suis plus tout jeune.

Wattie hocha la tête et s'arrêta. Il continua cependant de parler, il avait besoin de vider son sac.

– On a envoyé des hommes chez lui. Ils ont trouvé tout un tas de pornos, avec des femmes habillées en écolières.

– Merde, dit McCoy, parvenant enfin à reprendre un peu d'air.

– C'est pas le pire. Ils ont aussi trouvé une culotte de la fille, couverte de sperme séché. Tout l'accuse.

Wattie se tourna vers lui.

– Le problème, c'est que je ne pense pas que ce soit lui le coupable.

McCoy était appuyé contre le mur de la chapelle St Aloysius, il n'était pas encore remis. Il regarda Wattie, surpris.

– Quoi ? Je croyais qu'il avait avoué.

Wattie hocha la tête.

– En effet. Il a déclaré qu'il l'avait étranglée et qu'il avait balancé son corps dans la rivière. Comme le lui a répété Raeburn pendant cinq plombes.

Wattie se retourna, prêt à redescendre la côte.

– Wattie ! J'ai un point, putain. Une seconde, quoi.

À nouveau, il se pencha en avant. Rien à faire, son point de côté était toujours là. Une idée lui vint. Il montra du doigt St Aloysius.

– Viens, on va s'asseoir sur les marches.

Water parut méfiant.

– Sur les marches ! Je ne te demande pas de te convertir. C'est soit ça, soit je vais devoir m'allonger sur le trottoir.

Wattie jeta un bref coup d'œil autour de lui, s'assit, puis reprit la parole.

– Ce gamin ne m'a pas l'air d'avoir toute sa tête, Harry. Il ne comprend pas vraiment ce qui se passe. Il n'a pas arrêté de demander quand il pourrait voir sa mère.

– Qu'en dit son avocat ? demanda McCoy, retrouvant enfin son souffle.

– Il n'en a pas. Raeburn lui a dit qu'il n'en avait pas besoin, que les avocats, c'était pour les coupables. Il a donc fait une déposition spontanée.

McCoy respira profondément. Il n'avait pas très envie de dire ce qu'il s'apprêtait à dire.

– Écoute, Wattie. Il a peut-être une case en moins, mais ce n'est pas pour ça que…

– Raeburn ne l'a pas lâché : « Qu'est-ce que t'as fait d'Alice ? » Il lui a répété cent fois la question. Le gamin pleurait, il n'arrêtait pas de demander un verre d'eau, et Raeburn refusait. Tu sais comment c'est dans cette salle d'interrogatoire, c'est un vrai sauna. C'était toujours la même réponse : « Dis-nous ce que tu as fait, et tu pourras rentrer voir ta mère. »

– Merde.

– Il n'est même pas allé dans une école normale, il est allé dans cet établissement de Maryhill Road, tu sais, pour les…

McCoy hocha la tête.

– Il a fini par craquer, il pleurait, il faisait des bulles avec son nez, il appelait sa mère. Raeburn l'a chopé par le colback et lui a dit d'arrêter de chouiner, qu'il ne reverrait jamais sa mère s'il ne nous disait pas ce qu'il avait fait d'Alice. Et là, il a commencé à le frapper. Des coups de poing dans le ventre, des baffes sur l'arrière du crâne – il n'y est pas allé de main morte. Ensuite, il lui a dit que ça, c'était rien, que ça allait être pire, bien pire. Que s'il ne nous disait pas où était Alice, un gros flic allait lui en mettre plein la poire jusqu'à ce qu'il parle. Il s'est tourné vers moi. Il a dit que j'allais le passer à tabac s'il ne coopérait pas. L'effet a été immédiat. Le gamin était terrorisé, il s'est mis à pleurer de plus belle, à appeler sa mère, il a dit qu'il serait sage, qu'il regrettait.

Wattie se tourna vers McCoy.

– Il aurait dit n'importe quoi pour que Raeburn arrête, pour sortir de cette salle. Raeburn lui a donc soufflé ce qu'il voulait entendre. « Tu l'as emmenée chez Jaconelli, hein ? Elle n'a pas voulu t'embrasser, hein ? Alors tu l'as agressée, pour lui donner une leçon, hein ? » Le pauvre môme hochait la tête, il confirmait tout ce que disait Raeburn. Raeburn a mis tout ça par écrit, et il lui a dit qu'il lui suffisait de signer ce papier pour rentrer chez lui et voir sa mère.

McCoy tenta d'en placer une, mais Wattie poursuivit, il avait besoin que ça sorte.

– Tu verrais la signature, Harry, on dirait l'écriture d'un gamin de trois ans. Il a signé et il a dit : « Je peux voir ma mère, maintenant ? Je peux rentrer chez moi ? » Et Raeburn lui a répondu qu'il pouvait se brosser. Il lui a filé deux, trois baffes. Il lui a dit que c'était un pointeur et qu'on allait l'envoyer en taule. Le gamin a paniqué en comprenant qu'il n'allait pas rentrer chez lui, qu'il n'allait pas voir sa mère. Il s'est mis à se taper la tête contre la table, à gueuler comme un putois. Raeburn lui a mis les menottes et l'a jeté par terre dans le coin de la salle. Il m'a dit : « Voilà, mon gars, c'est comme ça que ça marche. » Il était tout fier de lui. « C'est bien lui qui a fait le coup, il avait juste besoin d'un petit coup de pouce pour l'avouer. » Là-dessus, il lui a balancé deux, trois coups de pied dans le ventre, il lui a dit que c'était pour Alice. Et ensuite…

Wattie s'interrompit une seconde, respira, réussit à poursuivre :

– Ensuite, il a sorti sa bite et lui a pissé dessus. Il lui a dit que c'était ce qui allait lui arriver tous les jours pendant les vingt prochaines années.

Wattie semblait sur le point de pleurer.

McCoy resta silencieux quelques secondes, il se demandait comment formuler ce qu'il avait à dire.

– Écoute, Wattie, dit-il, sachant qu'il marchait sur des œufs. Tu n'as pas travaillé sur beaucoup d'affaires comme celle-là. Un meurtre sur une petite fille, une affaire qui provoque énormément de tension, où tu as le public et Pitt Street sur le dos. Ce sont des affaires particulières. Les interrogatoires peuvent être assez moches, on ne fait pas dans la dentelle. C'est pas Raeburn qui va procéder autrement, lui qui a toujours aimé jouer les durs, lui dont c'est le style. Et en l'occurrence, ça a payé.

Wattie le regarda, exaspéré.

– Non, ça n'a pas payé ! Il n'a fait que forcer un gamin terrifié à signer le papier qu'il lui avait mis sous le nez. C'est tout ce qu'il a obtenu !

– D'accord, prenons les choses autrement.

McCoy énuméra ses arguments en comptant sur ses doigts :

– Un : il habite le même immeuble qu'elle et il la connaît, on l'a déjà vu avant avec elle. Au niveau de l'écart d'âge, ça ne fonctionne pas, un garçon de cet âge ne va pas être copain avec une fille de cet âge. Deux : il avait une culotte à elle dans sa piaule. Le fait qu'il se soit branlé dessus indique clairement qu'il avait pour elle un intérêt sexuel anormal. Trois : il a un passé d'exhibitionniste. Ce ne sera pas le premier à commencer par montrer sa bite aux passants et à finir par violer et tuer une gamine. Quatre : il a signé des aveux selon lesquels il l'a tuée. Toi, tu considères qu'ils lui ont été arrachés par la force. C'est sans doute le cas, mais ça ne veut pas forcément dire qu'il est innocent. Ces types ont parfois besoin d'être bousculés un peu pour se mettre à table.

Wattie regardait droit devant lui, il faisait comme s'il n'entendait pas ce que lui disait McCoy.

McCoy poursuivit ses efforts :

– Tu sais, Wattie, un crime comme ça, ça ne s'avoue pas facilement. On ne parle pas d'un braquage ou d'une agression qui montre qu'on en a, qui rapporte des points en prison. On parle de reconnaître devant tout le monde qu'on est une sous-merde, la lie de la terre. Il s'agit de dire qu'on a baisé une petite fille et qu'ensuite on l'a tuée. Personne ne va avouer ça sans une certaine dose de persuasion. Avouer un truc pareil, c'est signer son arrêt de mort. Raeburn est peut-être allé trop loin, mais ce ne sera ni la première ni la dernière fois que la police doit forcer la main de ce genre de suspect pour obtenir un résultat.

Wattie secoua la tête.

– Non, dit-il.

McCoy soupira, il savait que ça n'allait pas être facile.

– Bon, admettons. Qu'est-ce qui te rend si sûr qu'il n'est pas coupable ?

Wattie se tourna vers lui.

– Parce que c'est un simplet. C'est peut-être aussi un pervers, j'en sais rien, mais c'est pas un assassin. Il n'a pas vraiment avoué, il n'a même pas compris ce qui se passait, il voulait juste voir sa mère, il a cru que s'il disait ce que Raeburn voulait, il le laisserait la voir.

McCoy tenta de réfléchir. Il avait dit ce qu'il avait à dire, mais il y avait quelque chose dans le discours de Wattie qui le gênait. Wattie était sans expérience, mais il n'était pas idiot. C'était un bon flic, et s'il était sûr de l'innocence de ce gamin, peut-être avait-il raison. Peut-être.

– D'où elle viendrait, cette culotte, alors ? dit-il, s'efforçant de ne pas penser au fait qu'il parlait devant une chapelle.

– Il dit qu'il l'a piquée sur la corde à linge il y a plusieurs semaines. La mère ne sait plus laquelle Alice portait quand elle a disparu. Il dit peut-être la vérité, McCoy.

McCoy acquiesça. C'était possible, en effet.

– Et pourquoi Raeburn est-il persuadé qu'elle est dans le canal ?

– Je ne pense pas qu'il le soit. C'est juste l'endroit le plus probable. Il y a de bonnes chances qu'elle ait atterri là, quoi qu'il ait pu lui arriver. Si on la retrouve ailleurs, il dira qu'Elder a menti pour nous mettre sur une mauvaise piste.

– De quoi il l'a inculpé, exactement ?

– D'homicide.

McCoy n'en crut pas ses oreilles.

– Tu plaisantes ! Sans corps ? C'est un peu ambitieux, non ? Le vol de culotte aurait suffi pour le garder en détention le temps qu'on la retrouve.

McCoy réfléchit un instant, puis posa la vraie question. Celle à laquelle ils allaient devoir répondre s'ils voulaient tirer ce gamin de là.

– Bon, si ce n'est pas Ronnie Elder le ravisseur, qui ?

Wattie haussa les épaules.

– J'en sais rien, mais si on ne fait rien, le coupable va passer à travers les mailles du filet.

– Écoute, Wattie, je sais que tu es contrarié et en colère, mais je ne vois pas ce qu'on peut faire. Il est inculpé d'homicide. Ce n'est plus de notre ressort.

Wattie se tourna vers lui, de la déception sur le visage.

– C'est tout ? C'est tout ce que vous avez à dire ? Pas de bol, mon gars. En avant pour Barlinnie. J'attendais mieux de votre part, McCoy. Je pensais que c'était important pour vous, ce qui arrivait aux gens comme ce garçon. Comme quoi, on peut se tromper, pas vrai ?

– Arrête, Wattie, c'est pas juste, ça !

Wattie se leva et passa devant lui en le bousculant.

– Et coller sur le dos de ce gamin un crime qu'il n'a pas commis, c'est juste ? C'est la seule chose qui compte.

McCoy le rappela, mais il ne se retourna pas, il continua de marcher.

McCoy resta assis devant cette chapelle et se demanda si Wattie n'avait pas raison. Peut-être avait-il cessé de se soucier des gens comme Ronnie Elder. Peut-être était-il devenu comme tous les autres policiers. Le genre de policier qu'il s'était juré de ne jamais devenir.

Un homme en costume descendit d'un taxi sur le trottoir d'en face. Ça lui donna une idée. Une idée qui pouvait marcher. Il fallait juste qu'il récupère Laura Murray d'abord.

20

Ce soir-là encore, le Strathmore était rempli de jeunes. Le juke-box jouait, quelques filles soûles ou défoncées dansaient sur Mungo Jerry. P'tit Tam posa deux pintes sur la table et s'assit. La dernière fois que McCoy se rappelait lui avoir parlé, c'était il y avait deux ou trois ans. McCoy venait alors assez souvent au Strathmore, il habitait un peu plus haut dans Sandfield Street.

P'tit Tam avait été embarqué par la police un soir. Il s'était mis à traîner avec les Young Cumbie, il avait participé à une bagarre entre bandes à Ruchill. Son père voulait le sortir de là avant qu'il ne soit complètement happé, il avait demandé à McCoy de lui dire un mot. Ce que McCoy avait fait. Il lui avait raconté des histoires horribles sur de jeunes garçons au visage tailladé à coups de rasoir, lui avait décrit ce qui arrivait vraiment aux jeunes comme lui à Barlinnie – il avait essayé de lui faire peur.

P'tit Tam avait alors quinze ans, ce n'était encore pas tout à fait un adulte, c'était encore le gamin d'Isa et de Tam. Ce n'était plus le cas. Il avait beaucoup grandi – il faisait plus d'un mètre quatre-vingts – et s'était étoffé. Comme tous les autres jeunes types présents dans le pub, il avait les cheveux longs et portait un tee-shirt, un jean et des baskets. Son tee-shirt à lui était à manches longues et à encolure dégagée, imprimé, en jaune vif, de l'ange volant du logo de Led Zeppelin.

– Faut reconnaître, tu as fait des merveilles, ici, dit McCoy en regardant autour de lui.

P'tit Tam hocha la tête.

– Ça n'a pas été trop difficile. Incroyable, le pouvoir d'un juke-box. Il suffit de veiller à ce que les bons titres soient dessus, et les foules rappliquent. Remarquez, tout ce que font les filles, c'est mettre David Bowie en boucle…

– Oui, j'ai vu, dit McCoy.

« The Jean Genie » venait de commencer pour la troisième fois.

P'tit Tam but une gorgée de sa pinte. Il sourit.

– C'est toujours un plaisir, m'sieur McCoy, mais sans vouloir vous vexer, je suis pas sûr que ce soit toujours votre genre de pub.

– Tu sous-entends que je suis trop vieux, c'est ça ? demanda McCoy, ne plaisantant qu'à moitié.

– Ben…

– T'es gonflé. T'inquiète pas, je ne vais pas faire tache longtemps. J'ai rendez-vous avec quelqu'un. Une certaine Laura Murray. Tu connais ?

P'tit Tam acquiesça.

– Elle est venue plusieurs fois.

– Vous vous parlez ?

– Pas vraiment. Elle n'est pas du coin. Un peu trop snob pour moi, un peu coincée.

– Vous en voyez beaucoup, des comme ça, ici ? s'enquit McCoy en sirotant sa pinte.

– Des tas, opina P'tit Tam. C'est de la folie. Elles sont attirés par les mecs des bandes. S'ils sont balafrés, c'est encore mieux. C'est leur truc, tout pour emmerder papa et maman. Moi, je me tiens à l'écart.

– Elles viennent chez vous, les bandes ?

– Ouais, le vendredi et le samedi. On est dans une espèce de no-man's land, ici, on est en territoire neutre. On voit surtout les Gestapo, les Shamrock. Ça dépend s'ils se mettent sur la gueule cette semaine-là ou non.

Il sourit à nouveau.

– Les filles viennent pour la musique. Les bandes viennent pour les filles. On a un monde fou.

– Pas trop de grabuge ?

P'tit Tam haussa les épaules.

– Ça va. En général, ça dégénère plus tard, au dancing. Ils ne sont pas encore complètement bourrés quand ils repartent d'ici. Une fois qu'ils ont quillé leurs demi-bouteilles dans le bus pour aller dans le centre, ils sont prêts à se battre contre leur ombre.

– Il vient beaucoup, Donny MacRae ? demanda McCoy en haussant la voix pour se faire entendre, le juke-box jouant une chanson de Roxy Music à plein volume.

– Vous êtes au courant de ce qui lui est arrivé ?

McCoy acquiesça.

– C'est moche.

P'tit Tam réfléchit un instant.

– Il a dû venir une ou deux fois. Pour tout vous dire, je le connaissais pas vraiment. C'était une petite frappe.

– Et toi, Tam ? Tu te tiens à carreau ?

– Ouais. Je m'approche pas des bandes, je suis pas fou. J'ai du boulot, j'ai un pub à gérer, maintenant. D'ailleurs…

Il montra le comptoir d'un signe de tête. Son père transpirait, l'air dépassé, assailli par une foule de jeunes brandissant des billets.

– File, dit McCoy. Et Tam, sois mignon. Essaie au moins de faire semblant de vérifier l'âge des gens avant de les servir.

P'tit Tam fit un salut militaire et dit « Promis » avant d'aller secourir son père.

McCoy le regarda s'éloigner, alluma une cigarette et but une nouvelle gorgée de bière. P'tit Tam était bien le fils de son père. Totalement incapable de mentir. Son numéro de « Je ne sais rien, je suis un simple tenancier de pub » n'était pas crédible pour un sou. McCoy était sûr qu'il en savait beaucoup plus sur Donny MacRae qu'il ne le laissait entendre, et si c'était le cas, il était probable qu'il mentait aussi à propos de ses distances par rapport aux bandes.

McCoy ignorait pourquoi il était si secret. Ce n'était pas un mauvais bougre. Influençable, c'est tout, mais parfois, c'était encore plus dangereux que d'être un meneur.

Il resta là un moment à regarder les danseurs en sirotant sa pinte et se demanda quoi faire au sujet de Wattie. L'idée que lui-même soit en train de devenir comme ces policiers qu'il détestait, ceux qui choisissaient la facilité, qui ne faisaient pas de vagues, continuait de le tourmenter. L'impétuosité de Wattie lui rappelait la sienne quelques années plus tôt. Peut-être était-il temps de passer le relais à la nouvelle génération, de les laisser se battre pour la bonne cause. Peut-être était-ce ça, vieillir. C'était son impression ce soir-là. Il revoyait P'tit Tam, enfant, courant dans le pub en faisant semblant d'être un avion, criant à son père de le regarder. Il se sentait vieux et fatigué. Ç'avait été une année difficile. Peut-être avait-il simplement besoin de ne plus être sous les ordres de Raeburn. Un transfert au commissariat Sud serait peut-être une bonne idée, un nouveau départ.

Les deux Tam venaient d'annoncer le moment de passer les dernières commandes quand Laura Murray entra enfin. Elle laissa tomber ses sacs sur le banc à côté de lui et s'assit. Elle avait l'air épuisée.

– Mon taxi est tombé en panne devant le Woodside Inn. J'ai dû remonter tout Maryhill Road à pied. J'avais peur que vous soyez parti.

P'tit Tam vint demander à McCoy s'il en voulait un dernier pour la route. McCoy demanda une pinte pour lui et un Coca pour Laura. P'tit Tam dit qu'il lui apportait ça, salua Laura de la tête et regagna son comptoir.

– Vous le connaissez ? demanda McCoy tandis que Laura et lui le regardaient ramasser des verres vides sur les tables.

– Malheureusement, renifla-t-elle.

– Pourquoi « malheureusement » ?

Elle haussa les épaules.

– Il était toujours dans les pattes de Donny et de sa bande. Il leur courait après comme un petit chien, il voulait les suivre partout.

– Ils le laissaient venir ?

– Parfois. Son père tient un pub. Ils devaient penser qu'il pouvait leur être utile. Donny, ça ne le gênait pas, il le laissait lui payer des verres, traîner avec lui. Moi, je trouve que c'est un pervers.

– Ah bon ? Et pourquoi ça ?

– Eh bien, Donny n'était pas une fille, si vous voyez ce que je veux dire. Il n'avait pas de poitrine à mater, vous comprenez ? Je ne crois pas que P'tit Tam m'ait jamais parlé en me regardant dans les yeux. Il est peut-être juste un peu immature.

– C'est la gamine de quinze ans qui parle ?

Elle lui fit un doigt d'honneur et sourit :

– Bon, alors, je m'installe où, moi ?

21

– Vous plaisantez, là, dit Laura lorsqu'ils descendirent du taxi dans Great Western Road.

Les lampadaires étaient allumés, mais il y avait encore de la lumière dans le ciel. Il ne faisait jamais tout à fait nuit à cette époque de l'année. Le jour faiblissait un peu avant l'aube, c'est tout.

– Stevie Cooper ? répéta Laura, choquée. *Le* Stevie Cooper ?

McCoy acquiesça.

– Le seul, l'unique.

Il prit l'un de ses sacs, apparemment rempli de carnets de croquis, de grands cahiers et de pinceaux. Il était plus lourd qu'il ne le pensait.

Laura hissa son sac marin sur son épaule.

– Stevie Cooper était le seul dont Donny ait vraiment peur. Il m'a dit que c'était un animal.

– Ah bon ? fit McCoy en donnant quelques livres au chauffeur. C'est peut-être un animal, mais c'est un animal qui a beaucoup de chambres d'amis. Et puis, votre chère amie Iris devrait être là. Elle pourra vous tenir compagnie.

– Iris ? s'étonna Laura.

McCoy sonna.

– Iris. La célèbre danseuse parisienne.

– Ha ha, fit-elle. Qu'est-ce qu'elle fait ici ?

– Vous lui demanderez vous-même. Danser aux Folies-Bergère n'est pas son seul talent.

La porte s'ouvrit. Billy Weir apparut, en maillot de corps et en short, l'air un peu perdu.

– McCoy, dit-il en regardant Laura de haut en bas. Entrez. Plus on est de fous… On se croirait à Central Station, ici. C'est qui, ta copine ?

– Laura, dit McCoy en lui donnant le sac. On est venus mettre de l'ambiance. Laura, déchaussez-vous.

Une demi-heure plus tard, McCoy et Billy étaient assis à la table de la cuisine, devant des canettes de blonde et deux whiskies. Les portes vitrées étaient ouvertes, un courant d'air rafraîchissait la pièce. En fond sonore, on entendait *Postcard From Muscle Shoals* de Billy Mars. McCoy regardait autour de lui, il n'en revenait toujours pas. Six mois plus tôt, Billy et lui aurait eu cette conversation à une table pleine de taches, dans un appart pourri de Memen Road. Avec des rats en train de galoper dans la cour, des robinets qui fuyaient et pas de chauffage.

– C'est la nièce de qui, déjà ? demanda Billy en léchant soigneusement le bord de deux papiers à cigarettes dont il se servait pour rouler un joint.

– Celle de l'inspecteur en chef Murray, dit McCoy. Alors pas touche.

Billy eut l'air horrifié.

– Ce gros lard a une nièce comme ça ? Ça, alors. Mais t'en fais pas, c'est pas mon genre.

– Pas ton genre ? Que je sache, jusqu'à présent, il suffisait d'avoir un pouls pour être ton genre.

– Plus maintenant. Comme tout bon West-Ender qui se respecte, j'ai relevé mon niveau d'exigence.

– Qu'est-ce qu'il te faut, aujourd'hui ? Avoir un pouls et être capable de former une phrase ?

– Homme de peu de foi.

Il tortilla le bout du joint, le mit dans sa bouche et le retira en pinçant les lèvres.

– Fini ! dit-il.

– Tu as fait ce que je t'ai demandé ?

Billy acquiesça. Coinçant le joint derrière son oreille, il tendit la main sous la table et tira un cartable en cuir brun. Il le posa sur la table et en sortit des documents administratifs. Il les leva en l'air.

– Tadam ! Achetés aujourd'hui. Un bureau de paris à Gallowgate et un pub à Royston. Le pub est même rentable, apparemment. J'ai veillé à glisser le nom de l'acheteur, la nouvelle devrait circuler. Et puis j'ai envoyé Jumbo voir Ronnie Drew à Barlinnie pour lui dire que Cooper n'était pas content de la part qu'il touchait du Lindella et que Drew n'avait pas intérêt à le rouler.

– Putain, Billy, c'était risqué, ça. Tu as chargé Jumbo de cette mission-là ?

Billy acquiesça.

– Tu sais, j'ai dû le briefer vingt fois avant qu'il y aille. Il m'a même appelé d'une cabine devant la prison pour vérifier.

McCoy pouffa. Il imaginait Jumbo en train de paniquer, terrifié à l'idée de se tromper.

– Pauvre vieux.

– Mais d'après lui, ça s'est bien passé. Drew aurait même eu l'air d'avoir peur, il a dit qu'il allait régler ça.

– Bravo, Jumbo. Qui aurait cru qu'il était capable de ça ? Il est au bordel, là ?

– Ouais. Il tient le fort.

Billy alluma le joint, en prit une profonde bouffée et le donna à McCoy.

– Iris s'est fait remplacer par une de ses filles. Lui, il est assis devant la porte de la cuisine, il fait le méchant.

– Comment il va ?

– Jumbo ? Ça va. Il sait à peu près lire, maintenant. Je l'ai surpris avec un album des *Broons* l'autre jour, il se marrait tout seul.

McCoy cracha un nuage de fumée et rendit le joint à Billy. Le moment était venu de lâcher la bombe, d'essayer de prendre Billy au dépourvu pour voir sa réaction.

– T'as pris des photos, dernièrement, Billy ?

– Quoi ?

Billy le regarda.

– Des photos. Avec un appareil. Dans cette maison.

Billy secoua la tête et posa le joint dans le cendrier.

– De quoi tu parles, Harry. Des photos de quoi ? Je vois mal comment je prendrais des photos, j'ai même pas d'appareil.

– Laisse tomber. J'ai dû me tromper.

McCoy se leva et termina son whisky.

– Bon, allez, je monte voir le chef. Donne-moi une dernière taffe, avant.

– Bonne chance, dit Billy en lui tendant le joint. Tu risques d'en avoir besoin. Je te laisse imaginer sa joie quand il a appris qu'on avait foutu sa came en l'air sur tes instructions.

– Super. Ça va être ma fête. Si je ne suis pas redescendu dans vingt minutes, appelle une ambulance.

McCoy monta l'escalier. Il était à peu près sûr que Billy lui avait dit la vérité pour les photos, il n'avait pas eu l'air nerveux ni pressé de nier. Il avait réellement semblé ne pas voir de quoi parlait McCoy. C'était un soulagement, mais c'était également emmerdant. Si ce n'était pas Billy qui avait pris ces photos, qui ?

Il atteignit le palier et se dirigea vers la chambre. Il entendit quelqu'un vomir, de violents haut-le-cœur. Quelques secondes plus tard, Iris sortit de la chambre, tenant un seau avec un torchon par-dessus. Elle n'avait pas l'air ravie de le voir.

– C'est toi qui as eu l'idée de me faire jouer les infirmières ? grogna-t-elle. Je te remercie.

– Tu lui dois bien ça, non ? rétorqua McCoy.

– Moi, je lui dois quelque chose ? Moi qui ai bossé huit ans pour lui pour des clopinettes ? T'as raison !

– Arrête, Iris. Ton bordel n'est plus rentable depuis des années, c'est le cas de tous les bordels, le tien est d'ailleurs le seul qu'il ait gardé. S'il le garde, c'est uniquement pour toi.

– N'importe quoi, dit-elle, sans conviction.

McCoy haussa les épaules.

– Crois ce que tu voudras. Comme d'habitude.

Iris se dirigea vers l'escalier, suivie d'une âcre odeur de vomi. Elle grommela quelque chose à propos de « flics de merde qui se croient malins » et disparut.

McCoy s'arrêta un instant devant la porte pour réfléchir à ce qu'il allait dire. Il était sur le point de redescendre, de retourner tirer sur le joint, voire de rentrer tout simplement chez lui, quand il entendit une voix.

– Je sais que t'es là, McCoy.

Cooper. La voix faible, mais ça restait Cooper. Plus question de reculer. McCoy poussa la porte et entra.

La chambre était plongée dans la pénombre, seulement éclairée par quelques bougies éparses. Copper était assis dans le lit, en maillot de corps. Ses cheveux étaient à nouveau ramenés en arrière à la James Dean. On aurait dit qu'il n'avait pas mangé depuis des semaines. Ses muscles avaient fondu, il flottait dans son maillot de corps. Il avait le visage amaigri, les traits tirés.

– C'est toi que je dois remercier pour tout ça ? dit-il.

– Faut croire.

McCoy s'assit dans un fauteuil près du lit. La pièce sentait le renfermé, le vomi, la sueur. La maladie.

– Le Dr Purdie est passé.

Cooper montra un flacon de pilules.

– Encore cinq cents livres de moins sur sa dette.

– Ça les vaut. Comment tu te sens ?

– Comme de la merde. Et tout ça, c'est grâce à toi, il paraît.

– Je suis désolé, mais…

Cooper leva les mains.

– C'était nécessaire. Je sais, je sais.

– J'ai eu peur, dit doucement McCoy.

– Moi aussi, dit Cooper. J'ai rien vu venir. D'abord, ça m'a soulagé le dos, je pétais le feu, aucune douleur pour la première fois depuis des mois, et quelques jours plus tard j'avais complètement oublié Ellie. Tout ce que je faisais, c'était grimper au mur en attendant Angela.

– Angela ? s'étonna McCoy. Quoi ? Mon Angela à moi ?

Cooper acquiesça.

– Elle m'a aidé quand Ellie n'a plus voulu.

– Tu me fais marcher. Qu'est-ce qu'elle a à voir là-dedans ? Je croyais qu'elle bossait au Maryland ? Qu'elle réservait les groupes, un truc comme ça.

– Oui, avant. Maintenant, elle bosse pour moi. Ça te gêne pas, j'espère ?

Ce n'était pas une question. L'ancien Cooper réapparut fugitivement.

McCoy haussa les épaules.

– Ça la regarde. J'étais pas au courant, c'est tout. Mais pourquoi elle ?

– Billy et moi, on maîtrise le classique, le prêt, la protection, ce genre de truc, mais pour ce qui est des drogues, je suis pas un expert.

Cooper eut un sourire faible.

– Comme tu peux le voir.

Il prit ses cigarettes et son briquet sur la table de nuit, et voulut en allumer une quand il parut recevoir un coup. Il resta immobile un instant, de la sueur apparaissant sur son front. Il reposa les cigarettes d'une main tremblante.

– Laisse-les peut-être de côté un moment, dit McCoy.

Cooper acquiesça, se réadossa à la tête-de-lit et ferma les yeux. Il avait l'air exténué. Il reprit :

– Quand on a monté notre circuit d'héro avec Billy Chan, ç'a été de la folie. Ça nous a ouvert tout un tas d'autres marchés. On vend de tout, aujourd'hui. Dope, speed, acide, pilules, tout, on a donc besoin de quelqu'un qui s'y connaît en la matière.

Il rouvrit les yeux et tenta un sourire.

– Et s'il y a quelqu'un qui s'y connaît en la matière, c'est bien ton Angela. On l'a donc recrutée. Ça fait environ deux mois qu'elle bosse pour nous. Elle fait des merveilles.

– J'arrive pas à y croire, dit McCoy en secouant la tête. Il a fallu que vous la recrutiez, elle.

– Arrête, McCoy, vous n'êtes plus ensemble depuis longtemps.

– D'accord, mais quand même.

– Tu veux que je la vire ?

McCoy secoua la tête. Il leva les yeux vers Cooper.

– Non, je ne veux pas que tu fasses ça, mais j'ai un service à te demander.

– Quoi, en plus de recueillir tes brebis égarées ? Faut pas pousser, McCoy !

– Ouais, je sais, mais t'inquiète pas pour elle, ça ne devrait pas durer trop longtemps. Archie Lomax est toujours ton avocat ?

Cooper acquiesça.

– Parfait. Je veux que tu demandes à Billy de l'appeler. Qu'il lui dise de s'occuper d'un certain Ronnie Elder. Il est en cellule à Stewart Street. Et je veux que ce soit toi qui paies.

– Trois fois rien, quoi. Tu sais combien il prend de l'heure, Lomax ? C'est qui, ce Elder, d'abord, et pourquoi…

Copper s'interrompit et montra brusquement de la main le seau au coin de la pièce.

McCoy s'en saisit rapidement et le tint sous le menton de

Cooper, qui y vomit un filet de liquide. Après quelques haut-le-cœur supplémentaires, il se recala contre les oreillers. Il était si blanc qu'il était presque transparent.

McCoy rangea le seau sous le lit et lui remplit un verre de la bouteille de Lucozade recouverte de cellophane jaune et posée près de ses cigarettes. Cooper préleva une pilule dans le flacon de Purdie, l'avala et rendit le verre à McCoy.

– Elder est un garçon de seize ans, dit celui-ci. Il est accusé d'avoir tué la petite Alice Kelly.

Cooper parut ne pas comprendre. Sa lenteur à la détente était compréhensible, vu les derniers jours qu'il avait vécus.

– Bref, poursuivit McCoy, je ne crois pas qu'il soit coupable. Et il n'a pas d'avocat.

– Tu veux donc que je paie Lomax, que je recueille ta petite protégée…

Cooper secoua la tête.

– Autre chose ?

McCoy sourit.

– Ça ira pour le moment, mais je te tiens au courant.

Il se leva.

– Tu vas où ? demanda Cooper, déjà gagné par le sommeil.

– Je me tire avant qu'Angela n'arrive. J'ai pas envie de tomber sur elle. Je reviendrai demain. Dis à Laura de rester à l'abri, de ne pas sortir de la maison avant mon retour.

Cooper acquiesça.

McCoy se dirigea vers la porte.

– McCoy…

Il se retourna. Cooper le regardait.

– Merci pour…

Il n'avait pas besoin de le dire.

– Je t'en prie, dit McCoy.

Cooper hocha la tête et la reposa sur les oreillers. Il s'endormit en un clin d'œil.

22

McCoy sortit de la maison et avança en direction de Great Western Road. Il consulta sa montre. Il était fatigué, pressé de rentrer chez lui. Il n'avait aucune envie de tenter de trouver Liam pour lui parler de Mila, mais Phyllis lui avait laissé un message pour lui rappeler qu'il avait promis d'aider Mila, aussi héla-t-il un taxi qui passait et y monta. Il fallut un peu forcer la main du chauffeur pour lc convaincre de l'emmener à Orton Street. Il ne voulait pas s'en approcher. McCoy sortit sa carte de police et lui dit de se magner. Le chauffeur grommela quelque chose entre ses dents et ferma la petite vitre de séparation. Ça convenait très bien à McCoy. Il ne tenait pas à engager la conversation avec ce grincheux.

Vingt minutes plus tard, le taxi quitta Broomland Road et s'arrêta dans la zone maudite. McCoy descendit, claqua la portière et s'éloigna sans lui laisser de pourboire. Le chauffeur se pencha par la fenêtre et, en repartant, lui lança : « Connard ! » McCoy ne pouvait pas vraiment lui en vouloir. Lui non plus ne serait pas allé à Wine Alley, « l'allée des poivrots », sans y être obligé. Ce n'était pas grand, Wine Alley, ce n'était que cinq ou six immeubles de trois étages et aux façades crépies, mais ça ne ressemblait à aucun autre endroit de Govan. À aucun autre endroit de Glasgow.

Initialement baptisée Moore Park, Wine Alley était une cité que l'on avait construite pour loger des habitants de Gorbals dont on avait détruit les immeubles. Au début, tout s'était bien passé, mais en quelques années les choses avaient dégénéré. Bordels, clodos, familles à problèmes, mendiants, couteaux, énormément d'alcool – c'était devenu un quartier mal famé. On en parlait régulièrement dans les journaux. On lui avait donné son surnom. C'était, disait-on, la pire cité d'Europe occidentale.

– Toi !

McCoy se tourna vers l'homme qui l'interpellait. Un homme d'une cinquantaine d'années, vêtu d'un pantalon de costume et de rien d'autre – torse nu, pieds nus –, au milieu de la rue. Il essayait d'avancer vers lui, mais sans grand succès. Il oscillait d'avant en arrière – il avait l'air complètement bourré. La lumière jaune du lampadaire se reflétait sur le long couteau de cuisine dans sa main gauche. Il le brandit.

– Ton fric, dit-il. File ton fric.

– Dégage avant que je te coure après, répondit McCoy.

Nouveau pas, nouvelle oscillation, et l'homme perdit l'équilibre. Il tomba en avant. Sa tête frappa la chaussée avec un horrible crac, et le couteau ricocha jusque dans le caniveau. Une femme menue en nuisette sortie de nulle part accourut et s'agenouilla près de l'homme.

– Ça va ? demanda McCoy.

Elle acquiesça. L'homme avait réussi à se hisser en position assise. Il jurait, crachait du sang. McCoy s'approcha et tendit une livre. La femme le regarda d'un air méfiant, puis saisit l'argent.

– Dites-lui d'arrêter de faire le con, dit McCoy. Il va se blesser.

Elle hocha la tête. Puis, regardant des deux côtés de la rue :

– Faut pas traîner dans le coin la nuit, mon gars. C'est dangereux.

McCoy acquiesça et s'éloigna. L'homme demandait déjà à la femme combien McCoy lui avait donné et réclamait sa part.

McCoy trouva le numéro 43, traversa ce qui restait du jardin et monta au deuxième étage. Il frappa à la porte, qui s'ouvrit toute seule. Il baissa les yeux : la serrure, cassée, pendait, tenue par une vis.

– Liam, t'es là ? demanda McCoy.

Au moment où il entrait, la porte de la chambre s'ouvrit et Liam apparut. Bas de pyjama à motif cachemire, les cheveux en bataille, se frottant les yeux.

– Harry ? Merde, tu m'as fait peur. Qu'est-ce que tu fais ici ?

– J'ai besoin d'un service, dit McCoy. Tu as une minute ?

Liam referma la porte de la chambre derrière lui et fit un geste en direction du séjour. McCoy voulut allumer la lumière. Il actionna l'interrupteur, mais rien ne se produisit.

– Besoin d'argent pour le compteur ? demanda-t-il en fouillant dans sa poche.

Liam secoua la tête.

– Y a plus de jus depuis des semaines.

McCoy s'assit sur une chaise de cuisine au milieu de la pièce, que les lampadaires de la rue baignaient d'une faible lumière jaune. Il regarda autour de lui. L'appartement était dans un triste état. Il y avait un reste de papier peint bambou sur un mur, un plancher de bois brut et, posés dans un coin, quelques coussins sales qui semblaient provenir d'un vieux canapé.

Liam s'appuya contre le rebord de la fenêtre. La lumière éclaira son visage, et McCoy distingua une vilaine cicatrice apparemment récente, barrée de points de suture, qui s'étendait du coin de la mâchoire sous l'oreille gauche jusqu'au menton.

– Liam, bon Dieu, qu'est-ce qui t'est arrivé ?

Liam secoua la tête.

– Je dormais dans la rue l'autre nuit, j'étais défoncé au rouge arrangé, et à mon réveil j'avais ça. Y avait du sang partout. Un type m'a dit que c'était des jeunes qui traînaient, qu'ils faisaient ça pour s'amuser. Qu'ils tailladaient les clodos. J'ai pas été le seul.

– Merde, fit McCoy.

Puis, jetant un nouveau regard circulaire :

– C'est ton appart ?

Liam secoua la tête.

– Celui de Sheila. Elle l'a eu par la ville y a un an. C'est un taudis, mais c'est mieux que rien. Bon, ça fait plaisir de te voir, Harry, mais j'imagine que t'es pas venu me réveiller en pleine nuit pour prendre de mes nouvelles. Qu'est-ce qui se passe ?

McCoy lui parla de Mila, lui expliqua qu'elle avait besoin d'un guide et d'un protecteur pour lui faire visiter la ville.

Liam sourit.

– Quoi ? Elle veut que je lui fasse faire le grand tour des coins pourris de Glasgow ?

– Exactement. L'occasion pour toi de gagner deux, trois sous. T'es partant ?

– Bien sûr. Comment on s'organise ?

McCoy se leva.

– Une heure, demain, devant l'obus de Central Station. Je te présenterai, et je vous laisserai vous débrouiller.

Liam acquiesça.

– Je te raccompagne jusqu'à Broomielaw Road, tu prendras un taxi là-bas. T'en trouveras jamais un ici, et on ne va pas laisser une petite fleur délicate comme toi s'aventurer seule dans Wine Alley à cette heure-ci.

McCoy secoua la tête.

– Je suis un grand garçon, Liam. Ça ira.

– Ouais, et t'es le seul flic qui ait quelque chose à foutre des gens comme nous. On ne peut pas se permettre de te voir disparaître de la circulation. Pur égoïsme.

McCoy céda. Quoi qu'il dise, Liam viendrait.

– Laisse-moi le temps d'enfiler mon fute, dit-il avant de disparaître à l'intérieur de la chambre.

À travers la porte en train de se refermer, McCoy aperçut un matelas au sol et, sur celui-ci, une silhouette endormie. Et juste avant la fermeture de la porte, il aperçut autre chose.

Il poussa la porte.

Liam, nu, enfilait un jean. Il eut l'air surpris.

– Merde, McCoy, tu peux pas attendre une minute ? dit-il en remontant son jean.

McCoy s'approcha de la pile de linge et de chaussures au coin de la pièce. Il prit un sac. Un sac de hippie. En toile beige, avec une longue bandoulière.

– Ça vient d'où, ça ? demanda-t-il.

Liam le regardait comme s'il était fou.

– Va savoir. C'est à Sheila. Elle récupère toutes sortes de merdes qu'elle essaie de vendre au Paddy's.

McCoy s'approcha de la fenêtre pour avoir de la lumière et ouvrit le sac en grand. Il était vide à l'exception d'un petit morceau de papier roulé en boule tout au fond. Il le sortit et le déroula. Un ticket de caisse. D'un magasin appelé Max's Kansas City, 213 Park Avenue South, New York NY 10003. Pour la somme de 14,20 $. Il se tourna vers Liam.

– J'ai besoin de savoir d'où vient ce sac, Liam. Tu peux la réveiller ?

Liam conservait le même air ahuri, mais il se pencha et secoua la silhouette endormie dans le lit.

– Sheila, ma belle. Réveille-toi.

Un gémissement.

Liam continua de secouer Sheila jusqu'à ce qu'elle se réveille. McCoy fut surpris par sa jeunesse, elle ne devait pas avoir plus de vingt-cinq ans. Elle avait une tache de vin qui lui recouvrait la moitié du menton et du cou, les cheveux longs. Elle regarda autour d'elle, effrayée.

– Liam ? dit-elle. Qu'est-ce qui se passe ?

– C'est M. McCoy. Il est policier. Il a des questions à te poser sur un sac.

McCoy montra le sac.

– Tu n'as rien à craindre, Sheila. Je veux juste savoir d'où il vient.

Elle regarda le sac, puis McCoy, puis Liam. Ce dernier l'encouragea d'un signe de tête.

– Je l'ai trouvé dans les poubelles derrière cet hôtel, là, le Royal quelque chose.

– Le Royal Stuart, proposa McCoy.

Elle acquiesça.

– Je fouille les poubelles derrière les grands hôtels, je récupère les petites bouteilles de shampooing, de produit pour le bain. Je verse les restes dans une grande bouteille et je la vends au Paddy's.

McCoy hocha la tête.

– C'était quand, ça ?

Elle réfléchit.

– Ça devait être vendredi matin, de bonne heure. Les camions passent vider les poubelles à neuf heures et demie, ça devait donc être avant.

– Et le sac, il était où ?

– Posé sur une des poubelles. Quelqu'un avait dû le laisser là.

Gagnée par l'affolement, elle chercha le regard de Liam pour se rassurer.

– Je l'ai pris parce que plus personne n'en voulait, il était là…

– T'en fais pas, dit McCoy. Tu ne risques rien, promis. Y avait quelque chose, dedans ?

– Non, juste un petit carnet, rempli de choses écrites. Au stylo-bille bleu.

– Des paroles de chansons ? Ce genre de chose ?

Sheila ne répondit pas. Elle se tourna vers Liam.

– Sheila ne sait pas lire, expliqua ce dernier.

– Oh, il a dû être ramassé depuis longtemps.

Elle eut l'air gênée.

– Je l'ai remis dans la poubelle avec le reste et j'ai pris le sac. Je me suis dit que je pouvais en tirer un peu d'argent. Vous êtes sûr que je risque rien ?

McCoy secoua la tête.

– Non, juré.

Il plongea la main dans sa poche, y trouva une livre, la lui donna.

– J'ai besoin de te l'acheter. Ça te va, ça ?

Elle baissa les yeux vers le billet. Acquiesça.

– Rendors-toi, ma belle, dit Liam. Je reviens dans cinq minutes.

Dehors, il faisait chaud. Les papillons de nuit se heurtaient aux lampadaires. il y avait une fête, au loin, on entendait de la musique et des cris. Un groupe de jeunes traînaient au coin de la rue, tous en jean blanc et en rangers, des bretelles noires sur leur torse nu. L'un d'eux portait même un chapeau melon. Ils se mirent à avancer vers eux, l'un d'eux tira un long tournevis de son jean.

– Merde, chuchota McCoy.

– Ça va, les gars ? lança Liam. Il est avec moi.

Ils hochèrent la tête, le tournevis retourna à sa place et ils repartirent vers le coin de la rue.

– Je suis content que tu sois venu, finalement, dit McCoy.

Liam désigna le sac d'un signe de tête.

– Pourquoi tu t'intéresses tant à ce sac ?

– C'est une longue histoire. Ça ne mènera sans doute nulle part. Je pense qu'il appartenait à Bobby Mars.

Liam parut ne pas comprendre.

McCoy mima quelqu'un jouant de la guitare.

– Bobby Mars, la rock star ?

Liam secoua la tête.

– Moi, j'aime les grands orchestres de variétés, la vraie musique.

– Ouais, si on est dur d'oreille, c'est bien.

Liam sourit.

– Fais gaffe, McCoy. N'insulte pas les grands. J'ai vu le Miami Showband un soir à Sligo. Ils étaient formidables.

Un taxi apparut au bout de la rue, et McCoy lui fit signe. La petite lumière s'éteignit, et il vint dans leur direction.

– Une heure, rappela-t-il en montant dans la voiture. Central Station.

– J'avais retenu, dit Liam. À demain.

Une fois dans la voiture, McCoy annonça qu'il allait à Gardner Street. Il écouta à moitié la tirade dans laquelle se lança le chauffeur sur le nombre de licences de taxi qu'on donnait aujourd'hui. Il hochait la tête, disait « C'est terrible » aux moments opportuns, mais il avait d'autres choses en tête. Wattie, Ronnie Elder, les photos de Stevie Cooper et surtout le sac de Bobby Mars posé sur la banquette à côté de lui.

Il s'appuya contre la vitre du taxi et tenta de réfléchir en regardant passer la ville. Il avait toujours aimé Glasgow la nuit, même au temps où il était patrouilleur. Il aimait les rues vides où ne circulaient plus que les derniers fêtards avinés rentrant chez eux. Seul dans la ville déserte, il voyait des choses que peu de gens voyaient. Sauchiehall Street envahie d'étourneaux, des hommes couverts de farine derrière les vitres des boulangeries, de jeunes ouvrières assises sur un muret et partageant des cigarettes et une petite bouteille de whisky. Il aimait rentrer quand tout le monde dormait encore. Il aimait se glisser sous les couvertures à côté du corps chaud d'Angela, en s'efforçant de ne pas la réveiller.

Le taxi s'engagea dans Dumbarton Road. Il était presque arrivé. Il bâilla, se redressa. Et Angela qui travaillait à présent pour Stevie. Il ne savait trop quoi en penser. Il n'y pouvait rien de toute façon. Elle l'avait plaqué depuis des années. Pas de mot, pas d'au revoir. Il était rentré du boulot une nuit, et elle n'était plus là, ni elle ni ses affaires.

Le taxi s'arrêta devant son allée, et il descendit et paya le chauffeur. Il leva les yeux vers son appartement vide. Il s'aperçut qu'elle lui manquait toujours.

30 décembre 1968

Gulfstream Park, Floride

Terry était nerveux. Il l'était toujours avant un concert. Il grattait sa guitare, se levait, s'asseyait, tournait en rond dans le camping-car. Tripotait ses cheveux, les colliers autour de son cou. Bobby tira sur son joint et le lui tendit. Terry tira dessus, le lui rendit, s'assit sur le comptoir de la cuisine, but une gorgée de Dr Pepper.

– On commence par quoi ? demanda-t-il. « Tinker Tailor » ?

Bobby acquiesça.

– Super idée, dit-il.

En réalité, il s'en foutait un peu de ce par quoi ils commençaient ou même terminaient. Ce soir, la tournée s'achevait, c'était tout ce qui comptait pour lui. Trois mois d'hôtels merdiques, de bouffe merdique, de drogue merdique, à regarder les têtes d'affiche depuis le bord de la scène. Trois mois à essayer de chauffer des salles qui s'ennuyaient en attendant le clou du spectacle. Il en avait marre.

En tout cas, c'était la dernière tournée qu'il faisait en tant que membre du groupe de quelqu'un d'autre. Il allait tenter une aventure en solo. Ras le bol de jouer les bouche-trous, même si c'était bien payé. Terry n'y était pour rien. C'était un type sympa, il faisait partie des gentils. Bobby était prêt à se lancer, c'est tout. Il travaillait sur ses chansons depuis un an. Il n'en avait parlé à personne, il ne les avait jouées ni dans les loges ni durant les bœufs après les concerts. Il les planquait. Les gardait pour lui. De retour à Londres, il irait voir Kit Lambert, peut-être Peter Grant, quelqu'un qui sache lancer les carrières.

Il avait gaffé un soir, pendant les répétitions pour ce merdier de Rock and Roll Circus. Défoncé à l'herbe, à la coke et à Dieu sait quoi d'autre, il avait confié son projet à Keith. C'était le seul à qui il en ait parlé. Keith lui avait dit de foncer. De ne pas perdre de temps. Il lui avait souhaité bonne chance, lui avait dit qu'il l'aiderait s'il le pouvait.

Pas sûr que Keith se souvienne de la conversation. Il était tombé sur lui quelques jours plus tard au Speak. Il n'avait pas dit un mot, il s'était contenté de plonger une clef dans une bourse à son cou et de la lui tendre. Bobby avait sniffé, s'était essuyé le nez. C'était de la bonne.

– Ou alors « When You Get Home » ? Un tempo plus rapide…

Il leva les yeux. Terry se tenait devant lui.

– Quoi ? dit-il, toujours à Londres.

– On commence par « When You Get Home » ? répéta Terry.

Bobby acquiesça et tira à nouveau sur son joint.

– Super idée.

Terry hocha la tête.

– Ça peut être pas mal.

Bobby sortit du camping-car et déboucha dans le bruit et la chaleur humide de Gulfstream Park. Il se demanda s'il valait mieux annoncer la nouvelle à Terry ce soir-là ou le lendemain, dans l'avion du retour. Ça ne changeait pas grand-chose, supposait-il. Dans un cas comme dans l'autre, il n'allait pas être content.

16 juillet 1973

23

McCoy but une gorgée de son thé et consulta à nouveau sa montre. Huit heures dix. Wattie n'allait peut-être pas venir, finalement. Il s'était montré grincheux au téléphone ce matin-là. McCoy avait pensé que c'était parce qu'il l'avait réveillé, mais ce n'était peut-être pas la seule raison. Cette histoire de Ronnie Elder devait continuer de le tourmenter. Ou alors Mary lui avait annoncé la nouvelle. McCoy se demandait encore pourquoi elle la lui avait annoncée à lui ; le besoin de se confier à quelqu'un, peut-être. À présent qu'il y réfléchissait, il ne l'avait jamais entendue parler d'un membre de sa famille, une sœur, une mère, rien de tout ça. La malheureuse, s'il était la seule personne vers qui elle pouvait se tourner pour demander des conseils…

L'ambiance au Golden Egg n'était pas comme d'habitude. À cette heure-là, en général, c'était bondé. On servait des petits déjeuners à tour de bras. Pas ce jour-là – ce jour-là, il n'y avait que lui et le type qui était toujours assis dans le coin, en manteau et en casquette, mitaines de laine aux mains malgré la chaleur. Il bâilla à nouveau. Il s'était couché à plus d'une heure, la tête bourdonnante d'Alice Kelly et de Bobby Mars. Il était en train de se dire qu'il aurait mieux fait de commander un café, pour se réveiller, quand une pile de journaux du matin tomba lourdement sur la table, après quoi Wattie s'assit en face de lui.

– Bonjour aussi, dit McCoy. T'as failli renverser mon thé, putain.

Wattie s'en foutait. Il déplia les journaux. Les unes étaient toutes du même tonneau :

LE MONSTRE A ÉTÉ ARRÊTÉ !

IL LA CONNAISSAIT !

« IL MÉRITE LA PENDAISON ! » DIT LA MÈRE D'ALICE.

– Qu'est-ce qu'on peut faire, maintenant ? demanda Wattie en le fixant du regard.

– Tu veux commander quelque chose ? dit McCoy. Avant de me passer à la moulinette.

– Désolé, dit Wattie en dégageant son front de ses cheveux encore mouillés. Ces journaux de merde m'ont mis en rogne.

La serveuse – pressée de s'occuper d'eux pour une fois, n'ayant rien d'autre à faire – leur tournait autour.

– Qu'est-ce que je vous sers ? demanda-t-elle, le crayon prêt à l'emploi.

– Un thé, dit Wattie.

– Un café noir avec des toasts, dit McCoy.

Elle hocha la tête et s'éloigna sans prendre la peine de noter la commande, une odeur de sueur rance et de parfum douceâtre disparaissant fort heureusement avec elle.

– Vous n'aimez pas le café, dit Wattie, avant de sourire. Une nuit agitée ? Qui est l'heureuse élue ?

– Liam. J'ai dû aller à Wine Alley.

Wattie siffla doucement.

– Je suis surpris que vous en soyez sorti vivant. On bouffe du flic au petit déjeuner, là-bas, il paraît.

McCoy empila les journaux, les posa par terre et se renversa en arrière sur sa chaise.

– C'est toute la confiance que tu as en moi ? Je n'ai pas fait qu'aller à Wine Alley. Je n'ai pas chômé.

– Quoi d'autre ?

– Je suis venu en aide à ton copain. Et donc, grâce à mon entregent et à ma grande influence dans cette belle ville, dans une vingtaine de minutes, Archie Lomax va se présenter à l'accueil de Stewart Street et demander à s'entretenir avec son nouveau client, Ronnie Elder.

– Non ! s'exclama Wattie, l'air surpris.

– Si, dit McCoy en souriant tandis que la serveuse posait la commande sur la table.

Wattie attendit qu'elle ait regagné son poste près de la porte.

– Comment c'est possible ? demanda-t-il.

McCoy se tapota le côté du nez.

– Enfoiré, dit Wattie, hilare.

– Attention, Watson. T'es peut-être à la colle avec Raeburn, mais je reste ton supérieur hiérarchique. Tu ferais peut-être bien d'être là quand Lomax arrivera, faudrait pas que Raeburn nous tente un coup tordu.

– Vous aussi, venez.

– Je ne crois pas que ce soit une bonne idée. Il va être assez furax comme ça que Lomax se pointe, inutile de lui imposer ma belle gueule en plus.

Wattie secoua la tête.

– Je ne crois pas qu'on ait grand-chose à craindre de lui ce matin. Apparemment, il a passé la soirée à L'Eskimo à faire la fête, à commander des whiskies pour tout le bar. Il doit être toujours dans son lit. On peut passer à Stewart Street pour voir Lomax. Il faut que j'aille au canal ensuite. Les plongeurs ont repris les recherches ce matin. Si elle est dans l'eau, ils vont la trouver aujourd'hui.

McCoy baissa les yeux vers les photos d'Alice Kelly sur toutes les unes.

– Pauvre gamine, dit-il. Elle n'aura pas fait de vieux os.

– Non, dit Wattie. Et Ronnie Elder n'en fera pas non plus,

à moins que Lomax ne sorte un tour de son chapeau. Vous savez quoi ?

– Quoi ?

McCoy trempa ses lèvres dans son café. Dégueulasse.

– Vous êtes peut-être un enfoiré, mais vous êtes un type bien.

– Un type formidable, tu veux dire. Allez, va payer cette femme et n'oublie pas de lui laisser un pourboire. Avec un peu de chance, elle s'achètera du déodorant, avec.

Au commissariat, c'était clairement l'ambiance des lendemains de fête. Il n'y avait presque personne, et ceux qui étaient là étaient assis à leur bureau, la tête dans les mains. Les bureaux, les armoires, les meubles à tiroirs, tout était encombré des restes de la fête de la veille : verres à bière, canettes, cendriers remplis de mégots, çà et là une bouteille de whisky. La salle puait la sueur, la cigarette et la bière éventée.

Wattie fit tomber de sa chaise un papier d'emballage de fish-and-chips roulé en boule et s'assit. McCoy s'approcha sur la pointe des pieds de Thomson qui dormait, se pencha et lui cria dans l'oreille : « Bonjour ! »

Thomson sursauta, jura et remit sa tête dans ses mains. Il avait l'air dans un sale état. Pas de cravate, sa chemise à moitié défaite laissant voir un maillot de corps jaunâtre.

– T'as passé la nuit ici ? lui demanda McCoy.

Thomson acquiesça.

– Je me suis endormi sous le bureau vers trois heures.

Il se gratta la tête, puis :

– La vache, je suis explosé. T'as des clopes ?

McCoy lui en donna une et le regarda l'allumer. Il prit une profonde bouffée, et la quinte de toux commença. Il cracha un amas de mucosités dans la poubelle et sembla revenir à son état normal.

– Où est Raeburn ? demanda McCoy en regardant autour de lui.

– Alors ça… Dans son lit, j'espère pour lui.

Thomson bâilla, révélant une dentition remplie de plombages.

– Jacobs et lui sont partis d'ici vers deux heures, ils parlaient d'aller en boire un dernier dans un bordel.

Il se leva, un peu chancelant.

– Moi, je vais aller gerber aux chiottes et je vais me rendormir une demi-heure.

Il salua comme au théâtre et s'éloigna.

– McCoy ! cria Billy depuis l'accueil. Me Lomax demande à te voir.

Lomax apparut quelques secondes plus tard. Il était vêtu, comme toujours, d'un impeccable costume rayé, d'une chemise blanche immaculée, d'une cravate bleu marine et de richelieus noirs brillants. Il jeta un regard circulaire sur le désordre environnant et haussa les sourcils.

– C'est une impression ou il y a du laisser-aller à la police de Glasgow ?

McCoy était sur le point d'expliquer quand Lomax reprit :

– Monsieur McCoy, j'ai un nouveau client. Vous êtes au courant, je crois.

McCoy confirma de la tête.

– J'aimerais l'interroger, si ça ne vous dérange pas trop.

Lomax jeta un coup d'œil à sa montre.

– Il y en a qui travaillent, ici.

McCoy indiqua du doigt la direction des cellules. Il espérait que Brian le gardien était à peu près présentable. Dans le couloir, une odeur d'eau de Javel les saisit. Un peu plus loin, à l'angle, ils tombèrent sur Brian en train de laver le sol à la serpillière, un seau à côté de lui. Il leva la tête.

– Comme si j'avais pas assez à faire avec ces dégueulasses en cellule, faut que Thomson vienne gerber dans mon couloir. Ce con n'est pas arrivé jusqu'aux chiottes. Vous voulez qui ?

– Ronnie Elder, dit McCoy. Son avocat veut le voir.

Brian prit les clefs à sa taille.

– Au moins, ce petit morveux a arrêté de chialer.

Il désigna la cellule n° 4 d'un signe de tête :

– Il est là.

McCoy et Lomax attendirent pendant qu'il se débattait avec la serrure. Il jura entre ses dents, finit par réussir à ouvrir et poussa la lourde porte d'acier.

– Cette foutue serrure est à changer, combien de fois je l'ai…

Il s'interrompit. Il se figea et regarda fixement à l'intérieur de la cellule.

McCoy le poussa pour entrer. Il savait déjà ce qu'il allait voir.

Ronnie Elder pendait aux barreaux de la fenêtre, le visage déformé, un drap entortillé autour du cou.

Il entendit Lomax dire « Seigneur » derrière lui, entendit Brian courir dans le couloir et faire sonner l'alarme. Il se précipita dans la cellule et tenta de faire remonter le corps d'Elder pour relâcher la tension. Il sut en le touchant que c'était inutile. Son corps était sans vie, lourd comme un sac de patates. Il posa tout de même ses doigts sur le cou du gamin. Pas de pouls. Il approcha sa main de sa bouche. Ne sentit aucun souffle. Il réussit à détacher le drap des barreaux et, le traînant à moitié, amena Elder sur le matelas en mousse posé sur le sol.

Il s'assit à côté de lui. Regarda son visage tuméfié, sa chaussette qui pendait à son pied, ses ongles rongés, et il se jura de faire payer ça à Raeburn. Tant pis si ça lui coûtait sa place. Un pauvre môme était mort, s'était pendu de désespoir à cause de Bernie Raeburn, et McCoy n'allait pas laisser passer ça.

Puis Wattie était là derrière lui, Thomson aussi, Lomax criait, l'alarme sonnait, et il remarqua un bout de papier par terre près du matelas. Une page arrachée de la Bible posée sur l'autre matelas. Il le ramassa. Un mot y était écrit au crayon, d'une écriture d'enfant.

DITES À MA MÈRE QUE JE LUI DEMANDE PARDON.

Il leva la tête et le donna à Wattie.

– Quel gâchis, dit-il. Quel gâchis, putain.

Une demi-heure plus tard, ils regardaient les ambulanciers traverser la salle avec une civière recouverte d'un drap. Wattie n'avait pas dit grand-chose. Il observait la scène, assis à son bureau, l'expression sur son visage partagée entre la colère et la peur. Raeburn demeurait introuvable. Thomson avait essayé tous les endroits auxquels ils avaient pu penser, il avait même envoyé un agent chez lui. Pas de réponse. McCoy entendit Billy, à l'accueil, dire aux ambulanciers qu'il valait mieux sortir par-derrière, par les garages. Dehors, ça grouillait toujours de journalistes.

McCoy se leva. Il en avait marre. Il avait besoin de changer d'air.

– Ça ne sert à rien que je reste ici, dit-il. Quand Raeburn va se pointer, il va m'envoyer chier et, vu mon humeur, je vais le cogner, cet enfoiré.

Wattie hocha la tête, il était pâle. Il tripotait un trombone, le redressait et le pliait à nouveau.

– Allez, Wattie, c'est pas ta faute, dit McCoy.

– Bien sûr que si. Pourquoi il a fait ça, à votre avis ? Pour s'amuser ? C'est à cause de ce qu'on lui a fait subir avec Raeburn, tiens.

McCoy se rassit et soupira.

– Écoute, on ne sait toujours pas s'il était innocent ou pas. Peu importe qu'il l'ait répété je ne sais combien de fois. Peu importe que tu le croies. Il y a des éléments contre lui. Il n'a peut-être pas supporté d'avoir ça sur la conscience.

Wattie allait protester, et McCoy leva la main pour le faire taire.

– Tu as confié tes inquiétudes à un supérieur immédiatement après l'interrogatoire. Si quelqu'un l'a poussé à ça, c'est pas toi, c'est Raeburn. D'accord ?

Rien.

– J'ai dit : « D'accord » ?

Wattie acquiesça, l'air pas d'accord du tout.

McCoy se leva à nouveau.

– Je reviens dans une heure ou deux. On va nous envoyer une autre équipe pour enquêter là-dessus. Gilroy va faire une autopsie. Raeburn va devoir sortir de son trou. Il ne va rien se passer avant un moment.

Il laissa Wattie assis là. En sortant, il entendit Thomson dire à quelqu'un : « Au moins, ce petit salaud nous a fait gagner du temps. » Sans doute était-ce l'opinion générale au commissariat.

McCoy ne savait toujours pas si c'était la sienne.

24

McCoy décida qu'il avait besoin de marcher. Il avait besoin d'air, de temps pour réfléchir, et surtout de s'éloigner du commissariat et de l'idée de Ronnie Elder pendu dans sa cellule.

Ses pas l'amenèrent dans Great Western Road. Tant qu'il y était, autant passer voir Cooper, se dit-il. Le feu passa au vert, et il traversa Park Road. Un groupe de jeunes, le genre étudiant, le croisa. Cheveux longs, jeans transformés en shorts et tee-shirts pour les garçons, chemises en étamine sur des hauts de bikini pour les filles. Ils étaient chargés de deux ou trois bouteilles de rosé, ils devaient aller les boire à Kelvingrove Park. Rien au monde ne semblait les soucier. Il se demanda ce qu'ils pensèrent de lui en le croisant. Un vieux con en costume comme les autres, sans doute. C'était déprimant, mais ils n'avaient pas tout à fait tort.

Impossible de se sortir de la tête l'image d'Elder pendu. Raeburn aurait dû placer le pauvre bougre sous surveillance anti-suicide. Il était trop occupé à fêter son succès pour y penser. Quant à Wattie, qui aurait dû y penser à sa place, c'était son indignation qui avait détourné son attention de son travail. Les jeunes étaient comme ça. Ils voulaient mener les grands combats et oubliaient ceux pour qui ils étaient censés se battre. Il y aurait une enquête, c'était automatique en cas de décès pendant une garde à vue. McCoy sentait que personne n'en sortirait grandi.

Il traversa la rue au feu et s'arrêta. Il y avait un autre graffiti sur le mur, près de la station de métro. Même peinture rouge en bombe, mêmes grandes lettres.

BOBBY MARS FOREVER !!

McCoy secoua la tête, il regretta d'avoir donné cet argent à ce garçon. Le sac de Mars était à présent en sa possession, mais ça ne l'avançait pas à grand-chose. Personne ne semblait se soucier beaucoup de ce qui était arrivé à Bobby Mars, et certainement pas son père. Les journaux étaient passés à autre chose. Eux ne s'intéressaient qu'à Alice Kelly. McCoy lui-même commençait à se dire qu'il valait peut-être mieux laisser Bobby et son overdose tomber aux oubliettes.

Il s'engagea dans Hamilton Park Avenue, il distinguait la grosse maison hideuse de Cooper au bout de la rue. S'apercevant que son lacet était défait, il s'accroupit pour l'attacher et remarqua ce qui ressemblait à des gouttes de jus de cassis sur le trottoir. Il regarda de plus près. Ce n'était pas du jus de cassis, c'était du sang. La rue était vide à l'exception d'un bébé dans un gros landau Silver Cross sur le trottoir d'en face. Le bébé le regarda et sourit. McCoy sourit en retour et agita la main. Il entendit alors un gémissement.

Puis un autre.

Il se retourna. Il vit une jambe dépassant de dessous la haie du voisin de Cooper, avec, au bout, une basket montante noire. Il se baissa, écarta la haie et découvrit tout à coup Laura Murray. Elle était pâle et respirait faiblement. Du sang coulait sur son visage et formait une flaque entre ses jambes. Sa jupe était tachée de rouge.

– Putain ! Laura !

Elle ouvrit les yeux et tenta de lui sourire.

– McCoy, dit-elle. Dieu merci. Je n'ai pas pu arriver jusqu'à la maison.

Puis ses yeux se fermèrent et elle s'enfonça dans les feuilles.

Une heure plus tard, McCoy était assis à la table de la cuisine et regardait l'escalier. Le Dr Purdie était arrivé une demi-heure plus tôt en râlant : il avait un vrai travail, etc. Il s'était vite écrasé quand McCoy lui avait dit qu'il pouvait retrancher cinq cents livres de plus de sa dette. Depuis, il se trouvait dans la chambre de Laura, d'où il sortait de temps en temps pour envoyer Iris chercher de l'eau, des serviettes, toutes sortes de choses. Quand Iris était sortie de la chambre en tenant une serviette dégoulinante de sang, c'en avait été trop pour McCoy. Il était redescendu fumer dans la cuisine en attendant.

Laura était revenue à elle dans ses bras, alors qu'il entrait dans la maison. Elle lui avait fait promettre de ne pas appeler la police, qui aurait dit à ses parents où elle se trouvait. McCoy s'était engagé à ne pas le faire pour qu'elle se taise, mais il attendait que Purdie lui en dise plus sur son état ; si c'était grave, il allait devoir prévenir Murray, il n'avait pas le choix.

Il entendit des pas dans l'escalier, et Purdie apparut, les manches de sa chemise retroussées, la cravate rejetée pardessus l'épaule. Il laissa tomber sa trousse sur la table, ramena ses cheveux en arrière pour dégager son visage, défit le bouton du haut de sa chemise et montra l'évier.

– Je peux ? demanda-t-il.

McCoy acquiesça, et Purdie se servit un grand verre d'eau, s'assit et alluma une cigarette.

– Elle va bien ? s'enquit McCoy.

Purdie hocha la tête, cracha un nuage de fumée par les narines et agita la main pour le dissiper.

– Elle a reçu des coups, elle souffre d'ecchymoses un peu partout. Elle a eu une belle frayeur, mais elle s'en remettra.

Il hésita, puis :

– Je sais que M. Cooper se montre compréhensif pour ce qui est de ma dette, mais s'agissant d'agressions sur des jeunes filles, je préférerais sincèrement être tenu à l'écart. Je ne souhaite pas me retrouver mêlé à je ne sais quel scénario criminel où…

– Quand vous ne devrez plus rien à personne, vous pourrez peut-être choisir, rétorqua McCoy. En attendant, vous faites ce qu'on vous dit. D'accord ?

Purdie acquiesça, l'air résigné à son sort.

– Pardonnez-moi. Qui est cette jeune fille ?

– La nièce d'un ami. Je m'occupe d'elle.

– Quel âge a-t-elle ?

– Quinze ans.

– Ça explique peut-être un peu la situation.

– C'est-à-dire ?

– Elle a subi un avortement.

– Elle a… quoi ?

– Un avortement illégal. Ce n'est pas recommandé, mais ça se fait.

– Bon Dieu.

– Comme vous dites. J'ai vu pire, mais j'ai vu mieux. Elle saigne beaucoup, elle a des caillots. Un début d'infection. Je lui ai donc injecté une forte dose d'antibiotiques. Si tout va bien, l'infection devrait passer.

– Et après, ça ira ?

Purdie haussa les épaules.

– Elle est jeune et en bonne santé, ça devrait aller. S'il arrive quoi que ce soit, si son état change, il faudra l'amener à l'hôpital sur-le-champ, peu importe les conséquences.

McCoy hocha la tête, un peu perdu au milieu de toutes ces nouvelles informations.

– Pourquoi l'a-t-on agressée ? demanda Purdie. Apparemment, elle a reçu pas mal de coups de pied dans le ventre en plus du coup à la tête.

– Je n'en sais rien, dit McCoy, qui s'aperçut que c'était vraiment le cas.

Une agression au hasard, en plein jour, semblait peu probable. Mais pourquoi s'en prendre à Laura Murray ?

– Tout ce sang, là, qu'elle perd, ajouta-t-il, c'est à cause de l'agression ?

– En tout cas, ça n'a rien arrangé, dit Purdie. Les coups de pied semblaient viser cette zone, l'agresseur était probablement au courant pour son intervention.

Purdie joua avec son briquet Dunhill, le tourna et le retourna dans ses mains.

– Si je faisais correctement mon travail, dit-il, j'appellerais une ambulance immédiatement.

McCoy se leva, prit deux verres et une bouteille de whisky sur l'étagère, et leur en servit un doigt.

– Vous savez que je suis censé signaler ce genre de chose ? précisa Purdie.

– Mais vous ne le ferez pas, dit McCoy.

– Mais je ne le ferai pas, répéta Purdie.

Il sourit, l'air un peu triste.

– Tout comme je ne signale pas les diverses blessures à l'arme blanche que je viens recoudre ici.

Il but une gorgée de whisky.

– Vous savez, le jour où j'ai reçu mon diplôme de médecine, j'ai annoncé à mes parents que j'allais devenir chirurgien, spécialisé en chirurgie coronarienne.

Il sourit à nouveau.

– Tout était sur des rails jusqu'à ce que je contracte le virus des courses hippiques, et maintenant je fais n'importe quoi pour l'argent. Je rattrape les avortements bâclés, j'injecte à M. Cooper du Séconal pour lui permettre de supporter les symptômes de sevrage de l'héroïne.

Il leva son verre.

– À ma brillante carrière !

Il vida son whisky et se leva.

– Il est temps que je retourne à mon cabinet m'occuper des choses importantes, rassurer les quinquagénaires grippés qui se croient à l'article de la mort.

Il plongea la main dans sa poche et donna un flacon à McCoy.

– J'ai oublié de donner ces comprimés à Iris. Il y en a six dans le flacon. Deux par jour à votre ami Cooper. Ça devrait aller mieux quand il les aura tous pris.

Il inclina un chapeau imaginaire et partit.

McCoy le regarda sortir et but une nouvelle gorgée de whisky. Il hésitait à informer Murray de ce qui s'était passé. S'il le faisait, il était à peu près sûr qu'il voudrait ramener Laura à Bearsden coûte que coûte, et peut-être aurait-il raison. Si quelqu'un l'avait passée à tabac, ce n'était pas pour rien et ça risquait de se reproduire. Peu importe ce que Laura voulait, elle serait bien plus en sécurité chez elle, avec ses parents.

McCoy était sur le point d'aller voir comment allait Cooper quand Iris apparut en tenant devant elle une grosse boule de draps ensanglantés. Elle les fourra dans la machine à laver et s'assit. Elle versa une dose de whisky dans le verre de Purdie et le but d'un trait.

– Merde, j'avais besoin d'un verre après tout ça.

Elle leva les yeux.

– Elle dort, dit-elle. Elle est tombée comme une masse. Purdie lui a donné quelque chose. Pareil pour Cooper. C'est la nuit des morts-vivants, là-haut.

– Elle a dit ce qui s'était passé ? demanda McCoy.

– Pas vraiment. Elle dit que quelqu'un l'a attaquée par-derrière. Elle était allée faire les courses, elle a entendu un mouvement derrière elle, et elle a reçu un coup sur la tête.

Elle est tombée, elle a été rouée de coups de pied, et on l'a poussée dans la haie du voisin.

– Elle a vu qui c'était ?

– Non, il est resté derrière elle tout le temps, le lâche. Pourquoi s'en prendre à elle ?

McCoy haussa les épaules.

– T'es au courant pour…, commença-t-il.

Iris le regarda comme s'il était fou.

– Il vient d'où, tout ce sang sur les draps, à ton avis ? De sa petite bosse à la tête ? Bon Dieu, McCoy…

– Pardon.

Il remplit à nouveau leurs verres.

– On comprend mieux pourquoi elle ne voulait pas rentrer chez elle. Je me demande si Donny MacRae était au courant.

– Quoi ? pouffa Iris. Tu crois que s'il ne s'était pas fait trucider, ils se seraient mariés, ils auraient préparé la chambre du môme ? Réveille-toi. Elle est jeune, mais elle n'est pas débile. Elle se serait fait avorter de toute façon.

Elle fixa son regard sur lui.

– Pour toi, c'est forcément Donny MacRae qui l'a mise enceinte ?

– Qui d'autre ? Elle avait un autre petit copain en même temps ?

Iris roula des yeux.

– Bon sang, mais que les hommes sont bêtes. On connaît la chanson. Les pères, les frères, les oncles. Une fille enceinte s'enfuit de chez elle. T'es censé être flic, l'idée a dû te traverser l'esprit.

Le drame, c'est que jusqu'à cet instant-là, non, l'idée ne lui avait pas traversé l'esprit. McCoy eut soudain l'impression que la glace se fendait sous ses pieds. Tout s'éclairait. Le père qui ne voulait pas que la police s'en mêle. Murray qui lui disait de ne pas trop fouiller. Les mots de Laura : « Même ce bon vieux oncle Hec n'a pas pu arranger les choses cette fois-ci. »

C'était évident depuis le début, et il n'avait rien vu. Pas étonnant qu'elle ne veuille pas entendre parler de rentrer chez elle.

– Tout va bien ?

Iris le dévisageait.

– On dirait que tu as vu un fantôme.

McCoy se redressa sur sa chaise.

– Ça va, ça va.

Il se leva péniblement.

– Je vais monter la voir.

Iris plissa les yeux.

– Purdie te l'a dit, pas de questions. Elle a besoin de repos.

Il leva les mains.

– Une ou deux questions, c'est tout, promis.

Elle secoua la tête.

– Vas-y, fais ce que tu veux.

McCoy s'arrêta à la porte. Il se retourna.

Iris le regarda.

– Quoi ? dit-elle.

– Me prends pas trop pour un con, Iris. L'avortement, soit c'est toi qui l'as fait, soit c'est toi qui l'as organisé. Comment une petite bourge de Bearsden saurait où trouver une faiseuse d'anges, sinon ?

Iris blêmit.

– Je vois pas de quoi tu parles.

– Espérons que tu as simplement servi d'intermédiaire. Parce que s'il lui arrive malheur, si son état empire, c'est pas moi qui courrai après celle qui l'a charcutée, c'est l'inspecteur en chef Murray.

Iris se leva, s'approcha de lui et colla son visage au sien. Il sentait son parfum, l'odeur de whisky dont était chargée son haleine.

– C'est quoi, ça, McCoy ? C'est une menace ? Tu crois que j'ai peur de toi et de ce gros connard de Murray ? Tu rigoles. Et si tu crois que je vais arrêter d'aider les femmes dans la merde, tu te plantes. Parce que j'en ai plein le dos des hommes comme toi. Ça baise tout ce qui bouge, et quand y en a une en cloque, plus personne. Vous êtes tous pareils. Vous foutez en l'air la vie des femmes, tout ça parce que vous avez voulu tirer un coup et qu'elles ont cru à vos conneries.

Sa colère montait à mesure qu'elle parlait. Elle crachait à présent les mots, le visage déformé par le mépris.

– J'ai cinquante-trois balais. Je bosse dans un bordel de troisième zone. Tu crois que j'en ai quelque chose à foutre que t'essaies de m'envoyer en taule ? Je m'en tamponne. Je suis fière des femmes que j'ai aidées, et si c'était à refaire, je n'hésiterais pas une seconde. Alors avant d'aller menacer les gens, cherche donc qui est celui qui lui a fait ce môme. Ça arrive tout le temps. Même dans la banlieue arborée de Bearsden.

Elle était furieuse à présent, elle serrait les poings. McCoy se demanda si elle n'allait pas le frapper. Mais elle retourna s'asseoir, dévissa le bouchon de la bouteille de whisky et se resservit. Elle tremblait si fort qu'elle en renversa la moitié.

McCoy resta planté là, gêné comme un petit garçon qu'on venait de gronder. Le pire, c'est que ce qu'elle avait dit était en grande partie vrai. Elle leva les yeux vers lui et but une gorgée de whisky.

– Dégage, McCoy, dit-elle, l'air las. J'veux plus te voir.

Laura était réveillée lorsqu'il entra. Il faisait chaud dans la chambre plongée dans la pénombre et éclairée par un interstice entre les rideaux tirés. Laura avait l'air fatiguée, elle était très, très pâle.

McCoy s'assit sur le bord du lit.

– Ça va ? demanda-t-il.

Elle acquiesça.

– Le Dr Purdie m'a dit de vous laisser vous reposer, mais j'ai besoin de savoir une ou deux choses, Laura. La situation est devenue trop grave pour que je reste poli, d'accord ?

Elle acquiesça et se redressa en s'appuyant sur les oreillers, grimaçant sous l'effort.

– Il était de qui, ce bébé ?

Elle le regarda, surprise.

– De Donny, dit-elle. De qui voulez-vous qu'il soit ?

– Vous en êtes certaine ?

Elle semblait décontenancée.

– Évidemment. Je n'ai eu qu'un petit ami. Pourquoi vous me demandez ça ?

McCoy respira profondément.

– Vous vous êtes enfuie de chez vous, vous aviez quinze ans et vous étiez enceinte. Il se passe des choses dans les familles, Laura. Des choses pas bien.

Elle le regardait, horrifiée.

– Vous avez cru que c'était mon père ?

– Il fallait que je pose la question.

– Non, ce n'était pas indispensable, mais ce n'est pas lui, je le jure sur ma tête. Vous êtes content, maintenant ?

Elle se détourna et contempla le mur. McCoy n'en était pas fier, mais il fallait qu'il insiste, il avait besoin de réponses.

– Dites-moi alors pourquoi vous ne voulez pas rentrer chez vous. C'est quoi, la vraie raison ?

Elle ne se retourna pas. Elle chuchotait presque lorsqu'elle parla.

– Ce n'est pas mon père. C'est ma mère.

– Votre mère ?

McCoy s'attendait à tout sauf à ça.

Elle sortit son bras de dessous les couvertures et releva la manche de sa chemise de nuit. Elle avait des brûlures tout le long du bras, certaines effacées, d'autres des marques d'un rouge encore vif. Des cicatrices, aussi. De profondes entailles sur l'avant-bras.

– Les brûlures, c'est le tisonnier, dit-elle. C'est ce qu'elle préfère. Les coupures, c'est tout ce qui lui tombe sous la main, en général des couteaux à pain. Vous voulez voir ma jambe, aussi ?

McCoy secoua la tête.

– Je suis désolé. Je ne pensais pas…

– Il est hors de question que je rentre, dit-elle. Ni maintenant, ni jamais.

Elle resta tournée vers le mur, mais McCoy l'entendait sangloter. Il la laissa, referma la porte derrière lui et s'arrêta sur le palier. Apparemment, la banlieue arborée de Bearsden était aussi dangereuse et brutale que n'importe quel quartier de Glasgow.

25

McCoy sortit de chez Cooper et referma la porte. Il ne savait toujours pas vraiment ce qui était arrivé à Laura. Pourquoi sa mère la martyrisait-elle ainsi ? En tout cas, ça semblait durer depuis des années. Certaines des cicatrices et des brûlures s'étaient presque effacées. Pas étonnant qu'elle ne veuille pas rentrer chez elle.

Il s'arrêta au coin de Great Western Road et alluma une cigarette. En ce qui le concernait, il comptait bien demander des explications à Murray. Ce que Laura vivait n'avait pas pu passer inaperçu, il était forcément au courant. Un taxi se rangea le long du trottoir. Il allait courir pour essayer de l'avoir quand la portière s'ouvrit et Angela descendit. Il ne put s'empêcher d'éprouver un pincement au cœur en la voyant. Elle paya le chauffeur, commença à marcher et le reconnut. Elle sourit. Elle portait un jean, des bottines en daim, un petit blouson de cuir et un tee-shirt imprimé d'un symbole Superman. Elle était magnifique.

– Harry ? dit-elle. Qu'est-ce que tu fais ici ? Ça fait un bail.

– Je suis passé voir Cooper, dit-il en montrant la maison.

Ça semblait plus simple que d'expliquer la situation de Laura.

– Moi aussi, je viens le voir. Sa Majesté m'a fait appeler, il doit être à nouveau sur pied. Il était temps.

Elle consulta sa montre.

– Je suis en avance, et il fait beau. On marche un peu ?

– Bonne idée. Ça tombe bien, j'ai à te parler.

– Ça a l'air grave, dit-elle en souriant. Viens, je te paye une glace. Je crève de chaud.

Ils marchèrent dans Great Western Road en se dirigeant vaguement vers le jardin botanique. Le soleil était haut dans le ciel, il devait faire plus de vingt-cinq degrés. McCoy retira sa veste et la jeta par-dessus son épaule. Angela sortit d'énormes lunettes de soleil de sa poche et les mit sur son nez. Les musiciens qu'elle fréquentait devaient déteindre sur elle ; elle commençait à avoir une allure de rock star.

– Alors, tu étais où ? s'enquit McCoy. Cooper m'a dit que tu étais en voyage.

– À Liverpool, dit-elle en allumant une cigarette. Tu y es déjà allé ? À côté, Glasgow ressemble à Paris. Un vrai trou.

McCoy secoua la tête. Puis ça lui revint.

– Si, en fait, j'y suis allé une fois. J'avais oublié. Pour l'enterrement d'oncle Tommy.

Angela s'arrêta.

– Tommy est mort ?

– Ouais, en juin. Un cancer. Plié en un mois.

– T'aurais dû me le dire. Je l'aimais bien, cette vieille charogne.

– Tu serais venue ?

Elle sourit.

– Probablement pas.

– Qu'est-ce que tu faisais, à Liverpool ?

Il s'aperçut qu'il avait soudain l'air de l'interroger à la manière d'un policier. Elle dut ressentir la même chose.

– Ça me regarde, répondit-elle froidement.

– Pardon, dit McCoy. L'habitude.

Ils continuèrent de marcher. Ils durent s'écarter pour laisser passer un groupe de femmes avec des poussettes, puis un homme promenant trois bergers allemands, dont aucun n'avait l'air amical.

– Je pensais à toi, l'autre soir, dit McCoy.

– Ah bon ? Pourquoi ?

– Je ne sais pas, je repensais à l'époque où on habitait Vulcan Street, quand je patrouillais.

– La vache… C'est pas hier.

– Je rentrais me coucher, tu dormais encore.

Angela s'arrêta.

– Qu'est-ce qui te prend, Harry ? C'est quoi, cette séquence nostalgie ?

Un instant, il faillit le lui dire. Lui dire qu'elle lui manquait. Mais il s'abstint. Il se contenta de hausser les épaules.

– C'est pas la joie en ce moment, dit-il. Le boulot. J'ai connu mieux.

– Et Cooper ?

– Ça n'a pas aidé, dit McCoy, maussade. Tu savais ce qui se passait ?

– Pas vraiment. Je savais qu'Ellie prenait un peu d'héro à l'occasion, mais je croyais que ça s'arrêtait là, puis Cooper a disparu de la circulation, il ne sortait plus de sa chambre. J'ai commencé à traiter avec Billy. J'aurais dû piger, mais je pensais qu'il jouait les parrains, qu'il déléguait, tu vois ?

Il hocha machinalement la tête, toujours perturbé par la vision de Ronnie Elder pendu dans sa cellule. Ils se trouvaient à présent au carrefour. De l'autre côté de la rue, le camion d'un marchand de glaces leur cachait l'entrée du parc. Ils attendirent que le feu passe au vert.

– Mais ça va, Harry ?

Il sourit.

– Tu me connais, je rebondis en un rien de temps.

– Ça, je n'en suis pas certaine. Tu as toujours eu une tendance à la déprime. Alors, de quoi tu voulais me parler ?

– D'héroïne.

– Quoi ? Tu as envie d'essayer ? Je ne pense pas que ça t'égayerait beaucoup. Un peu au début, peut-être.

– J'ai assez de mauvaises habitudes comme ça sans en rajouter.

– Ça, c'est vrai. Alors, qu'est-ce que tu veux savoir ?

Le feu passa au rouge pour les voitures, le bonhomme vert apparut et ils commencèrent à traverser la rue.

– Bobby Mars. Il est arrivé de New York, et s'il n'était pas plus bête qu'on ne le pense, il ne devait pas avoir d'héro sur lui. Il est mort vingt-quatre heures plus tard d'une overdose. Où s'est-il fourni ?

– Chez moi, dit Angela, tandis qu'ils montaient sur le trottoir.

McCoy s'arrêta.

– Chez toi ?

– Chez moi, dit Angela en se plaçant derrière deux petites filles dans la file d'attente devant la camionnette Mr Whippy. Tu veux un 99 ?

McCoy acquiesça et pénétra un peu à l'intérieur du parc. Trouvant un banc libre devant le Kibble Palace, il s'y assit. L'énorme serre était déjà une fournaise en temps normal, ce jour-là ce devait être insupportable. Il n'avait aucune intention de le vérifier. Il était mieux là, dehors, rafraîchi par le vent et le parfum des fleurs lui parvenant des plates-bandes découpées dans les pelouses. Un groupe de jeunes garçons jouait au foot près des fleurs, l'équipe des tee-shirts contre celle des torses-nus, leurs cris, leurs insultes et leurs rires résonnant en fond sonore.

Angela apparut, un 99 dans chaque main, une canette de Coca dépassant de la poche de son blouson. Elle tendit à McCoy l'un des deux cônes.

– Prends ça avant que tout me fonde dessus, dit-elle.

McCoy prit le cône, et elle s'assit à côté de lui et lécha la glace fondue sur ses doigts.

– Ça reste entre nous, Harry. Je ne veux pas d'ennuis avec la loi et encore moins avec Stevie.

McCoy acquiesça, retira le bâton de chocolat de son cône et le fourra dans sa bouche.

Angela avait réussi à endiguer le flot de glace fondue et se mit à parler.

– On a, comment dire ? un accord avec les salles de la ville. Le Greene's, l'Electric Garden, le Burns Howff, ce genre de lieux. On…

– Le Burns Howff ? releva McCoy. Ce trou ? Y a pas pire endroit pour voir jouer un groupe à Glasgow.

Elle fit comme si elle ne l'avait pas entendu.

– On bosse beaucoup avec ces salles. Les groupes qui y viennent chaque semaine peuvent avoir facilement ce qu'ils veulent, ils sont contents de revenir, et on refile la came de moins bonne qualité aux videurs pour qu'ils la vendent aux spectateurs.

Il sourit.

– Ça fait drôle de t'entendre parler comme un dealer.

– Qu'est-ce que tu veux ? nécessité oblige. Stevie m'a proposé ce boulot. C'était soit ça, soit continuer à bosser au Maryland pour des clopinettes.

– Ça te fait pas bizarre ? D'être du mauvais côté de la loi, tout ça ?

Elle le regarda.

– Je ne suis pas toi, Harry. Je n'ai pas de carrière, pas de vrai travail. Je n'en ai jamais eu. Qu'est-ce que je faisais quand je t'ai connu ? Je bossais dans un pub. Les pubs, les boutiques, les cafés… ma brillante carrière est là. Au moins, de cette manière, je gagne de l'argent, pour une fois. Ça ne te dérange pas, j'espère ?

– Ça changerait quelque chose si ça me dérangeait ?

Elle sourit.

– Non. Tu veux connaître l'histoire, oui ou non ?

Il acquiesça.

– Pardon.

– Bon, en général, ce n'est pas moi qui me déplace. Billy y va si c'est une grosse commande, ou il envoie Jumbo. Mais là, c'était Bobby Mars. Et comme on le sait, Bobby Mars a joué avec les Stones.

McCoy avait oublié l'adoration d'Angela pour les Rolling Stones, pour eux, pour les Faces et pour certains titres de Rod Stewart, selon sa rancœur du moment contre celui-ci d'avoir quitté ces derniers. Elle n'avait jamais joué autre chose sur le tourne-disque de leur ancien appart de Vulcan Street. Elle avait presque usé leur exemplaire de *Let It Bleed*. Il se revoyait tous les deux, ivres et défoncés, en train de chanter sur « You Can't Always Get What You Want », elle juste, lui très faux. C'était le bon temps.

– Tu te souviens de ce disque qu'on avait, *Olympic Silver* ? demanda-t-elle.

McCoy secoua la tête.

– Mais si ! Cet enregistrement pirate qui m'avait coûté quatre livres ! Y avait « Jiving Sister Fanny », dessus. Une pochette noire. Y avait « Blood Red Wine », aussi.

– Ah, celui-là. Oui, ça me revient, maintenant.

McCoy ne s'en souvenait toujours pas vraiment, mais c'était plus simple de faire semblant.

Angela secouait la tête, déçue.

– Désolé, dit McCoy. N'oublie pas que je n'ai jamais été obsédé par les Stones comme toi.

– Par manque de goût. Bref, c'est Bobby Mars qui joue sur ce disque. C'était son audition, quand ils lui ont demandé de les rejoindre.

– « La meilleure version des Stones qui ait jamais existé », selon Keith Richards. Je l'ai lu dans le journal.

– Exactement, acquiesça-t-elle. Bref, quand le Maryland a appelé, j'ai dit que j'irais. Pour le voir lui, pour voir les gens avec qui je travaillais avant. J'avais vraiment envie de le rencontrer, de causer musique avec lui.

– Une vraie petite groupie, dit McCoy en souriant.

Elle soupira.

– Tu vas me laisser terminer, oui ?

– Pardon, vas-y, dit-il en mordant dans son cornet, à présent vide de glace.

– Donc, je vais à la balance, je livre la marchandise au technicien guitare. Il me donne des laissez-passer, me propose de venir au concert, de venir en coulisse après. Pas question pour moi d'aller au concert, mais je suis passée vers onze heures. Je pensais que ce serait fini.

– T'as été plus maligne que moi. Moi, j'y suis allé, au concert. À part « Sunday Morning Symphony », c'était une horreur.

– Sans blague ? Bref, je vais dans la loge de Bobby…

– Tu l'appelles Bobby ? releva McCoy en souriant à nouveau. Pardon.

Elle fit comme si elle n'avait pas entendu, sortit la canette de sa poche, l'ouvrit et but une gorgée.

– Donc, je vais dans sa loge et on se met à bavarder, on parle de Glasgow, des groupes qu'on a vus. Il était sympa, un peu perché mais rigolo. J'ai fini par aborder la question des Stones. J'ai tout de suite senti qu'il en avait marre de parler de ça, mais je m'en foutais, j'ai continué à lui poser des questions. Je l'ai eu à l'usure. Il s'est mis à parler de la villa Nellcôte, des drogues, des dealers, des parasites, de Bianca, de Mick, de son amitié avec Keith, de toutes les guitares qu'il a faites anonymement sur *Exile*. Moi, je buvais ses paroles. Je lui ai dit que j'avais l'enregistrement pirate *Olympic Silver*, que c'était super.

Elle alluma une cigarette et but une nouvelle gorgée de Coca.

– Il a souri et il a dit : « T'imagines pas ! » Je ne sais pas ce qu'il avait pris, mais ça a commencé à faire effet. Des

Mandies, je pense, mais va savoir. Il était confus, il avait du mal à articuler, il renversait sa bière. Et là, il a dit : « Ça, c'était seulement la première journée. Personne n'a jamais entendu la deuxième. » Il s'est tapoté une narine. « C'est à cause de la deuxième journée qu'ils m'ont proposé de les rejoindre. » Là-dessus, il s'est endormi. Le technicien est arrivé et m'a demandé si je voulais les accompagner à l'hôtel. Je n'en voyais pas trop l'intérêt, mais j'ai suivi le mouvement, et on s'est retrouvés dans sa chambre. On a pris un peu de coke qu'il a trouvée quelque part. Il a repris du poil de la bête et il s'est mis à se comporter comme un con. Il m'a dit qu'il allait devenir plus célèbre que les Stones ne l'avaient jamais été. Il a voulu me tripoter, je l'ai envoyé chier, il m'a demandé ce que je foutais dans sa chambre, alors, et je suis partie.

– C'est tout ? demanda McCoy.

Elle confirma de la tête.

– Tu ne l'as pas piqué dans la chambre d'hôtel ?

– Mais non, pas du tout ! protesta-t-elle. Je n'y suis restée qu'une dizaine de minutes. Je ne sais pas ce qui s'est passé, mais ça s'est passé après mon départ.

– Tu as vu un sac quand tu étais là-bas ? Un sac en toile avec une longue bandoulière, dans les marron ?

Elle acquiesça.

– Il l'avait avec lui quand on a quitté la salle.

– Et il était encore dans la chambre quand tu es partie ?

Elle acquiesça à nouveau.

– Oui, inspecteur. Enfin, autant que je me souvienne. Je n'avais pas les idées très claires non plus.

– Donc, tu es partie, et il a dû se piquer lui-même et faire une overdose, c'est ça l'histoire ?

– Je n'en sais rien ! Je n'y étais pas, combien de fois il faut que je te le dise ? C'était un junkie, les junkies font des overdoses. Ce n'est ni le premier ni le dernier à qui ça arrive.

Elle ramena ses cheveux derrière son oreille, comme toujours quand elle était nerveuse. Elle consulta sa montre.

– Merde, j'ai intérêt à me magner, Cooper va me chanter Ramona.

Elle se leva, termina sa canette et la jeta dans la poubelle grillagée à côté du banc. Puis, se penchant vers lui :

– N'oublie pas, Harry, ça reste entre nous. Tu as promis.

– Bien sûr, t'inquiète pas. Prends soin de toi, Angela.

Il la regarda s'éloigner sur le chemin et attendit qu'elle franchisse les grilles du parc, puis il sortit son mouchoir de sa poche, s'approcha de la poubelle et, l'enveloppant délicatement dans le mouchoir, prit la canette de Coca et la rangea dans la poche de sa veste.

26

McCoy parcourut du regard les journaux du matin empilés sur le gros comptoir de bois du kiosque John Menzies. Toutes les unes se ressemblaient. Toutes parlaient de Ronnie Elder, du « Monstre » ou de « L'Ado assassin » et de ce qu'il avait fait. La nouvelle de sa mort n'était pas connue au moment de leur impression, elle le serait pour les éditions de l'après-midi. Il se demanda si Raeburn avait enfin refait surface. Probablement. Wattie et lui devaient se trouver à Pitt Street à l'heure qu'il était, en train de s'expliquer sur la manière dont Ronnie Elder avait réussi à se suicider en garde à vue.

McCoy sentait, dans la poche de sa veste, la canette de Coca d'Angela enveloppée dans son mouchoir. Il avait l'intention d'y faire relever ses empreintes pour les comparer à celles sur la seringue. Peut-être un travail pour l'agent Walker. Elle était à la hauteur de la mission, restait à savoir s'il pouvait compter sur sa discrétion. Il ignorait pourquoi, il ne cessait de revenir à ce qui était arrivé à Bobby Mars. Il ne voyait pas Angela lui donner délibérément assez d'héro pour le tuer. Pourquoi aurait-elle fait ça ? Il avait dû se vanter de sa consommation avec Keith Richards, et elle avait dû croire qu'il lui en fallait plus que la normale. Et se carapater quand il avait passé l'arme à gauche. On ne pouvait vraiment lui en vouloir. Rien de très criminel là-dedans. Alors pourquoi cherchait-il à prouver l'implication d'Angela ? Il n'était même pas sûr de le savoir lui-même.

Il était en avance, il n'était que moins le quart, il fit donc un tour dans la gare. Il y avait beaucoup de monde, les départs en vacances s'ajoutant encore à la population des usagers ordinaires. Les plaques de bois du panneau annonçant les destinations au-dessus des boutiques claquaient régulièrement à mesure que les trains allaient et venaient. Il acheta des cigarettes et alla en fumer une sous l'horloge, frôlé de chaque côté par la foule. Il espéra que Liam n'était pas parti se bourrer la gueule après l'avoir quitté, qu'il ne lui ferait pas faux bond.

– McCoy !

Il se retourna. C'était Mila. Veste de treillis décolorée, deux appareils photo autour du cou et un sac sur l'épaule, un grand sourire. Il avait oublié à quel point elle était mignonne : grande, blonde, les yeux bleus. Ce n'était pas un modèle courant à Glasgow.

– Mila, comment ça va ?

– Super ! C'est encore une très belle journée. Vous venez avec nous ?

Il secoua la tête.

– Non, mais Liam est un bon guide. Il a eu un petit accident, ne faites pas attention à son visage quand vous le verrez.

– Dommage, dit-elle en souriant. C'était marrant, la fête, l'autre soir. Ces filles étaient folles, elles m'ont fait boire du Boofast ?

– Buckfast.

– C'est ça ! Redoutable, ce truc. Pourquoi vous n'êtes pas venu ? J'avais demandé au garçon de la table d'à côté de vous donner l'adresse.

– Ah, fit McCoy, ne sachant trop s'il fallait la croire. Il a dû y avoir un malentendu.

– Ce soir, on pourrait faire quelque chose d'un peu plus original, pour vous remercier. Vous voulez ?

Il acquiesça.

– Avec plaisir.

Il trébucha alors, déséquilibré vers l'avant. Il lui fallut un temps pour comprendre que c'était Liam qui lui avait donné une tape dans le dos. Il avait oublié sa force, comme d'habitude.

– McCoy ! Me voici ! Fin prêt pour ma mission.

Et il l'était. Il avait une tenue adaptée aux conditions météo, jean, tee-shirt portant l'inscription PROPRIÉTÉ D'ALCATRAZ et baskets, et arborait un grand sourire sur son visage balafré. Il regarda Mila de haut en bas, et son sourire s'élargit encore.

McCoy allait parler mais le haut-parleur se mit à gueuler pour annoncer l'arrivée du 13 h 06 d'Ayr, et tout à coup la gare se remplit de gens rentrant de vacances. Des enfants, des pères au teint rougeaud portant des bagages, des mères et des tantes éreintées. McCoy tenta de faire les présentations malgré le brouhaha mais en vain, ils ne l'entendaient ni l'un ni l'autre. La foule finit par se disperser, le bruit se calma un peu, et il réessaya.

– Mila, Liam. Liam, Mila. Mila veut prendre des photos de la misère. C'est bien ça ?

Mila confirma d'un signe de tête.

– L'association caritative pour laquelle je travaille veut choquer le public, elle veut lui montrer comment on vit vraiment en 1973.

– D'accord, dit McCoy en se tournant vers Liam. Tu peux peut-être essayer ce qui reste de Gorbals ? Woodside ? Blackhill ?

Liam opina. Toujours souriant. Toujours tourné vers Mila.

– Ensuite, tu peux l'emmener sur les quais de la Clyde, voir les campements, puis du côté du Great Eastern ?

Pas de réponse.

– Liam ?

Liam parut revenir sur terre. Il hocha la tête et cessa de dévorer Mila des yeux.

– Pas de problème. C'est parti. T'es prête, Mila ? Tu veux acheter quelque chose à manger, une bouteille de ginger ?

Mila acquiesçait, il était clair qu'elle ne comprenait rien à ce que disait Liam avec son accent irlandais à couper au couteau. Il réessaya, en parlant plus lentement, ce qui ne fit que renforcer encore son accent. Elle acquiesça à nouveau, ne comprenant pas vraiment qu'il lui posait une question et qu'elle était censée répondre.

Le panneau claqua et annonça que le 13 h 14 pour Londres partait du quai numéro trois. Nouveau mouvement de foule. McCoy entendit un enfant pleurer, une femme dire à son amie de se dépêcher, qu'il n'allait plus rester de places, un contrôleur au portique crier : « Préparez vos billets, s'il vous plaît ! »

– On va y aller, Harry, dit Liam.

– D'accord, dit McCoy. J'espère que tout va bien se passer. À plus tard.

Il les regarda s'éloigner. Mila se retourna et mima une expression terrifiée tandis qu'ils se dirigeaient vers la sortie Hope Street. La foule s'était dispersée et formait une file devant le quai numéro trois, mais il entendait toujours l'enfant pleurer. Peut-être avait-il perdu sa mère. McCoy regarda autour de lui, il ne voyait pas d'où venait le bruit. Il finit par repérer un petit garçon accroupi près des toilettes. Neuf, dix ans, de courts cheveux blonds, une tenue de foot de l'équipe d'Écosse, des baskets blanches.

McCoy attendit que quelqu'un s'en occupe. En vain. Pas d'agent de la police ferroviaire en vue, tout le monde se dépêchait d'aller prendre son train. Il soupira. Il n'était plus bon qu'à ça, secourir les enfants perdus.

Le bruit des pleurs s'intensifia à mesure qu'il approchait. Le visage de l'enfant était tout chiffonné, il avait les poings sur les yeux. Une femme âgée avec d'énormes lunettes de soleil blanches, un chapeau de paille et une robe écossaise était apparue à côté de lui.

– Il doit être perdu, dit-elle. Sa famille a dû monter dans le train sans lui. Le pauvre.

McCoy s'accroupit devant le petit et tenta d'avoir l'air amical.

– Allez, mon grand. Faut pas te mettre dans des états pareils. Comment tu t'appelles ? T'as perdu ta mère, c'est ça ? T'inquiète pas, on va vite la retrouver.

Le petit cessa de pleurer un instant et leva la tête pour le regarder, et McCoy comprit alors qu'il avait devant lui non pas un petit garçon, mais une petite fille aux cheveux courts.

– Vous voulez que j'aille lui chercher une glace ou une bouteille de jus de fruit ? proposa la femme. Je peux aller faire un saut aux boutiques. Ça le réconforterait peut-être un peu ?

Elle continua de parler, mais McCoy ne l'écoutait pas, il essayait de comprendre la situation.

– Alice ? dit-il. C'est toi ?

La petite acquiesça.

McCoy n'en revenait pas. Le visage sale et taché de larmes qu'il contemplait, accroupi dans Central Station, n'était autre que celui de la très vivante Alice Kelly.

27

À l'entrée de McCoy dans le commissariat, Billy leva les yeux et reposa le combiné.

– C'est vrai ? dit-il. Elle est vivante ?

McCoy acquiesça.

– Il est là ?

Billy n'eut pas besoin de lui demander de qui il parlait.

– Il est arrivé y a environ une heure. Tu verrais sa tronche, il a dû…

McCoy n'attendit pas la suite, il poussa la porte de la salle et entra. Quelques têtes se levèrent. Raeburn était au fond, assis sur son bureau. S'il hésitait encore sur ce qu'il allait faire, la vue de Raeburn le décida. Il sentit la colère monter en lui, impossible de penser à autre chose. Il y avait cédé quelques fois dans sa vie, et il sut que ç'allait être le cas à présent. Il sut qu'il ne se maîtrisait plus et ne le regrettait pas. Pas cette fois. Il alla droit vers lui. « Harry ! » entendit-il Wattie crier dans son dos.

Raeburn leva les yeux, le vit et se leva tandis que McCoy approchait.

– Tu ferais mieux de rappeler ton copain, Watson, dit-il. Avant qu'il ne fasse quelque chose qu'il ne faut pas.

McCoy sentit Wattie le saisir par les épaules, en le serrant avec les bras, mais il réussit à se dégager et fonça sur

Raeburn. Raeburn tenta d'esquiver mais ne fut pas assez rapide. Le coup de poing l'atteignit à la tempe. Un coup de poing violent. Raeburn tomba au sol, et, se mettant à califourchon sur lui, les genoux sur ses épaules, McCoy le frappa au visage. Encore et encore et encore. Il ne s'arrêta même pas quand le nez de Raeburn céda sous son poing et l'aspergea de sang, lui et la moquette.

Il entendait des cris, Raeburn protestait, on s'agitait, puis Wattie était sur lui, les mains autour de son cou, il tentait de le faire lâcher prise. Il lutta et réussit à atteindre le visage ensanglanté de Raeburn de quelques coups de poing supplémentaires avant que Wattie ne le déloge et ne le fasse rouler sur le sol.

Il resta là quelques secondes, immobile au milieu du chaos, et tenta de retrouver une respiration normale. Les jointures de ses doigts lui faisaient un mal de chien, il avait l'impression de s'être cassé quelque chose. Il se redressa en position assise, se frotta les phalanges et se tourna vers Raeburn. Thomson l'aidait à se relever. Il réussit à l'amener jusqu'à sa chaise, et Raeburn s'y assit lourdement. Il regarda McCoy d'un air triomphant. On devinait un sourire sur sa bouche en sang.

– Coups et blessures contre un supérieur hiérarchique, dit-il en s'essuyant le nez. T'es fini, McCoy. Tire-toi.

McCoy se releva pour le frapper à nouveau et se figea en entendant une voix tonner derrière lui :

– C'est quoi, ce bordel ?

Tout le monde se retourna en direction de la porte. C'était l'inspecteur en chef Murray. Il avait le doigt pointé vers McCoy, l'air hors de lui.

– Vous ! McCoy ! Hors de ma vue. Je m'occuperai de vous plus tard.

Son visage se fit encore plus rageur. Son doigt montra Raeburn.

– Quant à vous, Raeburn, espèce de petit trou du cul. Dans mon bureau. Tout de suite !

Il passa devant eux et claqua la porte de son bureau derrière lui. Raeburn se leva et se dirigea vers la porte fermée. Il ne souriait plus.

Appuyé contre le bord de l'évier dans les toilettes, McCoy faisait couler de l'eau froide sur sa main droite pour limiter l'enflure. Il était convaincu d'avoir foutu en l'air ce qui restait de sa carrière, mais au point où il en était, ça lui était égal. Si sa carrière, c'était travailler avec des gens comme Raeburn, ils pouvaient se la foutre au cul. Il regarda dans le miroir. Wattie était là.

– Je ne sais pas si c'était une très grande idée, dit celui-ci, mais je suis content que vous vous le soyez farci. Cet enfoiré ne l'a pas volé.

– C'est fait, maintenant. Je ne peux pas revenir en arrière. Et Murray ?

– Toujours en train de s'occuper de Raeburn, je suppose. Il avait l'air particulièrement remonté.

– Super. Manquait plus que ça. La fureur de Murray.

– Et la petite, elle est où ? Elle va bien ?

McCoy acquiesça. Il inspecta ses phalanges, rouges et gonflées, et les remit sous l'eau.

– Je l'ai emmenée au Royal. Elle est en vie, mais très confuse. Elle a dû être droguée. Elle ne sait pas trop où elle est ni ce qui s'est passé.

– Merde.

– Je vais y retourner, je vais voir où elle en est. Si Murray ne m'assassine pas. On a prévenu les parents ?

Wattie acquiesça.

– C'est en cours.

Décidant qu'il ne pouvait en faire plus pour ses blessures, McCoy prit quelques serviettes en papier au distributeur et se sécha la main.

– Tu crois qu'on peut sortir d'ici sans que Murray le sache ?

– Ça m'étonnerait, dit Wattie en souriant. Il m'a envoyé vous chercher.

McCoy frappa au chambranle de la porte.

– Vous vouliez me voir ?

– Entrez, dit Murray sans lever les yeux. Fermez derrière vous.

McCoy s'exécuta et s'assit sur la chaise en face de Murray. Celui-ci ne portait pas son habituel costume de tweed, il devait être de repos quand il avait été appelé. McCoy se demanda s'il venait de Perth ou de chez Phyllis Gilroy. Il portait un pantalon en velours côtelé, une chemise à carreaux aux manches retroussées. Il avait le haut du crâne rougi par le soleil. McCoy le regarda terminer d'écrire quelque chose et revisser le capuchon de son stylo à plume. Ses mains étaient sales, il avait dû jardiner. Il posa le stylo sur le bureau et se renversa en arrière en l'observant.

– Comment c'est arrivé, ce merdier ? demanda-t-il calmement.

McCoy décida qu'il n'avait rien à perdre.

– Raeburn voulait une résolution rapide. Il a fait arrêter ce gamin. Il l'a mis en garde à vue. Il lui a foutu la trouille, l'a menacé et tabassé jusqu'à ce qu'il signe des aveux.

– Et pourquoi ne l'en avez-vous pas empêché ?

– Quoi ?

McCoy n'en croyait pas ses oreilles.

– Je n'étais pas là. Moi, je m'occupais des morts suspectes, des visites à domicile, toutes les merdes que Raeburn trouvait à me refiler, tout sauf l'affaire Alice Kelly. J'en étais totalement écarté.

Murray eut l'air sincèrement surpris.

– Quoi ? Vous êtes un officier supérieur. Vous auriez dû

travailler dessus. Ne me dites pas que Raeburn continuait de vous persécuter…

McCoy commençait à être exaspéré.

– Je vous l'ai dit chez Phyllis Gilroy ! Il ne voulait pas que je travaille sur cette affaire. Il me déteste, ça dure depuis que j'ai demandé à quitter le commissariat Est pour m'éloigner de lui. Là, il a eu l'occasion de jouer les gros bras, de montrer à tout le monde que c'était lui le patron et que je n'étais qu'une merde sous sa pompe. C'est Wattie qui a participé à l'interrogatoire et qui est venu me raconter ce qui s'était passé.

– Et lui, pourquoi il n'a rien fait ? demanda Murray, l'air de plus en plus frustré.

– Je vous en prie, Murray, il n'est pas en mesure d'interrompre un interrogatoire. Il a fait ce qu'il pouvait, il m'a prévenu.

– Et comment ce gamin a-t-il pu se suicider en garde à vue ? Comment c'est arrivé, ça ?

De ce côté-là, McCoy ne se sentait absolument pas en cause.

– Il va falloir poser la question à Raeburn et à Brian. Demandez-leur pourquoi il n'était pas sous surveillance anti-suicide.

Murray fourra la main dans sa poche, sortit une pipe, puis il ouvrit son tiroir qu'il fouilla, à la recherche d'allumettes. Il n'en trouva pas et referma brutalement le tiroir, agacé.

– Trois mois ! Pas plus ! Je m'absente trois mois et voilà ce qui nous tombe dessus ! C'est une honte. Une honte, vous m'entendez !

McCoy leva les mains.

– C'est pas à moi qu'il faut le dire.

– Arrêtez de jouer les innocents, McCoy ! Ne croyez pas que vous allez passer à travers les gouttes, mon garçon. Vous auriez dû me dire ce qui se passait.

– Quoi ? s'indigna McCoy. C'est ma faute, maintenant ? Je vous l'ai dit, ce qui se passait ! Enfin, quoi, Murray !

– Vous n'avez donc aucune jugeote ? Raeburn est un abruti. Si j'ai laissé passer sa promotion, c'est uniquement parce que je savais que vous étiez là. Je comptais sur vous pour l'empêcher de faire trop de dégâts jusqu'à mon retour.

McCoy commençait à s'agacer. Il était prêt à endosser la responsabilité de ce qu'il avait fait, pas de ce que Murray pensait qu'il aurait dû faire.

– Peut-être qu'il n'aurait pas fallu la lui filer, cette promotion !

– Ce n'est pas une idée de ma part ! Il fayote à Pitt Street depuis des années. Je ne pouvais pas m'y opposer.

– Bon, ben arrêtez de vous en prendre à moi, alors ! cria McCoy. Prenez-vous-en à Raeburn et à ses petits potes de sa loge.

Il crut que Murray allait exploser, mais non. Il resta silencieux quelques instants, l'air un peu abattu.

– Elle va bien ? demanda-t-il. La petite ?

McCoy acquiesça.

– Elle est en vie. Mais on a un jeune crétin à la morgue à cause de Raeburn et de sa soif de gloire à la con.

Murray, qui avait fini par trouver des allumettes, alluma sa pipe malodorante. Il dispersa la fumée de la main.

– Je vais m'occuper de ça.

– Qu'est-ce que vous comptez faire ?

– Je vous l'ai dit, inspecteur McCoy. Je vais m'en occuper.

McCoy comprit au ton de Murray qu'il ne fallait pas insister. Il hocha la tête.

Murray parut peiné.

– Alors, qui l'a enlevée ? On a une idée ? Est-ce qu'elle a été, vous savez…

– Apparemment pas.

Murray parcourut une pile de feuilles de mission.

– Vous êtes sur quoi d'autre en ce moment ?

– Rien.

Dans la mesure du possible, McCoy préférait éviter de parler des braquages.

– Donnez-moi quelques minutes, dit Murray. Retournez à votre place.

McCoy sortit du bureau de Murray. Tous les regards étaient braqués sur lui. Il s'assit à son bureau et, sentant la canette de Coca dans sa poche, la glissa discrètement dans son tiroir. Il sentait Raeburn dans son dos qui l'observait, il l'entendit grommeler quelques mots à Thomson. Il fit semblant de s'absorber dans les papiers devant lui mais, comme tout le monde, il attendait seulement que la porte de Murray s'ouvre.

Elle s'ouvrit dix minutes plus tard. Murray sortit de son bureau et se plaça devant le tableau, des papiers à la main. La salle se tut peu à peu. Il la balaya du regard, l'air déçu, tel un directeur d'école face à une classe qui se serait mal conduite avec un nouveau professeur.

– Je suis censé être de repos, aujourd'hui. Je devais retourner travailler à Perth la semaine prochaine, mais ça ne va pas être possible vu le bordel que c'est ici. Et pour couronner le tout, j'entre dans ce commissariat, *mon* commissariat, et je trouve deux officiers supérieurs par terre en train de se battre comme des chiffonniers. C'est inacceptable. Un jeune homme s'est pendu hier au bout de ce couloir. Inacceptable. Et le pire, c'est que nous l'avions inculpé du meurtre d'Alice Kelly. La même Alice Kelly qui se trouve au Royal en ce moment même, en pleine forme.

Il jeta un nouveau regard circulaire, en fixant chaque visage, même ceux qui restaient tournés vers le sol.

– Vous avez une idée de l'image que ça donne de nous aux yeux de la population, bande de clowns ? Nous avons l'air d'abrutis en mal de gloire. Et c'est bien mérité. J'ai honte que ce commissariat soit le mien. J'ai honte que des officiers sous mes ordres aient agi comme ils l'ont fait. Et donc…

Nouveau regard circulaire.

– … à partir de maintenant, c'est l'inspecteur McCoy qui est en charge de l'enquête sur l'affaire Alice Kelly.

– Vous plaisantez !

Tout le monde se retourna. Raeburn s'était levé de sa chaise et avait ôté le mouchoir ensanglanté de son nez.

– Ce connard vient de m'agresser sans raison, et vous me retirez l'affaire ?

Murray le regarda avec mépris.

– Et l'inspecteur en chef suppléant Raeburn est relevé de ses fonctions, le temps que soit menée une enquête sur sa gestion de l'affaire Alice Kelly et son rôle dans la mort de Ronnie Elder.

– Enfin, quoi, Murray ! McCoy ?

Raeburn criait à présent, le visage déformé par la colère. Sa chemise était couverte de sang, ses cheveux ébouriffés.

– C'est une catastrophe ambulante, il est bourré la moitié du temps. Ah, mais j'oubliais, c'est votre petit protégé, pas vrai ? C'est le chouchou du prof. Eh bien, allez vous faire foutre ! Je ne vais pas laisser passer ça.

Il renversa sa chaise d'un coup de pied et se dirigea vers la porte.

Impassible, Murray montra Wattie du doigt.

– Watson ? Faites-nous un topo, à McCoy et à moi, sur tout ce qui concerne Alice. Illico.

Une heure plus tard, McCoy se tenait devant le commissariat réuni. On attendait qu'il commence. Certains copains de Raeburn affichaient un air méprisant, d'autres avaient préparé leur carnet. Il respira profondément.

– Jusqu'ici, cette enquête, c'est n'importe quoi.

Il y eut quelques grommellements, quelques soupirs.

– On arrête le massacre. À partir de maintenant, on va tous travailler ensemble pour découvrir qui a enlevé Alice et pourquoi, et pour mettre le ravisseur sous les verrous avant qu'il ne récidive. Ronnie Elder n'était pas notre homme. Trop jeune, trop stupide. Celui qui a enlevé Alice a réussi à la faire disparaître en plein jour, à deux cents mètres de chez elle. Pour ça, il faut être organisé et intelligent.

Il les balaya du regard.

– Et c'est ce qui m'inquiète. Parce que quelqu'un comme ça risque bien de récidiver, et cette fois, il n'est pas exclu qu'il veuille aller plus loin avec celui ou celle qu'il enlèvera.

Il s'interrompit et pointa du doigt la photo agrandie d'Alice scotchée sur le tableau.

– Alice pourra peut-être nous dire ce qui lui est arrivé, nous ne savons pas encore. Si elle ne peut pas, ce sera retour à la case départ. Elle a dû être séquestrée quelque part. Une cave, un garage, un bac à charbon. Je veux que tous les endroits potentiels soient fouillés dans un rayon de cinq cents mètres. Je veux que tous les pointeurs connus soient interrogés. Qu'on interroge aussi les copains de la gamine. Est-ce qu'elle parlait à quelqu'un de louche ? Elle avait une tenue de foot de l'équipe d'Écosse, une tenue neuve. Où est-ce qu'on achète ça et qui en a acheté ? Le fait qu'on lui ait coupé les cheveux et qu'on lui ait mis cette tenue pour qu'elle ait l'air d'un garçon laisse entendre qu'à un moment donné, elle a dû se trouver quelque part où on pouvait la voir. On cherche donc des gens qui ont vu un petit garçon dans une tenue de foot.

Il désigna Wattie d'un signe de tête.

– Wattie, voilà votre homme. Il est sur cette affaire depuis le tout début. Il sait ce qui a été fait ou non. Servez-vous de lui. Si vous avez un doute, consultez-le. Je ne veux pas qu'on fasse les choses deux fois ou qu'on passe à côté de quelque chose. Dès qu'on aura interrogé Alice, lui et moi reviendrons ici pour superviser la coordination.

Il montra une feuille de papier.

– Les missions ont déjà été réparties. Mettez-vous dessus dès que possible.

Nouveau coup d'œil circulaire.

– Ce commissariat s'est ridiculisé. Le moment est venu de nous racheter. De montrer aux gens qu'on est de vrais flics en résolvant cette affaire le plus vite possible. Pour Alice. Merci.

On entendit une expiration collective. Les cigarettes s'allumèrent, les bavardages commencèrent.

Wattie s'approcha de McCoy et sourit.

– Vous avez parlé comme un vrai patron. Bravo.

– Viens, dit McCoy. Tu continueras tes éloges dans la voiture.

28

McCoy attendit devant le commissariat que Wattie le rejoigne avec la voiture. Il s'aperçut qu'au milieu de tous ces événements il avait oublié de parler de Laura à Murray. Ça devait pouvoir attendre. Il avait besoin de se concentrer sur l'affaire Kelly et vite. Le soleil était toujours haut dans le ciel. Il semblait faire plus humide, plus chaud, un orage allait peut-être éclater bientôt. Ça semblait nécessaire. Tout le monde avait besoin de changement. Un coup de klaxon et Wattie apparut dans une Viva bleue. Il se pencha sur le côté et ouvrit la portière passager.

– Qu'est-ce qui va arriver à Raeburn ? demanda-t-il tandis qu'ils quittaient la cour du commissariat.

McCoy haussa les épaules.

– Aucune idée. C'est pas mon problème.

– Pas sûr qu'il voie les choses comme ça.

– Sans doute pas, mais je me fous complètement de ce que pense ce connard incompétent.

– Il est rancunier, vous savez. Et il a des copains. Il n'oubliera pas.

– Moi aussi, je suis rancunier, et je ne suis pas près d'oublier la vue de Ronnie Elder pendu aux barreaux de cette fenêtre. Alors qu'il fasse ce qu'il veut. Encore une fois, c'est pas mon problème.

Wattie hocha la tête et continua de rouler.

Il n'y avait pas grand-chose d'autre à faire qu'attendre. Attendre les résultats de l'analyse de sang de la fillette. Attendre que les médecins les autorisent à lui parler. Attendre l'arrivée de Murray. Ce fut donc ce qu'ils firent. Ils burent des tasses de thé à la cafétéria de l'hôpital, entourés d'hommes en pyjama, de femmes en fauteuil roulant, de parents cherchant des choses à se dire. On avait ouvert toutes les fenêtres afin de rafraîchir la salle, sans grand succès. Les courants d'air faisaient à peine bouger les voilages. La chaleur fatiguait McCoy. C'était peut-être la troisième fois qu'il bâillait en cinq minutes. Il était sur le point de se lever pour aller marcher un peu et tenter de se réveiller, quand la dernière personne que tous deux s'attendaient à voir apparut à l'entrée de la salle en regardant autour d'elle.

Wattie lui fit un signe et Mary Webster se faufila vers eux entre les tables. Elle se pencha vers Wattie et l'embrassa sur la joue.

– Ah, dit-elle, en époussetant la chaise en plastique orange pour en ôter des miettes avant de s'asseoir. J'ai hâte de voir comment la police de Glasgow va essayer d'expliquer ce mystère. Je pense l'appeler « La petite Lazare ». Ça vous plaît ?

Elle sortit ses cigarettes, les posa sur la table et trouva un briquet dans son sac.

– Vous êtes bien silencieux, les garçons, dit-elle en les regardant tour à tour. Vous avez perdu votre langue ? Allez-y. Je suis tout ouïe.

McCoy secoua la tête.

– C'est pas à nous qu'il faut parler. Moi, je n'y suis pour rien. Tu le sais très bien, je n'étais même pas sur cette affaire, et Wattie était convaincu de l'innocence du gamin, il me l'a dit. Je te conseille d'aller enquêter ailleurs. Un abruti du nom de Bernie Raeburn devrait pouvoir te renseigner. Mais, au fait, qu'est-ce que tu fais ici ?

Mary avait l'air très contente d'elle. Elle alluma une cigarette et se pencha vers la table voisine pour y prendre le cendrier, qu'elle posa devant elle.

– Si vous voulez le savoir, monsieur McCoy, je suis ici pour accompagner les très heureux et très soulagés parents d'Alice Kelly, qui…

Elle consulta sa montre Mickey Mouse en guise d'effet théâtral.

– … il y a trente minutes, ont confié à votre humble servante l'exclusivité de leur témoignage. Trois doubles pages avec photos. Eh oui, vous pouvez me féliciter pour avoir damé le pion à Ian Gourlay de l'*Express* et à ce petit morveux de McGinlay du *Mail*.

– Ils sont en haut ? demanda Wattie.

– Mes parents exclusifs ? Oui. En ce moment même ont lieu leurs retrouvailles larmoyantes avec la petite Alice devant le Nikon cliquetant de Tam Renfrew.

– Je t'avais dit que c'était une affaire pour toi, dit McCoy.

– Disons que, pour une fois, exceptionnellement, j'ai suivi ton conseil.

– Tu veux quelque chose ? demanda Wattie.

– Une tasse de thé, mon chou, merci.

– Moi aussi, dit McCoy. Un sucre.

Ils regardèrent Wattie gagner pesamment le comptoir et passer sa commande à la femme souriante qui se trouvait derrière.

– Il devrait être content, non ? dit Mary. Il a toujours dit que ce garçon était innocent.

– C'est pas aussi simple, dit McCoy. Le problème, c'est qu'il était présent à l'interrogatoire. Même s'il n'était pas d'accord avec ce qui se passait, il était dans la pièce et il ne s'est pas interposé. Il va y avoir une enquête, comme toujours en cas de décès en garde à vue. Le seul moyen pour lui de sauver ses miches, c'est de charger Raeburn. De dire exactement ce qu'il a fait.

– Très bien. Ce connard le mérite.

– C'est pas moi qui vais dire le contraire, mais Raeburn a beau être un connard et s'être complètement planté, ça reste un flic, et les flics n'aiment pas trop ceux qui dénoncent les collègues, surtout quand les collègues en question sont de vieux briscards avec vingt ans de service et des appuis dans les sociétés secrètes.

– Merde. Je n'avais pas vu les choses sous cet angle. Je comprends mieux maintenant pourquoi on a l'impression qu'il porte le poids du monde sur les épaules.

– Il ne tient qu'à toi de lui redonner le sourire. Dis-lui qu'il va être papa.

– Très drôle. Je t'avais dit de ne plus jamais parler de ça. D'ailleurs, je ne sais toujours pas s'il va l'être ou pas.

Mary se tourna vers McCoy :

– On sait où elle était ?

– Non. Mais elle a l'air d'aller bien.

– Elle a été… Tu sais…

Elle laissa la question en suspens.

– D'après ce qu'on sait, non.

– Voici, dit Wattie en posant le plateau sur la table.

– Merci, dit Mary. Ça va, toi ?

– Non, dit-il en s'asseyant. J'ai de bonnes chances de me faire virer, et si je veux sauver ma peau, je vais me retrouver avec une procédure disciplinaire au cul et tous les flics de Glasgow vont me détester. Je vais peut-être devoir chercher un autre boulot bientôt.

– Mais non, dit McCoy avec une conviction forcée. T'es un bon flic. Ça se sait.

Mary prit la main de Wattie.

– Arrête d'être si dur avec toi-même, tu n'as rien à te reprocher. C'est Raeburn qui a merdé, pas toi.

Wattie hocha la tête, l'air on ne peut plus maussade.

– Monsieur Watson ? Y a-t-il un monsieur Watson dans la salle ?

La femme derrière le comptoir tenait dans sa main le combiné du téléphone mural.

– Monsieur Watson ? On vous demande au téléphone.

Wattie se leva.

– Qui ça peut être ?

– Y a qu'un moyen de le savoir, dit McCoy.

Wattie retourna au comptoir.

– Tu crois que ça va aller pour lui ? demanda Mary. Au boulot, je veux dire.

– Je n'en sais rien. Je n'en sais vraiment rien.

– Merde. C'est si grave que ça ?

McCoy haussa les épaules.

– Peut-être. Ce que je peux te dire, c'est que les quelques mois à venir ne vont pas être une partie de plaisir, ça, c'est sûr. Tout dépend de Raeburn, en fait. S'il accepte son sort, ça devrait aller, mais s'il essaie de se défendre, y a des chances qu'il entraîne Wattie dans sa chute.

– Merde.

Wattie revint.

– Le médecin dit qu'on peut monter.

Le médecin avait plus l'air d'une créature des bois que d'un médecin. McCoy n'avait jamais vu autant de poils sur un homme. Des poils auburn, en plus. Ils sortaient des manches de sa chemise, de son col, formaient un gros monosourcil qui lui barrait le front. Il se gratta le nez et McCoy remarqua qu'ils recouvraient également ses mains. On aurait dit un orang-outan.

Il tendit sa main à McCoy.

– Monsieur McCoy ? Je suis Adrian Potter.

Un accent du nord de l'Angleterre.

– Entrez là, je vais vous expliquer le dossier.

Il tint ouverte la porte d'une salle de réunion. À l'intérieur, trois fauteuils orange et une table sur laquelle étaient posées une plante dans un pot en plastique et une boîte de mouchoirs.

– Wattie, dit McCoy, va vérifier que ta moitié ne fait pas de bêtises. Il ne faudrait pas qu'elle apprenne des choses importantes avant nous.

Wattie acquiesça et s'éloigna dans le couloir. McCoy entra dans la tanière de l'orang-outan.

Ils s'assirent, et Potter sortit son dossier. Il le feuilleta, puis leva les yeux et sourit. Une barbe naissante semblait déjà obscurcir ses joues. Le malheureux devait être obligé de se raser trois fois par jour.

– Alice Kelly, dit-il. Née le 12/02/61. Bon, ça a l'air d'aller. On a eu les résultats de l'analyse de sang : on a relevé des traces de Valium et d'un autre tranquillisant, peut-être du Séconal, de l'alcool, aussi. Un mélange puissant pour une fillette de son âge et de sa corpulence. Elle est sous-alimentée, déshydratée – apparemment, on ne l'a pas nourrie. Ce n'est pas vraiment mon domaine de compétence, mais je suppose que l'idée était qu'elle reste docile et désorientée. Et vu le cocktail qu'on lui a donné, ça a dû fonctionner.

– Elle risque de se souvenir de quelque chose ? demanda McCoy.

Potter se gratta à nouveau le nez.

– Ça m'étonnerait, rien de précis, en tout cas. Il peut lui rester des impressions vagues. Ce type de médicaments mélangé à l'alcool a tendance à effacer la mémoire à court terme. Je serais surpris qu'elle se souvienne de détails utiles. Je préférerais cependant qu'on la laisse tranquille jusqu'à demain matin. Quoi qu'il lui soit arrivé, elle a vécu une épreuve difficile. Elle a encore ces médicaments qui circulent dans son sang, et on l'a mise sous perfusion pour la réhydrater. Demain matin, elle sera peut-être capable de parler. En attendant, elle a besoin de repos.

– Super, dit McCoy, maussade.

Potter consulta à nouveau ses notes.

– On n'a pas relevé de traces d'agression, sexuelle ou autre. L'idée semblait plutôt être de la retenir que de lui faire du mal.

Il leva les yeux.

– On a réclamé une rançon ?

– Non, gloussa McCoy, il faudrait être stupide. Elle habite un HLM de Maryhill.

– Ah, dit Potter en souriant. Je vois. Pardon.

Il referma son dossier.

– À vous de jouer, maintenant.

– Rien d'autre à ajouter ?

– On lui a coupé les cheveux, un travail d'amateur, manifestement, et on l'a habillée en garçon, comme vous l'avez sûrement remarqué. C'est à peu près tout. Vous l'avez retrouvée à Central Station ?

McCoy confirma de la tête.

– C'est bizarre, dit Potter. On a dû la déposer là.

– Eh bien ! fit McCoy. On ne sait donc ni qui l'a enlevée, ni pourquoi, ni où on l'a emmenée, ni pourquoi on l'a relâchée.

Potter se leva.

– Tout ça est très mystérieux, en effet. Mais c'est ce que vous aimez, vous, les enquêteurs, non ? Agatha Christie, tout ça. Bonne chance.

McCoy suivit le couloir, ça sentait la Javel et autre chose, il ignorait quoi. Il s'engagea dans l'escalier menant à l'étage supérieur. Il n'était pas sûr d'avoir gagné au change. On sait ce qu'on perd, comme on dit. Lui qui avait tant souffert d'être écarté de cette enquête, il était dessus, à présent, c'était même lui qui la dirigeait. Il fallait qu'il se dépêche de découvrir ce qui était arrivé à Alice Kelly et pourquoi.

Une idée lui traversa l'esprit, une idée peu réjouissante. Et si Alice Kelly n'était que la première d'une liste ? Et s'il y avait un fou quelque part qui prenait son pied à enlever des gamins ? Il préférait ne pas y penser. Pas avant d'y être obligé. Il repéra ce qu'il cherchait dans le couloir du dessus. Une rangée de téléphones sous des auvents argentés et arrondis. Il inséra une pièce et appela le commissariat.

– Billy, tu peux me passer l'agent Walker ?

Un déclic, un temps d'attente, un bruit de sonnerie. Il savait qu'il prenait des risques, mais il ignorait à qui d'autre s'adresser.

– Agent Walker, j'écoute.

– Tracey, c'est McCoy.

– Ah, bonjour, inspecteur.

Elle avait l'air un peu surprise et un peu effrayée.

– Je peux vous aider ? demanda-t-elle.

– Ça dépend, dit McCoy. Tu connais quelqu'un aux empreintes qui sache la fermer ?

Wattie se tenait devant la chambre d'Alice Kelly, dont la porte était gardée par deux agents en uniforme.

– Qu'a dit le médecin ? demanda-t-il à McCoy à l'arrivée de celui-ci.

– Droguée mais indemne. On ne pourra lui parler que demain. Et il doute qu'elle se souvienne de quoi que ce soit.

– Merde, dit Wattie.

– Comme tu dis. Où sont les parents ?

– Dans la chambre. Y a le photographe et Mary, aussi. Je ne pouvais pas vraiment les empêcher d'entrer.

– J'imagine. Le dossier sur l'enquête, il est au commissariat ?

Wattie acquiesça.

– On va le reprendre pour vérifier qu'on n'ait rien raté. Renvoie Thomson à Maryhill, qu'il interroge à nouveau les voisins, ceux qui ont dit qu'Alice était plus une ado qu'une fillette. Ils se souviendront peut-être de quelqu'un de plus âgé qui traînait dans le secteur, ils auront peut-être vu Alice dans un endroit où elle n'aurait pas dû être.

Wattie acquiesça, il hésita.

– Tu penses vraiment que Raeburn va chercher à m'entraîner dans sa chute ? demanda-t-il, l'inquiétude s'affichant en lettres majuscules sur son visage.

McCoy secoua la tête et mentit.

– Il sera trop occupé à essayer de sauver sa peau pour penser à toi.

Hélas, la première chose qu'un type comme Raeburn allait faire, c'était chercher un bouc émissaire, et il y avait un candidat tout trouvé : Wattie.

La porte s'ouvrit et Mary apparut, suivie des parents d'Alice. La mère avait les yeux rouges et les mains qui tremblaient, elle s'essuyait le visage avec un mouchoir. Elle portait une robe bleue sans manches, un gilet blanc en crochet, elle semblait s'être fait coiffer pour les photos. Le père était en costume-cravate. La quarantaine, blond-roux, la raie sur le côté, le genre discret. Il avait l'air un peu déboussolé.

– Monsieur McCoy, dit Mary. Je vous présente les parents d'Alice.

McCoy leur serra la main et leur dit qu'il reprenait l'enquête. Ils hochèrent la tête, ils n'avaient pas l'air de comprendre grand-chose.

– J'aimerais venir vous interroger ce soir, si ça vous convient, dit-il.

Ils acquiescèrent.

– Je vais devoir vous poser beaucoup de questions qu'on vous a déjà posées, je m'en excuse par avance, mais avec un peu de chance on trouvera quelque chose qu'on a raté. Un détail qui nous permettra de comprendre ce qui est arrivé à Alice et pourquoi. Vous êtes d'accord ?

Ils acquiescèrent à nouveau, puis la mère se mit à pleurer pour de bon. Le père la prit dans ses bras.

– Ils ne seront pas chez eux, McCoy, intervint Mary. On les emmène au Loch Lomond Hotel, on va les chouchouter un peu pour qu'ils se remettent de leur épreuve. La grand-mère va rester avec Alice. La petite est K.-O., elle va l'être pendant plusieurs heures, elle a besoin de sommeil.

Un bon moyen, songea McCoy, pour éloigner les parents des autres journalistes.

– Très bien, pas de problème. Je vous verrai là-bas. Vous y allez maintenant ?

– Oui, dit Mary, on a une voiture avec chauffeur en bas.

– Tiens, ben, je vais venir avec vous, proposa McCoy. On discutera en arrivant là-bas, ça fera gagner du temps. Ça vous va ?

Il se tourna vers les parents, qui opinèrent avant que Mary ne puisse protester. Celle-ci le foudroya du regard.

– Aucun problème, répondit-elle, son visage disant tout le contraire. On veut tous que cette affaire soit résolue le plus vite possible. Allons-y.

Ils se dirigèrent vers l'ascenseur.

– Je vais rentrer au commissariat, dit Wattie, je vais commencer.

McCoy hocha la tête tandis que Mary s'approchait discrètement de lui.

– Merci beaucoup, enfoiré, dit-elle. Tu vas retarder mon interview de deux heures.

– Si je peux rendre service, dit McCoy, avant d'appuyer sur le bouton.

29

La voiture attendait dehors, une grosse Daimler noire qui brillait dans le soleil de l'après-midi. McCoy s'efforça de ne pas avoir l'air impressionné.

– Le *Record* est devenu généreux ? demanda-t-il à Mary.

– C'est le plus gros sujet de l'année, je leur ai dit de les lâcher. Pour le coup, ils n'ont pas fait les choses à moitié. On dirait qu'on va à un enterrement, putain.

Elle monta à l'avant, du côté passager, et McCoy s'installa à l'arrière avec les parents. Le chauffeur était un quinquagénaire sympathique en uniforme de chauffeur, cheveux coupés en brosse et ventre de buveur de bière.

– Moi, c'est Peter Lawson, appelez-moi Pete. Installez-vous confortablement et profitez de la balade, on y sera en un rien de temps.

McCoy décida de le prendre au mot : il s'adossa au dossier en cuir, tendit ses jambes devant lui et regarda par la vitre tandis qu'ils s'engageaient sur l'autoroute en direction de l'ouest. Il s'aperçut qu'il aurait dû appeler Murray pour lui dire que Laura était en sécurité. Il était trop tard, à présent, il le ferait de l'hôtel.

Ils étaient à peine sortis de Glasgow que les parents s'endormirent. McCoy les comprenait : le mélange des nuits blanches et de la voiture écrasée de soleil aurait fait tomber n'importe qui. Mary et Pete étaient engagés dans une longue conversation sur leur enfance commune à Govan. Quelle école ils avaient fréquentée, quelle rue ils avaient habitée, qui ils avaient connu.

– Je croyais que tu avais grandi à Wine Alley ? dit McCoy à Mary, goguenard.

– Abruti, va, rétorqua-t-elle en le regardant d'un air mauvais dans le rétroviseur.

– Moi si, par contre ! dit Pete, et tous deux s'esclaffèrent.

McCoy se laissa aller en écoutant distraitement la conversation. Ses paupières devinrent lourdes, et il s'assoupit.

À son réveil, il aperçut une touche de bleu entre les arbres à sa droite. La route serpenta, et il apparut dans toute sa splendeur : le Loch Lomond. Par un temps comme celui-là, il était digne de toutes les cartes postales que McCoy avait vues. Une eau bleue. Des collines vertes. Un ciel bleu sans nuage. McCoy était sur le point de baisser sa vitre quand la voiture fit un écart pour laisser une Rover bleu marine les doubler par l'intérieur. Elle devait rouler à quatre-vingt-dix, cent kilomètres/heure.

– Il est fou, lui, dit Pete.

– Connard, grommela Mary.

McCoy se tourna vers les parents, mais ils continuaient d'en écraser.

– Encore combien de temps ? demanda-t-il en étouffant un bâillement.

– Une dizaine de minutes, dit Pete. On n'est plus très loin.

– Je réveille les deux marmottes ?

Mary se retourna vers les parents.

– Laisse-les dormir, va, dit-elle. Ils ont l'air d'en avoir besoin.

McCoy acquiesça et, appuyant sa tête contre la vitre, regarda défiler le paysage. Il ne tarda pas à apercevoir un grand panneau de bois sur le bord de la route : LOCH LOMOND HOTEL, À DROITE DANS 3 KM.

Tout à coup, il percuta.

– Tu passes la nuit sur place, Mary ? s'enquit-il.

– Moi ? Y a intérêt ! J'ai hâte d'alourdir la facture du *Record* au bar. Pourquoi ?

– Comment je vais rentrer à Glasgow ?

– Ça, c'est ton problème, McCoy, s'esclaffa-t-elle. Ça t'apprendra à t'incruster dans les voitures des autres.

– Je peux attendre une petite heure avant de rentrer, dit Pete. Ça suffira ?

– Je m'en contenterai. Merci, mon gars. Ça fait plaisir de voir qu'il y a des gens de Govan qui savent vivre.

Mary lui tira la langue dans le rétroviseur et lui fit un doigt d'honneur.

Ils ralentirent et s'engagèrent dans la longue allée menant au Loch Lomond Hotel. Ils apercevaient le gros bâtiment aux allures de château au bout, il devait y avoir cinq, six cents mètres d'allée pour y parvenir. Elle était bordée de vieux arbres, dont certains se touchaient, formant comme un tunnel.

– C'est pas le dingue qui nous a doublés ? demanda McCoy.

Une Rover bleu marine était arrêtée devant eux, au milieu de l'allée.

– C'en a tout l'air, dit Pete.

– Parfait. Je vais pouvoir lui dire le fond de ma pensée, dit Mary, qui commença à baisser sa vitre.

Puis, se figeant, déconcertée :

– Qu'est-ce qu'il fout ?

La Rover avait démarré et reculait vers eux. Vite.

– Baissez la tête ! cria Pete.

Sa voix fut interrompue par le choc de la Rover les percutant de plein fouet. Il y eut un grand boum, un grincement de tôle, et tout le monde fut projeté en avant. Les parents se retrouvèrent sur le plancher, Mary se cogna la tête au pare-brise et le visage de McCoy s'écrasa contre l'arrière du siège de devant. Il se redressa et se toucha le front, il sentit du sang chaud sur ses doigts. Il eut tout juste le temps de voir les portières de la Rover s'ouvrir avant de deviner du mouvement dans le rétroviseur. Il se retourna pour regarder par la lunette arrière : une seconde Rover accélérait vers eux.

Il tenta de se baisser, mais trop tard. Il fut projeté contre la vitre latérale, se cogna violemment la tête. À présent, la mère criait, Mary gémissait. Il y avait des hommes cagoulés tout autour de la voiture. La portière contre laquelle il était appuyé s'ouvrit, et, alors qu'il tombait à moitié, il fut extirpé et jeté sur l'allée.

Il tenta de se relever. « Pas lui ! L'autre ! » entendit-il quelqu'un crier avant de recevoir un coup de pied dans le ventre, puis un autre au visage. En roulant sur lui-même pour se protéger, il vit deux hommes sortir le père de la voiture par l'autre portière, le jeter au sol et le frapper à coups de pied. Il criait, appelait sa femme. Un homme approcha par-derrière, s'assit sur son dos et lui donna un coup de crosse de pistolet sur la tête. Les cris cessèrent immédiatement, et il s'effondra. Deux hommes le prirent par les bras et traînèrent son corps inerte en direction de l'une des Rover.

McCoy se releva tant bien que mal et chancela, il crut qu'il allait tomber. « McCoy ! entendit-il Mary crier. Derrière toi ! »

Une explosion de douleur lui envahit l'arrière du crâne, et il bascula en avant sur le sol. Il sentait le gravier dans sa bouche, le sang sur son visage. Il entendit les voitures accélérer, puis plus rien.

30

McCoy se réveilla sous le regard de Wattie.

– Ça va ? demanda celui-ci. Mary m'a appelé.

McCoy tenta de se redresser et grimaça, sa tête lui faisait un mal de chien. Il se la toucha et sentit un volumineux bandage.

– La femme en cuisine était infirmière militaire. Pendant la rébellion indienne, sûrement. On dirait qu'on vous a foutu un turban.

McCoy esquissa un sourire et tenta de déterminer où il était. Une chambre d'hôtel, un grand lit à l'ancienne, papier peint écossais, un portrait d'un type en kilt au mur, au-dessus de la cheminée. Il apercevait le lac par la fenêtre, il brillait dans le soleil du soir.

– Je me sens vachement mal, dit-il.

– Pas étonnant, dit Wattie. Y avait du sang partout. Ils n'y sont pas allés de main morte.

Tout revint à McCoy : les Rover, les types cagoulés sortant le père de la Daimler et le fourrant dans leur voiture.

– C'était quoi, tout ça ? demanda-t-il.

– Je vous retourne la question. Pourquoi on voudrait kidnapper le père ? C'est quoi, cette vendetta bizarre contre la famille ? Je pige pas.

– Moi non plus, dit McCoy en jetant ses jambes par-dessus le bord du lit. Mary, ça va ?

Wattie hocha la tête.

– La mère était hystérique. Elle l'a ramenée à Glasgow en taxi. Elle voulait s'assurer qu'Alice était en sécurité. Le chauffeur est plus amoché que vous. Il a été emmené à l'hôpital de Luss. Nez et mâchoire cassés.

McCoy se leva et chancela. Wattie tendit sa main pour le stabiliser.

– Et la police locale veut vous interroger. Ils disent que c'est arrivé dans leur secteur, que c'est à eux de mener l'enquête.

– Qu'ils aillent se faire foutre. Il faut que je rentre pour parler à Murray. Tirons-nous avant que la police de Miniville ne débarque.

Wattie appela Murray de la voiture par radio et lui proposa de le retrouver au Victoria, près de chez McCoy. Murray n'avait pas l'air ravi d'aller dans un pub, mais Wattie lui dit que McCoy risquait de ne pas tenir longtemps, qu'il allait devoir se coucher bientôt.

McCoy les écouta parler tous les deux par radio, allongé sur la banquette arrière. Des vagues de nausée l'assaillaient, il voyait des scintillements au bord de son champ de vision, mais il était heureux. Écouter ainsi une conversation d'adultes, allongé, la nuit, à l'arrière d'une voiture, lui rappelait son enfance. Non que son père ait jamais pu se payer une voiture. C'était à celle de son oncle Terry qu'il devait penser. Une Hillman quelque chose, il ne savait plus exactement.

Wattie alluma la radio, et la musique de T. Rex emplit l'habitacle. McCoy ferma les yeux. Il se demanda qui pouvait avoir des raisons de vouloir enlever le père. Ce n'était pas une petite opération. Deux voitures, au moins cinq ou six hommes. Des armes. Une bonne préparation. Le mode opératoire était plus militaire qu'autre chose. Comment avait-on su qu'ils se rendaient à l'hôtel ? Où Tracey en était-elle sur le relevé d'empreintes ? Pourquoi enlever une fillette, puis son père ?

Tout ça avait cependant du bon. Il semblait débarrassé de l'enquête sur les braquages. Comment Margery allait-elle vraiment ? Elle avait l'air plus secouée qu'elle ne voulait bien le dire. Et Angela, que trafiquait-elle, au juste ? McCoy se souvint alors que le père se trouvait à Belfast au moment de l'enlèvement de sa fille. Que faisait-il, là-bas ? Ça pouvait expliquer le caractère militaire de l'attaque de la Daimler. Le père avait peut-être… Il grimaça, la tête envahie par une vive douleur soudaine. Il attendit que ça passe, en vain.

Il dit à Wattie qu'il ne se sentait pas très bien et vomit sur le plancher de la voiture, il ne put s'en empêcher. Il tenta de se redresser. Vit les lumières du Erskine Bridge. Dit à Wattie qu'il avait vraiment mal à la tête. Il sentit la voiture décélérer avant de perdre connaissance.

11 août 1970

Studios Sunset Sound, Los Angeles

– J'entends pas le backing-track.

L'ingénieur pressa un bouton sur sa table et se fit entendre dans la cabine :

– Tu veux que je monte le volume ?

Bobby acquiesça. Il ajusta son casque, tira brièvement sur le joint qui se consumait dans le cendrier sur la petite table à côté de lui.

– C'est parti.

L'ingénieur regarda l'horloge murale. Bientôt dix-huit heures, et ils y étaient depuis midi. Ils essayaient d'enregistrer le solo de « Symphony ». Pour lui, mais on ne risquait pas de lui demander son avis, la quatrième prise avait été la bonne. C'était le problème avec les artistes qui s'autoproduisaient. Il n'y avait personne pour leur dire d'arrêter.

À travers la vitre, il voyait Bobby concentré, les mains sur sa Les Paul, guettant le moment de commencer. Tout à coup, son visage se contracta, ses doigts se mirent à bouger et il se lança. Il ne fallut que quelques secondes à l'ingénieur, qui venait de se renverser en arrière dans son fauteuil, pour comprendre qu'il se passait cette fois quelque chose de différent. Il se redressa et écouta attentivement.

Dans la cabine, Bobby était parti ailleurs. Les yeux fermés, il tapait du pied, ses mains couraient sur le manche de sa guitare. L'ingénieur revérifia les niveaux, un instant affolé à l'idée d'avoir raté ça, mais non. La bande tournait doucement. Du coin de l'œil, il voyait son assistant, debout près de lui, l'air hypnotisé. Il regardait Bobby, l'écoutait jouer comme on n'avait encore jamais joué.

Quarante secondes plus tard, Bobby s'arrêta, laissa tomber ses mains et les regarda tous les deux par la vitre de la cabine. Il souriait. L'ingénieur souriait, l'assistant souriait, aucun d'eux ne croyait vraiment ce qu'il venait d'entendre.

L'ingénieur se pencha en avant et pressa sur la table le bouton permettant de communiquer avec la cabine.

– Je crois qu'on la garde.

Tous s'esclaffèrent.

Dans la cabine, Bobby se pencha vers le micro.

– Faut arroser ça, je crois.

18 juillet 1973

31

La lumière entrait à flots par les fenêtres du foyer. Une vingtaine de fauteuils, quelques tables basses sur lesquelles étaient posés des magazines usés, une guêpe bourdonnant sur le rebord d'une fenêtre. McCoy consulta sa montre. Neuf heures moins le quart. Wattie devait venir le chercher à neuf heures. On refusait de le laisser sortir non accompagné. Il n'avait pas eu l'énergie de discuter. Il espérait que Wattie lui apporterait une chemise. Celle qu'il portait sentait la transpiration et avait toujours une tache de vomi sur le devant, malgré ses nombreuses tentatives pour la nettoyer.

Commotion cérébrale. Ça n'allait pas trop mal. Il avait un peu mal à la tête, mais il avait connu des gueules de bois plus douloureuses. Il ne se souvenait pas de son arrivée à l'hôpital. Apparemment, il était un peu désorienté, il s'était cru à la réception d'un hôtel, il avait voulu payer le médecin. Il avait dormi presque toute la journée de la veille. Il s'était réveillé à l'heure du thé, avait englouti un bœuf haché-purée et s'était aussitôt rendormi.

La porte s'ouvrit. Il s'attendait à ce que ce soit Wattie, mais ce n'était pas lui. C'était un type costaud avec une vraie banane de Teddy Boy, en pyjama et robe de chambre rayée, un paquet de Regal et une boîte de Swan Vestas à la main. Il le salua de la tête et s'assit.

– Bonjour, ça va ? dit-il avec un fort accent nord-irlandais.

Il montra ses cigarettes.

– Il m'en faut une. On a pas le droit de fumer dans les piaules, ils ont peur qu'on se fasse cramer la gueule.

Un signe de tête pour désigner le bandage de McCoy :

– Vous rentrez de la guerre ?

– Pas loin, dit McCoy. Vous êtes de Belfast ?

L'homme acquiesça et alluma une cigarette. Il parut transporté de bonheur en se remplissant les poumons de fumée de Regal. Il retint un instant sa bouffée avant de la recracher.

– Belfastois pur jus. Ça fait deux ans que je suis à Glasgow. Ma femme est d'ici. Elle n'en pouvait plus, là-bas. Je la comprends, remarquez.

– Beaucoup de boulot dans le bâtiment, chez vous, non ? Y a besoin de main-d'œuvre ?

L'homme haussa les épaules.

– Ça construit pas mal. Les bombes ont fait des dégâts, y a aussi pas mal de décombres à nettoyer.

– Assez de boulot pour embaucher des ouvriers d'ici ?

L'homme fit siffler de l'air entre ses dents.

– Ça m'étonnerait. Des ouvriers spécialisés, peut-être, mais pas des manut' de base. On a ce qu'il faut chez nous.

Il sourit.

– Pourquoi, vous êtes tenté d'y aller ? Je vous le déconseille. C'est un cauchemar, là-bas, en ce moment. Ça me crève le cœur.

McCoy hocha la tête. Que faisait vraiment Finn Kelly en Irlande, bon Dieu ? Cette question le tracassait de plus en plus. Il semblait peu vraisemblable qu'il y travaille sur un chantier, en tout cas, contrairement à ce qu'il prétendait.

– McCoy !

Il se retourna. C'était Wattie. Celui-ci s'inclina.

– Votre chauffeur est arrivé.

McCoy se leva. Pris d'un vertige, il se tint au dossier de son fauteuil.

– Ça va ? demanda Wattie.

Il acquiesça, mais ça n'allait pas. Il se rassit.

– Il va peut-être me falloir une petite seconde, dit-il.

Wattie salua de la tête l'homme en robe de chambre, qui se levait pour partir.

– Ça finira bien par s'arranger, dit l'homme. Si Dieu le veut. À ce moment-là, j'y retournerai. Bonne chance.

Wattie s'assit en face de McCoy.

– De quoi il parlait ?

– De Belfast, dit McCoy. Comment va Mary ?

Wattie sourit.

– À votre avis ? Elle jubile. Elle fait la une du *Record*. LE PÈRE D'ALICE KELLY VIOLEMMENT ENLEVÉ – PRÉSENTE AU MOMENT DES FAITS, NOTRE JOURNALISTE MARY WEBSTER RACONTE. Je ne l'ai pas beaucoup vue. Je crois qu'elle dort à la rédaction. Vous avez vu Murray ?

McCoy secoua la tête.

– Il est venu hier soir, poursuivit Wattie. Vous deviez dormir.

Puis, l'air un peu penaud :

– Il a parlé avec le médecin.

– Ah ? fit McCoy, inquiet. Et qu'a dit le médecin ?

– Il lui a dit que vous aviez besoin d'une semaine de congé. On ne va pas au commissariat. Je suis ici pour vous ramener chez vous.

McCoy protesta, cria, jura, mais en vain. Wattie se contenta de répéter ce qu'avait dit Murray : McCoy était en congé pour une semaine, ordre du médecin. S'il se pointait au commissariat, on le renverrait chez lui sur-le-champ. Pas de discussion.

– Et Alice Kelly et son père ?

– Murray reprend l'affaire. Il revient s'installer temporairement à Glasgow.

Wattie reprit son air penaud.

– Je le seconde.

– Super. Je dois donc rester assis sur mon cul chez moi pendant que ça rebondit dans tous les sens ?

– C'est pas mon idée. Il ne faut pas m'en vouloir.

– Je ne t'en veux pas. C'est à ce con de médecin que j'en veux. C'était l'orang-outan ?

– Hein ? fit Wattie, interdit. De quoi vous parlez ?

Il n'obtint pas de réponse.

– Où est Murray, d'abord ? dit McCoy. Il faut que je lui parle.

– Harry, il ne…

– Il ne s'agit pas de boulot. C'est personnel.

Wattie parut sceptique.

– Il travaille chez lui, ce matin.

McCoy se leva. Il fut pris d'un nouveau vertige, mais cette fois il réussit à le cacher.

– Très bien. Allons-y. On s'arrêtera chez lui sur le chemin.

32

Il réussit à sortir de l'hôpital sans trébucher, monta dans la voiture et baissa sa vitre. On crevait toujours de chaud, et toujours pas d'orage en vue. Le temps semblait même avoir empiré. Il faisait vraiment humide, à présent.

McCoy baissa le pare-soleil et se regarda dans le petit miroir.

– Je suis pas trop amoché, dit-il.

– Pas de face, dit Wattie. Vous verriez l'arrière de votre crâne, y a une zone toute rasée avec une ligne de points de suture. On dirait une chienne qu'on vient de stériliser.

– Eh bien, merci beaucoup. Surtout, ne me ménage pas.

– Vous vouliez la vérité, dit Wattie, hilare.

McCoy tenta en vain de voir l'arrière de son crâne dans le rétroviseur, il se dévissa la tête pour rien.

– Douze points de suture, dit-il. J'en connais un que mes malheurs vont réjouir. Comment va ton ancien patron ?

Le visage de Wattie se voila.

– Pas bien, dit-il.

McCoy releva le pare-soleil.

– Je n'irais pas bien non plus si j'étais au placard en attendant que les grands patrons me clouent au mur.

– Et moi avec lui, dit Wattie, maussade.

– Tu vas t'en sortir. T'as des clopes ?

Wattie montra du menton la boîte à gants.

– Essayez là-dedans.

McCoy essaya. Sans succès.

– Il m'attendait devant le commissariat hier quand je suis sorti, Raeburn. Il voulait me parler.

– Sans blague, dit McCoy, qui devinait très bien pourquoi.

– Il fallait soi-disant qu'on accorde nos violons. Il voulait que je soutienne sa version.

– Quelle surprise, dit McCoy.

Puis, indiquant une direction de l'autre côté du pare-brise :

– Prends Great Western Road. Alors, qu'est-ce que t'as répondu ?

Wattie mit son clignotant et tourna à gauche.

– J'ai répondu que je comptais dire la vérité.

– C'est bien passé ?

– À votre avis ? Et ça, c'était pas le pire. Après, il a embrayé sur vous.

McCoy se tourna vers Wattie.

– Sur moi ? Qu'est-ce qu'il a dit ?

– Des conneries. Que ce qui lui arrivait, c'était à cause de vous, que vous aviez toujours voulu avoir sa peau.

– L'abruti.

– Il avait l'air sérieux, Harry. Il a dit qu'il allait se venger. Que vous aviez besoin d'une leçon. Vous devriez vous méfier.

– N'importe quoi. Raeburn, c'est une grande gueule, tout dans la bouche et rien dans le falzar.

– Vous en êtes sûr ?

– Absolument, dit McCoy avec une conviction exagérée.

Que disait-on d'un rat pris au piège ? Rien n'était aussi dangereux. Il s'en préoccuperait plus tard. Il fallait d'abord discuter avec Murray.

– Je croyais que Murray habitait Jordanhill ? dit Wattie tandis qu'ils s'engageaient dans Hyndland Road et se rangeaient à l'endroit indiqué par McCoy.

– Plus maintenant, dit celui-ci en ouvrant la portière passager. Tu veux bien m'attendre cinq minutes dans la voiture ?

Wattie acquiesça, déconcerté. Il était sur le point de demander pourquoi Murray avait déménagé, mais McCoy claqua la portière avant qu'il ait pu poser des questions. Il réussit à arriver au bout de l'allée sans avoir eu de vertiges et sonna. La grosse porte cirée s'ouvrit et Murray apparut, en pantalon de costume, sa chemise blanche ouverte révélant un maillot de corps en résille, une cravate bleu marine pendant à son cou.

– Non, dit-il. Le médecin a été très clair. Pas de travail. Du repos.

– Je ne suis pas là pour ça, dit McCoy. Je suis là pour Laura.

Ils gagnèrent le jardin. Il y avait une table et quelques chaises à l'ombre des arbres près du mur. McCoy vira de l'une d'elles un chat tigré pas très content et s'assit. La tête lui tournait un peu.

Murray s'assit en face de lui et l'observa.

– Vous avez morflé, dit-il.

– Vous n'avez pas vu l'autre.

McCoy sourit avant d'ajouter :

– Il n'a pas une égratignure.

Il installa sa chaise plus à l'ombre. Le soleil lui faisait mal au crâne.

– Des nouvelles du père ? s'enquit-il.

Murray fit signe que non.

– Il s'est volatilisé. Pourquoi on l'a enlevé, à votre avis ?

– Je croyais que je n'étais pas censé travailler ?

– Ça va, petit malin. Maintenant, vous êtes là.

– Aucune idée. Il n'a pas d'argent. On relâche la fille et on enlève le père à la place. Deux enlèvements dans la même famille ? Il se passe quelque chose chez les Kelly. C'est pas les Getty, merde. Le seul truc bizarre, c'est sa présence à Belfast.

– Comment ça ?

– Son enlèvement était réglé comme du papier à musique, une organisation militaire. Des paramilitaires, peut-être ?

– Oh, bon Dieu, taisez-vous, grogna Murray. Vous croyez que l'IRA est là-dessous ?

McCoy haussa les épaules.

– Peut-être.

– Écoutez, on va suivre toutes les pistes avant celle-ci. La dernière chose dont j'aie besoin, c'est de me retrouver avec les services secrets dans les pattes. Et puis, j'ai creusé un peu. Le frère de la femme habite Dundee. Il a été arrêté il y a quelques années quand il habitait encore Glasgow. Relations sexuelles avec une gamine de quinze ans. Il pensait soi-disant qu'elle en avait dix-sept. Il a pris du sursis. On doit l'entendre aujourd'hui.

McCoy trouvait l'idée un peu tirée par les cheveux, mais il n'allait pas le dire à Murray. Au point où ils en étaient, toute piste était bonne à suivre. Et à en juger par la mine de Murray et les cernes sous ses yeux, c'était la seule qu'ils avaient.

– J'ai retrouvé Laura, annonça-t-il.

Le visage de Murray s'illumina.

– Bravo, Harry, au moins une bonne nouvelle. Vous l'avez ramenée à Bearsden ?

McCoy secoua la tête.

– Elle refuse de rentrer.

Murray le regarda, incrédule.

– Comment ça ? Elle a quinze ans, bon Dieu, ce n'est pas à elle de décider de ce qu'elle fait. Elle est où, là ?

McCoy respira, il regretta de ne pas avoir les idées plus claires.

– Je refuse de vous le dire.

Murray le dévisagea. Il rougit, ce qui annonçait habituellement une explosion, mais il parla d'un ton mesuré.

– Comment ça, vous refusez de me le dire ? Ce n'est pas à vous de…

– Elle a des brûlures et des coupures tout le long du bras, des blessures que lui a infligées sa mère, dit calmement McCoy. Je refuse de la renvoyer à sa tortionnaire.

Murray avait baissé les yeux, il fuyait son regard.

– Vous le saviez, n'est-ce pas ? poursuivit McCoy. Vous le saviez depuis le début.

Murray soupira, se gratta sa barbe naissante.

– Ce n'est pas aussi simple, Harry. Je ne…

McCoy garda les yeux fixés sur lui, il n'en croyait pas ses oreilles.

– J'aimerais bien savoir pourquoi ce n'est pas aussi simple, Murray. Parce que, quand je vois les cicatrices sur son bras, tout me paraît très simple, à moi.

Murray sortit sa pipe et son tabac de la poche de son pantalon, alluma la première, cracha un nuage de fumée et se mit à parler.

– La mère de Laura a toujours été très tendue, impulsive. Elle a fait de nombreux séjours à Gartnavel depuis son mariage avec John. Il appelle ça « ses nerfs », lui. Depuis quelques années, ça va mieux, elle a trouvé la religion. Elle fréquente une église de Shettleston, des illuminés évangéliques, rien de bien méchant.

– Mais…

– Mais, au fur et à mesure que Laura grandissait, elle s'est mis dans la tête que ses écarts de conduite n'étaient pas qu'un problème d'ado, que c'était la manifestation d'un démon intérieur.

Murray hésita. McCoy se demanda s'il n'allait pas s'arrêter là, mais il poursuivit.

– Une nuit, Laura s'est réveillée, et elle a trouvé sa mère au-dessus d'elle avec un tisonnier chaud. Elle voulait la purifier par la souffrance, pour libérer son esprit.

– Doux Jésus.

Murray eut un sourire faible.

– Lui-même.

– Qu'est-ce qui s'est passé ?

– Sa mère a été renvoyée un mois à Gartnavel, elle a subi des électrochocs ou je ne sais quoi, un traitement soi-disant infaillible.

– Pas suffisamment, Murray. Si vous voyiez son bras…

Murray eut l'air peiné.

– Je l'ignorais, Harry. Je vous le jure. D'après John, elle allait mieux, le traitement avait fonctionné, Laura et elle s'entendaient bien. Il m'a dit qu'il ne savait pas du tout pourquoi Laura avait fugué.

McCoy se renfonça sur sa chaise, la tête un peu plus stable.

– Il veut replonger sa fille dans cet enfer uniquement pour jouer les familles heureuses à des fins électorales ? Il est si pourri que ça, votre frère ?

Murray ne répondit pas, c'était inutile. La réponse à la question de McCoy était écrite en gros sur son visage.

– Elle est en sécurité là où elle est ?

McCoy acquiesça. Pas question qu'il dise à Murray qu'elle était chez Stevie Cooper.

– Dites-lui que je regrette, dit Murray, avant de se lever.

– Vous allez à Stewart Street ?

– Ouais. Puis j'irai faire un tour à Bearsden. J'irai rendre une petite visite à mon frère. Il en savait sûrement plus qu'il ne m'en a dit. Je pensais l'emmener dans le jardin et lui donner une leçon.

Il sourit, l'air sombre.

McCoy hocha la tête. Il n'aurait voulu être à la place du frère de Murray pour rien au monde.

– Quant à vous, dit Murray, rentrez chez vous. Exécution.

33

McCoy remercia Wattie de l'avoir déposé et lui assura qu'il pouvait monter l'escalier tout seul. Il parcourut la moitié de l'allée, s'appuya contre le mur et alluma une cigarette. Il en fuma la moitié. Lorsqu'il estima que Wattie devait être parti, il la jeta par terre, l'écrasa et ressortit dans le soleil.

Sa discussion avec Murray au sujet de Laura l'avait fait réfléchir. Si Laura avait réussi à cacher les mauvais traitements qu'elle avait subis de la part de sa mère, quelque chose lui disait qu'elle devait cacher autre chose. Il avait besoin de lui parler.

Il descendit la côte, attendit devant la cabine téléphonique qu'un type vêtu d'un maillot des Rangers et d'un short en jean ait terminé sa conversation et entra. Il appela chez Cooper pour s'assurer que Laura y était. Ce n'était pas le cas, mais Billy lui dit où elle se trouvait. Il soupira. Rien n'était jamais facile. Il ressortit de la cabine, descendit Dumbarton Road et héla un taxi.

Il y avait forcément une raison pour qu'on ait relâché Alice et enlevé le père. Elle était indemne, pas de traces d'agression sexuelle ou autre. La famille n'avait pas les moyens de payer une rançon. McCoy ne voyait pas pourquoi on avait enlevé la gamine, et encore moins le père. Plus ça allait, moins cette affaire avait de sens.

Le taxi s'arrêta devant Treron, et McCoy descendit. Il contempla le grand magasin. Les vitrines étaient remplies de robes d'été, de services en porcelaine, de rouleaux de tissu. McCoy ne venait pas souvent là. Il ouvrit la porte, laissa sortir deux dames et entra dans le magasin. Il consulta le plan mural près des ascenseurs. Deuxième étage.

– Mesdames, dit-il gaiement en rapprochant de la table une chaise à dossier doré avant de s'y asseoir.

Laura parut surprise de le voir. Iris le regarda, impassible.

– Harry, qu'est-ce que vous faites ici ? demanda Laura en posant sa tasse de thé.

– J'ai appelé la maison et Billy m'a dit que vous étiez ici, dit-il.

Il parcourut du regard l'élégant salon de thé. Les fenêtres donnant sur Sauchiehall Street inondaient la salle de lumière. Au sol, une moquette pâle. Des serveuses en tablier noir amidonné et petit bonnet de dentelle s'activaient. La clientèle était assez uniforme : femmes des banlieues chic, épouses de médecins, épouses d'avocats. Toutes sur leur trente et un. McCoy n'avait jamais vu autant de chapeaux.

– Pas trop votre style, si ? dit-il. Ni à l'une ni à l'autre.

Laura sourit.

– Moi, j'aime bien. Je venais ici avec ma grand-mère quand j'étais petite.

– Ah, d'accord. Et toi, Iris ? Tu viens chercher des idées d'argenterie pour le bordel ?

– Va te faire foutre, McCoy, dit Iris, rayonnante.

Elle avait mis le paquet sur sa tenue pour ce déjeuner parmi la bonne société de Glasgow, malgré la chaleur. Chapeau, étole de fourrure sur le dossier de sa chaise, robe rose décolletée mettant en valeur ses atouts. Il n'y avait pas à dire, Iris avait toujours de l'allure.

– Bon, alors, c'est quoi, le but de ce conciliabule ? demanda McCoy en prenant un petit gâteau orange sur l'assiette du haut d'une pyramide d'assiettes en porcelaine.

Laura sourit.

– C'est simple. Ça s'appelle l'amitié, Harry.

Elle sourit à Iris.

– Si vous aviez des amis, vous sauriez peut-être comment ça marche.

– Très drôle. Mais puisqu'on parle d'amis, quand comptiez-vous me dire qui vous avait agressée ?

– Quoi ? s'empressa de dire Laura, mais avec un tout petit temps de retard.

– Vous êtes une fille intelligente, Laura, mais pour le coup, vous avez un peu manqué de présence d'esprit.

McCoy épousseta le devant de sa chemise pour en ôter les miettes de gâteau.

– Vous ne m'avez jamais parlé de votre agression. Jamais une question sur qui a pu faire ça, où il peut être ou pourquoi il a agi. Personnellement, je ne vois qu'une explication possible. Vous savez pertinemment qui vous a agressée et pourquoi.

Aucune réponse. Autour d'eux, les bavardages polis, les tintements de tasses et les glouglous du thé qu'on versait parurent soudain très bruyants.

McCoy pivota sur sa chaise.

– Et toi, Iris ? Quelque chose à ajouter ?

Silence des deux côtés. McCoy commençait à en avoir marre de Laura et de sa mémoire sélective. Marre de se faire balader par elle et sa famille. Marre qu'on lui donne de petits bouts d'informations. Il était temps de balancer un coup de pied dans la fourmilière.

– Je vais vous expliquer la situation, les filles, je vais essayer d'être simple. S'il n'y en a pas une des deux qui se met à parler, je vais aller à la cabine des chiottes, je vais mettre une pièce dans la fente et je vais appeler Maitland Street pour demander la fermeture du bordel d'Iris. Et ensuite, chaque fois que Cooper versera à Archie Lomax ses honoraires exorbitants pour le faire rouvrir, je le ferai fermer à nouveau. Et ainsi de suite.

Il se renversa en arrière et alluma une cigarette.

– Stevie Cooper est beaucoup de choses, mais pas stupide. Il ne lui faudra pas longtemps pour comprendre que le vrai problème, c'est toi, Iris, et sachant qu'il garde ce bordel ouvert uniquement pour te la faire boucler, il comptera ce que lui coûte Lomax, et il te montrera combien il tient vraiment à toi en te foutant dehors.

Il se pencha en avant pour prendre un shortbread.

– Personne ne veut que ça arrive.

Aucune réaction. Il mordit dans le biscuit. Iris et Laura le regardèrent mâcher.

– Délicieux, ces shortbreads. Bon, Iris, imaginons la suite. Soyons réalistes. Tu es une belle femme, mais tu es un peu trop mûre pour les hôtels, maintenant, alors si tu ne veux pas te retrouver à tapiner au coin de Blythswood Street pour faire des branlettes à deux sous, tu ferais bien de convaincre ta petite copine de parler.

Il fourra le reste du shortbread dans sa bouche.

– C'est pas juste, Harry ! lui cracha Laura. Iris n'a rien à voir là-dedans, laissez-la en dehors de tout ça.

Il haussa les épaules.

– Vous vouliez sortir des banlieues bourgeoises, Laura, vous vouliez vous frotter au vrai monde. La première chose à apprendre, c'est que la vie n'est pas juste. Pas vrai, Iris ?

Laura le regarda, puis regarda Iris, le rouge à lèvres trop rouge, les rides autour des yeux, l'étole en fourrure démodée. Ses yeux étaient des mitraillettes lorsqu'elle les fixa à nouveau sur lui et se mit à parler.

– Alec Page vendait des pilules. Il les vendait dans des pubs comme le Strathmore et dans les dancings. Le Maryland. Les endroits fréquentés par les jeunes. Il se faisait pas mal d'argent.

– Qui le fournissait ?

Elle secoua la tête.

– Je n'en sais rien. Franchement. Mais ils ont compris qu'Alec les arnaquait. Il vendait les pilules plus cher que convenu, il gardait le supplément pour lui.

Elle hésita, se mordit le côté de la lèvre.

– Quand ils ont compris, ils sont allés voir Donny et ils lui ont demandé de s'en occuper. Ils lui ont promis de lui refiler l'affaire s'il s'occupait d'Alec.

– « S'occuper », c'est-à-dire ?

– Lui faire peur. Le tabasser.

McCoy ne fit pas de commentaires, c'était inutile. Laura avait l'air suffisamment honteuse comme ça. Non seulement son petit ami n'était pas le gentil garçon qu'elle lui avait décrit, mais il était prêt à tabasser son pote pour quelques livres.

– Vous êtes sûre de ne pas savoir qui lui a demandé ça ?

Elle secoua énergiquement la tête.

– Et donc, Donny MacRae s'est occupé de Page ?

– Non, dit-elle. Pas Donny.

– Qui, alors ? dit McCoy en haussant le ton. Qui était avec lui quand c'est arrivé ? Qui l'a torturé d'abord ?

Les dames des tables voisines les regardaient. Iris prit la main de Laura.

– Vas-y, ma belle, dis-lui, qu'on en finisse.

Laura se redressa et se tamponna le visage avec son mouchoir.

– C'était P'tit Tam, dit-elle. C'était P'tit Tam qui était avec lui.

– P'tit Tam ?

McCoy ne s'attendait pas à ça.

– Pourquoi ne pas me l'avoir dit avant ?

– J'avais trop peur. Après avoir trouvé Donny sur le lit dans l'appartement, je voulais juste me cacher, alors je suis allée chez Iris. J'étais déboussolée. Je ne savais pas si P'tit Tam savait que Donny m'avait dit ce qu'il avait fait. Quand vous m'avez donné rendez-vous au Strathmore, je me suis dit que s'il me voyait là-bas avec vous, il penserait que j'étais protégée. Et quand il m'a parlé, il a fait son lourdaud, comme d'habitude, il m'a maté les seins. J'en ai déduit que tout allait bien, qu'il ne savait pas que Donny m'avait mise dans la confidence.

– Jusqu'à chez Cooper ?

Elle acquiesça.

– Il m'attendait dans la rue. Il m'a donné un coup de poing, je me suis cogné la tête contre le trottoir en tombant. Puis il m'a donné des coups de pied dans le…

Elle hésita, elle ignorait quel mot utiliser.

– Des coups de pied dans le bas-ventre. Il a dit qu'il savait d'où je venais, ce que j'avais fait. Il a dû me suivre. Il m'a prévenue : si je parlais à qui que ce soit de lui, de Donny ou d'Alec, il me tomberait dessus à nouveau et cette fois il me ferait comme à Alec.

Laura triturait la serviette dans ses mains, les larmes coulaient sur son visage. Elle avait l'air perdue et terrifiée, elle était redevenue une gamine de quinze ans. Iris se pencha vers elle et la prit dans ses bras, la serra contre elle, lui tapota le dos, lui dit que ça irait. McCoy espérait qu'elle disait vrai. Il n'en était pas certain.

– Tu veux bien garder un œil sur elle ? demanda-t-il à Iris.

Celle-ci acquiesça.

– Ramène-la chez Cooper. Elle est en sécurité, là-bas. Ne la laisse pas sortir toute seule.

Iris acquiesça à nouveau.

– C'est bon, McCoy ? Tu as terminé ?

Il hocha la tête, s'apprêtant à partir, mais Iris le retint par le bras.

– Deux choses, McCoy, dit-elle. D'abord, ne me menace plus jamais. Et ensuite, ne te sers plus jamais de moi pour faire ton sale boulot.

Sur quoi elle se leva, prit sa tasse de thé et la lui jeta au visage. Les femmes à la table voisine poussèrent un soupir de stupeur, et la cheffe de salle accourut.

McCoy se leva en essuyant le thé froid sur ses yeux à l'aide d'une serviette.

– Je suppose que je l'ai mérité, dit-il.

– En effet. Estime-toi heureux que j'aie attendu que ce soit froid.

34

McCoy poussa la porte du Strathmore et parcourut du regard la salle vide du pub.

« On est fermés ! » cria une voix derrière le comptoir, puis Big Tam apparut en haut de l'escalier de la cave, une caisse de bières dans les bras.

– T'inquiète pas, dit McCoy. Je ne suis pas là pour consommer.

Big Tam ne dit même pas bonjour, il se contenta d'un salut de la tête quand McCoy s'approcha du comptoir. Un peu comme s'il s'attendait à le voir arriver.

– Faut que je te parle, Tam. À toi et à ton fils.

Tam souleva à contrecœur l'abattant du comptoir et l'invita à passer dans l'arrière-boutique.

Ça faisait un bail que McCoy n'avait pas vu May, la femme de Tam. Elle ne lui avait pas manqué. Elle non plus ne semblait pas ravie de le voir. Elle tricotait, assise sur le canapé. Elle ne se leva pas lorsqu'il entra, elle leva à peine les yeux. Manifestement, elle ne s'attendait pas à avoir de la visite. Des bigoudis dans les cheveux, elle portait une robe de chambre à fleurs et avait des chaussons aux pieds.

– Bonsoir, May, dit McCoy. Comment va P'tit Tam ?

Personne ne lui répondant ni ne l'invitant à s'asseoir, il s'installa confortablement sur le canapé, juste à côté d'elle.

S'ils voulaient jouer au plus con, très bien. Ils étaient tombés sur la bonne personne.

McCoy se pencha près de May et contempla le tricot sur ses genoux.

– Qu'est-ce que tu nous tricotes, May ?

Elle cessa de le regarder et fourra son tricot dans le coin du canapé.

Big Tam allait et venait près de la cheminée, l'air très en colère.

– N'oublie pas que tu es un invité, ici, McCoy.

McCoy leva les mains.

– Épargne-moi le discours, Tam. Va plutôt me chercher ce petit con. Il faut que je lui parle.

Big Tam se tourna vers May. Elle hocha imperceptiblement la tête, et il s'exécuta. Après deux longues minutes de silence marquées par le tic-tac de l'horloge en forme de soleil au-dessus de la cheminée, la porte s'ouvrit et P'tit Tam entra en traînant les pieds, suivi de son père.

McCoy siffla doucement. P'tit Tam était un homme nouveau.

Il s'assit dans le fauteuil et rabattit sur lui sa robe de chambre en flanelle. Il n'avait pas l'air très content. McCoy se mettait à sa place. Il avait dix-huit ans et se retrouvait coincé avec la tête de Frankenstein pour le restant de ses jours. Une longue cicatrice lui barrait le bas du menton et s'étirait presque jusqu'à l'oreille.

– Qui t'a fait ça, mon gars ? s'enquit McCoy.

May s'éveilla soudain à la vie.

– Il sait pas, il a parlé…

McCoy l'interrompit de la main.

– La ferme, May. C'est au roi du rasoir que je suis venu parler, pas à sa maman.

Il se tourna à nouveau vers le gamin.

P'tit Tam haussa les épaules.

– Je sais pas.

– Vraiment ? dit McCoy. On te balafre, et tu ne sais pas pourquoi ?

Nouveau haussement d'épaules.

– Aucune idée.

McCoy se renversa en arrière sur le canapé et étendit les bras sur le dossier. Sa main gauche effleura l'arrière de la tête de May. « Tss ! » fit-elle en se redressant.

– Très bien, mon gars, dit McCoy. Je vais essayer de t'aider, d'accord ? T'as essayé de piquer la copine d'un autre, c'est ça ?

May n'arrivait plus à se taire.

– Il a pas de copine. Toutes ces petites putes qui viennent se piquer la ruche ici lui courent après. Il est pas intéressé. Hein, fiston ?

P'tit Tam haussa à nouveau les épaules.

McCoy se tourna vers May.

– Alors c'est ça, ta clientèle, May ? Des petites putes qui se piquent la ruche ?

– Elles se maquillent comme des putes, elles ont même pas seize ans, certaines.

Elle cracha ses mots, le visage plein de mépris.

– Toutes les filles qui viennent ici ne sont pas des petites putes, hein, Tam ? Certaines sont des filles élégantes des beaux quartiers. C'est celles-là que tu aimes ? Même si c'est pas toujours réciproque ?

P'tit Tam resta silencieux.

McCoy décida qu'il en avait marre de rester là à être pris pour un con.

– Très bien, je vais être très clair avec toi, Tam. Approche-toi encore une seule fois de Laura Murray, et tu tombes. Si j'apprends que tu es ne serait-ce que dans le même pub qu'elle, je l'emmène au commissariat et je lui fais répéter sous serment ce qu'elle m'a dit sur toi. Tu m'as compris ?

– Il taperait pas sur une fille, dit May d'un ton de défi.

– Tiens, ça, c'est marrant, May. Je n'ai jamais parlé de taper sur les filles. Pourquoi tu parles de ça ?

May lui jeta un regard noir. Elle comprit qu'elle avait gaffé.

– Attends, McCoy, intervint Big Tam, tu ne peux pas porter des accusations comme ça sans preuves. Ce serait arrivé quand, ça ?

– Notre ami Frankenstein a frappé il y a deux jours.

Sitôt cette phrase prononcée, McCoy comprit qu'il était tombé dans un piège.

May afficha un sourire triomphant.

– Y a deux jours, c'était jeudi. Il est resté avec moi toute la journée, on est allés voir ma mère à l'hôpital, à Perth. Ça nous a pris toute la journée pour faire l'aller-retour, hein, fiston ?

P'tit Tam acquiesça et sourit.

McCoy sut qu'il allait perdre son sang-froid, mais il s'en foutait.

– J'ai toujours su que tu étais conne, May. À ce point-là, par contre, j'ignorais. Fournir un faux alibi à un garçon qui tabasse les gamines, qui leur donne des coups de pied dans le ventre… Tu dois être fière de toi, dis donc.

Big Tam bondit de son siège.

– Ça suffit, maintenant ! Dehors !

McCoy le regarda.

– Rassieds-toi et ferme-la avant de te blesser, dit-il. Si tu crois que j'ai peur de toi, tu te plantes.

Big Tam se rassit à contrecœur dans son fauteuil, écumant de rage.

McCoy sortit ses cigarettes de sa poche et en proposa une à P'tit Tam, qui l'accepta. Tandis que McCoy la lui allumait, il lui demanda :

– Pour qui tu vendais les pilules, mon gars ?

Ce fut la parole de trop.

Big Tam bondit à nouveau et fit mine de vouloir le frapper. May se mit à crier, elle ordonna à McCoy de sortir de chez elle. Il se leva. Il avait dit ce qu'il avait à dire. Alors que, chassé par May, il se dirigeait vers la porte, il aperçut le reflet de P'tit Tam dans le miroir au-dessus de la cheminée. Installé au fond de son fauteuil, il crachait des ronds de fumée en l'air au-dessus de lui, parfaitement serein.

Sorti du pub, McCoy descendit Maryhill Road. Il n'était pas rassuré à propos de P'tit Tam, pas rassuré du tout. Il y avait quelque chose de pas net chez ce garçon. Quelque chose qui laissait croire à McCoy qu'il avait d'autres projets en tête et qu'il n'y avait rien à faire pour l'arrêter. Tout ce que McCoy avait contre lui, c'était ce que Laura lui avait dit, et ni ses parents ni Murray ne voudraient laisser sortir ça. Si ça, ça sortait, la liaison de Laura avec Donny MacRae et ce qui était arrivé à ce dernier sortiraient aussi. La presse se jetterait dessus. La fille d'un candidat à la députation qui fuguait, le voyou avec qui elle sortait assassiné.

McCoy était content d'avoir dit à Iris de la garder à l'intérieur. Tant qu'elle était sous l'aile de Cooper, P'tit Tam n'oserait jamais s'approcher d'elle. Ce fut alors qu'il fit le rapprochement. Avec les mots de Cooper. *Ça nous a ouvert tout un tas d'autres marchés. On vend de tout. Speed, acide, pilules.*

Pilules.

Un taxi descendait la rue. Il leva la main.

35

Ce fut Jumbo qui vint ouvrir. Un grand sourire illumina son visage lorsqu'il vit McCoy.

– Comment va, Jumbo ? Je pensais que tu serais dans le jardin avec ce temps.

– Je voulais y aller, mais j'ai dû aider M. Cooper. Il prend un bain, maintenant.

Il resta planté là à sourire.

– Je peux entrer ? demanda McCoy.

On aurait dit que l'idée ne lui était pas venue à l'esprit avant.

– Oh, oui ! Entrez !

Il ouvrit la porte en grand, et McCoy entra dans le hall. Jumbo referma soigneusement à clef derrière lui et jeta un coup d'œil vers le haut de l'escalier.

– Billy est en bas, dans la cuisine, si vous voulez aller le voir. Je vais monter voir si M. Cooper n'a pas besoin de moi.

– Comment va-t-il ?

Jumbo prit un air coupable.

– Il ne tient pas bien sur ses pattes, mais il s'est remis à me crier dessus, alors ça doit aller mieux.

Assis à la table de la cuisine, vêtu d'un short de foot sans rien d'autre, Billy comptait des billets de vingt réunis en liasses. Une cigarette se consumait dans le cendrier à côté de lui. Il leva les yeux à l'arrivée de McCoy et leva la main.

– Attends.

Il attaqua une nouvelle liasse et compta en remuant les lèvres.

McCoy n'était pas surpris qu'il soit là, en bas. La cuisine était plus fraîche que le reste de la maison de plusieurs bons degrés.

– Quatre cent quatre-vingts, cinq cents !

Billy posa le dernier billet, l'air soulagé.

– Fini. J'arrête pas de me perdre dans les chiffres, et chaque fois, faut que je recommence.

Il fit un signe de tête sur le côté.

– Y a des bières au frigo, si ça te tente.

McCoy en sortit une, trouva un décapsuleur et s'assit. De la pointe du menton, il désigna les liasses de billets.

– En parlant de biens mal acquis, P'tit Tam, du Strathmore, c'est l'un des vôtres ?

Billy secoua la tête.

– C'est marrant que tu poses la question. Non, plus maintenant. On l'a viré, ce petit arnaqueur. Il piquait dans les profits, il se croyait malin. On a dû lui donner une leçon.

McCoy passa son doigt en travers de son menton.

– C'est toi, la balafre ?

Billy sourit.

– Non. Je suis au-dessus de ça, maintenant. C'est l'œuvre de l'ami des fleurs, là-haut. Je le forme.

– Jumbo ? s'étonna McCoy.

Billy acquiesça.

– Il doit gagner sa croûte, comme tout le monde.

– Méfie-toi de P'tit Tam, Billy. Je viens de le quitter. J'ai essayé de lui faire peur, mais ça n'a pas marché. Il est resté de marbre, il n'en avait rien à foutre. C'est lui qui s'est occupé d'Alec Page, il y a pris beaucoup de plaisir. Et c'est lui aussi qui a agressé Laura. Il est peut-être plus dangereux que tu ne crois.

Billy s'adossa au dossier de sa chaise.

– C'est noté. Je le prenais pour une petite raclure ordinaire. C'est pour ça que j'ai envoyé Jumbo.

– C'est plus que ça. Veille à ce qu'il ne s'approche pas de Laura, d'accord ?

Billy acquiesça. Il alla leur chercher deux autres bouteilles et se rassit.

– Comment va Cooper ? demanda McCoy.

– Il reprend du poil de la bête. Il a passé l'après-midi au téléphone, puis il a envoyé Jumbo en ville pour aller lui dénicher de nouvelles fringues, il flotte dans les siennes.

– Qu'est-ce qu'il trafique ?

Billy haussa les épaules.

– Me demande pas. La preuve qu'il va mieux. Il me dit plus rien.

– Quoi, encore toi ?

Iris se tenait sur le seuil de la porte, une pile de caleçons et de maillots de corps dans les bras.

– J'espérais ne pas te revoir avant un bout de temps. Sa Majesté veut que je lui repasse ses calbutes. Je vais devenir dingue !

Billy pointa le doigt par-dessus son épaule.

– La buanderie est au bout du couloir.

Iris le regarda en secouant la tête.

– La buanderie ? Y avait pas de buanderie là où vous avez grandi, Stevie Cooper et toi, moi, je vous le dis.

Elle disparut.

– Ça devient comme dans *Maîtres et valets*, ici, dit McCoy. Je n'aurais jamais cru que Memen Road me manquerait.

– Je sais, dit Billy. Ça a bien changé. Bientôt, il va avoir un majordome. Hudson !

Ils rirent.

– Parle pas de malheur, dit McCoy. Tu crois qu'il va se mettre à boire dans une tasse en porcelaine ? Avec le petit doigt en l'air ?

– C'est ça, connard.

C'était Cooper. Il se tenait à l'entrée de la pièce, nu à l'exception d'une serviette ceinte autour de la taille. Il n'était pas redevenu comme avant, mais il avait bien meilleure allure. Il avait retrouvé des couleurs ; son corps n'était plus si frêle et décharné. Rasé de frais, une belle banane à la Elvis. Il s'approcha de l'évier, se versa un grand verre d'eau et le but d'un trait. Il s'essuya la bouche.

– Billy, y a trop d'argent, là, ça peut pas rester là. Faut le porter au comptable. Envoie Jumbo en taxi. J'ai deux, trois mille dans le tiroir de ma table de nuit, aussi, demande-lui de les prendre avec.

Billy acquiesça et se leva. Il fourra les liasses dans un sac plastique de chez Galbraith et se dirigea vers l'escalier.

– Y en a qui se sentent mieux, dit McCoy.

– Qu'est-ce qui t'est arrivé à la tête ? demanda Cooper en pointant du doigt la zone suturée à l'arrière du crâne de McCoy.

– Je me suis retrouvé au milieu d'un enlèvement.

– Abruti. Tu as dû le chercher.

– Sans doute. Il paraît que j'ai une commotion cérébrale, du coup on m'a donné une semaine de congé.

– Ah ouais ?

Cooper le jaugea du regard.

McCoy secoua la tête.

– Ça va.

– T'as rien à faire, donc ?

– Pas grand-chose. Y a deux, trois trucs que je…

– Parfait. Tu peux m'accompagner. Tu me soutiendras si j'ai les guiboles qui lâchent. Ça te fera du bien.

– Où ? T'accompagner où ?

McCoy était un peu désarçonné.

– Mon oncle Seamus est mort. Je dois aller à son enterrement.

McCoy détestait les enterrements – il était sur le point de prétexter sa commotion cérébrale pour ne pas venir quand Cooper lui dit où avait lieu l'enterrement.

– D'accord, dit-il. Je vais préparer mes affaires. Tu passes me chercher dans une demi-heure ?

Cooper hocha la tête.

– N'oublie pas de prendre une cravate noire.

25 août 1970

1004, Wonderland Avenue, Los Angeles

Bobby sniffa, se renversa en arrière sur le canapé en cuir et laissa la coke lui glisser dans la gorge. L'effet fut immédiat : la brûlure familière, le sang qui montait à la tête. Elle était pas mal, celle-là. Le dealer l'interrogea du regard. Bobby acquiesça, et le dealer sourit.

– Je t'avais dit que c'était de la bonne. Je te l'avais dit, mec !

Le dealer commença à vider le sachet sur le miroir posé sur la table basse.

– Ce type – je sais pas ce qu'il est, colombien, brésilien, quelque part par là – bref, il arrive du Mexique dans un petit avion. Il atterrit près de Bakersfield, dans une plantation d'avocats, un truc comme ça. De la folie ! Il fait l'aller-retour en deux heures, et tu sais quoi ?

Bobby n'écoutait pas vraiment, il se contentait de regarder la main du dealer monter et descendre, le tchac-tchac-tchac de la carte de crédit sur le miroir.

Il s'aperçut tout à coup que le dealer l'observait.

– Quoi ? dit-il.

– C'est le type le plus normal que j'aie jamais vu. Complètement normal, tu vois, pantalon en toile bleue, chemisette blanche, on dirait un vendeur de téléviseurs ! Tu le crois, ça ?

Bobby secoua la tête. Il s'en foutait pas mal. Il se pencha en avant et sniffa deux nouvelles lignes. Dehors, une voiture klaxonna. Il s'essuya les narines et se frotta les gencives avec le doigt.

– La voiture est là, dit-il. Faut que j'y aille.

Le dealer hocha la tête.

– Bien sûr, mec. Tu vas où ?

– Au Troubadour. Ils reçoivent un Anglais. Il paraît qu'il est bon. Toute la ville y va.

Opinant à nouveau, le dealer lui donna deux sachets et empocha le billet de cent dollars que lui tendait Billy.

– Comment il s'appelle ?

Bobby secoua la tête.

– Je sais plus. John quelque chose, je crois.

19 juillet 1973

36

Cimetière de Milltown. Même sous ce soleil radieux, c'était un endroit déprimant. Il semblait s'étendre à l'infini, des rangées et des rangées de tombes, de statues et de mausolées familiaux à l'abandon. McCoy se tenait sur le côté de la tombe, en costume sombre et cravate noire comme les autres hommes du groupe, les mains jointes devant lui. Même avec leurs costumes, ils avaient l'air de rustres. Des costauds, pour la plupart. Leur visage et leurs mains portaient les traces de leur vie laborieuse en marge de la société. Videurs, ouvriers, travailleurs de force. Les femmes étaient de petite taille, usées par les ménages, les corvées domestiques et les difficultés incessantes à joindre les deux bouts.

Lorsque le prêtre commença, McCoy leva les yeux vers les collines, au loin. C'était la première fois qu'il venait en Irlande du Nord. Il ignorait à quoi s'attendre, mais Belfast lui était étrangement familier. Ça ressemblait beaucoup à Glasgow. Une ville victorienne classique avec des rues se coupant à angle droit et des bâtiments de grès construits pour renforcer la fierté des habitants et célébrer l'argent rapporté par les chantiers navals. Les bibliothèques, l'hôtel de ville, les églises – tout était pareil. La seule différence, c'était que Belfast était en guerre.

Ce qu'il avait vu par la fenêtre du taxi en venant du port l'avait sidéré. Des groupes de soldats sillonnaient la ville, le fusil pointé vers le bas devant eux. Des barrages bloquaient les rues, certains formés de barrières officielles, d'autres de bus brûlés ou de vieux canapés. Pour McCoy, le conflit nord-irlandais avait toujours été quelque chose de lointain, à la télévision ou dans les journaux. Il mesurait à présent combien c'était proche, à seulement une soixantaine de kilomètres de chez lui. Les gens avaient l'air fatigués, démoralisés par la situation. Sympathiques mais méfiants, personne ne savait trop où il se trouvait sur les sables mouvants de la suspicion.

– Tu es né poussière et tu redeviendras poussière…

McCoy regarda à nouveau la tombe et le cercueil d'oncle Seamus qui s'y trouvait. Le frère du père de Cooper. Il se souvenait un peu de lui, il l'avait rencontré quelques fois à Glasgow. Un grand avec un costume et des chaussures en daim marron, le sourire aux lèvres, une pinte dans la main. Il sentait la cigarette, la bière et une odeur de chemise à changer. C'était sans doute ce qui, dans l'entourage de Cooper, se rapprochait le plus d'un père. Aussi poivrot que le vrai, d'ailleurs.

Quelques femmes s'avancèrent et jetèrent des fleurs dans la tombe. Le prêtre se signa, et ce fut terminé. Fini, oncle Seamus. Malgré lui, McCoy se signa tandis que la vingtaine de parents et d'amis laissaient la place aux fossoyeurs et regagnaient l'entrée du cimetière.

McCoy, comme tous les autres, attendit d'être à l'extérieur pour allumer sa cigarette – il ne savait trop pourquoi, fumer dans un cimetière lui semblait irrespectueux.

Cooper apparut à côté de lui. Lui prit du feu.

– Si quelqu'un pose la question, j'ai eu une pneumonie, dit-il en crachant la fumée de sa Regal.

McCoy acquiesça. Pourquoi quelqu'un s'inquiéterait-il de la santé de Cooper ? Sa mine s'améliorait de jour en jour, il reprenait du poids.

– Tu viens au Rock ? demanda Cooper.

– Je vais venir en boire une, dit McCoy, qui estimait que c'était le minimum.

– Une ? Qu'est-ce qui te prend ? C'est une veillée irlandaise, putain !

– Ouais, une veillée irlandaise dans l'ouest de Belfast pour un homme qui a peut-être fait partie de l'IRA et je suis un policier britannique. Je ne suis pas sûr que ma présence sera très appréciée quand on attaquera les chansons rebelles.

Cooper sourit.

– T'as peut-être raison. Tu retournes à l'hôtel, après ?

McCoy acquiesça.

– Je vais me reposer cet après-midi. J'ai encore un peu la tête qui tourne.

– D'accord. Viens, on va demander à Sean de nous emmener.

Ils se pressèrent de rattraper Sean, le jeune neveu de Cooper, en train de s'installer au volant d'une vieille Cortina déglinguée. McCoy monta à l'arrière, se serrant à côté d'une grand-mère avec un petit garçon en costume sur ses genoux. Le petit regarda McCoy.

– Mon tonton Seamus est mort, dit-il.

– Johnny ! Sois sage ! le rabroua la grand-mère en lui donnant une tape sur les jambes.

Aussitôt, des larmes.

Cooper se retourna et frotta la tête du gamin.

– Arrête, Johnny, c'est rien. Tiens…

Il sortit de sa poche une pièce neuve de cinquante pence et la lui donna.

Les larmes furent immédiatement remplacées par un large sourire.

– Mamie, je peux aller acheter des bonbons ?

McCoy les écouta parlementer. En résumé, il allait devoir attendre après le dîner. McCoy ne savait trop pourquoi il avait menti à Cooper, mais il l'avait fait. Il avait des projets pour la journée, et se reposer à l'hôtel n'en faisait pas partie.

Il finit par boire deux pintes et était sur le point d'en prendre une troisième quand la tante de Cooper se mit à chanter « The Men Behind The Wire ». Il se dit que prudence était mère de sûreté. Il avait montré sa tête, avait ri aux blagues sur les risques qu'il prenait en venant dans le coin – il avait rempli ses obligations. Il dit au revoir à Cooper et se dirigea vers la porte. Il s'aperçut que Sean le suivait.

– Je vous ramène en ville, dit celui-ci. C'est plus prudent.

McCoy commença à rétorquer que ce n'était pas la peine, mais Sean l'interrompit.

– Oncle Stevie dit qu'il faut que je vous ramène.

McCoy acquiesça, inutile de discuter.

Regagner le centre-ville par Falls Road prit du temps. Il fallait sans cesse faire des détours, des patrouilles de l'armée filaient à toute allure, la moitié des rues étaient bloquées.

– C'est toujours comme ça ? demanda McCoy.

Sean sourit.

– Là, c'est une bonne journée. Vous verriez, quand une bombe a pété…

McCoy hocha la tête en se demandant quelle vie un jeune Belfastois comme Sean pouvait espérer avoir. Pour lui, estimait McCoy, il n'y avait que deux possibilités. Partir. Aller à Londres, à Liverpool, n'importe où. Ou rester ici et se faire bouffer par tout ça, que ça lui plaise ou non.

Ils s'arrêtèrent à un feu. Sean lui parlait de la place d'apprenti qu'il tentait d'obtenir, McCoy hochait la tête, il n'écoutait pas vraiment. Il était encore déstabilisé par ce qu'il voyait. Un groupe de quatre ou cinq soldats étaient postés au coin d'un petit parc, à deux, trois mètres de la voiture. Le fusil à la main, le canon pointé vers le bas, ils balayaient la rue du regard. Au plus âgé, McCoy donnait dix-neuf ans. Pour eux non plus, ça ne devait pas être facile, supposait-il. Un moyen comme un autre de quitter un bled merdique des Midlands, du nord-est de l'Angleterre ou d'Écosse. Quelque part où les usines avaient fermé et où le boulot se faisait rare.

– Vous logez où ? demanda Sean.

– À l'Europa, dit McCoy.

Sean siffla.

– C'est chic.

– Ouais, oh, c'est pas moi qui paye, autrement on serait allé dans une pension de famille, crois-moi.

– Je vous laisse à Donegal Square ?

– Très bien.

Cinq minutes plus tard, il regarda Sean s'éloigner au milieu des autres voitures et tenta de comprendre où il était. Il demanda à une femme comment se rendre à Victoria Street. Elle lui répondit, et, malgré son accent, il comprit à peu près ce qu'elle lui disait. Elle lui assura que c'était à dix minutes maximum. Il partit dans la direction qu'elle lui avait indiquée.

Évoluer dans le centre-ville n'était pas simple. Il y avait des check-points et des barrages partout, des filets anti-bombes devant les magasins, presque personne dans les rues. McCoy comprenait les gens. Qui voudrait se donner le mal de gagner le centre-ville pour aller se balader chez Woolworths avec la trouille de se faire péter la gueule ?

Il s'engagea dans Victoria Street. Il était sur le point de demander où se trouvait le bâtiment qu'il cherchait lorsqu'il le vit. Il ne passait pas inaperçu. Un bâtiment victorien très protégé, entouré de barrières, de caméras et de blocs de béton. C'était forcément le commissariat de Musgrave. Il parcourut le tunnel de filets jusqu'à la porte et sonna à l'interphone. Une caméra se braqua vers lui, et une voix aboya dans le haut-parleur. Il dit qu'il venait voir Hugh Faulds.

Rien ne sembla se passer, puis il entendit un buzzer accompagné d'un déclic, et Hughie Faulds apparut sur le seuil de la porte ouverte, la main tendue vers lui.

– Harry McCoy, bon Dieu ! dit-il en serrant celle de McCoy, la faisant monter et descendre comme s'il actionnait le bras d'une pompe. Ça fait plaisir de te voir. Viens, tirons-nous de cet endroit.

Faulds avait gravi les échelons avec McCoy, ç'avait été un copain. C'était un géant, un mètre quatre-vingt-treize, large comme une armoire. Un bon flic. McCoy n'en était pas revenu quand il lui avait annoncé qu'il rentrait en Irlande du Nord. Le conflit avait déjà commencé, on voyait des explosions à la télévision tous les soirs. McCoy lui avait dit qu'il était fou. Faulds en avait volontiers convenu, mais il n'était pas revenu sur sa décision pour autant. Le bercail, c'était le bercail.

– Alors, cet enterrement ? demanda-t-il tandis qu'il contournait le bâtiment à pied.

– Classique, dit McCoy. On met le corps dans le trou le plus vite possible, puis on picole.

Faulds s'esclaffa.

– Y a des choses qui ne changent pas.

Il désigna une Viva bleu clair garée au milieu d'autres voitures dans la cour, à l'arrière du commissariat.

– Une voiture de merde, mais ici elle ne risque rien.

McCoy hocha la tête.

– Faut que je passe à la morgue. T'inquiète pas, je n'ai pas oublié comment tu es, j'ai juste besoin d'aller récupérer un rapport. Pas de sang, pas de boyaux. Et puis, à côté, y a un café qui fait un super Ulster fry. On pourra discuter en se goinfrant. T'as faim ?

McCoy acquiesça, il s'aperçut que c'était le cas. Il avait quitté le Rock avant qu'on ne serve les sandwichs et la soupe.

Ils montèrent dans la voiture. Tandis que Faulds se contorsionnait pour s'installer au volant, McCoy trouva une place sur le siège passager après avoir transféré à l'arrière tous les papiers de bonbon et les dossiers qui encombraient celui-ci.

Faulds n'exagérait pas : c'était vraiment une voiture de merde, elle faisait entendre des claquements sourds dès qu'ils dépassaient les vingt kilomètres/heure. Claquements sourds accompagnés d'une litanie de jurons de la part de Faulds.

McCoy ignorait où ils allaient, mais plus ils s'éloignaient du centre et plus la ville semblait normale. Faulds bavardait, prenait des nouvelles de Murray et de leurs connaissances communes. Arrêté à un feu, il sortit son portefeuille et montra à McCoy la photo d'un jeune enfant grassouillet assis sur une balançoire. Stuart. La femme de Faulds était à nouveau enceinte.

Une vingtaine de minutes plus tard, il se gara derrière la grille de ce qui ressemblait à un hôpital et ils descendirent. Faulds dit à McCoy qu'il en avait pour cinq minutes et se dirigea vers un bâtiment bas dont la façade portait une grande enseigne annonçant MORGUE MUNICIPALE. Bien décidé à ne pas s'en approcher, McCoy s'appuya contre la voiture, alluma une cigarette et attendit. Il se demanda à quoi ressemblait le métier de policier dans cette ville. Ce devait être une horreur, supposa-t-il. Garder toujours un œil derrière soi, passer le dessous de sa voiture au miroir, avoir peur de s'aventurer dans la mauvaise rue. Peur d'être enlevé et exécuté ou, pire, d'être torturé. Être flic, ce n'était déjà pas facile en temps normal, alors avec tout ça en plus… Faulds avait pourtant l'air heureux. Une femme, des enfants – une vie normale. Peut-être.

Il sortit du bâtiment, une chemise en kraft à la main.

– T'as toujours faim ? demanda-t-il.

McCoy acquiesça.

– Plus que jamais.

Faulds sourit.

– T'as intérêt.

Trois tranches de lard, deux œufs au plat, trois saucisses, deux sortes de pain poêlé, du boudin noir, une demi-tomate, un scone de pomme de terre et ce qui ressemblait à du boudin blanc étaient rassemblés sous ses yeux sur une assiette. Pas étonnant que Faulds soit si baraqué. Mais ça n'avait pas l'air mauvais. De quoi abattre un éléphant, mais McCoy s'en sortit bien, il mangea presque tout. Il se renversa en arrière sur sa chaise, but une gorgée de mauvais thé et rota.

– Pardon, dit-il.

– Y a pas de mal, dit Faulds en ramassant son reste de jaune d'œuf avec un bout de toast. Maintenant qu'on a réglé les choses importantes, de quoi tu voulais me parler ?

McCoy se redressa et alluma une cigarette.

– Y a beaucoup de trafic entre Glasgow et Belfast ? Au niveau paramilitaire, je veux dire.

– Y en a pas mal. Surtout de Glasgow vers ici. Certains apportent de l'argent aux factions, ce genre de chose. Et puis Glasgow grouille de bases de l'armée de réserve. Elles ont des armureries, et ces foutues armureries ne sont pas très sécurisées, du coup on voit arriver les armes qu'on y a piquées, de temps en temps un peu de Semtex d'une société minière. Pour chaque expédition qu'on intercepte, il doit en passer vingt.

– Et dans l'autre sens ?

– Des fugitifs, surtout, des gars qui fuient la police ou les factions. Ou des membres des brigades qui ont besoin de disparaître un moment, le temps qu'on les oublie.

Faulds but une gorgée de thé avant d'ajouter :

– Ce n'est pas une question hypothétique, je suppose ?

– Non. J'essaie de comprendre le contexte. On recherche un type qui a disparu à Glasgow, un enlèvement, apparemment, il est possible qu'il soit lié à tout ça. L'enlèvement était assez professionnel, paramilitaire, peut-être. Ça se passerait du côté catholique.

– Dans ce cas, tu t'adresses sans doute à la mauvaise personne. La police royale de l'Ulster est assez mal renseignée sur les provos, elle en sait plus sur les loyalistes.

Faulds sourit et se renversa en arrière :

– Tu ferais peut-être mieux de t'adresser à tes copains de l'enterrement.

– Comment tu sais ? s'étonna McCoy.

Faulds se tapota l'aile du nez.

– Belfast est une petite ville. Seamus Cooper était un personnage connu. Membre de l'IRA ou pas, en tout cas il y avait des relations. T'as pas vu les photographes au cimetière ?

McCoy secoua la tête.

– Ils ont dû être à peu près discrets, pour une fois.

Faulds eut soudain l'air grave.

– Tu devrais faire attention, Harry. Peu importe qui est ton pote Cooper, ou qui sont ses potes, toi, tu es flic. Un instrument de l'État britannique, comme ils disent. Et maintenant, grâce à cet enterrement, l'IRA sait que tu es là. Faut te méfier.

McCoy acquiesça. Il n'avait pas vraiment pensé à ça. Jusque-là, il n'était pas inquiet. Il commençait à l'être à présent. Il tenta de tourner la chose à la plaisanterie.

– Je rentre demain. Il faudrait qu'ils soient rapides.

– Ils le sont. Alors méfie-toi. Je suis sérieux.

Faulds leva les yeux vers l'horloge murale.

– Tu dois y aller ? demanda McCoy.

Faulds acquiesça.

– Je dois être à Musgrave à trois heures, j'ai quelqu'un à voir sur le chemin. T'es prêt ?

– Je ne sais pas si je vais pouvoir me lever après ça. Je crois que j'ai mangé pour plusieurs jours.

– Ça requinque, dit Faulds en souriant. Le p'tit déj des champions.

Peu de temps après avoir démarré, ils n'avaient parcouru que deux, trois kilomètres, Faulds pénétra dans ce qui semblait être un lotissement récent. Il se rangea devant une maison aux rideaux tirés.

– Je peux te laisser dans la voiture cinq minutes ?

McCoy acquiesça et Faulds descendit. Il n'avait manifestement pas l'intention de lui dire ce qu'il venait faire là et McCoy n'allait pas le lui demander. Il alluma une cigarette et parcourut le lotissement du regard. Un lotissement identique à ceux d'Écosse.

Des maisons qui se ressemblaient, quelques gamins faisant des tours de vélo. Il baissa sa vitre pour essayer de rafraîchir un peu l'habitacle. Il faisait moins chaud à Belfast qu'à Glasgow, mais on étouffait quand même. Il regarda sa montre. Déjà dix minutes. Faulds allait manifestement en avoir pour plus longtemps que prévu.

Cherchant à s'occuper, il prit la chemise en kraft qui venait de la morgue. Il l'ouvrit prudemment, prêt à la refermer s'il y trouvait des photos. Heureusement, elle ne semblait contenir que des documents tapés à la machine. Il les parcourut. C'étaient les documents habituels : bilan sanguin, analyse du bol alimentaire. À la fin, il y avait un croquis, une silhouette d'homme sur laquelle étaient indiquées des blessures. Il y avait des croix sur les rotules. Un règlement de comptes paramilitaire ordinaire.

– Tu résous mes affaires pour moi ?

Il découvrit Faulds, de l'autre côté de la fenêtre.

– Pardon, je m'ennuyais.

– Y a pas de mal, dit Faulds en se remettant au volant.

– C'est quoi, cette affaire ? demanda McCoy en reposant la chemise sur la banquette.

– Un type qu'on a retrouvé mort dans le parc près de Falls Road. Pas de papiers d'identité, pas de fringues, il était en slip. Il a été torturé, on lui a fait exploser les rotules avant de le tuer.

Faulds démarra.

– Sans vouloir te vexer, dit McCoy, c'est pas un peu la routine, par ici ?

Faulds mit son clignotant, et ils commencèrent à rouler.

– C'est vrai, mais y a deux, trois détails qui ne collent pas. Ça devrait être un coup des loyalistes, l'UDA ou l'UVF, mais personne n'a revendiqué quoi que ce soit. Pourtant, quand ces gars-là tuent quelqu'un, ils aiment que ça se sache.

Ils rattrapèrent la route principale, et la voiture se remit à claquer.

– Saloperie ! jura Faulds en frappant le volant. Y a un autre détail bizarre. Les tortures ne sont pas classiques.

– Comment ça ?

– Il ne lui reste qu'un doigt à la main gauche. Les autres ont l'air d'avoir été coupés au coupe-boulons, un truc comme ça. Je ne sais pas ce qu'ils ont voulu lui faire dire, mais apparemment ça a pris quatre doigts. C'est plus le genre de chose qu'on voit chez toi, non ? Tu te souviens de ce type – comment il s'appelait, déjà ? P'tit Cammy ? On lui avait coupé la moitié des doigts de pied pour avoir piqué deux cents livres à Ronnie Naismith. On aurait dit qu'il avait commis le crime…

Faulds continuait de parler mais McCoy ne l'écoutait plus. Il reprit la chemise sur la banquette arrière et la parcourut à nouveau.

– Qu'est-ce qu'y a ? demanda Faulds.

McCoy lisait : *Taille : 1,78 m. Âge : environ 40 ans. Cheveux blond-roux.* Il se tourna vers Faulds.

– On peut aller voir le corps ?

Faulds marqua un temps d'arrêt.

– Tu veux aller voir un corps ? Toi ?

McCoy acquiesça.

37

C'était bien lui. Finn Kelly. Le père d'Alice Kelly. L'homme qu'il avait vu à l'hôpital et avec qui il s'était rendu au Loch Lomond dans la Daimler. Mêmes cheveux clairs avec la raie sur le côté, même long nez. Il s'efforça de ne pas regarder ses mains. Voir son visage tuméfié était déjà assez pénible.

McCoy retira son masque, et Faulds repoussa le tiroir à cadavre.

– Tu le connais ? demanda Faulds.

McCoy fit non de la tête.

– Je me suis trompé. On peut s'en aller ?

Faulds acquiesça, l'air déjà soucieux.

– Je te dépose à l'hôtel. Faut que je me dépêche de retourner à Musgrave.

En remontant dans la voiture, McCoy se demanda s'il avait bien fait. Il avait dit qu'il ne reconnaissait pas le corps avant d'avoir pu réfléchir. Peut-être voulait-il garder Faulds et la police royale de l'Ulster en dehors de tout ça. Peut-être voulait-il se ménager du temps pour comprendre comment Finn Kelly s'était retrouvé dans un tiroir de la morgue de Belfast. Il savait que s'il disait quoi que ce soit, ce serait terminé. Les services secrets verrouilleraient tout.

Il fallait peut-être qu'il appelle Murray, qu'il l'informe de sa découverte. Toute cette affaire allait se compliquer considérablement si les paramilitaires y étaient mêlés. Il allait falloir composer avec les services secrets, se taper des tonnes de paperasse. Tout ça pour être dessaisi de l'affaire à la fin. Autant attendre le lendemain. Il irait voir Murray en personne. Après tout, McCoy était toujours en congé et Kelly n'allait pas s'envoler. Il décida de se laisser la journée pour essayer d'en apprendre plus. S'il échouait, il irait voir Murray et lui dirait qu'il avait vu un corps, qu'il n'était pas sûr que ce soit Kelly.

Devant l'Europa, McCoy regarda Faulds s'éloigner et lui fit au revoir de la main. Dans l'allée de l'hôtel étaient alignées des voitures de luxe, les chauffeurs attendaient au volant. Il avait à nouveau promis à Faulds qu'il serait prudent. Il ne devait pas aller plus loin que le Crown Bar, en face. Il s'y était engagé, avait dit à Faulds qu'il irait se reposer dans son lit et claquer l'argent de Cooper en room-service. C'était bel et bien son intention, mais il avait autre chose à faire avant ça : tenter de découvrir ce que faisait vraiment Kelly à Belfast quand Alice avait disparu.

Finn avait dit à sa femme qu'il travaillait sur un chantier. Il semblait logique de commencer là. On n'avait pas pu retrouver le mystérieux camarade pour qui il était censé travailler. Un certain Colm d'après sa femme, c'était tout ce qu'elle savait. McCoy traversa Victoria Street et se dirigea vers le bruit et la poussière du chantier derrière le Crown Bar.

L'immeuble de bureaux qu'on y construisait était à moitié terminé, on pouvait voir une photo du résultat final sur un grand panneau accroché à la barrière qui l'entourait. Un immeuble énorme, il devait y avoir une vingtaine d'étages. WINDSOR HOUSE. McCoy n'était pas sûr que le nom soit bien choisi pour un immeuble de Belfast, mais qu'en savait-il ? Il parcourut le chantier en montrant la photo de Kelly et obtint de nombreux non de la tête et « J'peux pas vous aider ». Un type muni d'un porte-papiers et vêtu d'un costume dont le bas du pantalon était rentré dans des bottes en plastique lui dit qu'il y avait un autre gros chantier en cours au bord de la Lagan. McCoy se fit indiquer le chemin et se mit en route. Il savait que sa méthode était aléatoire, mais elle lui permettait de s'occuper, et c'était toujours mieux que de rester au Rock à attendre que la mauvaise personne lui demande ce qu'il faisait dans la vie.

C'était une grande poste qu'on construisait au bord de la Lagan, et, là-bas non plus, personne ne reconnut Finn. On donna à McCoy une autre adresse, dans Donegall Street. On y embauchait de la main-d'œuvre temporaire pour déblayer les décombres d'un immeuble bombardé. McCoy se serait bien arrêté pour boire un verre, mais Faulds l'avait rendu méfiant, il avait peur de s'aventurer là où il ne fallait pas. Tout ça, c'était sûrement des conneries, il en était convaincu, mais cette ville, ces soldats, ces check-points, le déstabilisaient, le rendaient nerveux. Il commença à se demander s'il n'était pas suivi. Il ne fallait pas être parano, décida-t-il. Qui le suivrait ? Il n'était pas James Bond, voyons.

Il s'égara un peu et était sur le point d'abandonner, de rentrer picoler au bar de l'hôtel, lorsqu'il vit le chantier devant lui. Un immeuble de grès rouge à moitié effondré d'un côté, entouré d'une barrière provisoire. Les immeubles voisins étaient criblés de trous, leurs vitres soufflées. Il appela un des ouvriers derrière la barrière, un quinquagénaire qui arrosait des décombres au jet d'eau pour tenter de fixer la poussière. Le type ôta le bout de tissu qui lui couvrait la bouche et le nez et s'approcha.

– Je cherche quelqu'un, dit McCoy. Il travaillait sur un chantier.

Il montra la photo, et le type la regarda en plissant les yeux. Il secoua la tête.

– Vous ne le reconnaissez pas ? demanda McCoy.

– C'est pas ça, mon gars. J'ai pas mes lunettes. Je pourrais même pas te dire si c'était une photo de moi.

« Paul ! » cria-t-il en se retournant, et un jeune au crâne rasé posa sa pelle et les rejoignit. McCoy lui montra la photo.

– Un type qui bossait sur un chantier. Tu le reconnais ? demanda-t-il sans grand espoir.

Paul secoua la tête.

McCoy était sur le point de ranger la photo dans sa poche.

– Lui, il bossait pas sur un chantier. Vous pouvez me croire.

– Quoi ? fit McCoy. Tu le connais ?

Secouant à nouveau la tête, Paul sortit de sa poche arrière une bouteille de ginger remplie d'eau et but une grande gorgée.

– Désolé, dit-il, mais cette poussière dessèche tellement la gorge qu'on peut plus parler. Y a quelques jours, on a fêté les fiançailles de ma sœur. Moi et mon frère, on s'est tirés en douce. Il est dans la marine, il rentrait de mission. Je l'avais pas vu depuis des lustres. On a fini au Crown.

Il tapota la photo du doigt.

– Ce gars-là, il était au comptoir, à moitié bourré. Il s'est mis à nous parler, il racontait que des conneries mais c'est lui qui payait alors on s'en foutait. Il avait un portefeuille bourré de billets de vingt.

– Qu'est-ce qu'il disait ?

– Qu'il avait eu une grosse rentrée d'argent, qu'il allait partir pour l'Espagne. Qu'il logeait en face, à l'Europa, en attendant. Il avait soi-disant pris une suite.

– Il a dit ce que c'était, cette rentrée d'argent ?

Paul fit non de la tête.

– Il a dit que c'était secret. Il se tapotait le nez, toutes ces conneries. Il voulait sans arrêt qu'on boive « aux Boys ». Encore un abruti qui voulait se donner de l'importance. On a attendu qu'il aille aux chiottes et on s'est tirés. On en avait marre.

Pris d'une quinte de toux, il sortit à nouveau sa bouteille et but une gorgée.

– C'est un pote à toi ?

McCoy fit non de la tête.

– Tant mieux. Faut pas traîner avec ce genre de type dans cette ville. On en a pas mal, par ici. Des mecs bourrés qui parlent de « la cause » à tort et à travers. Des Américains, souvent, ils croient que parce que leur arrière-grand-père était de Limerick, ils sont dans les provos. Faut faire attention à qui on balance ce genre de connerie, c'est un coup à y laisser sa peau.

McCoy le remercia et repartit. Selon ses informations, Kelly n'avait pas un rond. Il était loin d'avoir les moyens de séjourner à l'Europa et de parcourir la ville en se comportant comme le milliardaire dans *Annie, la petite orpheline*. Qu'avait-il apporté de Glasgow qui ait tant de valeur ? C'était un ouvrier sur les chantiers, impossible qu'il ait mis la main sur des armes à vendre. Des informations, peut-être ? Du Semtex volé sur un chantier ? Rien ne collait, là-dedans. Peut-être était-il un simple coursier, un passeur. Ça rapporterait autant ? Il en doutait.

Une dizaine de minutes plus tard, McCoy s'aperçut qu'il était perdu. Il chercha du regard quelqu'un à qui demander son chemin, mais il n'y avait personne. La mise en garde de Hughie Faulds résonna dans sa tête. Sois prudent. *Ne va nulle part sauf au Crown. L'IRA sait que tu es là.*

Il bifurqua et vit une Granada noire avec deux types à l'intérieur au bout de la rue, moteur tournant. Gagné par la peur, il se raisonna. Personne ne s'intéressait à lui. Il n'était qu'un Écossais ordinaire venu assister à un enterrement. Il avança. S'efforça de ne pas se presser. La Granada se mit à rouler dans sa direction.

Il bifurqua à nouveau et aperçut au loin la tour de béton de l'Europa, il se sentit tout de suite mieux. Il n'était plus très loin. Bientôt, il serait dans sa chambre avec un club sandwich et quelques bières commandées sur la note de Cooper. Il sourit intérieurement de s'être laissé aussi facilement envahir par la trouille. Il entendit des bruits de pas courant vers lui. Alors qu'il tentait de se retourner, un sac lui recouvrit la tête.

38

La panique l'assaillait par vagues. Vous avez les mains attachées, une capuche sur la tête, vous vous trouvez dans le coffre d'une voiture à Belfast. Imaginez un peu. Vous êtes foutu. Au mieux, on va vous tabasser ou vous tirer dans les genoux, et on sait tous ce qui peut vous arriver au pire. Être sorti de la voiture, forcé à s'agenouiller, sentir le canon d'un pistolet contre votre nuque, puis plus rien.

La voiture tourna sèchement, et il percuta le côté du coffre. Il chercha une position moins pénible. Ce n'était pas facile. Depuis combien de temps était-il là-dedans ? Il n'en avait aucune idée. Tout ce qu'il savait, c'était qu'il voulait en sortir. Il voulait être à Glasgow et commander à boire au Victoria, déconner avec Wullie, le barman. Il voulait être n'importe où plutôt que là.

Nouveau virage, la voiture sembla quitter la route, des cahots la secouèrent. Une vague de peur et de nausée le submergea lorsqu'il comprit qu'ils traversaient un champ creusé d'ornières. Il n'y avait qu'une raison pour se trouver dans un champ, et c'était la pire raison qu'il puisse envisager. La voiture ralentit, s'arrêta. Il entendit deux portières s'ouvrir, et claquer. Puis plus rien. Son cœur s'emballa, il l'entendait cogner dans sa poitrine. Il avait l'impression qu'il allait pleurer ou se pisser dessus.

Il entendit des voix – il ne distinguait pas ce qu'elles disaient, uniquement leur son, leur rythme. Il entendit ensuite un coup de feu, et il eut envie de vomir. Il adressa des prières à sa mère, à Dieu, à qui voudrait bien le sortir de là. Il tenta de séparer ses mains, mais ses poignets étaient solidement attachés. Le sac qui lui recouvrait la tête sentait la sueur et l'huile capillaire, il avait dû être utilisé avant. Nouvel accès de terreur. Quelqu'un rit. Des oiseaux crièrent, des corbeaux, ce genre d'oiseaux.

Il se demanda si c'était la fin. S'il allait mourir. En implorant qu'on le laisse en vie dans un champ près de Belfast. Nouvel accès de peur. Et s'ils pensaient qu'il était plus qu'un simple flic de Glasgow ? Et s'ils pensaient qu'il appartenait aux services secrets ? Qu'il détenait des informations. Des informations qu'ils voudraient lui arracher par la torture. C'en fut trop. La peur le submergea et il vomit dans le sac, il sentit le liquide couler sur son menton. Il n'avait jamais ressenti une telle frayeur ni une telle solitude. Il s'aperçut qu'il sanglotait.

Le coffre s'ouvrit alors, des mains l'extirpèrent du coffre et le déposèrent sur le sol. Le sac fut retiré de sa tête. Il cligna plusieurs fois des yeux dans la faible lumière du soir et leva la tête. L'homme qu'il voyait devant lui était William Norton.

– Qu'est-ce que je t'avais dit, McCoy ? dit-il. Ne jamais t'aviser de te foutre de ma gueule.

Il sourit et, ôtant de la cendre de cigarette de la manche de son blazer :

– Et toi, qu'est-ce que tu fais ?

Il ramena le pied en arrière et l'expédia en plein dans le visage de McCoy. Le nez de celui-ci éclata, et du sang s'ajouta au vomi et aux larmes. Il tenta en vain de se redresser. Tout ce qu'il pouvait faire, c'était rester allongé là et regarder Norton et Duncan Stewart, son chauffeur, pistolet au poing.

– Comment vous avez su que j'étais là ? réussit-il à dire.

– C'est Duncan qui t'a vu devant l'Europa. Il m'attendait

pour m'emmener au ferry, et t'étais là. On a demandé aux types sur le chantier d'en face ce que tu voulais savoir. Et on s'est dit qu'on allait devoir discuter avec toi, qu'on prendrait le ferry d'après.

Norton rit, imité par Duncan, en bon porte-flingue.

L'esprit de McCoy tournait à plein régime. L'adrénaline inondait son cerveau. Il fallait qu'il les fasse parler, qu'il joue la montre.

– Je suis flic, Norton. Tu devrais te méfier.

Nouveau rire de Norton, à nouveau imité par Duncan.

– C'est la jungle, ici, McCoy. C'est le Far West. Tout peut arriver, ici. Y a pas de règles.

Souriant, il ajouta :

– Et au cas où tu l'aurais pas remarqué, c'est toi qui es attaché.

– J'aurais dû piger, dit McCoy.

– Piger quoi ?

– Tu me l'as même dit, en plus.

– Quoi ?

– Dans ta voiture, dans Bilsland Drive. Y en a toujours un qui essaie de baiser les autres.

Norton se racla la gorge et cracha par terre. Il regardait McCoy, il n'avait pas l'air content.

– Kelly a voulu te baiser, pas vrai ? Il s'est barré avec le butin du braquage de Gartnavel. Il a voulu changer de vie. Il est venu se planquer un moment avant de partir au soleil. C'était le chauffeur ?

Norton sourit, d'un sourire glacial.

– T'es un malin, toi.

– Qu'est-ce qui est arrivé au chauffeur habituel ? Il s'est fait coffrer ?

– La rougeole, dit Norton. C'est sa fille qui la lui a refilée.

– Y avait dans les trente mille. Il a dû les enterrer quelque part près de Belfast.

– Tu crois ça ?

– Et tu lui as coupé les doigts un par un jusqu'à ce qu'il te dise où.

Norton secoua la tête en souriant.

– C'est une sacrée imagination que tu as, McCoy. T'as raté ta carrière. T'aurais dû être écrivain.

Norton s'accroupit devant lui et pointa le doigt vers la gauche.

– Par là, c'est Belfast. Une ville magnifique mais dangereuse. Des gens s'y font assassiner tout le temps. Ils s'aventurent dans le mauvais quartier, ils disent ce qu'il ne faut pas, ils font des mauvaises rencontres. Moi, je crois que c'est ce qui est arrivé à Finn Kelly. Le mauvais endroit au mauvais moment.

Il sourit à nouveau.

– Rien à voir avec moi. Cet abruti a dû s'accrocher avec un des Boys. C'est évident. Pourquoi on l'aurait retrouvé près de Falls Road avec les deux rotules explosées, sinon ? Une victime de plus du conflit nord-irlandais. Pas vrai, Duncan ?

Duncan hocha la tête, sans quitter McCoy des yeux ni cesser de le braquer une seconde.

– La même chose peut arriver à n'importe qui, à n'importe quel étranger. Peut-être même à un flic de Glasgow qui se baladerait en posant des questions. Ce ne serait pas étonnant que les Boys l'emmènent faire un tour en voiture. Ils pourraient l'emmener dans un champ comme celui-ci. Après tout, un homme comme ça doit bien avoir une raison d'être ici, non ? Ça ne peut pas être un simple flic. Il doit trafiquer quelque chose. C'est sûrement pour ça qu'ils l'ont torturé avant de le tuer. Pour savoir qui il était vraiment.

La peur empêchait McCoy de réfléchir. Elle ne cessait de l'assaillir, envahissait son esprit, il voyait des images de rotules explosées et de coupe-boulons. Il tenta de respirer à fond, de retrouver de la lucidité, il fallait que quelque chose se passe, n'importe quoi. Il fallait agir vite.

– Je pensais pas que c'était ton style, dit-il.

– De quoi tu parles ? demanda Norton en allumant sa cigarette à l'aide d'un briquet Dunhill doré.

– Oh, je comprends la logique. Ça se tient. Tu enlèves Alice pour faire sortir le père de son trou. Tu le forces à réapparaître en Écosse pour pouvoir le choper. Quel père resterait planqué ?

McCoy s'interrompit et secoua la tête.

– Mais ça se passe mal. La petite fille n'est pas si petite, c'est presque une ado, elle est chiante, alors tu la drogues pour qu'elle la ferme, tu lui fais avaler du whisky. Bon, ça, déjà, c'est pas glorieux, mais tu t'es pas arrêté là…

Norton rabattit le couvercle du briquet, s'approcha de McCoy et lui donna un coup de pied dans le ventre. Un coup de pied violent.

– Je sais pas ce que t'insinues, McCoy, mais rien de tout ça n'est arrivé.

– T'es sûr ? dit McCoy, toujours grimaçant à cause de la douleur.

Une lueur passa sur le visage de Norton.

McCoy poursuivit. C'était son seul espoir.

– J'étais à l'hôpital quand on l'a examinée. Elle a été violée. Plusieurs fois. C'est ça, tes nouvelles fréquentations, Norton ? Des pointeurs ? Ça ne va pas être facile de continuer à te balader dans les rues de Milton en jouant les parrains quand les gens sauront ça. Ils te cracheront à la gu…

Il n'eut pas le temps de prononcer le mot « gueule ». Coup de pied au visage de la part de Stewart.

McCoy roula sur lui-même dans l'herbe, aux prises avec la douleur. Il resta immobile. Il entendait Norton engueuler Stewart, à voix basse mais en colère, très en colère. Il entrouvrit les yeux. Stewart avait les mains levées, il secouait la tête.

McCoy referma les yeux. Il avait au moins gagné quelques minutes, que ça l'avance à quelque chose ou non. Ses pensées s'égarèrent. Il ignorait si c'était les séquelles de sa commotion cérébrale ou simplement son esprit qui se déconnectait pour ne pas avoir à affronter la situation, mais il se sentait calme, il avait même un peu sommeil. Norton et Stewart continuaient de s'engueuler. Il sentait l'herbe sèche sous lui, regardait le soleil décliner au loin derrière les collines.

Tout à coup, il fut relevé et plaqué contre une barrière. Norton se tenait devant lui.

– Sans toi, dit-il, personne ne fera le lien entre le corps et des braquages à Glasgow, personne ne remontera jusqu'à moi. Donne-moi une seule raison pour ne pas laisser Stewart te buter.

– Y en a pas, dit McCoy, s'efforçant d'avoir l'air calme. Qu'il me bute.

Norton haussa les sourcils.

– Mais s'il le fait, toutes ces histoires de gentleman braqueur, c'est fini, même si t'es plein aux as. T'auras beau tout faire, tu resteras dans les mémoires pour avoir enlevé une gamine qui a été violée encore et encore pendant que tu la détenais. Bientôt, on finira par penser que c'est toi qui l'as violée. Ça fait une meilleure histoire.

Norton était blême.

– J'ai rien à voir là-dedans !

– C'est possible, dit McCoy. Tant pis.

Stewart s'avança vers et lui et arma un nouveau coup de pied.

– Si ce clown me frappe encore, j'arrête de parler.

Norton leva la main, et Stewart recula.

– Je peux t'arranger le coup, dit McCoy. Je fais disparaître les agressions du rapport. Je convaincs la mère qu'il vaut mieux pour la gamine que personne ne soit au courant et qu'elle ne porte pas plainte. Relâche-moi et je le fais. Si la vérité sort et que les gens apprennent ce qui lui est vraiment arrivé, tu n'auras qu'à m'abattre dans la rue.

Norton le regarda. McCoy voyait qu'il cogitait. Il tendit la main en direction de son chauffeur et désigna le pistolet d'un signe de tête.

– Donne-moi ça. Va me chercher des clopes dans la voiture. J'en ai plus.

Stewart acquiesça, lui donna l'arme et s'éloigna.

Norton s'accroupit devant McCoy et lui fourra le canon du pistolet dans la bouche, il l'enfonça le plus profondément possible. Le contact du métal et le goût d'huile déclenchèrent chez McCoy un réflexe vomitif. Norton arma le pistolet.

– Joue-moi un tour de con et c'est ce qui t'arrivera. Sauf que tu souffriras tellement que tu me supplieras d'appuyer sur la détente. Ça marche ?

McCoy tenta de hocher la tête.

– Qui ? demanda Norton. C'était qui ?

Il retira le canon de la bouche de McCoy et celui-ci cracha par terre, secoué de haut-le-cœur. C'était sa dernière chance. Il parvint tout juste à prononcer les mots suivants :

– Elle a dit qu'il était roux. Le mec qui l'a fait. Il lui disait de l'appeler Daddy Duncan.

Stewart revint de la voiture avec un nouveau paquet de Rothmans à la main. Il le tendit à Norton, qui le prit, le rangea dans sa poche, puis il se tourna vers lui, leva l'arme et lui tira dans le visage.

McCoy sentit un liquide chaud lui éclabousser la poitrine. Il vit Stewart tomber et son sang gicler par ce qui restait de sa tête. Il se plia en deux et voulut vomir, mais rien ne sortit, uniquement de la salive. Sentant le liquide chaud dégouliner sur son propre visage, il fut pris d'un nouveau haut-le-cœur. Il releva la tête juste à temps pour voir Norton pointer l'arme vers le genou de Stewart. Il tira dans le gauche, puis dans le droit. Il termina par une balle dans la poitrine. L'air était rempli de fumée, de l'odeur de la poudre et du sang. Les oreilles de McCoy tintaient.

Norton revint vers lui.

– Enfoiré de pointeur, il l'a pas volé.

McCoy acquiesça.

Norton partit alors vers la voiture, et McCoy compris qu'il allait le laisser là, pieds et poings liés, couvert de sang, allongé à côté d'un cadavre.

– Norton ! Norton ! cria-t-il.

Norton ne se retourna pas. Il monta dans la voiture et démarra. Les phares jetèrent des faisceaux de lumière blanche sur le champ creusé d'ornières.

– Norton ! cria à nouveau McCoy, tentant de se faire entendre malgré le bruit du moteur. Reviens !

Il regarda la voiture effectuer un lent virage, puis se diriger vers le portail ouvert sur le chemin de terre menant à la route principale. Il suivit les phares des yeux jusqu'à ce qu'ils disparaissent derrière une colline. Il resta là dans l'obscurité de la nuit tombante, le sang de Stewart séchant sur son visage.

39

Le renard revint tourner, hésitant, autour du corps de Stewart. McCoy cria, et il repartit, moins loin cependant cette fois. Il s'assit à quelques mètres du corps et l'observa. Il ne lui faudrait pas longtemps pour comprendre que McCoy ne pouvait que crier. Il s'attaquerait alors au corps, et McCoy, qui se trouvait tout près, entendrait tout.

Il tira sur les cordes derrière son dos. Rien à faire. Il tenta de se lever, mais ses pieds étaient attachés très serré et il ne put garder l'équilibre. Il tomba, son visage frappa la terre molle. Il se demanda ce qui allait se passer. Sans doute allait-il rester là toute la nuit, jusqu'à ce qu'un paysan apparaisse et appelle la police. Il lui faudrait alors expliquer ce qu'il faisait à cet endroit, attaché près d'un cadavre.

Qu'allait-il pouvoir dire ? Il tenta de trouver quelque chose, mais, était-ce l'effet de l'affolement ?, son esprit était léthargique. Peut-être était-il en état de choc, il l'ignorait. Il n'avait pas vraiment de peine pour Stewart. Une vraie saloperie, ce mec. Aucun regret. C'était Stewart ou lui. Il avait fait le bon choix.

Le renard s'approcha à nouveau du corps. Il s'apprêtait à crier quand l'animal leva la tête, effrayé, puis s'enfuit dans l'obscurité.

Quelques secondes plus tard, McCoy entendit un bruit de moteur. Il distinguait à présent des phares. Il pensait que la voiture allait continuer tout droit sur la route principale, mais elle s'arrêta, s'engagea sur le chemin de terre et se dirigea vers le champ.

Nouvel accès de peur. Norton avait-il changé d'avis ? Avait-il décidé de revenir terminer le travail ? La voiture avança. Les phares l'aveuglaient, à présent. Elle s'approcha encore, s'arrêta à quelques mètres. McCoy ferma les yeux ; les phares étaient dirigés droits vers lui. Le moteur fut coupé, et les phares s'éteignirent. Il rouvrit les yeux.

Au début, il ne vit rien, une grande lumière blanche s'était imprimée sur sa rétine. Il entendit les portières s'ouvrir et se refermer. Un bruit de pas s'approcha.

– Putain, McCoy. Qu'est-ce qui se passe, ici ?

Planté devant lui, Stevie Cooper. McCoy n'avait jamais été aussi heureux de voir quelqu'un de sa vie, il en aurait pleuré. Le cousin Sean apparut derrière Cooper, les yeux écarquillés tandis qu'il intégrait la scène.

– Sean, dit Cooper. Détache-le. Moi, je suis trop bourré.

McCoy s'aperçut que Cooper oscillait et arborait un grand sourire idiot. Sean s'accroupit près de lui, sortit un canif et commença à couper les cordes autour de ses poignets.

Toujours hilare, Cooper sortit ses cigarettes, les fit tomber, grommela « Bordel », les ramassa.

– T'as gâché une belle soirée, dit-il. Ça commençait juste à s'animer.

Sean réussit à couper les cordes ; McCoy avait les mains libres. Il se frotta les poignets et grimaça de douleur tandis que le sang revenait les irriguer.

– Qu'est-ce que tu fais là, Stevie ? Comment tu as su où j'étais ?

Cooper avait réussi à allumer sa cigarette. Il pointa le doigt vers Sean, à présent occupé à couper les cordes enserrant les chevilles de McCoy.

– Il te suit depuis ton départ de la veillée. Je lui ai dit de garder un œil sur toi. Il est revenu me chercher quand tu t'es retrouvé ici.

Il désigna le cadavre.

– C'est qui, ça ?

– Le chauffeur de William Norton, dit McCoy.

Cooper eut l'air surpris. Il alla observer le cadavre de plus près.

– T'as raison. Duncan Stewart. Une belle saloperie, celui-là. Il fera plus chier personne.

Il rit.

– Qu'est-ce qu'il fout ici, ce vieil enfoiré de Norton ?

Sean parvint à ses fins, et la douleur envahit les chevilles de McCoy.

– C'est une longue histoire. T'as quelque chose à boire ?

Cooper acquiesça. Il alla à la voiture et revint avec une canette de Harp. Il l'ouvrit, en but la moitié et la lui donna. McCoy fit circuler la bière chaude dans sa bouche, la cracha, avala le reste.

– On peut s'en aller d'ici ? dit-il.

Cooper acquiesça.

– T'as raison. La veillée doit être toujours en cours. Il faut que j'y retourne. Ma cousine Anne a amené une copine. Elle me colle comme de la glue.

Il désigna le corps.

– Qu'est-ce que tu veux faire pour ça ?

McCoy se releva en s'appuyant sur Sean.

– Je m'en fous. Tirons-nous. S'il te plaît.

3 août 1971

Villa Nellcôte, sud de la France

Trois heures moins le quart du mat' et le sous-sol était encore un vrai sauna. Il ne savait pas trop pourquoi il faisait si chaud, ici. Il n'avait jamais vraiment demandé. Sans doute tous ces amplis, tous ces magnétos. Ils étaient tous branchés, ils dégageaient tous de la chaleur. En tout cas, ça ne lui déplaisait pas, il avait un peu l'impression de descendre à la mine lorsqu'il allait bosser.

La chaleur était terrible mais elle avait une utilité – les seuls qui étaient prêts à la supporter étaient les musiciens. On ne voyait là ni dealer, ni petite amie, ni parasite. Ils étaient tous en haut, vautrés sur les canapés qu'ils avaient installés sur la pelouse. Ils discutaient des restaurants new-yorkais et comparaient la qualité des différentes compagnies de jets privés desservant les Hamptons.

Nicky s'était endormi dans son fauteuil, une casquette des Longhorns sur la tête, son saxophone posé à côté de lui. Ces derniers temps, tous s'endormaient sur place, ou disparaissaient pendant des journées entières, ou, au lieu d'enregistrer, passaient leur temps à regarder par la fenêtre, à guetter l'arrivée de la grosse Citroën. Lui-même n'était pas innocent, mais au moins il restait un musicien qui se piquait de temps en temps plutôt qu'un toxico qui jouait de temps en temps.

Il se leva, retira son casque et s'étira. Il ne portait qu'un short de foot de l'équipe d'Écosse ; tout le reste – tee-shirt, chaussures, chaussettes –, il s'en était débarrassé à mesure que la température grimpait. Il avait mal aux doigts d'avoir fait des guitares toute la nuit sur « Good Time Women », ou quel que soit le nouveau titre de la chanson.

Nicky se redressa soudain et se frotta les yeux.

– Quelle heure il est, mec ?

– Presque trois heures, dit Bobby.

– Merde, on a fini ? demanda Nicky en rajustant sa casquette.

– Je crois. Si Keith devait venir, il serait déjà là.

Nicky hocha la tête et se leva. Il sourit.

– Et si on montait voir ce que le marchand de bonbons a apporté aux enfants ?

Bobby sourit à son tour et posa sa guitare sur son support.

– Après vous, cher ami.

20 juillet 1973

40

Appuyé contre le bastingage du ferry, McCoy fouillait le quai du regard. Des mouettes décrivaient des cercles au-dessus de sa tête, les dernières voitures étaient à présent à bord, et toujours aucun signe de Cooper. Il ne l'avait pas trouvé dans sa chambre ce matin-là, son lit n'était même pas défait. McCoy avait pris son petit déjeuner en l'attendant en vain, l'œil sur la porte de la salle à manger.

Il regarda le ciel : d'un bleu bien net, une nouvelle journée suffocante qui s'annonçait. Il ne raffolait pas du bateau, mais il était content de faire cette traversée. Il comptait en passer la majeure partie sur le pont pour s'aérer la tête. Il consulta sa montre. Plus que quinze minutes avant le départ. Sur le quai, des grues déchargeaient un gros cargo, on entendait au loin crier des instructions.

Cooper et Sean l'avaient déposé la veille à l'hôtel et étaient repartis aussitôt, pressés de regagner la veillée. McCoy n'avait pas beaucoup parlé dans la voiture. Il s'efforçait encore de comprendre ce qui s'était passé, et la peur était toujours là, il ne se sentait toujours pas en sécurité. Cooper et Sean ne semblaient pas se soucier de lui. Cooper avait passé l'essentiel du trajet à questionner Sean sur l'amie de sa cousine. D'une certaine manière, ça l'arrangeait. Il n'avait vraiment pas envie de revenir sur tout ça.

Nouveau coup d'œil à sa montre. Dix minutes. Il était sur le point de se faire une raison et d'aller chercher une tasse de thé, quand une Viva bleue contourna les hangars et fonça vers le ferry. Elle s'arrêta, et Cooper, l'air mal réveillé, encore en costume d'enterrement et sans bagage, en descendit, claqua la portière et s'élança vers la passerelle. Les types du port, qui s'apprêtaient à la retirer, secouèrent la tête tandis qu'il la gravissait en courant. Il leva la tête et, voyant McCoy, leva un poing victorieux.

– Qui c'est, le meilleur ? cria-t-il.

Dix minutes plus tard, ils sirotaient une tasse de thé en regardant le port de Belfast rapetisser lentement à travers les vitres de la cafétéria.

– Inutile de te demander où tu as terminé la soirée ? dit McCoy.

– Oui, dit Cooper en souriant. Je serais bien en mal de te le dire. Chez Anne, quelque part dans le coin. J'ai été réveillé par Sean qui tapait à la porte, je savais pas où j'étais. J'ai cru que c'était les flics !

– Ça va ?

– J'ai la gueule de bois, une gueule de bois carabinée, pour être précis, mais pour la première fois depuis des mois j'ai l'impression de me retrouver. Je crois que mon organisme est enfin libéré de toute cette merde.

– Tant mieux. Tu redeviens toi-même.

– Ce sera le cas quand j'aurai bu ça, dit-il en sortant de sa poche une demi-bouteille de Bushmills pour en verser une rasade dans leurs tasses.

Il but une gorgée et grimaça en l'avalant.

– Bon, alors, c'était quoi, ce bordel, hier soir ? Tu me racontes ?

McCoy s'exécuta. Il raconta toute l'histoire. Les braquages, Alice Kelly, le conseil de Norton, la mort de Finn Kelly et ce qu'il avait dit à Norton sur Alice Kelly.

Cooper écouta, se renfonça sur la banquette.

– Et maintenant, dit-il, qu'est-ce qui se passe ?

– Si tout va bien, rien. On n'identifie pas le corps de Kelly. Moi, je la boucle, et Norton me fout la paix et retourne distribuer des biftons aux braves gens de Milton.

– Et le butin ?

– Norton l'a récupéré. La police était complètement larguée sur cette affaire de braquage, ça m'étonnerait que ça change.

Cooper eut l'air sceptique.

– Tu me dis que Norton est assis sur près de trente mille livres et personne n'essaie de les lui piquer ?

Une sonnette d'alarme retentit dans la tête de McCoy.

– Stevie…

– Quoi ? fit Cooper, sur la défensive.

– Te frotte pas à Norton. Il est peut-être vieux, mais il a encore du répondant. Ça vaut pas le coup.

– Vraiment ? C'est toi le chef, maintenant ?

– Je voulais juste dire que…

– Je sais ce que tu voulais dire, t'inquiète pas. Pourtant, y a seulement quelques jours, tu disais à Billy qu'il fallait que je me fasse remarquer, que je montre que j'étais toujours dans le coup. Il me semble que Norton est une bonne façon de le faire.

McCoy eut envie de répliquer, mais il savait que c'était inutile. L'ancien Cooper était de retour, et l'ancien Cooper ne se laissait dicter sa conduite par personne, et certainement pas par McCoy.

– Fais gaffe, d'accord ?

Cooper acquiesça, mais McCoy vit qu'il était ailleurs. Il réfléchissait déjà à la manière de mettre la main sur l'argent de Norton.

Quand McCoy revint avec deux autres thés et deux sandwichs au bacon, Cooper dormait. Il avait l'air d'en avoir besoin. Allongé sur trois places de la banquette, ses chaussures posées sur le sol, il ronflait. McCoy mangea les deux sandwichs, puis remonta sur le pont. Il devinait au loin la côte écossaise, il serait bientôt chez lui.

Après quelques essais, il réussit à allumer une cigarette malgré le vent et tira une profonde bouffée. Qu'est-ce qui l'attendait à son retour ? Encore quelques jours de congé. Raeburn sur le sentier de la guerre. Laura Murray à héberger. Il avait presque oublié la canette de Coca qu'il avait donnée à Tracey. Il allait bientôt savoir ce que ç'avait donné, si Angela mentait ou non. Il était tenté de rester sur le ferry et de retourner en Irlande, toutes ces perspectives n'avaient rien de réjouissant. Il jeta son mégot dans la mer et redescendit réveiller Cooper. Ils arrivaient dans vingt minutes.

41

En arrivant chez lui, il trouva une grande enveloppe marron punaisée sur la porte. Dessus, au feutre noir, était écrit M. MCCOY. Il la retira et ouvrit la porte. À l'intérieur, il faisait une chaleur à crever, ça sentait le renfermé. Il ouvrit toutes les fenêtres, posa son sac, s'assit à la table de la cuisine et ouvrit l'enveloppe.

Elle contenait une photo noir et blanc – un grand format, du 25 × 30, peut-être. On y voyait un petit garçon, âgé de six ou sept ans. Il était sale, ses vêtements élimés. Il se trouvait dans une cour d'immeuble pleine de détritus, du linge séchait sur des cordes. Il montrait un petit camion de pompiers à l'objectif avec un sourire immense. McCoy retourna la photo.

Merci pour Liam. J'ai fait de super photos. Un dîner pour vous remercier ? Mila

Il posa la photo sur la table et la regarda à nouveau. Ce gamin avait beau avoir une vie de merde, il avait un camion de pompiers et, à cet instant-là, ça suffisait à son bonheur. Il la ferait encadrer, décida-t-il, il l'accrocherait quelque part. Il tenta de déterminer où. Son appartement, qu'il n'avait pas regardé depuis un moment, lui parut misérable.

Le linge à repasser entassé sur une chaise. Le fauteuil usé près de la cheminée, l'accoudoir déchiré. Le papier peint qu'il n'avait toujours pas trouvé l'énergie de changer. Il plongea dans ses souvenirs. Cet appartement n'était pas comme ça quand Angela était là. À cette époque-là, on s'y sentait chez soi. C'était douillet. On avait envie d'y passer du temps. Plus maintenant. Il essaierait peut-être de faire un peu de déco le week-end prochain.

Une demi-heure plus tard, douché, rasé, vêtu d'une chemisette et d'un Levi's, il était dans un taxi, en route pour Stewart Street. Ça faisait cinq jours : Murray ne pourrait pas lui reprocher de passer dire bonjour. Et le résultat du relevé d'empreintes avait dû arriver.

– Tiens, mais c'est notre joyeux vagabond, s'exclama Billy, le sergent de l'accueil, en le voyant entrer. Tu reprends le boulot ?

– Pas encore, dit McCoy. Murray est là ?

Billy acquiesça.

– Malheureusement pour nous. Il est aimable comme une porte de prison depuis qu'il est revenu. Une vraie plaie. Demande à Wattie. C'est lui qui se le coltine.

McCoy hocha la tête et passa dans la salle principale. Il voyait la grosse tête blonde de Wattie penchée sur une machine à écrire. De temps en temps, un clac retentissait quand un doigt frappait une touche.

Il s'approcha discrètement de lui par-derrière.

– WATSON ! cria-t-il.

Il le regarda sursauter.

– Putain ! protesta Watson. Vous auriez pu me filer une crise cardiaque.

Puis, le regardant de haut en bas :

– Qu'est-ce que vous faites là, d'abord ? Vous ne devriez pas être à Rothesay ou à Blackpool ?

McCoy s'assit sur le bord de son bureau.

– Je suis venu voir où vous en étiez. Ça avance ?

Wattie eut l'air maussade.

– Pas d'un poil. Aucune trace de Finn Kelly. Alice a fini par revenir à elle. On est allés l'interroger avec Murray, et, comme prévu, elle ne se souvient de rien. On est dans la même merde que quand vous êtes parti.

– Je ne suis pas parti. J'ai été obligé de prendre quelques jours de congé après avoir subi de graves blessures dans l'exercice de mes fonctions.

Wattie leva les yeux au ciel.

– Comment allez-vous ?

– Bien, mais à moins que Murray ne change d'avis, il me reste encore deux jours de purgatoire à tirer. D'ailleurs…

Il se leva.

– Allons voir ce qu'il a à dire.

– Je vous souhaite bien du courage. Méfiez-vous.

Acquiesçant, McCoy se dirigea vers la porte de Murray et frappa. Il attendit. Frappa à nouveau.

– Quoi ? fit une voix derrière la porte.

McCoy la poussa et entra. Courbé sur son bureau, Murray annotait au stylo une lettre tapée à la machine. Il leva la tête. Il n'avait pas l'air ravi de le voir.

– McCoy. Il vous reste deux jours de congé. Qu'est-ce que vous faites ici ?

– Je passais, je suis venu dire bonjour.

– C'est ça, ouais.

Il désigna une chaise devant son bureau.

– Asseyez-vous.

Levant alors les yeux au-dessus de l'épaule de McCoy, il cria par la porte ouverte :

– Tracey ! Deux thés !

– Où en êtes-vous ? demanda McCoy, l'air de rien. Du nouveau sur Kelly ?

– Que dalle. Il s'est volatilisé. Et les indics ne savent rien. Ceux qui l'ont enlevé sont restés discrets.

– Ça m'ennuie de vous demander ça, mais : et Wattie et Ronnie Elder ?

Murray secoua la tête.

– Là-dessus non plus, il n'y a pas grand-chose à raconter. L'enquête sur la mort d'Elder est toujours en cours. D'après mes infos, Raeburn essaie de faire porter le chapeau à Wattie. Il dit qu'il a dû le retenir, qu'il n'arrêtait pas de frapper le gamin, qu'il lui gueulait dessus. Ce serait l'excès de zèle d'un jeune officier.

– Merde.

– Raeburn essaie de sauver sa peau, il est prêt à dire n'importe quoi pour redorer son blason. À la fin, ce sera la parole d'un bleu contre celle d'un vétéran. Deux ans de carrière contre vingt.

Murray prit un air grave.

– Ça m'étonnerait que Wattie n'y laisse pas des plumes.

– Mais il n'y est pour rien ! protesta McCoy. C'est la faute de Raeburn ! C'est lui qui…

Murray leva la main.

– Vous et moi, nous le savons, mais un jeune homme est mort. Mort en garde à vue. Quelqu'un doit payer, et Raeburn est déterminé à ne pas endosser seul la responsabilité.

Tracey apparut avec un plateau, qu'elle posa sur le bureau. Murray la remercia. Elle s'arrêta en repartant.

– Contente que vous soyez de retour, inspecteur McCoy, dit-elle.

– Merci, Tracey. Je passerai te voir avant de partir.

Lorsqu'il se retourna vers Murray, celui-ci le regardait, les sourcils haussés.

– Quoi ? fit McCoy, avant de comprendre. Bon Dieu, Murray, c'est pas ça du tout. C'est une fille intelligente, j'aimerais la voir progresser, c'est tout.

– Y a intérêt, dit Murray en fourrant un biscuit dans sa bouche.

McCoy prit son thé et le goûta. Infect.

Apparemment, il n'avait rien à craindre de l'affaire Kelly. Elle était au point mort. C'était à présent le moment de se renseigner sur l'autre affaire. Il prit un biscuit et tenta de se composer un air nonchalant.

– Et cette affaire de braquages ? Ça avance, ça ?

– Non plus, dit Murray. Au moins, ils ont l'air de s'être calmés. Vous savez ce que c'est. Les cinq premiers jours d'enquête sont les plus importants, c'est là qu'on fait le gros du travail. Les braquages et l'enlèvement de la gamine se sont produits quand Raeburn était aux commandes. Il nous a bien savonné la planche.

Jusque-là, tout allait bien.

– En parlant de Raeburn, vous l'avez vu ? demanda McCoy.

Murray secoua la tête.

– Toujours suspendu. Il passe ses journées dans les pubs, les bars de flics, il raconte à qui veut l'entendre comment vous avez foutu sa vie en l'air.

Il prit un autre biscuit et l'avala.

– C'est un rancunier, Raeburn, vous feriez bien de vous méfier. Je ne serais pas étonné qu'il joue au con.

Il termina son thé, se lécha le doigt et ramassa des miettes de biscuit sur l'assiette.

– Bon, si vous êtes satisfait de mon rapport, tirez-vous, que je travaille un peu. À dans deux jours.

À sa sortie du bureau, McCoy vit Tracey qui le regardait. Elle se leva.

– Je vais au tabac, dit-elle à la cantonade. Quelqu'un veut quelque chose ?

Pas de réponse.

– Vous ne pourrez pas dire que je n'ai pas posé la question, dit-elle en prenant son sac avant de se diriger vers la porte.

McCoy salua Wattie, lui dit à mardi, et il sortit derrière Tracey.

Il la trouva devant le bureau de tabac, à l'ombre de l'auvent, elle l'attendait. Elle sourit en le voyant approcher.

– Ça va ? dit-elle. J'ai appris que vous aviez été blessé quand on a enlevé Kelly.

– Rien qu'une bosse à la tête. Ça va. Le médecin et Murray se sont entendus pour me mettre à l'écart.

– Vous avez de la chance. Je ne cracherais pas sur quelques jours de congé avec ce temps.

Elle sortit une enveloppe glissée à l'arrière de sa jupe et la lui tendit.

– Mon coloc m'a donné ça. Il y a le nom du propriétaire des empreintes relevées sur la canette de Coca.

Il prit l'enveloppe. Il s'aperçut qu'elle était toujours cachetée.

– T'as pas regardé ?

Elle secoua la tête.

– Ça me regarde pas. J'y retourne. Prenez soin de vous, hein ?

McCoy acquiesça.

– Merci pour ça, Tracey.

Elle sourit à nouveau.

– Tâchez de vous en souvenir quand je vous demanderai une reommandation pour le concours de sergent.

Il la regarda traverser la rue et disparaître par la double porte du commissariat. À présent qu'il avait le résultat, il n'était pas pressé de le connaître. Encore une source d'emmerdements. Bobby Mars était mort. Qu'est-ce que ça changeait, aujourd'hui ?

Glissant son doigt sous le rabat de l'enveloppe, il ouvrit néanmoins celle-ci, puis sortit et déplia la feuille qu'elle contenait. Il lut le nom.

Il avait raison. Une nouvelle source d'emmerdements, et il n'avait à s'en prendre qu'à lui-même.

Froissant la feuille et l'enveloppe, il les jeta dans une poubelle fixée à l'arrêt de bus. Il se mit à marcher.

42

Il avait l'adresse notée sur un papier, mais ça ne l'aidait pas beaucoup. Il allait et venait dans London Road sans trouver ce qu'il cherchait.

« C'est entre le Braemar et le marchand de bonbons, lui avait dit Billy Weir. Tu peux pas le louper. Y a une carte à côté de la sonnette. »

Il était donc là, à faire des allers-retours entre le Braemar et chez Glickman's, son papier à la main. Il allait abandonner quand un type sortit du Braemar, chargé d'un étui à guitare. McCoy courut de l'autre côté de Charlotte Street pour l'arrêter.

– Salut, mec, tu connais un studio de répétition dans le coin ? Mason Studios ?

Le type hocha la tête et passa sa main dans sa très longue barbe, la façonnant. Il montra un endroit derrière chez Glickman's.

– C'est au cent soixante-cinq. Mais faut insister sur la sonnette, ils entendent jamais.

McCoy le remercia, maudit Billy Weir et ses indications foireuses et alla jusqu'au 165. Il sonna. Il fut surpris de voir la porte s'ouvrir immédiatement. Il le fut plus encore lorsqu'il reconnut qui l'ouvrit. Le jeune fan de Bobby Mars. Celui à qui il avait donné de l'argent. Il avait l'air aussi surpris que lui.

– C'est toi qui fais des graffitis partout ? demanda McCoy.

– Non, dit le gamin trop vite. Pourquoi vous êtes ici ?

– Pour la même chose que toi, dit McCoy en entrant dans le couloir qui sentait l'humidité. J'attends Angela.

– Venez. Vous n'avez qu'à attendre avec nous.

Le gamin avança dans le couloir et ouvrit une lourde porte, de celles qu'on trouve dans les sous-marins. Aussitôt, des sons de guitare. Il s'écarta pour laisser entrer McCoy. La pièce, exiguë, était une fournaise. Les murs étaient recouverts d'une espèce de thibaude, au sol s'étalaient différents tapis usés. Appuyés contre une enceinte, trois autres jeunes de l'âge du premier lisaient un article dans *Melody Maker*. Ils levèrent la tête, surpris.

– Ce type…

– McCoy, précisa McCoy.

– … McCoy attend Angela, lui aussi.

L'un des jeunes, fins cheveux raides jusqu'à la taille, gilet et pantalon de velours violets, le regarda de haut en bas.

– Toi aussi, t'es manager ?

– Non, dit McCoy.

Puis, ne sachant qu'ajouter d'autre :

– Vous êtes un groupe ?

Le jeune aux fins cheveux raides acquiesça.

– Les Holy Fire.

– C'est toi, le chanteur ? demanda McCoy à M. Graffitis.

Le gamin confirma de la tête.

– Jake Scott.

Un silence s'installa, personne ne sachant trop quoi faire.

– Si vous voulez répéter, allez-y, dit McCoy. Ne vous occupez pas de moi.

Jake opina, et McCoy alluma une cigarette tandis qu'ils tournaient les boutons de leurs guitares, réglaient leurs pédales, s'accordaient. Un bourdonnement grave s'échappa des enceintes. Jake empoigna le micro.

– Prêts ? demanda-t-il.

Le groupe semblait l'être.

– La chanson s'appelle « Introducing Mr Crowley ».

Il fit un signe de tête, le batteur leur donna le top départ, et ils commencèrent.

McCoy, qui s'attendait à l'habituelle reprise amateur du tube de la semaine, fut cueilli. Le groupe, au son hypercarré, rappelait un peu les Spiders from Mars, mais c'était Jake la vraie surprise.

L'air nerveux avant de chanter, il se mit tout à coup à se tortiller comme un ver. Sa voix était un croisement entre Rod Stewart et quelqu'un que McCoy n'arrivait pas à identifier, le chanteur de Free, peut-être ? La chanson, elle aussi, était super : riffs suraigus, interruptions de la partie de batterie et grandes envolées vocales.

McCoy sentit la porte s'ouvrir derrière lui. Angela entra, lui sourit et s'appuya contre le mur. Après un puissant pont instrumental, le groupe doubla le dernier refrain, et Jake conclut par un final tout en hurlements.

– Ils sont bons, hein ? dit Angela.

– Oui, vraiment, dit McCoy, s'efforçant de ne pas trop montrer sa surprise.

Angela sourit.

– C'était super, les gars, mais Ewan ?

Le batteur laissa apparaître sa tête derrière ses cymbales.

– Tu étais en retard au troisième refrain. Encore. Je croyais que tu devais bosser ?

Le batteur eut l'air gêné. Il grommela une explication, une histoire d'horaires de service, il promit d'être au point pour la prochaine fois.

Angela hocha la tête. Elle sortit un billet de cinq de sa poche et le tendit à Jake.

– Allez vous chercher quelques canettes et des fish-and-chips. Revenez dans vingt minutes. Il faut qu'on revoie tous les morceaux pour ce soir, d'accord ? Les types de Londres devraient être là, y a intérêt à être au point.

Les jeunes acquiescèrent et sortirent un à un d'un pas nonchalant.

– Manager ? fit McCoy en se tournant vers Angela. C'est arrivé quand, ça ?

– Quand j'ai vu Jake chanter avec un groupe de merde en cul d'affiche au Maryland. Ça n'a pas été simple pour les amener à ce niveau. J'ai trouvé le guitariste dans un groupe de reprises. Des gars de Wishaw, figure-toi.

Elle s'interrompit et le regarda.

– Qu'est-ce qui te fait sourire comme ça ?

– Toi ! En reine du showbiz.

– Et pourquoi pas ?

– Je suis bien d'accord. Tu feras un super manager. Tu connais la musique sur le bout des doigts, t'es une championne de l'organisation, tu ne te laisses pas marcher sur les pieds et le groupe est super.

– Eh bien, merci pour ton approbation.

– Ils jouent où, ce soir ?

– À l'Electric Garden. Ils font la première partie d'un groupe de merde, les Mob. C'est toujours du boulot.

– Je comprends. Faut que je te parle d'un truc, c'est pour ça que je suis ici.

– Ça a l'air grave.

Il resta silencieux. Elle le fixa du regard.

– Ça doit l'être, dis donc. Bon, d'accord, mais tirons-nous d'ici. Ça pue la sueur et l'adolescent.

Ils se retrouvèrent sur la pelouse de Glasgow Green. McCoy alla à la camionnette du marchand de glaces et revint avec deux canettes de Coca. Il en donna une à Angela et s'assit à côté d'elle.

– Oh là là, fit-elle. Tu fais cette fameuse tête.

– Quelle tête ?

– Celle qui dit : « Tu m'as encore déçu, Angela. » Je la voyais beaucoup quand on était ensemble.

Ils regardèrent un jeune enfant en couche échapper à sa mère et se mettre à courir en riant.

– Bon, alors, dit-elle, qu'est-ce que j'ai fait, encore ?

Il n'y avait pas de manière facile de le dire, il alla donc droit au but :

– Bobby Mars. Tes empreintes sont sur la seringue qui l'a tué.

Angela tendit la main pour attraper le paquet de cigarettes et le briquet qu'elle avait posés sur l'herbe. Elle alluma une cigarette.

– Je te l'ai déjà dit, McCoy. Il allait bien quand je suis partie. Ce n'est pas moi qui l'ai piqué.

– Je ne te crois pas, dit McCoy calmement.

– Ç'a toujours été le problème, McCoy, tu ne m'as jamais crue. Même quand je disais la vérité. Tu m'as toujours soupçonnée de vouloir te rouler.

Elle soupira, ôta son blouson de cuir, retroussa la manche gauche de son chemisier et tendit le bras, le pli du coude vers le haut. Celui-ci était constellé de marques de piqûres et d'ecchymoses.

– C'était mon matos. Je me suis piquée, puis je lui ai laissé ma seringue pour qu'il se pique. Il avait dû laisser la sienne aux États-Unis.

Elle baissa sa manche et remit son blouson. Porta son regard au loin sur le Green.

– Le voilà qui repart, dit-elle tandis que le petit en couche faisait une nouvelle tentative d'évasion.

McCoy la regarda.

– Tu veux m'en parler ? demanda-t-il.

Elle se tourna vers lui, sourit et essuya la larme qui coulait sur sa joue.

– Pas vraiment, dit-elle.

– Bon. Comme tu voudras.

– Merde ! s'exclama-t-elle en crachant un filet de fumée. Y a pas grand-chose à dire. C'est la même triste et stupide histoire que pour tout le monde. Ça se finit par des traces de piqûres dans le bras.

Elle sourit.

– Au début c'est le paradis, et après c'est l'enfer. Je suis passée de l'un à l'autre à peu près au même moment que Stevie.

– Mais comment ? Tu connais mieux la drogue que moi…

– Parce que ça m'a plu.

Elle cueillit un brin d'herbe et se mit à le tripoter.

– Quand Ellie s'est mise avec Cooper, elle ne connaissait personne ici, du coup on est devenues copines. Elle est sympa, elle a de l'énergie et elle aime l'héro.

Elle haussa les épaules.

– J'ai fini par essayer. J'ai compris l'attrait de la chose, et j'ai plongé. D'une fois par semaine, je suis passée à deux, puis à tous les jours, et là ç'a été l'enfer.

– Elle t'a rendue accro ?

Angela secoua la tête. Sourit.

– Non, je n'ai eu besoin de personne. Elle m'a mise en garde plusieurs fois. Elle m'a dit qu'elle faisait partie des rares personnes qui étaient capables de décrocher, que ce n'était pas comme ça pour la plupart des gens, que je devais me méfier. Ça rentrait par une oreille et ça ressortait par l'autre.

– Qu'est-ce que tu vas faire ?

Elle haussa les épaules.

– Elle m'a appelée, hier. Apparemment, y a un endroit dans le nord de l'État de New York, une ferme avec des thérapeutes, des médecins, pour aider les toxicos à décrocher. Elle veut que j'y aille.

– Tu vas le faire ?

– J'en sais rien. C'est cher. Et puis, je suis ici. Mon boulot est ici, mon groupe. Va peut-être falloir que je décroche toute seule.

– Pas facile quand on deale.

– C'est sûr. Mais qu'est-ce qui l'est, Harry ?

Elle écrasa sa cigarette dans l'herbe.

– Mais tu me connais, il n'y a pas grand-chose qui m'arrête.

– Ça, ça peut. De meilleurs que toi y ont laissé leur peau.

Elle leva les yeux au ciel.

– Tu as toujours cru en moi, ça fait plaisir.

– Tu m'as très bien compris. Je veux dire que c'est difficile, c'est tout.

Elle se leva.

– Comme la vie, Harry, comme la vie. Et pour Bobby Mars, je te jure que je te dis la vérité, ce n'est pas moi qui l'ai piqué. Je ne tenais pas particulièrement à lui. Une fois que je lui ai eu taxé une dose, je me suis tirée. J'ai passé l'âge de me faire tripoter par les rock stars.

Elle repartit vers London Road. Il la regarda traverser la rue et disparaître à l'intérieur du studio de répétition. Il s'allongea sur l'herbe et regarda les nuages.

Il n'avait aucune raison de ne pas croire Angela, et c'était d'autant plus perturbant. Si ce n'était pas elle qui avait piqué Bobby Mars, alors qui ? Quelque chose lui disait qu'il ne le saurait jamais. Et au fond, était-ce si important ?

43

Quoi que McCoy ait pu attendre de sa soirée avec Mila, ce n'était pas ce qu'il était en train de vivre. Qu'était-il en train de vivre, d'ailleurs ? Ils se trouvaient dans une grande salle avec des fenêtres donnant sur Blythswood Square et regardaient un gros homme, assis par terre, en salopette, jouer de l'harmonium et chanter des chansons qu'il semblait improviser sur le moment. Assis de chaque côté, deux guitaristes tentaient de l'accompagner, l'air aussi perdu l'un que l'autre.

En voyant le public réuni dans cet immeuble du Scottish Arts Council – pour moitié des jeunes hippies, pour moitié des couples de quinquagénaires aisés –, il avait compris que ce serait un spectacle intello, mais là, ça allait un peu loin.

L'homme qu'ils regardaient s'appelait Allen Ginsberg. Apparemment, c'était un poète célèbre, et ils étaient censés être honorés par sa présence. McCoy n'avait jamais entendu parler de lui, contrairement à ce qu'il avait laissé entendre lorsque Mila lui avait annoncé où ils allaient. À présent, au grand dam de McCoy, les musiciens avaient été congédiés et il récitait l'un de ses poèmes.

Mila se tourna vers lui et sourit. Il sourit à son tour, s'efforça d'avoir l'air intéressé.

Elle se pencha vers son oreille.

– Vous voulez y aller, je crois, dit-elle.

Il confirma de la tête, et ils se frayèrent un chemin à travers la foule en direction de la porte. Dehors, c'était une belle soirée d'été. Il était neuf heures, mais il faisait encore jour, et la chaleur était tombée, il faisait bon.

– M. Ginsberg n'est pas à votre goût ? demanda Mila.

– Pas vraiment. Vous aimez, vous ?

– Un peu, mais c'est parfois un peu trop masculin pour moi, vous savez ?

McCoy acquiesça, bien que ne voyant pas du tout ce qu'elle voulait dire. Elle était un peu bizarre depuis le début de la soirée, il ne savait trop si c'était un rendez-vous galant ou simplement une manière de le remercier pour Liam. Elle n'était pas facile à comprendre, cette Mila ; elle laissait peu paraître ses émotions, et ses approximations linguistiques n'arrangeaient rien.

– Vous voulez boire un verre ? demanda-t-il.

Elle acquiesça, puis se frappa le front du plat de la main.

– J'ai oublié mon sac au vestiaire, dit-elle. Je reviens dans une minute.

McCoy alluma une cigarette et s'assit sur les marches pour l'attendre. Il se demanda dans quel pub l'emmener, puis l'inspiration lui vint. L'Electric Garden. Les Holy Fire. C'était à côté, en plus. Il entendit la porte s'ouvrir derrière lui et se leva, se retourna pour proposer à Mila d'aller écouter jouer un groupe, mais ce n'était pas Mila. C'était Raeburn. Et il n'avait pas belle allure.

McCoy ne se souvenait pas d'avoir jamais vu Raeburn autrement qu'en costume, les cheveux gominés en arrière. On en était très loin cette fois. On avait l'impression qu'il avait dormi avec son pantalon, sa chemise n'était pas repassée, il était mal rasé et la moitié de ses cheveux pendaient devant son front. Il puait l'alcool, aussi.

– Qu'est-ce que tu fais ici, Raeburn ? lui demanda McCoy, avant de percuter. Tu me suis ?

– Faut que je te parle.
– Pas longtemps, alors. J'attends quelqu'un.
Raeburn hocha la tête.
– Je l'ai vue. Une petite blonde. Pas dégueu.
– Fais pas chier, Raeburn. Qu'est-ce que tu veux ?
– J'ai besoin que tu causes à ton petit pote.
– Qui ? Wattie ?
Raeburn acquiesça.
– J'ai besoin qu'il dise à l'Inspection qu'il a fait pression sur Elder, qu'il l'a cogné, qu'il a perdu son sang-froid. Lui, pas moi.
– Ça va pas, non ? Et pourquoi je ferais ça ?
Raeburn balayait la place du regard.
– Tu viens boire un verre ?
– Non.
Raeburn sourit, sortit une bouteille de Bell's à moitié pleine de la poche de son pantalon, dévissa le bouchon et avala une grande gorgée. Il la tendit à McCoy, qui la refusa de la tête. Une nouvelle lampée descendit dans le gosier de Raeburn.
– J'ai vingt-trois ans de service. Une femme et trois gosses. Si on m'épingle, je perds tout. Plus de retraite. Je serai viré ou envoyé à la circulation. Je ne peux pas me le permettre. Wattie est jeune, inexpérimenté, il a commis une erreur. Il aura un avertissement, une suspension, peut-être, mais il n'a personne à charge, il s'en sortira.
McCoy secoua la tête.
– Tu piges pas, hein, Raeburn ? Un gamin s'est suicidé à cause de toi. Un gamin innocent que tu as terrorisé, brutalisé, en y prenant un grand plaisir. C'est pas la même chose que de regarder ailleurs quand un patron de pub te glisse un billet de vingt dans la poche ou de te faire offrir un verre ou une passe au bordel parce que t'es flic.
– McCoy, sois pas vache, dis-lui juste de…
– Je ne vais rien lui dire d'autre que de dire la vérité.

Raeburn le regarda fixement et but une nouvelle gorgée à sa bouteille. Ses yeux se rétrécirent.

– Je sais même pas pourquoi je t'ai demandé. J'aurais dû m'en douter. T'as toujours eu une dent contre moi, McCoy. Depuis le commissariat Est, quand tu jouais les indignés devant les pots-de-vin du vendredi. Monsieur était au-dessus de ça. Il valait mieux que tout le monde. Tu n'attendais que ça, je parie, que je fasse un faux pas. Je te vois d'ici te frotter les mains, courir renifler le cul de Murray et lui dire quel mauvais policier je suis.

– T'as fini ? dit McCoy.

– Je commence à peine, dit Raeburn en avançant vers lui. Ça fait un moment que ça couve, McCoy, alors fais gaffe. La prochaine fois que tu seras dans la merde et que tu chercheras une main pour t'aider, tu ne la trouveras pas. J'y veillerai. Je veillerai à ce que chaque flic de cette ville sache quelle paire de traîtres vous faites, Watson et toi.

– Dégage, Raeburn. Avant que je me sente personnellement visé.

– Trop tard. Parce que tu l'es. Très, très personnellement. Sans toi, je ne serais pas dans ce merdier aujourd'hui. Toujours à me casser du sucre sur le dos pendant que j'essayais de diriger un commissariat, à raconter des saloperies sur moi, à m'espionner, à aller répéter…

– Tu te trompes, Raeburn. Tu crois vraiment que j'irais perdre mon temps à t'espionner ? Tu ne m'intéresses pas, tu ne m'as jamais intéressé, tu n'es qu'un ripou parmi d'autres. C'est pas moi qui t'ai empêché de diriger ce commissariat, c'est toi et les conneries que tu as enchaînées. Laisse-moi en dehors de tout ça.

Raeburn lui sourit et but une nouvelle fois à sa bouteille.

– Ah, mais c'est pas possible, ça, McCoy, parce que c'est ta faute, et je vais te le faire payer. Si tu convaincs pas

Watson, c'est à toi que je m'en prendrai. Parce que j'aurai rien à perdre, tu comprends ? Foutu pour foutu…

Il se colla à McCoy, son haleine puait le whisky.

– Débrouille-toi pour que Watson change d'avis, ou surveille tes arrières. C'est toi qui vois, McCoy. C'est toi qui vois.

McCoy le regarda s'éloigner sur le trottoir en direction de West Regent Street. C'était bien ce qu'il craignait. Il avait affaire à un rat pris au piège. Un rat très dangereux.

– Je l'ai !

Il se retourna. C'était Mila, elle montrait son sac.

– Où allons-nous ? demanda-t-elle.

McCoy acheta deux places et ils entrèrent. Il le regretta un peu. L'Electric Garden était presque vide. Manifestement, la carrière des Mob était en perte de vitesse. Les salles vides avaient toujours déprimé McCoy. Sans le public pour les remplir, on les voyait telles qu'elles étaient vraiment. Le sol qui collait, le papier peint déchiré, la boule à facettes qui avait perdu la moitié de ses facettes. En plus de lui et de Mila, une trentaine de personnes étaient présentes. Des amis et des proches des Mob, pour la plupart, apparemment. Il y avait aussi une dizaine de plus jeunes, lookés glam-rock, des gamins peut-être venus pour les Holy Fire.

Ils prirent des verres et s'installèrent à une table près du fond. McCoy voyait Angela s'activer, parler à l'éclairagiste, accompagner deux types à l'accent anglais jusqu'à une table près de la scène, leur apporter à boire et déposer un petit sachet dans la poche de veste de l'un d'eux.

Mila avait l'air contente. Elle circulait dans la salle et prenait des photos, parlait aux gens, leur demandait de poser ou simplement de la laisser les photographier. McCoy sirotait sa pinte et pensait à Raeburn. Il n'y avait pas grand-chose à faire le concernant. Wattie allait dire la vérité, et Raeburn avait probablement raison, il allait tomber. McCoy ne comprenait pas très bien pourquoi il tenait tant à le rendre responsable de tous ses problèmes, c'était sans doute plus simple d'incriminer quelqu'un d'autre que de reconnaître qu'on s'était soi-même foutu dans la merde.

Mila réapparut et s'assit.

– Vous êtes sûr que ce groupe est bon ? demanda-t-elle en souriant.

– Certain, dit-il. Plus tard, vous vous vanterez d'avoir été là.

Elle promena son regard dans la salle misérable. Elle n'avait pas l'air convaincue.

– Si vous le dites.

Assise à la table des deux types, Angela leva les yeux, et il lui fit un signe. Elle se leva et vint jusqu'à lui.

– Tu es venu, dit-elle. Merci de grossir les troupes. Applaudis fort quand ils arrivent sur scène, d'accord ?

McCoy acquiesça.

– Angela, Mila. Mila, Angela.

Angela salua Mila de la tête.

– Enchantée.

Un larsen se fit entendre, et elle grimaça.

– Faut que j'y aille, dit-elle avant de s'éloigner à la hâte vers la scène.

Puis, revenant sur ses pas :

– Harry, fais attention à toi, d'accord ?

Il hocha la tête, un peu désarçonné, et elle repartit vers la scène.

– Vous avez couché avec elle, je crois, dit Mila.

– C'est vrai, reconnut McCoy.

– Ça se sent. Dans la façon dont vous vous regardez.

McCoy opina.

– Et maintenant, poursuivit-elle, vous voulez coucher avec moi.

Il faillit recracher sa bière.

– Je ne le dirais pas comme ça ! s'exclama-t-il.

Elle sourit.

– Pourquoi ? C'est la vérité, non ?

– Oui.

– Tant mieux. C'est réciproque.

Il y eut un grondement, et on baissa les lumières. Le groupe entra sur scène. Dans l'obscurité, Jake déclama quelques mots dans son micro saturé.

– *Et soudain, un feu sacré se répandit sur la terre et la purifia. Il brûla les mécréants, les laissa en cendres derrière lui. Et ceux qui survécurent se réunirent en une célébration joyeuse, une danse de fête, une danse de sexe, une danse de l'instant.*

Puis un projecteur l'éclaira, et il sourit. Il avait du maquillage argenté autour des yeux.

– Envoyez !

Une guitare imita une moto, la batterie marqua un rythme lourd, et Jake se mit à chanter comme si sa vie en dépendait. Mila se tourna vers McCoy et leva les pouces en souriant. Difficile de faire plus dans un tel bruit. Elle se rapprocha de lui, posa une main sur sa cuisse.

À la fin de la troisième chanson, la main était entre ses jambes.

McCoy se pencha vers elle.

– Faut y aller, dit-il. Dans une minute, je ne vais plus pouvoir me lever.

13 juillet 1973

Chambre 514, Royal Stuart Hotel

Il crut que c'était la fille qui revenait – Annie ? Angie ? – lorsqu'il entendit frapper. Elle avait dû changer d'avis. Il se dirigea vers la porte, il se sentait encore un peu vaseux. Coke et Mandies – pas le meilleur mélange qui soit, mais c'était ce qui convenait à son humeur du moment. Ce retour à Glasgow le minait, il avait besoin de s'évader, de s'anesthésier.

Alors qu'il avançait dans le couloir en se cognant contre les murs, il vit son sac posé sur le sol. Il le ramassa – pas du tout le bon poids. Il le savait déjà, mais il vérifia tout de même. Rien d'autre à l'intérieur qu'un petit cahier bleu, un stylo et quelques reçus. Pas de bande. Il se laissa tomber par terre. Ça ne servait à rien, il le savait, mais il insista malgré tout : il fouilla à nouveau le sac, une première fois puis une deuxième, mais elle n'était toujours pas là. La fille avait dû la prendre. Soudain, une idée. Une lueur d'espoir. C'était peut-être elle qui revenait pour la lui rendre.

Il se releva tant bien que mal et ouvrit la porte. Face à lui, un adolescent, il faisait partie du groupe qui campait dehors.

Il avait l'air terrifié. Il portait un tee-shirt Bobby Mars, il avait dû le faire lui-même, il manquait la moitié des paillettes.

– T'es pas elle, lui dit-il.

Le gamin le regarda, interdit.

– Excusez-moi, dit-il. Je voulais juste vous parler, je suis monté par l'escalier de secours. Pour moi, vous êtes le meilleur…

Bobby l'arrêta, regagna la partie séjour et s'assit sur le canapé. La bande avait disparu. La deuxième journée de l'audition pour les Rolling Stones. Le seul exemplaire. Sa carte de sortie de prison. Le truc qui allait lui permettre de rappeler aux gens quel grand guitariste il était. Ce nouvel album, c'était de la merde. Il le savait. La compagnie de disques le savait, tout le monde le savait. Il avait besoin de quelque chose pour rattraper le coup.

Il chercha une cigarette dans le fouillis éparpillé sur la table et trouva un paquet qui en contenait deux. Il en alluma une.

Il comptait serrer les dents le temps de vendre cet album, puis sortir la bande. Prendre un nouveau départ. Tout ça, ça tombait à l'eau. Il tint sa tête dans ses mains. Il n'aurait jamais dû revenir à Glasgow. C'était toujours chez son père, ici. La ville qu'il avait dû fuir. L'homme qu'il avait dû fuir.

Il releva la tête. Le gamin était planté là. Il l'avait presque oublié.

– Comment tu t'appelles, mon gars ?

– Jake, dit le gamin.

– Écoute, Jake, puisque t'es là, tu peux peut-être te rendre utile. Je suis trop cassé pour le faire moi-même. Ça te fera une bonne histoire à raconter à tes potes.

Le gamin acquiesça.

– Qu'est-ce que je dois faire ?

Bobby sourit intérieurement, il se revoyait avec Kit Lambert. Il était alors si naïf, il avait posé la même question. La réponse fut différente cette fois-ci.

– Il doit y avoir un sac à linge bleu quelque part dans les toilettes. Va me le chercher. J'ai sûrement essayé de le planquer.

Le gamin acquiesça à nouveau et disparut.

Kit Lambert. Ça faisait un bail qu'il n'avait pas pensé à lui. Au fond, il l'aimait bien. Un type plein de vie, plein d'énergie. Il fit tomber sa cigarette par terre, jura, la ramassa. Il était plus défoncé qu'il ne le pensait.

– C'est ça ?

Bobby leva les yeux, confirma de la tête.

– Bon, Jake, va falloir bien m'écouter, d'accord ? Fais exactement ce que je te dis. Compris ?

Le gamin acquiesça, enthousiaste.

Il lui donna ses instructions.

Mets la poudre dans la cuiller.

Ajoute une cuiller à café d'eau.

Chauffe au briquet jusqu'à ébullition.

Plonge un demi-filtre à cigarette.

Enfonces-y l'aiguille, remplis la seringue.

Attache le tube en caoutchouc en haut de mon bras.

Attends de voir apparaître une veine.

– Tu t'en sens capable ?

Le gamin hocha la tête, la seringue à la main. Elle semblait très remplie, il n'en était pas sûr, sa vue était un peu trouble. Il s'en foutait. Tout ce qu'il voulait, c'était être ailleurs, en sécurité, loin de Glasgow, de son père et des enregistrements perdus.

– Allez, dit-il en tendant son bras. Pique dans une veine.

Le gamin acquiesça, se pencha vers lui, enfonça l'aiguille.

– Pas trop fort ! Putain !

– Pardon, dit le gamin, mortifié.

– C'est pas grave, c'est bon, maintenant. Allez, appuie sur le piston, doucement !

Le gamin acquiesça et fit lentement descendre le piston.

L'effet fut pratiquement immédiat. Il sourit, c'était de la bonne. Meilleure qu'on aurait pu s'y attendre à Glasgow. Il entendit le gamin dire : « Ça va ? » Il tenta d'opiner mais sa tête était trop lourde. Il s'allongea sur le canapé tandis que la chaleur envahissait son corps. Il repensa à ce fameux soir chez Sunset Sound, pour l'enregistrement de « Sunday Morning Symphony », la prise magique qu'il avait faite. C'était le bon temps, le temps où il avait l'impression que tout allait lui réussir. Que ce serait touj…

21 juillet 1973

44

Il se réveilla, tendit le bras vers l'autre côté du lit, mais elle n'était pas là. Il se redressa en clignant des yeux, ébloui par la lumière du matin entrant par l'espace entre les rideaux de la chambre.

– Bonjour, dit Mila.

Elle était assise sur la chaise au bout du lit, son appareil photo pointé vers lui. Elle fit cliqueter l'obturateur plusieurs fois.

– T'es habillée, remarqua-t-il.

– Oui. J'ai rendez-vous avec Liam à dix heures en ville.

McCoy secoua la tête.

– Tu veux dire que tu préfères faire la tournée des taudis de Glasgow avec cette grosse feignasse plutôt que de revenir au lit avec moi ?

– Eh oui. Et je suis en retard.

Elle s'approcha, l'embrassa.

– McCoy, je ne veux pas que tu te fasses des illusions sur nous deux.

– Quoi ? Je ne serais qu'un trophée de plus à ton tableau de chasse ?

Elle sourit.

– Exactement.

– T'en fais pas, va. Je m'en remettrai.

Elle l'embrassa à nouveau.

– Tchao !

Il se rallongea sur le lit et écouta le bruit de ses pas, puis de la porte qui claquait. Au moins, c'était clair.

Il passa le reste de la matinée à faire toutes les choses qu'il ne faisait jamais. La lessive, le ménage, acheter des ampoules électriques chez Woolworths. C'était agréable de s'absorber dans ce genre de tâches, ça l'empêchait de penser au boulot. Il revenait de chez Galbraith avec deux sacs de courses quand il s'aperçut que le temps changeait. Toute la matinée, il avait fait une chaleur étouffante – l'air était lourd, pas de vent – et à présent des nuages noirs s'amassaient au loin, au-dessus des collines. Apparemment, la vague de chaleur était sur le point de tourner à l'orage.

Il venait de terminer son velouté de tomates Heinz lorsqu'on frappa à la porte. Un instant, il se demanda si ce n'était pas Raeburn, mais Raeburn n'aurait jamais frappé si poliment. Il ouvrit la porte. C'était Jumbo.

– M. Cooper voudrait vous voir, dit-il.

Jumbo semblait s'être acheté de nouvelles fringues. Chemise bleu clair, jean neuf, baskets blanches.

– T'es chic, dis donc, remarqua McCoy.

Jumbo eut l'air gêné.

– C'est Billy qui m'a acheté ça. Faut plus que j'aie l'air du petit frère débile de quelqu'un, il dit.

– Écoute, c'est l'intention qui compte. Donne-moi une minute.

Ils montèrent la côte et basculèrent de l'autre côté par Hyndland Road, en direction de chez Cooper.

Jumbo regarda le ciel.

– Va y avoir de l'orage, dit-il.

McCoy acquiesça. Puis, de but en blanc :

– Il paraît que tu as tailladé P'tit Tam, Jumbo ?

Jumbo eut l'air troublé.

– C'est Billy qui me l'a demandé. Faut que je commence à gagner ma croûte, il dit.

– Et toi, t'en penses quoi ?

– J'ai pas aimé faire ça. Je voulais pas.

– Il a raison, tu sais. C'est le boulot qui veut ça, faut pas leur en vouloir.

Il était évident que Jumbo ne voulait pas en parler. Il marcha un moment en silence.

– Je m'occupe du jardin, reprit-il. Ça, ça me plaît.

– C'est ce qu'on m'a dit. Il paraît que t'as la main verte, en plus.

– Angela dit que je pourrais me faire embaucher par la municipalité, aux Espaces verts. C'est vrai, vous croyez ?

– Je sais pas trop, Jumbo. Il faut faire une demande, remplir un formulaire. Peut-être passer un entretien. Je pense pas qu'ils recrutent sur concours, mais va savoir.

– Qu'est-ce qu'il dirait, M. Cooper ? Il serait en colère ?

McCoy ne lui répondit pas. À sa connaissance, personne ne quittait volontairement Cooper. Qu'on veuille le quitter l'insultait. Ça risquait de ne pas lui plaire si Jumbo essayait.

– Écoute, Jumbo, l'été est presque terminé. Pourquoi ne pas attendre le printemps prochain ? C'est là qu'il y aura vraiment besoin de monde, quand il faudra planter. Et ça te laissera le temps de t'améliorer en lecture et en écriture, qu'est-ce que t'en penses ?

Jumbo hocha la tête. Cette proposition sembla lui convenir. Ils s'engagèrent dans Hamilton Park Road. Si Jumbo tenait jusqu'au printemps en restant en un seul morceau et sans aller en prison, McCoy se promit de parler à Cooper, de lui arranger le coup. C'était la moindre des choses. Jumbo sortit une clef de sa poche, l'inséra soigneusement dans la serrure et, tirant la langue, ouvrit la lourde porte d'entrée.

McCoy traversa la maison : pour l'heure, elle semblait un

peu vide et silencieuse, sans les récriminations d'Iris pour la remplir.

– Ça m'étonnerait que tu restes ici très longtemps, dit McCoy en entrant dans le jardin.

Cooper était assis à une table, un cendrier et une enveloppe marron devant lui. Il leva la tête.

– Hein ?

McCoy pointa le doigt vers le ciel, envahi de nuages gris et bas.

– Ah, oui, dit Cooper. Assieds-toi.

Il avait retrouvé son allure habituelle, chemisette, jean, banane à la James Dean.

– Qu'est-ce qui t'arrive ? demanda McCoy en prenant une chaise. T'en fais, une tête.

– Angela est partie.

– Quoi ? Je l'ai vue hier soir.

– Ouais, ben maintenant, elle est partie. Elle s'est tirée. Envolée. Et elle a emporté quinze mille putains de livres qui m'appartiennent.

McCoy tenta de comprendre.

– Elle a quoi ? Elle est partie où ?

– Aux États-Unis, je crois. À tous les coups, elle est avec cette salope d'Ellie.

– T'es sûr ? Ça ne lui ress…

Cooper abattit son poing sur la table.

– Évidemment, que je suis sûr ! Elle m'a laissé un gentil petit mot pour me le dire, et elle me recommande de ne pas essayer de la retrouver parce que sinon, ces jolies photos…

Il poussa l'enveloppe marron vers Cooper.

– … seront envoyées à tous les chefs de gang de Glasgow.

McCoy prit l'enveloppe et l'ouvrit. Sortit deux photos de vingt centimètres par vingt-cinq. L'une montrait Cooper en train de se piquer et l'autre dans les vapes sur le lit. Les photos développées par Ally. Celles dont il n'avait soi-disant pas de copies.

– Merde.

– Comme tu dis. Elle m'a bien baisé.

McCoy prit le paquet d'Embassy de Cooper. Il en alluma une.

– J'aurais pas cru qu'elle pouvait être aussi vicelarde, dit-il.

– Ah bon ? T'as vécu avec elle, pourtant, vous avez eu un gosse ensemble. L'amour est aveugle, hein ?

– Tu le savais, toi ?

– Oh, oui. C'est pour ça que je l'ai recrutée. Je préférais l'avoir avec moi que contre moi. Mais je pensais pas qu'elle me ferait ça.

– Elle quitterait Glasgow, elle se saborderait, tout ça pour quinze mille livres ? Je ne devrais peut-être pas te dire ça, mais est-ce que ça vaut le coup ?

– Elle t'a dit quelque chose ?

– À moi ? Non ! Enfin, Stevie.

Il décida de ne pas parler de la clinique de désintoxication de luxe dans l'État de New York.

– Tu peux te permettre de faire une croix dessus ? L'argent, je veux dire.

Cooper secoua la tête.

– Je m'en sors bien, mais pas si bien que ça. Elle m'a mis presque à poil.

– Qu'est-ce que tu comptes faire ?

Cooper haussa les épaules.

– Pour le fric, je peux me débrouiller, mais si ces photos sortent, ma réputation est foutue. Il va falloir que je fasse ce qu'elle dit. Que je la laisse tranquille. Et que j'attende mon heure, que je serre les dents. Parce qu'elle s'en tirera pas comme ça.

Il regarda McCoy droit dans les yeux.

– Ça prendra le temps que ça prendra, mais je l'aurai, dit-il. Personne ne me fait un coup pareil impunément.

McCoy voulait bien le croire. Tout ce qu'il espérait, c'était qu'Angela était en sécurité à bord d'un 747, hors d'atteinte de Stevie Cooper.

Il le laissa ruminer là et retraversa la maison. Il dit au revoir à Jumbo, plongé dans son album des *Broons*, et parcourut l'allée. Alors qu'il refermait le portail, une Daimler verte s'engagea dans la rue et s'arrêta devant chez Cooper.

La portière passager s'ouvrit, et William Norton descendit. Blazer, pantalon de costume et chaussures vernies, comme d'habitude.

Il regarda le ciel.

– Je crois que c'est fini pour le beau temps, dit-il.

Puis, se tournant vers McCoy :

– Je te croyais encore embourbé dans ton champ.

– Non, dit McCoy. Je suis rentré. Mais c'est pas grâce à toi.

Un jeune type, bâti comme un boxeur poids lourd, descendit du côté conducteur.

– Tout va bien, m'sieur Norton ?

– Oui oui, Jacky. Va faire un tour de bagnole, reviens dans vingt minutes.

Le type se remit au volant et partit.

– C'est le nouveau ? demanda McCoy. T'as pas perdu de temps. Tu les fabriques à la chaîne quelque part ?

Norton sourit.

– Beaucoup de jeunes gens rêvent de rejoindre mon organisation, de se faire une place au soleil.

– Bon, espérons que celui-ci n'est pas un pointeur, hein ?

Le sourire de Norton s'évanouit.

– T'inquiète pas, va, ajouta McCoy. Je ne reviens pas sur mes promesses. Autrement, qu'est-ce que tu fais ici ?

– Je ne savais pas que tu étais le portier de Cooper, dit Norton. Remarque, on trouve des flics véreux partout.

– Pour ta gouverne, je ne suis pas son portier et je ne suis pas véreux. Je te repose la question : qu'est-ce que tu fais ici ?

Norton s'approcha de McCoy, colla son visage au sien.

– Ça, ça me regarde, mon gars. Et maintenant, tire-toi avant que je décide de me sentir insulté.

McCoy resta ainsi quelques secondes, tous deux œil contre œil, puis il s'écarta et laissa Norton emprunter l'allée.

Il descendit la rue en direction de Great Western Road. Il ignorait ce que Norton et Cooper trafiquaient, et il ne voulait pas le savoir.

45

– Heureusement que vous êtes toujours en congé, grogna Murray, les yeux fixés sur McCoy, ou plus exactement sur sa tenue.

– Quoi ? fit McCoy en regardant ses vêtements. Ça ne vous plaît pas ?

– Non, ça ne me plaît pas. Un homme de votre âge ne devrait pas porter des jeans, bon Dieu.

McCoy s'assit.

– J'ai trente ans, Murray, je n'en ai pas cinquante. Lâchez-moi un peu.

Murray se rassit.

– C'est quand même trop vieux pour les jeans, vous n'êtes plus un ado. Mais bon, à quoi dois-je cette visite anticipée ?

– Vous me connaissez. Je n'ai pas pu rester chez moi. Vous avez vu Raeburn ?

Murray secoua la tête.

– Ce charlot a été suspendu. Pourquoi le verrais-je ?

– Il me suit, il me sort des conneries, il me menace de tout un tas de trucs.

Murray eut l'air exaspéré.

– Merde, comme s'il n'était pas déjà suffisamment dans la merde. Il ne le sait pas ou quoi ?

– Oh, il le sait. C'est bien pour ça qu'il le fait. Il pense qu'il va se faire virer, qu'on va lui sucrer sa retraite.

Murray regarda ses papiers, les réorganisa.

– C'est bien ce qui va se passer, non ? dit McCoy.

Pas de réponse.

– Murray ?

Murray se mit en quête de sa pipe.

– Pas exactement.

– Alors quoi, au juste ? demanda McCoy, devenant soupçonneux. Qu'est-ce qui va lui arriver ?

Murray trouva sa pipe sous un numéro du *Herald*. Il entreprit d'en curer le fourneau à l'aide d'un canif, du vieux tabac tomba dans le cendrier.

– Il y a des gens qui ne veulent pas que Raeburn soit traité trop durement.

– Ses petits potes francs-maçons ?

Murray acquiesça.

– Il fait jouer tous les pistons qu'il a. Et malheureusement, je crois que ça va marcher.

– Putain, Murray ! Il a provoqué la mort d'un gamin de seize ans en le harcelant. Ça ne compte pour rien, ça ? Il l'a accusé du meurtre de la fille alors qu'elle était vivante. S'il n'avait pas fait ça, ce gamin serait là aujourd'hui.

– Reprenez-vous, McCoy. N'oubliez pas qui je suis, bon Dieu.

McCoy hocha la tête, il voulait savoir de quel traitement de faveur allait bénéficier Raeburn.

– Bon, avant que vous ne vous mettiez à crier, ce n'est pas moi qui parle, d'accord ?

McCoy resta silencieux. Il ne se sentait pas capable de répondre sans exploser.

– D'accord ? répéta Murray.

McCoy se contenta d'un nouveau hochement de tête.

– Raeburn a vingt-trois ans d'ancienneté. Il a des amis haut placés dans la police et chez les francs-maçons – et non, ce n'est pas toujours le cas –, que ça ne dérange pas tant que ça qu'un pointeur se soit pendu en cellule. Un de moins dans la nature, voilà comment ils voient les choses. Certes, Raeburn ne s'est pas couvert de gloire lors de cette enquête, mais c'était une affaire difficile sur des épaules inexpérimentées. Il a fait de son mieux, et ils considèrent qu'une erreur unique dans une longue carrière ne justifie pas qu'on le jette aux lions. Ils comptent donc l'épargner.

– Il est au courant ? demanda McCoy d'un ton las.

– Il le sera demain. Il sera suspendu sans salaire pendant environ un mois, on lui demandera de se faire oublier et de prendre sa retraite dès que possible.

– Une retraite à taux plein ?

Murray confirma de la tête.

– Et Wattie ? demanda McCoy. C'est quoi, la sanction, pour lui ?

– Une tape sur la main. Un avertissement écrit. Rien de méchant.

Murray se renversa en arrière et attendit que McCoy explose.

– Allez-y, dit-il. Sortez votre couplet, videz votre sac.

McCoy s'abstint. Il haussa simplement les épaules et regarda, derrière Murray, les décorations de celui-ci au mur, ses récompenses, sa photo à côté de la reine à la Garden Party. La dernière page encadrée d'un journal montrant Murray jeune brandissant une coupe : HAWICK REMPORTE LE TITRE !

– Pourquoi voulez-vous que ça me fasse quelque chose puisque tout le monde s'en fout ? dit-il. À quoi bon ?

– Allez, McCoy, ne le prenez pas personnellement.

– Non ? Et pourquoi pas ? C'est ce que vous allez dire à la mère du gamin ? Désolé, madame, on a tué votre môme, mais ne le prenez pas personnellement. Un de nos inspecteurs y est allé un peu fort, mais on n'a pas l'intention de le sanctionner, parce que, vous savez quoi ? Il fait partie de la loge du chef de la police, il boit dans les mêmes pubs que nous. C'est l'un des nôtres.

– Je vous en prie, McCoy, là, vous…

McCoy secoua la tête, et Murray se tut.

– Je ne vais pas piquer ma crise uniquement pour que vous vous sentiez mieux. Vous avez votre part de responsabilité là-dedans, Murray. Regardez tous ces trucs au mur derrière vous. Vous ne pouvez pas avoir le beurre et l'argent du beurre. Vous connaissez parfaitement la situation. Vous allez vous tortiller dans votre fauteuil un jour ou deux, et à la fin, vous savez ce que vous allez faire ? Que dalle. Le sang de ce gamin est sur vos mains autant que sur celles de Raeburn. Ne vous servez pas de moi pour vous les laver.

– Écoutez-moi bien, inspecteur…

– Non, dit McCoy d'un ton calme. Pas cette fois. C'est fini, je ne vous écoute plus. Je n'ai plus la niaque.

Il sourit.

– La police de la ville de Glasgow a fini par m'user.

Il se leva et sortit du bureau.

– McCoy ! cria Murray. Revenez ici tout de suite !

McCoy ne se retourna pas.

46

Ses mains avaient cessé de trembler après la deuxième pinte. Il en commanda une autre et tenta de déterminer s'il venait de démissionner ou non. À vrai dire, il s'en foutait un peu. Ce qui lui importait, c'était que le seul homme en qui il ait confiance dans ce métier s'était laissé dévoyer. Et si lui, se laissait dévoyer, alors bientôt la police ne compterait plus que des Raeburn. Des connards ignorants qui jouaient les durs, se faisaient graisser la patte et tordaient la loi dans le sens qui les arrangeait. Et si tel était le cas, McCoy ne voulait plus en être.

Ronnie Elder n'était qu'un pointeur de plus, alors pourquoi s'emmerder pour lui ? Que valait-il comparé au formidable Raeburn ? Il les entendait d'ici, tous ces salopards de francs-macs, décréter ce qui était bien et ce qui était mal. Il en avait marre de s'opposer à eux. Il avait fait de son mieux, mais on ne peut rien contre la bureaucratie. Ce sont toujours les puissants qui gagnent à la fin, même si, pour ça, ils doivent se laver les mains d'un malheureux simple d'esprit comme Ronnie Elder. McCoy revoyait son visage – bleu, tuméfié, mort.

Il avala le reste de sa pinte et décida de changer de crémerie. Trois pintes à L'Eskimo, ça faisait déjà beaucoup, pas envie de s'attarder dans un pub de flics. Il était temps de gagner le Victoria, de s'asseoir dans un coin et de boire jusqu'à s'endormir ou oublier ses soucis, ce qui viendrait en premier. Il venait de se lever quand la porte s'ouvrit. C'était Wattie, hilare, un paquet de cigares à la main.

Apercevant McCoy, il se pressa de le rejoindre. Il lui tendit un cigare.

– Devinez ! cria-t-il.

La moitié de la salle se tourna vers lui. Son sourire était si large qu'on avait l'impression que son visage allait s'ouvrir en deux.

– Tu vas être papa, dit McCoy en souriant malgré lui.

Wattie le prit dans ses bras, le serra contre lui et se mit à faire des bonds. Il refusait de lâcher McCoy. Soudain, tous les clients souriaient. Quelques « Félicitations ! » fusèrent du fond de la salle.

– Vous y croyez ? dit Wattie. Moi, papa ?

McCoy parvint à se libérer de son étreinte et lui donna une tape dans le dos.

– Félicitations. Je ne vois pas qui ferait un meilleur père que toi.

Wattie le regarda fixement, soudain un peu larmoyant.

– Vous le pensez ? C'est la chose la plus gentille qu'on m'ait jamais dite.

– Bien sûr que non, dit McCoy en souriant. J'ai dit ça pour être gentil. Et maintenant, pose ton cul et calme-toi, je vais te chercher à boire.

McCoy alla commander au comptoir. Causer avec Wattie de son nouveau bonheur en sirotant des bières était la dernière des choses dont McCoy ait envie, mais il était décidé à le faire quoi qu'il lui en coûte. Le môme le méritait, il méritait de fêter ça sans que McCoy lui gâche son plaisir avec sa déprime. Le barman lui donna deux pintes et deux whiskies offerts par la maison, et McCoy repartit avec les verres, qu'il posa sur la table.

Wattie avait l'air hébété.

– J'en reviens toujours pas. J'ai failli me casser la gueule quand elle m'a annoncé la nouvelle.

– Qui ? demanda McCoy.

– Mary, tiens…

Wattie comprit la blague.

– Très drôle, McCoy. Très drôle. J'ai un truc à vous demander. On en a discuté avec Mary.

– Ouh là, ça a l'air grave.

– Vous voulez bien être le parrain ?

Ce fut au tour de McCoy d'avoir la larme à l'œil. Il entreprit d'allumer l'un des cigares pour le cacher. Il toussa en avalant la fumée et tenta de se redonner une contenance.

– J'en serai honoré, dit-il. Merci. Merci beaucoup.

Rayonnant, Wattie sortit de sa poche un autre paquet de cigares et les distribua autour de lui.

McCoy vida son whisky, tira une nouvelle fois sur son cigare, toussa à nouveau, puis renonça.

– Allez, on ne va pas rester là à se faire des courbettes, dit-il. Termine ton verre, et allons ailleurs que dans ce trou à rats. Allons nous bourrer la gueule, dans les règles.

Wattie alla pisser et McCoy se dirigea vers la porte, il lui sembla entendre un grondement de tonnerre, dehors. Alors qu'il s'apprêtait à tirer la poignée, la porte lui vola presque au visage. Il recula d'un pas et se retrouva face à Big Tam, les yeux cernés, puant l'alcool rance et tout transpirant.

– Ça va, Tam ? demanda McCoy.

Tam ne fit même pas semblant, il secoua la tête et resta planté là avec un air de chien battu.

– Le type de l'accueil m'a dit que tu serais peut-être ici, dit-il.

Wattie apparut à côté d'eux en reboutonnant sa braguette.

Tam jeta un coup d'œil nerveux vers lui.

– Je peux te parler en privé, Harry ? demanda-t-il doucement.

McCoy n'était pas d'humeur à faire plaisir à Tam, loin de là.

– Quoi que tu aies à me dire, tu peux parler devant Wattie. À toi de voir.

Tam le regarda, puis hocha la tête.

Ils regagnèrent leur table et ce qui restait de leurs verres. McCoy tira une chaise pour Tam, qui s'y assit d'un air las.

– On reste, on dirait, dit Wattie. Je vais commander.

– Qu'est-ce qui se passe, Tam ? demanda McCoy en s'asseyant en face de lui. Pourquoi tu veux me voir ?

Il ne savait pas ce que Tam avait à lui dire, mais il sentait que ça n'allait pas l'arranger. Quelqu'un avait mis de l'argent dans le juke-box. La voix de Frank Sinatra se fit entendre. « New York, New York ».

– C'est P'tit Tam, dit Tam en regardant le sol. Je pense qu'il veut se foutre en l'air.

McCoy s'adossa au dossier de sa chaise. Il ne s'attendait pas à ça.

– Qu'est-ce qui te fait croire une chose pareille ? demanda-t-il.

Tam sortit de sa veste une demi-bouteille de Laing's et but une gorgée. Il remit le bouchon en place et le revissa lentement.

– May l'a couvert, dit-il doucement. Elle a menti. Elle n'était pas avec lui le jour où la fille a été frappée. Ni ce jour-là, ni celui où on a réglé son compte au jeune Page.

– Me dis pas que tu t'en aperçois seulement maintenant ? Enfin, merde !

Tam secouait la tête. Il la releva vers lui.

– Je te jure, Harry, je savais pas, je savais pas, putain. Je l'ai crue, moi.

McCoy le scruta. Il comprit qu'il était sans doute sincère.

May avait toujours été la patronne. C'était elle qui prenait les décisions, qui lui disait quoi faire, quoi penser.

McCoy soupira. Comme s'il n'en avait pas déjà eu assez pour la journée.

– Commence par le début, Tam. Dis-moi pourquoi tu penses qu'il veut se suicider.

Wattie apparut avec trois pintes, qu'il posa sur la table. Tam vida la moitié de la sienne et regarda McCoy, l'air nerveux.

– Il n'est pas rentré depuis plusieurs jours. May devient folle, elle m'a envoyé à sa recherche. Il lui a donné rendez-vous dans un café cet après-midi. Il lui a dit qu'il voulait la voir pour lui dire au revoir.

– Écoute, ça n'a pas été facile pour lui ces derniers temps. J'y suis d'ailleurs pour quelque chose. Peut-être qu'il veut changer d'air, qu'il veut prendre le train pour Londres, un truc comme ça.

Tam secoua la tête.

– Il lui a dit qu'il était grillé, ici, que c'était fini pour lui. Il voulait la revoir une dernière fois.

– Tu es sûr qu'il était sérieux, qu'il ne cherchait pas à l'attendrir ?

Un nouveau non de la tête.

– Elle a dit qu'il ne lui avait jamais paru aussi grave. Elle était terrifiée, elle m'a envoyé te prévenir. Elle avait trop peur pour venir elle-même. Elle sait qu'il a mal agi, mais elle veut qu'on le retrouve avant qu'il fasse une connerie.

– Très charitable de sa part. Dommage qu'elle n'ait pas eu autant d'égards pour la fille qu'il a tabassée.

Tam avait des larmes dans les yeux.

– S'il te plaît, Harry. Je t'en supplie. Aide-moi à le retrouver avant qu'il soit trop tard. Quoi qu'il ait fait, ça reste mon fils.

Il s'essuya les joues.

– Il va pas bien, c'est pas sa faute.

– Que ce soit clair, Tam. Je vais t'aider à retrouver cette petite merde, mais pas pour éviter qu'il se flingue ou que May meure de chagrin. Je vais le retrouver parce qu'il est coupable du meurtre d'Alec Page et de Donny MacRae…

– Tu dis que P'tit Tam a tué Donny MacRae ? s'étonna Tam. Je crois pas, McCoy.

– Ben, si. May ne te l'a pas dit, ça ? Tu serais venu en courant si elle l'avait fait ?

Tam sanglotait à présent, s'essuyait les yeux avec la manche de sa chemise.

– Je savais pas, je savais pas…

– Ben, tu le sais, maintenant, et je vais veiller à ce que May tombe avec lui pour complicité ou autre. Je lui collerai sur le dos tout ce que je pourrai, à cette salope.

– Mollo, Harry, dit Wattie.

Tam ressortit sa bouteille d'une main tremblante et but une gorgée.

McCoy ne put se retenir de lui faire gicler la bouteille de la main. Elle se brisa contre le mur du pub. Des éclats volèrent partout, une odeur de mauvais whisky emplit l'air.

– Tu ferais bien de dessoûler et d'arrêter de t'apitoyer sur ton sort si tu veux qu'on le retrouve. T'entends ?

Tam acquiesça et tenta de se reprendre.

– May l'a vu quand pour la dernière fois ? demanda McCoy.

– Au café cet après-midi.

– C'était quel café ? demanda Wattie.

Tam réfléchit un instant.

– Le Benassi's, elle a dit.

– C'est où, ça ? reprit Wattie.

– Dans Great Western Road, juste en face de chez…

McCoy s'interrompit. Dès qu'il eut dit ces mots, il comprit pourquoi P'tit Tam avait choisi ce café en particulier.

– … de chez Cooper.

Il se tourna vers Wattie.

– Il n'a pas du tout l'intention de se suicider. C'est Laura, sa cible.

47

McCoy ne s'était pas trompé. C'était bien le tonnerre qu'il avait entendu. L'orage éclata au moment où ils sortaient du pub. Il y eut un nouveau grondement lointain, puis les gros nuages au-dessus de leurs têtes s'ouvrirent. La pluie tomba d'un coup, torrentielle comme une pluie de mousson. Se mettant à courir, ils arrivèrent à la voiture juste avant d'être totalement trempés.

– La vache ! fit Wattie en s'essuyant le visage et en tournant la clef de contact. Manquait plus que ça.

Ils quittèrent Stewart Street, les essuie-glaces fonctionnant à pleine vitesse, et se dirigèrent vers Hamilton Park Street.

– Qu'est-ce qui vous fait dire que c'est Laura, sa cible ? demanda Wattie.

– Il s'en est déjà pris à elle une fois, dit McCoy. Il lui a filé quelques coups de pied. Il en pince pour elle.

Il se pencha en avant pour essuyer la buée sur le pare-brise.

– Et puis, ajouta-t-il, pourquoi il irait traîner du côté de chez Cooper, sinon ?

Ce qu'il tut, c'était le sentiment de culpabilité que lui inspirait la situation. Il avait menacé P'tit Tam, lui avait dit ce que savait Laura. En le mettant en garde pour l'éloigner d'elle, peut-être l'avait-il acculé et convaincu de la faire taire une bonne fois pour toutes. Il n'y pouvait plus rien à présent, restait à la retrouver et vite.

Wattie s'engagea dans Great Western Road, et ils se retrouvèrent derrière une vieille fourgonnette Albion.

– Tu peux pas aller plus vite ? demanda McCoy.

– Pas si vous voulez arriver entier, dit Wattie, exaspéré. Essayez de conduire là-dessous, vous. C'est l'enfer. Je vois pas à un mètre devant moi.

Un éclair illumina l'habitacle de la voiture, aussitôt suivi d'un nouveau coup de tonnerre.

– Et ça se rapproche, en plus, pesta Wattie. Bon Dieu !

Deux minutes plus tard, ils s'engagèrent dans Hamilton Park Road et s'arrêtèrent en dérapant devant chez Cooper. McCoy ouvrit sa portière et courut sous les trombes d'eau jusqu'à la porte. Il la martela de coups de poing, entendit Billy dire : « Une seconde ! », puis la porte s'ouvrit.

– Bon Dieu, McCoy, quel temps de chien ! Je croyais…

– Laura est là ? demanda McCoy, pressant.

Billy secoua la tête.

– Iris l'a emmenée chez sa sœur. Elles sont parties il y a environ deux heures.

– Merde ! Si elle revient, garde-la à la maison, Billy. Tu m'entends ? Ne la perds pas de vue.

Billy acquiesça.

– Qu'est-ce qui se passe, McCoy ?

Mais il parlait déjà à son dos ; McCoy regagnait la voiture en courant.

– Faut qu'on aille à Haghill, dit-il en montant. Fonce !

Wattie fit demi-tour en cognant les pneus avant contre le trottoir d'en face et repartit vers le haut de la rue.

– On peut passer un appel radio ? demanda McCoy. On peut envoyer deux, trois hommes sur place ?

Wattie secoua la tête.

– La radio est kaput. Je viens d'essayer. Ça doit être l'orage, tout le système a dû péter.

Puis, se tournant vers McCoy :

– On va où, exactement ?

– À Kennyhill Square, juste à côté d'Alexandra Parade.

Wattie hocha la tête et fonça dans Great Western Road en direction du centre-ville. L'eau ruisselait sur la chaussée, des torrents jaillissaient des conduites de débordement sortant des murs des immeubles. Tous ceux qui se trouvaient dans la rue au moment où l'orage avait éclaté s'abritaient sous les porches et scrutaient le ciel. Un vrai déluge. McCoy n'avait passé que deux minutes hors de la voiture, mais il était complètement trempé, sa chemise et son jean lui collaient à la peau.

– On en a pour dix minutes maximum, dit Wattie. Enfin, si on n'a pas d'accident en route.

Il leur en fallut moins. Wattie fonça tout du long, en dérapant dans les virages. À Kennyhill Square, il se rangea derrière une camionnette de boucher, et ils coururent jusqu'à chez Tulip. Elle habitait au numéro 5, au dernier étage de l'immeuble. Tandis qu'ils gravissaient l'escalier, ils entendirent des sons d'accordéon et des bruits de gens qui dansaient. Wattie frappa tandis que McCoy reprenait son souffle, les mains sur les genoux. Tous deux dégoulinaient, l'eau tachait le sol de pierre comme du sang.

Tulip vint leur ouvrir ; une petite femme, toujours tirée à quatre épingles. Pas ce soir-là : elle avait manifestement bu un coup et fait quelques tours de piste. Son visage était rouge vif, ses cheveux défaits, de la chaleur se dégageait d'elle par vagues.

– Harry ! s'exclama-t-elle. Je t'attendais pas ! Entre, mon grand, entre.

Elle fit aller et venir la porte pour aérer l'appartement.

– C'est une étuve, là-dedans. Il était temps qu'il pleuve. Comme j'ai dit à Aidan…

– Iris est là ? l'interrompit McCoy.

– Non. Elle a appelé d'un pub, elle a dit qu'elles étaient en route, elle et la petite Laura. Elles sont inséparables, toutes les deux, en ce moment. Elles ne sont pas encore arrivées. Elles ont peut-être eu du mal à trouver un taxi avec ce temps.

McCoy se tourna vers Wattie. Ce n'était pas ce qu'ils voulaient entendre. Tulip le lut sans doute sur leur visage.

– Qu'est-ce que vous avez, tous les deux ? demanda-t-elle.

– Personne n'est venu demander après elles, Tulip ? Tu n'as vu personne rôder autour de l'immeuble ?

Elle secoua la tête ; elle commençait à avoir l'air inquiète.

– Non. Pourquoi ?

– C'est sans doute rien du tout, dit McCoy en s'efforçant de sourire.

Une porte s'ouvrit derrière elle, et un vieil homme coiffé d'un béret écossais fouilla le couloir du regard.

– Tulip ! P'tit Benny te cherche, il dit que t'as des friands à la saucisse.

Elle regarda McCoy et Wattie.

– Vous entrez ?

McCoy acquiesça, il ne savait quoi faire d'autre. Il avait besoin de réfléchir. Et de boire un coup. Il parcourut le couloir orné de photos de la reine pour passer dans le séjour. Derrière lui, Wattie regarda les photos, surpris.

– On est nées le même jour, expliqua Tulip. Je l'ai toujours adorée.

Tulip avait dit vrai : le séjour était une étuve. Il y avait une vingtaine de personnes dans la pièce ; quelques enfants faisaient les fous, un tourne-disques jouait de la musique, des verres et des bols de noix et de chips étaient éparpillés un peu partout.

Tous saluèrent McCoy et Wattie de la tête. P'tit Benny lança : « Regardez-les, on dirait deux rats mouillés ! » et déclencha l'hilarité générale. McCoy prit le whisky qu'on lui proposait et trouva une place à côté d'une vitrine remplie de vaisselle à l'effigie de la reine.

– Qu'est-ce qu'on fait ici, Harry ? demanda Wattie en se glissant à côté de lui. Elles n'y sont pas.

– Je sais, dit McCoy. J'essaie seulement de réfléchir. T'as une meilleure idée ?

Wattie secoua la tête.

– Non, mais je ne crois pas que rester ici à se bourrer la gueule va nous aider.

Il n'avait pas tort. McCoy vida son whisky et posa son verre sur le dessus de la vitrine.

– Tu veux qu'on suive leur trajet, qu'on voie si elles ne sont pas plantées quelque part à essayer de choper un taxi ?

Wattie acquiesça.

– C'est mieux que rien.

McCoy se retourna et chercha Tulip du regard pour aller lui dire au revoir. Elle se trouvait à présent de l'autre côté de la pièce, elle était debout près des fenêtres. Elle tenait un éventail orné de photos de danseurs de flamenco, elle l'agitait devant son visage. McCoy se faufila vers elle. D'ordinaire, du séjour de Tulip, on voyait jusqu'à l'autre bout d'Alexandra Park. Pas ce jour-là. Difficile de voir quoi que ce soit à travers les vitres ruisselantes. C'était la raison qui l'avait poussée à acheter cet appartement, disait-elle toujours. Elle adorait la vue sur le parc et les arbres.

McCoy jeta un coup d'œil dehors. Il ne se souvenait pas d'avoir jamais mis les pieds dans Alexandra Park, mais il savait que ce parc était immense, il contenait même un parcours de golf. La pluie frappait les vitres, on apercevait tout juste le petit étang entouré d'arbres derrière les grilles. Un berger allemand courait dans tous les sens, aboyait, sursautait, la pauvre bête était terrifiée. Un coup de tonnerre le fit hurler, et il tenta de se cacher sous un buisson. Quelques secondes plus tard, trois ou quatre éclairs illuminèrent le parc.

C'est là qu'il la vit. La chaussure sur le chemin bétonné près de l'étang. Une chaussure à semelle compensée, comme celles que portait Iris depuis la première fois qu'elles avaient été à la mode.

– Merde, lâcha-t-il entre ses dents. Merde !

Il se retourna pour foncer au milieu des fêtards en direction de la porte.

– Viens, dit-il en empoignant Wattie. Faut y aller. Je crois savoir où elle est.

48

McCoy dévala l'escalier, suivi par les pas tonitruants de Wattie, et sortit dans la rue.

– Qu'est-ce qui se passe ? demanda Wattie, resté sous le porche de l'immeuble.

Il était essoufflé, de la vapeur montait de son dos.

– Pourquoi vous galopez comme ça tout à coup ?

– Je crois que j'ai vu une chaussure, dans le parc.

Mesurant combien ces mots semblaient bizarres, McCoy ajouta :

– De la fenêtre de chez Tulip.

Wattie parut sceptique.

– Une chaussure ? La chaussure de qui ? Je ne…

McCoy pointa le doigt vers la grille de fer forgé entourant le parc, un peu plus loin dans la rue.

– Magne-toi !

Il se mit à courir. Il entendit derrière lui les jurons de Wattie et les bruits d'éclaboussures de ses pas tandis qu'il le suivait à travers les flaques sur le trottoir.

Il manquait un barreau à la grille. Apparemment, il y avait de quoi passer. McCoy tenta de s'y faufiler et y parvint tout juste. Lorsqu'il se retourna, Wattie était là, qui regardait le trou.

– C'est trop petit, dit-il. J'y arriverai jamais.

Il n'essaya même pas, il entreprit directement d'escalader la grille. Les barreaux étaient mouillés, il n'avait pas de prise. Après plusieurs échecs, il réussit à se hisser jusqu'en haut et, donnant une légère impulsion, se laissa tomber de l'autre côté. Un grand bruit de tissu déchiré se fit entendre : la moitié de sa chemise resta accrochée sur les pointes au sommet des barreaux.

– Putain ! dit-il en se relevant, les genoux et les mains couverts de boue.

Il retira ce qui restait de sa chemise et le jeta sous un arbre.

– Vous me devez une chemise neuve, bordel, grommela-t-il.

– C'est pas ma faute si t'es un gros lard. Viens.

Ils s'élancèrent sur le chemin tandis que le tonnerre grondait à nouveau. La pluie ruisselait sur leur visage, ils étaient sans cesse obligés de s'essuyer pour y voir quelque chose. Quelques secondes plus tard, il y eut un groupe d'éclairs, et McCoy pointa le doigt devant lui.

– Là ! dit-il.

Ils coururent jusqu'à une chaussure de femme à semelle compensée. Une chaussure en daim rouge, usée, probablement achetée d'occasion.

– C'est à Iris, dit McCoy. J'en suis sûr.

Ils regardèrent autour d'eux, leur visibilité réduite par la pluie battante. Elle tombait des arbres en cascade, frappait le sol, faisait jaillir des éclaboussures. Les chemins étaient déjà recouverts de plusieurs centimètres d'eau, l'étang commençait à déborder et inondait la pelouse.

– Et maintenant ? demanda Wattie.

– Je sais pas, dit McCoy. Elle est forcément par là. On peut peut-être…

– Vous entendez ?

– Quoi ? J'entends rien du t…

Wattie lui fit signe de se taire.

– Écoutez !

Ils restèrent silencieux : le seul bruit était le tambourinement de la pluie. McCoy allait dire à Wattie qu'il s'imaginait des choses quand il lui sembla entendre un gémissement. Les poils de sa nuque se dressèrent. Il se retourna et, scrutant le parc, tenta de déterminer d'où ça venait.

– Vous voyez ? dit Wattie. Je vous l'avais dit.

– Laura ? Iris ? Vous êtes là ? cria McCoy pour se faire entendre malgré le bruit de la pluie.

Quelque chose bougea à sa gauche dans les buissons. Wattie virevolta, et les buissons frémirent à nouveau. McCoy ramassa un bâton, le brandit et se figea. Puis il commença à se diriger vers l'endroit en question.

– Iris ? C'est toi ? cria-t-il. Tu…

Tout à coup, il y eut un hurlement, et le berger allemand jaillit des buissons et partit en courant sur le chemin, en aboyant et en hurlant.

McCoy poussa un soupir de soulagement et baissa son bâton, le cœur battant. Puis il entendit le gémissement à nouveau. Il regarda Wattie, qui hocha la tête : il l'avait entendu lui aussi.

– Iris, c'est toi ? cria à nouveau McCoy. Laura ?

Il longea la rangée de buissons en cherchant l'origine du bruit. Il s'arrêta, s'immobilisa et retint sa respiration. Ses yeux commençaient à s'habituer à l'obscurité, et c'est là qu'il la vit. D'un des buissons dépassait une main de femme. Il ne put s'empêcher de faire un bond en arrière et jura entre ses dents.

– Wattie ! ici !

Le gémissement se fit entendre à nouveau et la main bougea. McCoy s'accroupit et écarta quelques branches. Là se trouvait Iris ; étendue sur le sol, le visage tourné de l'autre côté.

– Iris ? Ça va ?

Wattie s'accroupit à son tour, la prit dans ses bras et la déposa sur le chemin. Du sang coulait d'une grosse entaille à l'arrière de son crâne, ses yeux étaient fermés. Elle gémissait, essayait de dire quelque chose. McCoy s'agenouilla à côté d'elle et approcha sa tête de la sienne.

– Iris, c'est Harry. Est-ce que ça va ?

Elle battit des paupières et ouvrit les yeux. Son regard resta trouble un instant, puis elle le reconnut.

– Harry ? murmura-t-elle.

McCoy dégagea son visage de ses cheveux mouillés de pluie et de sang.

– Bouge pas, Iris. T'inquiète pas, ça va aller.

Elle essayait de parler ; ses lèvres remuaient, mais rien ne sortait. McCoy se pencha pour l'entendre. Elle sentait le gin et le parfum qu'elle portait toujours. Malgré leurs prises de bec répétées, il se rendit compte qu'il l'aimait bien ; il ne voulait vraiment pas qu'il lui arrive malheur. Il lui tint la main. Elle serra la sienne faiblement.

– Répète, Iris. Réessaie. Je t'entends pas, qu'est-ce que tu dis ?

Il se rapprocha encore, son oreille effleurait les lèvres d'Iris.

– Laura, dit Iris. Il a Laura.

L'estomac de McCoy se serra.

– Comment ça, Iris ? Iris ? Iris ?

Il tenait sa tête entre ses mains, son sang coulait sur ses doigts.

– Où est-elle ? Tu peux me le dire ?

Les lèvres d'Iris remuèrent, mais aucun son ne sortit. Ses paupières battirent, puis se fermèrent.

– Iris, reviens, dit McCoy, affolé. Reviens, ma belle.

Il retira sa chemise, la plia en deux et la lui glissa sous la tête. Elle respirait par petites bouffées, ses yeux bougeaient latéralement sous les paupières. McCoy fouilla le parc du regard, se sentant observé.

– Y a quelqu'un ? cria-t-il.

Il y eut un nouveau coup de tonnerre, et à mesure que le grondement se calmait ils entendirent un cri étouffé, ça semblait venir de quelque part à gauche de l'étang. McCoy et Wattie levèrent tous deux la tête.

– Allez-y ! dit Wattie. Je vais rester avec Iris. Vite !

49

McCoy laissa Wattie auprès d'Iris et partit en courant. Il contourna le côté de l'étang, aveuglé par la pluie. Il se heurtait régulièrement à la bordure de buissons, glissait dans l'eau du chemin. Un nouvel éclair lui illumina soudain tout le parc. Devant lui s'étendaient des parterres de fleurs, puis un autre chemin, large, presque une route. Plus loin, il ne distinguait rien de net, de vagues formes dans l'obscurité.

Il dépassa les parterres de fleurs, glissa, jura – difficile de rester debout. La pelouse, détrempée, collait, c'était à présent surtout de la boue. Il resta baissé un instant, tenta de se stabiliser. Il y avait une forme au loin, au bord de son champ de vision, au bas de la colline. Il s'essuya le visage pour mieux voir. Plissa les yeux, tenta de fixer son regard. Ça ressemblait à un gros arbre ou à une sorte de bâtiment fin et haut. En tout cas, une silhouette bougeait à côté.

Il se redressa et partit dans cette direction. La silhouette sembla bouger à nouveau. Il maudit la pluie, qui l'empêchait de la distinguer nettement. Il avait l'impression que c'était un homme, mais difficile de dire si c'était bien une silhouette et non simplement un effet d'optique créé par les ombres sur la pluie. Il n'y avait qu'un moyen de le savoir. Il se mit à courir. Il se trouvait à environ cinquante mètres lorsqu'il identifia la forme fine et haute. C'était une fontaine, une énorme fontaine, haute comme un bus à impériale.

Il entendait à présent des cris, et ça venait de là. « Non ! » fit une voix terrifiée, puis des bruits d'eau brassée, à nouveau un cri.

Il accéléra et gagna le bas de la colline. Arrivé sur le pourtour bétonné de la fontaine, il tenta de s'arrêter et glissa dans une flaque. Il chuta lourdement, se cogna la tête contre le sol. Il resta immobile un instant. Il avait l'impression d'avoir reçu un violent coup de pied à la tête. Il se mit d'abord à quatre pattes, puis se releva complètement en s'aidant du muret.

Un homme se tenait sur la tour centrale de la fontaine, entre les colonnes. Il semblait perché sur quelque chose, un tapis ou une pile de vêtements. Un nouvel éclair illumina le parc d'une lumière argentée, et il le reconnut.

C'était P'tit Tam. Il souriait. Ce n'était pas sur un tapis qu'il était perché, mais sur un corps. Celui de Laura Murray.

McCoy entra dans le bassin.

– Va pas plus loin, McCoy, dit P'tit Tam en ramenant le pied en arrière pour l'appuyer sur Laura.

Elle gémit et se plia en deux.

– Elle est pas encore morte, mais ça va pas tarder si t'approches.

McCoy s'arrêta, il aperçut le reflet d'une lame au bout de la main gauche de P'tit Tam.

– Alors reste où tu es.

Dans l'eau jusqu'aux genoux, McCoy le regardait, ne sachant trop quoi faire.

– Tu m'as interrompu, McCoy. J'étais occupé.

P'tit Tam sourit à nouveau.

– J'avais presque fini, d'ailleurs.

Il leva son couteau à la lumière, puis s'en servit pour se gratter la ligne de points de suture sur sa joue. Du sang coula, traça un chemin rouge sur sa chemise mouillée.

– Il était temps que je termine ce que j'avais commencé.

Il gloussa.

Laura se remit à gémir, elle tenta de se dégager de dessous le pied de P'tit Tam. Elle regarda McCoy, son visage pâle terrifié dans le clair de lune.

– Harry, aidez-moi, je vous en prie.

– Relâche-la, Tam, dit McCoy. Allez, mon gars.

– Tout le monde se croit permis de me dire quoi faire. Ç'a toujours été comme ça. Toi, ma mère, Alec Page. Vous me prenez tous pour un petit con incapable de jouer dans la cour des grands.

Puis, baissant les yeux vers Laura :

– Elle aussi, d'ailleurs.

Il mit son poids sur elle ; elle gémit.

– Elle m'a bien fait comprendre que je n'étais pas suffisamment bien pour une fille comme elle.

Il l'empoigna par les cheveux.

– On fait moins la maligne, maintenant, hein ?

Laura leva vers lui des yeux terrifiés.

– J'parie que t'as changé de chanson, j'parie que tu baiserais bien avec moi, maintenant. Tu ferais tout ce que je te demanderais, pas vrai ?

Il regarda le ciel, la pluie et le sang ruisselaient sur son visage.

– Tam, fais pas ça, dit McCoy. Je t'en supplie, ça ne…

Tam se pencha, passa son bras autour du cou de Laura et la releva en la tenant contre lui. Il lui mit le couteau sur le ventre.

McCoy paniquait, à présent. Il ne voyait pas quoi faire, comment l'arrêter. Il lui lança :

– Tam, bon Dieu, c'est une gamine !

Laura se débattait, regardait McCoy avec des yeux hagards.

Tam resserra son bras sur son cou, et elle mollit peu à peu.

Elle s'affala contre lui, la tête en arrière contre son torse. Elle se contentait de tenter de respirer.

– Assez bavardé, McCoy, dit P'tit Tam en posant la lame du couteau sur la gorge de Laura. Casse-toi, maintenant.

McCoy avança dans l'eau vers lui.

– J'irai nulle part, Tam, dit-il. Tu peux te l'accrocher. Repose-la.

– Oh non, McCoy, rétorqua P'tit Tam, avant d'enfoncer lentement la lame dans l'épaule de Laura.

Elle hurla, tenta de se débattre, puis, s'apercevant que ça ne faisait qu'empirer les choses, se mit à sangloter. P'tit Tam retira le couteau de son épaule et le tint en l'air. Le sang coula de la lame sur sa main.

– Encore un pas, McCoy, et je l'égorge sous tes yeux. Casse-toi. Je plaisante pas.

McCoy commença à reculer en prenant garde de ne pas tomber. Son but était que P'tit Tam continue à parler.

– C'est bon, Tam, t'en as assez fait. Lâche-la. Tu peux te tirer.

P'tit Tam remit le couteau sur la gorge de Laura, qui cria.

– Je suis sérieux, Harry. Barre-toi, j'ai à faire.

McCoy leva les mains et sortit du bassin. Il recula, dégoulinant, sur le chemin. Il ne quittait pas Tam des yeux, il cherchait à gagner du temps. Il se demanda où en était Wattie. À deux, ils auraient peut-être pu tenter quelque chose. Il était cependant probable que Tam plante Laura avant qu'ils ne puissent s'approcher de lui.

– Reste calme, Tam, cria-t-il. Ça peut encore s'arranger.

P'tit Tam le regarda. Il parla lentement, distinctement. On sentait sa détermination.

– Plus pour moi, non.

Il poussa alors Laura de la base de la colonne, et elle plongea dans l'eau, deux mètres plus bas. Elle atterrit en criant, se releva et tenta de s'enfuir, mais en pure perte. Tam sauta derrière elle et la rattrapa en une seconde. Il lui donna un coup de poing à l'arrière du crâne, et elle retomba en avant dans le bassin. Il se baissa, lui tira la tête et les épaules hors de l'eau. Elle toussa, cracha. Nouvel éclair : P'tit Tam, le sourire aux lèvres, dans l'eau jusqu'aux genoux, les cheveux de Laura dans la main droite, le couteau dans l'autre.

– Tam, putain ! cria McCoy.

Il aperçut alors une silhouette qui avançait sur le chemin derrière la fontaine. Elle se dirigeait vers eux en faisant des zigzags, en restant dans l'obscurité. Wattie enfin. McCoy sentit un regain d'espoir. S'il parvenait à faire parler Tam quelques minutes, Wattie pourrait peut-être le saisir par-derrière.

– Tam, je peux te sortir de là, tout ce que t'as à faire…

Il y eut un nouvel éclair, aussitôt suivi d'un coup de tonnerre retentissant. Et dans la lumière de cet éclair-là, McCoy vit que ce n'était pas Wattie du tout. C'était Raeburn. Son cœur se serra. Il devait encore le suivre, à l'affût du bon moment pour lui tomber dessus.

– Tu peux que dalle, Harry ! cria P'tit Tam, le visage tordu de rage. Tu me prends pour un con ? Tire-toi ! Tout de suite ! Ou j'te jure que je la plante !

C'est là que Raeburn sortit de derrière le pilier central de la fontaine et le saisit.

McCoy se mit à courir. Tam lâcha Laura, virevolta, écarta Raeburn d'un coup de coude et lui balaya la poitrine de son couteau. Raeburn se figea, regarda sa chemise blanche s'ouvrir et le sang commencer à couler. Il plaqua sa main contre la plaie et s'effondra dans l'eau. Tam se retourna juste au moment où McCoy sautait par-dessus le bord du bassin et se jetait sur lui.

Il sentit d'abord la lame s'enfoncer dans son épaule – ça ne lui fit pas l'effet d'une piqûre ou d'une coupure, il eut plutôt la sensation de recevoir un coup de masse –, puis sa tête percuta celle de Tam, et ils tombèrent tous deux dans l'eau.

Ils se relevèrent en même temps, toussant, crachant, et McCoy tenta d'amener ses mains autour du cou de Tam. Juste à ce moment, il glissa sur le fond visqueux du bassin et bascula en arrière, entraînant Tam sur lui. Il ressentit une douleur insoutenable : Tam était tombé sur le manche du couteau planté dans son épaule et l'avait enfoncé de quelques centimètres supplémentaires. McCoy crut qu'il allait s'évanouir. Il ouvrit la bouche pour crier et avala une gorgée d'eau.

P'tit Tam était à présent bien installé sur lui et avait ses mains autour de son cou. McCoy tenta de le faire lâcher prise, mais rien à faire : Tam avait l'avantage du poids. Il poursuivit ses efforts mais n'avait plus vraiment de force dans les bras. Il commençait à voir des étoiles, à ressentir une chaleur agréable à la place du froid. Il distinguait le visage de Tam au-dessus de lui – grimaçant, les muscles du cou gonflés, forçant pour le maintenir en bas et l'étrangler.

McCoy tâtonna le long de son épaule, à la recherche du couteau. Il le toucha, et la vibration envoya une nouvelle vague de douleur à travers son corps. Il n'entendait plus à présent que le bourdonnement de ses oreilles, sa vue se brouillait. C'était sa dernière chance. Il fallait la saisir avant qu'il ne soit trop tard. Il adressa une prière à un dieu dans lequel il ne croyait pas, saisit le manche du couteau et tira le plus fort possible.

La douleur fut inimaginable, deux fois pire qu'à l'entrée de la lame. Il sentit celle-ci sortir, sentit l'afflux de sang chaud contre sa peau froide. Il baissa sa main en bas de son corps, inclina le couteau vers le haut et poussa de toutes ses forces.

La chaleur l'envahit à nouveau, et la pression sur son cou diminua peu à peu. Tam tomba sur lui, le visage au creux de son épaule. McCoy réussit à se dégager et à se hisser en position assise. Il s'efforçait de faire entrer de l'air dans ses poumons.

Il leva les yeux. Raeburn était debout sur le chemin, Laura étendue à ses pieds.

– Elle est morte ? demanda McCoy en tentant en vain de se relever.

Raeburn se tourna vers lui et secoua la tête.

– Elle est vivante. Je crois qu'elle est inconsciente.

McCoy opina. Il se résigna à rester assis dans l'eau, arrosé par la pluie, le temps de retrouver son souffle. Jetant un regard circulaire, il vit Tam flotter à côté de lui, entouré d'un nuage rouge.

– J'aurais jamais cru dire ça un jour, dit-il, mais heureusement que t'étais là, Raeburn.

Raeburn se dirigea vers le bassin, en escalada le bord et se laissa tomber dans l'eau.

– Je crois que ça va, dit McCoy.

Il toucha la peau autour de sa plaie et grogna en libérant un nouvel épanchement de sang.

– Mais ça fait un mal de chien, ajouta-t-il.

Lorsqu'il releva les yeux, Raeburn se tenait au-dessus de Tam. Il se baissa, prit à deux mains le couteau planté dans le ventre de Tam et tira.

McCoy grimaça.

– Merde, Raeburn, t'aurais dû le laisser. C'est une preuve.

Raeburn tint le couteau en l'air et le contempla. Puis il se tourna vers McCoy et sourit.

– Je savais qu'il fallait être patient, qu'une occasion se présenterait, dit-il. Mais je n'aurais pas cru que ce serait si facile.

L'estomac de McCoy se serra soudain.

– Qu'est-ce que tu veux dire ? Qu'est-ce que tu racontes ?

Il tenta à nouveau de se relever, mais il était trop faible.

Raeburn avança vers lui.

– Toi et P'tit Tam. Vous vous êtes entre-tués. Il t'a planté, tu l'as planté, puis il t'est revenu dessus et il a réussi à t'enfoncer le couteau dans le poumon juste avant de mourir.

– Raeburn…

– Vous êtes morts tous les deux. Moi, qui serai vivant, je raconterai mon histoire. Comment j'ai découvert les corps, comment j'ai réanimé Laura. Je sens que ma cote va remonter.

Raeburn avança vers McCoy, le couteau tenu devant lui. McCoy tenta une dernière fois de se lever, mais il avait perdu trop de sang, il était trop faible, il ne pouvait même pas se mettre à genoux. Il retomba sur les fesses.

– Tu vas t'en sortir de toute façon, Raeburn, dit-il. Murray me l'a dit. T'es pas obligé de faire ça.

Puis il rit. Ç'avait beau être la vérité, ç'avait tout l'air d'une pathétique tentative de bluff pour sauver sa peau.

Raeburn était tout proche. McCoy ne pouvait que regarder. Il ferma les yeux, leva le visage vers le ciel et se laissa arroser par la pluie. Il avait vraiment plus chaud, à présent. Il pensa à son fils, au bonheur que lui avait procuré sa naissance. Il aurait aimé revoir Angela, lui tenir la main.

– Raeburn ! Écarte-toi !

Il rouvrit les yeux et vit Wattie franchir le bord du bassin. Raeburn se retourna juste à temps pour recevoir un coup de poing en pleine face. Il tomba, et Wattie se jeta sur lui.

McCoy tenta de se lever, de dire quelque chose, mais impossible. Il n'entendait plus rien, ne voyait plus que deux silhouettes indistinctes en train de se battre, se rouler dans l'eau. Il tomba alors en arrière et sentit l'eau froide se refermer sur lui…

22 septembre 1973

(Deux mois plus tard)

McCoy sortit de la cuisine pour entrer dans le jardin. Cooper était assis sur une chaise près de la table en bois, un *Daily Record* ouvert à la page des sports devant lui. Il leva la tête.

– Ça y est, t'es sorti ? dit-il.

McCoy acquiesça et s'assit sur l'autre chaise en s'efforçant de ne pas trop grimacer.

– On dirait un vieillard, souligna Cooper.

– J'ai l'impression d'en être un, dit McCoy. Je déguste encore pas mal.

Puis, désignant la silhouette massive au fond du jardin :

– Qu'est-ce qu'il fait, Jumbo ?

– Il rabat les hortensias.

– C'est-à-dire ? s'enquit McCoy en sortant ses cigarettes.

– Aucune idée. Mais il y est depuis ce matin.

Ils observèrent Jumbo un moment, sécateur en main, concentré, la langue tirée. On commençait à sentir l'automne dans l'air, une fraîcheur annonciatrice du froid à venir. Peut-être la dernière fois qu'ils s'installaient dans le jardin cette année-là.

– J'en reviens toujours pas que t'aies un jardin, dit McCoy en allumant sa cigarette. Ça fait pas très chef de la pègre.

– Et j'ai pas que ça.

Cooper montra une enveloppe sur la table.

– C'est arrivé ce matin.

McCoy la regarda. Elle portait un timbre américain.

– Ça vient d'Angela, précisa Cooper.

– Mon Angela ? s'étonna McCoy.

– Non, une autre Angela qu'on connaît et qui a foutu le camp aux États-Unis. À ton avis ?

– Pardon. Qu'est-ce que ça dit ?

– Vois par toi-même.

McCoy prit l'enveloppe et grimaça à nouveau. Le coup de couteau de P'tit Tam continuait de le gêner ; il en avait encore pour un ou deux mois, selon l'hôpital. Il tira la lettre de l'enveloppe et commença à lire.

Salut, Stevie,

Je dois être la dernière personne dont tu t'attendais à avoir des nouvelles !!

Désolée pour l'argent, mais j'en avais besoin pour quelques semaines. Je l'ai renvoyé sur le compte secret de ton comptable. Tu devrais le recevoir d'un jour à l'autre. Détruis les photos, c'étaient les seuls exemplaires, promis. Désolée de t'avoir fait ça. J'espère qu'on est quittes.

Angela

McCoy reposa la lettre sur la table.

– Vous l'êtes ? demanda-t-il. Quittes ?

Cooper haussa les épaules.

– Peut-être. Elle est aux États-Unis, je ne la reverrai sans doute jamais.

McCoy hocha la tête. Difficile de savoir si Cooper le pensait. Ce qu'Angela avait fait ne pouvait être effacé, même si elle avait rendu l'argent. Dans le milieu de Cooper, la réputation, c'était essentiel. Le seul véritable espoir d'Angela, c'était que seuls Cooper et lui soient au courant ; que d'autres le sachent, et justice devrait être faite.

Cooper se leva.

– Tu sais ce qui est vraiment bien contre les douleurs de coups de couteau ? dit-il.

– L'héro ?

Cooper sourit.

– Abruti. Se bourrer la gueule. Viens, je me sens d'humeur généreuse, je suis même prêt à aller dans ton pub miteux, le Victoria.

– Pas que le mien, dit McCoy en se levant péniblement. C'est le pub miteux de tout le quartier de Partick. C'est toi qui invites ?

Cooper acquiesça.

– Pourquoi pas ? Je suis en fonds, apparemment.

COMMUNIQUÉ DE PRESSE
AVIS DE SORTIES
DE LA PART DE : BOB POLONTZ

1er octobre 1973

Les Rolling Stones sont heureux d'annoncer la sortie d'un classique oublié. En collaboration avec Bobby Mars Snr., Angela Burton et Ellie Cohen d'AC Management, ils sortiront les enregistrements réalisés le deuxième jour de l'audition de Bobby Mars pour une place de guitariste au sein du groupe. Connu pour être « la meilleure version des Stones dans laquelle j'aie jamais joué » selon Keith Richards, « Jour 2 » contient dix morceaux. Il sortira le 1er décembre.

Jumpin' Jack Flash
Blood Red Wine
Ventilator Blues
Sympathy for the Devil
Street Fighting Man
Maybeleen
Soul Survivor
Jiving Sister Annie

Brown Sugar
Sway

Rolling Stones Records souhaite également annoncer la signature d'un contrat mondial exclusif avec le groupe de Glasgow les Holy Fire. Composés de Jake Scott, Davey Webb, Mitch Rae et Andy Lester, ils sortiront leur premier single, « Mr Crowley », l'année prochaine. Droits mondiaux de représentation : Angela Burton et Ellie Cohen, AC Management, New York.

Pour plus d'informations, appeler le 01-434-1423.

Peace and Love

Remerciements

Merci à Francis Bickmore, Jamie Norman et toute l'équipe de Canongate, à Tom Witcomb, Isobel Dixon et toute celle de Blake Friedmann, et, pour leurs conseils d'experts, à Alex Malone, Stephen Fox, Damian Armstrong, Francis McKee, Alex H.N. Gilbert, Derek MacKillop, John Niven, Stephanie Nash, Anthony Michael, Debs Warner, Alison Rae, Peter Simpson et tout le personnel de la Mitchell Library.

Pour être tout à fait honnête, j'ai déplacé la performance d'Allen Ginsberg de quelques jours. Toute autre inexactitude est non intentionnelle. Et imputable à moi seul.

pca
cmb
édition pré-presse
livres numériques

44400 Rezé

Achevé d'imprimer en janvier 2022
sur les presses de Normandie Roto Impression s.a.s.
61250 Lonrai (Orne)
pour le compte des Éditions Payot & Rivages
60/62, avenue de Saxe - 75015 Paris
N° d'imprimeur : 2107169
Dépôt légal : février 2022

Imprimé en France